U0901907

HAPPY & LOVE
欣欣向爱

江苏凤凰文艺出版社
JIANGSU PHOENIX LITERATURE AND ART PUBLISHING, LTD

目录

CONTENTS

目录 CONTENTS

第一章 虎口为居

春天。

路边两排花树葱郁，香气随着清风抚上人的脸颊，就像一只熏过香的手轻轻地给人挠痒痒。

引路的丫鬟、抬轿的轿夫，都眯着眼享受这份香气，坐在轿子里的向珍也能隐约感到香气穿过轿帘的缝隙，若有若无地飘进她的鼻孔。

真是美好啊！向珍深深地吸了口香气。美好得几乎能让她忘记自己即将走进的悲运。

她的身份比较特殊。人们都把她当作本地首富晋云的女儿看待，但她实际上和他没有血缘。她不知道自己的生父是谁。他在她两岁的时候，便抛弃她们母女而去了。她的妈妈向美，为了生计，到晋家当佣人，结果被晋云看中，成了晋云的妾，但也只是事实上的妾，并没有名分——在晋云的正妻死后，向美便和晋云像夫妻一样在一起生活，府里的人都喊她夫人。但实际上，晋云不仅没有举行娶妻的仪式，连娶妾的仪式都没有，如要细论，她并没有任何名分，只算个女管家——她和晋云在一起之前便是女管家。母亲都是如此，女儿更没有名分了。

晋云连娶妾的仪式都没举行，并不是他薄情寡义。晋云的妻子在死前，就觉出晋云对向美有意思，咽气之前抓着晋云的胳膊，直勾勾地盯着他，逼他答应在她死后，终生都不要把向美娶进门。晋云被逼无奈，只有答应了。不过，对死者的承诺，总是容易打破的，毕竟阴阳两隔。而晋云就是不愿打破这个承诺，旁人觉得晋云是对亡妻重情重义，而向珍却怀疑，这事是晋鹏导致的。

一想起晋鹏，向珍就感到了一股怒意——这怒意穿越岁月而来，直到今天，依然炽烈。她摸了摸自己的额角，当年被晋鹏用木屐砸到的地方，似乎还在隐隐作痛。晋鹏是晋云的独生子。她对他的印象还停留在他孩提时。他当真有副好相貌，就像个娃娃一样，再华贵的衣服和珠宝穿戴到他身上，都让人觉得是他让衣饰显得华贵，而非"人靠衣装"。然而就是这样一个男孩，脾气却十分乖戾。在他生母死前，他对向珍母女的态度还犹可——只是不冷不热，并没有打骂侮辱，但在他生母死后，不知道是不是继承了他生母对向珍母女的仇恨，开始处处针对向珍母女。然而他毕竟是个小孩子，无法对向美做什么，便集中火力欺负向珍，对她非打即骂。很重的木屐，拿起来就往她头上扔。有一次向美没有躲过去，被木屐砸中了额角，淤肿了好大一块。

向美很是心痛也很是害怕，觉得不能让向珍继续在晋府住了，只有央求晋家的一个远亲，狄老姨帮忙抚养向珍。狄老姨是个很慈祥的老太太，膝下无孩，很乐意抚养向珍。于是向美便把向珍送到狄老姨家。向珍就这样被迫和妈妈分开了。晋鹏不仅欺负她，还逼得她和母亲分开，她非常恨他。

三年前，向美得了急病，死了。向珍回去奔丧，万幸晋鹏此时在外经商。如果他在，不知道还会不会打骂侮辱她——晋鹏大她三岁，那时已经十八岁，并且已经娶了妻子，但是她不认为他会因为长大成人就改好，向珍对他依然充满忌惮。

向珍本来的愿望，是在狄老姨死前能找到个好人家，嫁了。然而她的身份十分特殊，说是晋鹏的女儿，其实没有名分，连油瓶女儿都算不上。现在的好人家，都把身份放在第一位。因此饶是她端庄美丽，知书达理，依然无人问津。

她这一拖，就拖到了十八岁。狄老姨也衰老而死。她不得已，再回到晋府居住。看起来晋云对她十分疼爱，还没等她回到晋府，就给她拨了个丫鬟使用，据说还是十里挑一的清俊人儿——就是在前面领路的腊梅。腊梅这个人，机灵聪慧，善观脸色，果然与其他人不同。然而向珍却宁愿她是个单纯的女孩子。因为聪明人很容易心怀异志，而且难以笼络。向珍觉得腊梅就是如此。拨这么一个机灵人给她，对她反而是负担。

不过，拨出色的人给她使唤，确能证明晋云对她疼爱之心不假。但不管晋云对她多么疼爱，她都对他没有任何仰仗之心。无论如何，他不是自己的亲父，对她的疼爱，也只是因为她死去母亲的影子而已。不敢对晋云有丝毫仰仗，这就让她的心更加被对晋鹏的恐惧占据，听说晋鹏一年前死了妻子，现在心情应该很不好。老实说，向珍觉得像他那样的“坏人”，死十个妻子都很正常。不过，一个大坏人，又死了老婆，待人会有多坏，可想而知。向珍想着这件事，忌惮之意涨满了整个心田，简直要从喉咙里溢出来。

晋府到了，和记忆里大不相同。听说晋家近年来经营有道，又大大地发了几次，宅子几次扩建，比之前的大了几倍。腊梅在前面引路，一路引她来到了上房，拜见晋云。晋云是个矮胖的中年人，年轻时很是清俊，但现在发福发得厉害，所有的清俊都被肥肉挤没了。

向珍对他行礼，礼数周全。晋云十分高兴，高兴得眼睛里含着泪花，双手把她扶起来。见老爷对她如此抬举，家里的丫鬟婆子管家赶紧围上来，小姐长小姐短地阿谀奉承。向珍却丝毫不为所动。因为她知道这都是假的。

忽然，门帘一掀，一个年轻男人走了进来。这个男人难以言喻的俊秀，用玉树临风来形容他似乎都辱没了他。

屋子里顿时静了下来。向珍只朝他看了一眼，便认出他是谁了——就是晋鹏。小时候的模样隐约还在。

晋云似乎没有料到晋鹏此时在家，尴尬地呆愣一下。之后便对晋鹏说“见过你妹妹”。向珍赶紧向他行礼，晋鹏上前一步，作出也要扶起她的姿态，向珍却不动声色地后退一步，款款地站直了。

·

这意味着什么，晋鹏明白。他并没有发怒，眼中反而漫起一股笑意，他把笑意含在眼睛里，还是对向珍柔声说了句“妹妹免礼”。

向珍心头一乱——不知为什么，晋鹏的语音在她听来有种别样的意味，朝他抬眼一看，发现他正不动声色地盯着她。她心头一热，接着竟诡异地心悸起来——她被他一看，竟然有了种超级怪异的感觉，就像已经被他拥入了怀中……这是怎么回事？

她不敢再看晋鹏，从此就只敢低着头——还好大家闺秀讲究的就是“哑跛傻”，她这样反而正好。而晋鹏之后也没有什么异常的言行，也没有再多看她一眼。向珍的心悸这才慢慢地平复下来，并且怀疑刚才是不是自己的感觉出了异常。

晋云把她安排在上房居住，装潢品级仅次于他和晋鹏。他并没有提给向珍找人家的事情，看来是想留她在晋府“多享几年福”。向珍其实也不急于盼嫁。嫁人只是她摆脱尴尬身份、获得幸福的途径之一。说真的，这条途径到底是否真能让她“向上走”却是未知数。如果所托非人，过得肯定还不如现在。只是她之前没有其他机会，只有期盼这条道。而现在，她看到了新的机会。

向珍除了知书达理、端庄美貌外，还有一个很大的优点。那就是女红功夫一流，尤其是刺绣的功夫。向珍知道自己的日子其实朝不保夕，所以日夜苦练女红功夫——现世的女孩子，要想坐在家里还能自强自立，只有靠女红功夫。她梦想着凭自己的女红功夫，开一家绣坊——现在有不少绣坊，也有不少赚钱的，教人刺绣，贩卖绣品，以此安身立命。但是，这样的梦想，如果没钱，永远都实现不了。

在狄老姨家的时候，因为狄老姨家没什么钱，只能供应她吃穿，每月根本没有月钱。她统共也就只有几件绸缎衣服，只能出门应酬的时候穿，她在家的时候，只穿普通的细布衣服。首饰也就只有一副镀金耳环，一根银簪和一根鎏金的簪子，一对银镯儿，两个银质的戒指，一个镶嵌绿玉，一个光面。也都是主要在出门应酬的时候戴，要是少了一件，大人都要问的。在这种情况下，想都不用想也知道她存不了什么私房钱。但进了晋府，情况就大不一样了。一进晋府，帐房管事的就笑着把她的第一个月的月钱送到了她的房里。晋府的小姐，按照旧例，是一个月二两银子。在富贵人眼里，这二两银子并不算什么，但实际上可算是一笔不小的钱。要知道，现在的耕牛，最贵也不过十两银子。一般人住的瓦房，顶好的一间，说不定还卖不到十两银子。而服侍她的这些丫环使女，很多人的身价银子还不到五两银子。光是这月钱，存起来不花，一年下来，也是一笔不菲的收入。另外，她刚在房里坐定，管家婆就给她送来了一整套纯金镶嵌珠宝的头面，还有耳环、手镯、戒指、项圈，全是纯金镶嵌珠宝的。

她拿起这个，又拿起那个，放在手里细细摩挲。看来晋府真是个地缝里都会有二两金末的地方。在这里找机会捞私房钱，应该不难吧？

她已经反复测算过，要开一个绣坊，现在五十两银子就可以开了，普通的上下两层小楼外加一个院子，买下来至多要三十五两银子。然后，雇四个家奴院工，每个月五钱银子就足够，再采办绸缎、布匹针线。然后召集附近绣女——对绣工高超者直接聘用，对绣工不济者，她可以教授她们绣工，收取师资，或者让她们学成之后在绣坊工作抵偿师资。对于在家中自己刺绣，有大量绣品成品却没有稳定的销售渠道者，绣坊可以为她们代卖，收取一定的佣金。

绣技高超却卖不出绣品、或者没法把绣品卖上价的女人，现在有不少。时下的女子，讲究大门不出二门不迈，谁有人脉帮她们卖货，谁又敢上集市自己叫卖——集市上也没有真正的买主。只有大户人家的小姐太太，愿意细品绣品的绣工，再出以高价。而这些刺绣的女子，谁能上高门大户里卖货呢？因此这些女子，要么是托自家的男人或者是街坊，把绣品胡乱拿到街上卖了了事，值十个大钱的东西，顶多只能卖两个大钱。要么是托那些可以出入高门大户的三姑六婆代她们卖货。这些三姑六婆都是人精，心也很黑，东西卖了十个钱，能给刺绣的女子一个钱，就算不错了。

向珍的一个师父便是如此。狄老姨家里有相邻的两个小院，因为她家资微薄，便把大的院子留给自家人住，小的租出去收取钱财。在她十三岁的时候，曾有一户租户在狄老姨的院子里租住了一年。这家的主妇绣品高超，不管是绣的荷包还是鞋子，在向珍的眼中都是人间至品。因为这家人多是女眷，男丁也极老实，向珍便时常请这位主妇过去教她刺绣。她至今记得这家主妇绣的蝴蝶，栩栩如生，总是似乎下一刻就可以飞起来。向珍学了一年，都只学到她八分的手艺。然而即便这位主妇绣工如此超群，也只能为自家人的衣饰添彩增色，他家丈夫在家用拮据的时候还对她发无名火，说她只会在家里吃闲饭。向珍每每忆起，总觉得不平。可惜这家人只租住了一年便搬走了，之后不知所踪。如果这主妇还在，她之后开绣坊的时候，也可让她作个臂膀。

向珍在晋府住了三天，到了第三天早上，叫腊梅带她出门看看。她对腊梅说是自己已经多年没看过这里的集市，想看看有什么变化。实际上是想看看哪里可以开办绣坊，顺便也打听打听这里有没有什么手艺闻名的绣女。

这里的集市果然热闹，卖东西的店一家挨着一家，卖杂货的小摊几乎可以连起来，买东西的行人摩肩接踵。向珍边走边看，不知不觉间走到了晋家的银楼旁边。晋家在城里有好几家银楼和珠宝行，这家是规模最大的，开在紫石大街——紫石大街是城里最繁华的街道。不过，在这里，这家银楼不是一家独大，在街的另一面，还有一家银楼，是另一富商李万石家的，两家时常打对台。

向珍先进晋家的银楼看了看。晋家的银楼里大多是黄金饰品，式样华贵、份量极足，黄色成色极好，黄艳艳的宛如火焰一般。而李家的银楼——向珍还没走进李家的银楼，就注意到墙角有个伙计在歇息，一边用葫芦喝着酒，一边吃怀里用荷叶包着的卤牛肉，指天画地地跟旁边摆摊的老头儿闲扯。

只听他说道："我们掌柜的来这一手，对面那晋家的银楼，肯定完蛋了。"

向珍一凛，赶紧凝神细听。

"我们家的银楼，从京城聘来了几个首饰师傅。"那伙计继续说，"他们会那种……掐丝手艺。"

"掐丝手艺？"摆摊的老头显然不知道这是什么。但是向珍知道。掐丝，就是把金银溶化，掐出丝来，按照墨样花纹，编织粘焊，做成首饰。掐丝工艺费时耗力，并要求匠人有极高的技巧，因此掐丝首饰十分昂贵，一两重的掐丝首饰，往往需要十两黄金才能买到。且会掐丝技术的匠人十分稀少，李家竟然聘来了这样的匠人，向珍听了颇感震动。

“现在啊，那种又大又重的金首饰已经过时了。”那伙计咧着嘴笑着，又灌了一口酒，“京城的那些大富之家，尤其是为官作宰的人家，都厌金玉。”

“厌金玉？”摆摊的老头儿是个如假包换的土包子。

“是啊！”那伙计下巴一扬，骄傲地说道，就像他是见多识广的人一样，“就是讨厌大块的金子和玉石！”

“那他们戴什么啊？”

“戴什么？就戴那种特别细巧的金丝编成的首饰，上面镶着金刚子……你知道什么叫金刚子吗？就是一种透明的宝石，特别硬特别亮，放在太阳底下，亮得都刺眼！”那伙计又往嘴里塞了一片肉，鄙夷而又幸灾乐祸地看了看对面晋家的银楼，“这是京城的新风尚！到了我们这里，肯定也能大杀四方了。太太小姐们，谁不喜欢细巧精致的首饰啊？晋家那笨重的大金首饰，很快就没人会买了！”

向珍全都听在耳朵里，暗暗地抿紧了嘴。她进李家的银楼看了看，柜台里果然摆了好些掐丝的金饰，都是细巧高雅。她皱紧眉头，带着腊梅径直回了家。她思忖着自己是否要就此事向晋云进言。她现在吃穿全都依靠晋家，她自然也有责任帮助晋云做生意。更重要的是，如果她的进言有效，晋云一开心，说不定会重重地赏她。但是，她对做生意也不是如何懂，再说她只来了三天，现在就对晋家的生意加以过问的话，说不定会显得锋芒过露，惹人挑眼。

一直到吃午饭的时候，向珍还没有下定决心。按照晋府的惯例，主子们都是各自在自家的房中吃饭。但是晋云疼爱向珍，今天便喊她去和自己一起吃饭。向珍赶紧前去，接着晋鹏也来了。本来父子一起吃饭是很平常的事情，晋云竟然有些许诧异的样子，看来晋鹏并不常和晋云一起吃饭。向珍心里“咯噔”一下：难不成今天晋鹏是“特地”过来的？是为了什么？

难不成为了她？

如雷轰电掣般，向珍想起之前被他看了一眼就似乎被他拥入怀中的感觉，脸不由自主地红了，赶紧假装用帕子擦脸，遮掩过去。

然而晋鹏吃饭时却极规矩，不朝她多看一眼，也不对她多说一句话，更没有替她夹菜和给她递手巾之类的肉麻举动。向珍稍稍放心了一些。此时她才注意到，晋鹏的餐桌礼仪是极高的，拿筷子的姿势也十分好看。向珍顺带还注意了一下他的手，只见他十指修长，手背白皙，只在右手中指上戴了一个白银镶翠的戒指，丝毫没有男人戴戒指的俗气之感。

他们吃着吃着，银楼——就是向珍看过的银楼的老板娘晋美春突然来拜见。她之前是晋家的家生奴才，长大后许配给了银楼的老板。这老板晋家柱本来也是晋家的家生奴才。他们夫妻后来虽然出去独当一面，但依旧按照在家时的习惯，喊晋云为老爷，喊晋鹏为少爷，而不是像其他掌柜那样喊晋云为东家，喊晋鹏为少东家。

晋云对晋美春印象极好，一听她来拜，就让她进来，让她在下面小几旁坐着，就从桌子上拣了几碗菜给她，还赏给她一壶酒。

晋美春谢了赏，却没有动筷子，恭恭敬敬地站起来，犹豫了半天才说："老爷、少爷，奴才进天来……其实是有事，想向老爷和少爷禀报。"

"什么事？"晋云觉得此事可能非同小可，便放下筷子。

"老爷，是这样的……"晋美春便把向珍所知之事也说了一遍，之后说，"老爷，我们家的银楼，是不是也要把首饰的款式，革新一下……"

晋云皱眉凝思。向珍虽然知道此时不便开口，但还是露出了欲言又止的神态。晋鹏发现了，斜着眼朝她看了一看。向珍注意到了他的目光，朝他一瞥，正好和他的目光撞了个正着，顿时感到他目光中像有灼热的针尖般的东西直戳到她眼中，赶紧低下头来，心顿时也狂跳起来。

晋云想了一会儿，未置可否，问晋鹏怎么看。晋鹏朝晋美春扫了一眼，深不可测地浅笑了一下："我觉得，我们没必要革新。"

大家的目光全都集中到了他身上。

晋鹏知道他们要问，却没有着急说话，而是从桌上盘中夹了一片青笋，放进嘴里，慢慢地嚼烂咽下，才开口说话：“京城的人，多因横财而富，自然对金饰乱挑乱捡。而我们这里的人，大多还是靠勤恳干活赚辛苦钱，购买金饰，不仅是把它们拿来装饰，还把它们当成一种财产。”说着看向晋美春，眼中满是笑意，“我曾经到银楼看过，有位婆婆给媳妇买首饰，第一是看首饰的重量。她先选定一个一钱的戒指，媳妇的嘴噘着，简直能挂油瓶了。后来见婆婆选了一个三钱的大戒指，这才笑逐颜开。所以，就算李家的金饰再怎么精致细巧，但是轻飘飘的，是入不了我们这里的人的眼的。再说，”说到这里他微微顿了一顿。“时下妇女穿戴的风尚，都是由身份尊贵的人引领。本县的程大人很快便要卸任，到别处作官，继任的胡大人的夫人对华贵沉重的金饰尤为喜爱。等她来了，必然会再度引发佩戴沉重金饰的风潮，我家的金饰正好对上。”

他这一席话，说得所有人心服口服。向珍则还有些诧异。说真的，因为他小时候的乖戾，她一直把他设定为一个不学无术的凶蛮恶少，没想到他对经商之道竟有自己的一番理论。不过，她暗暗地在心里和他唱反调。他理论虽然说得精彩，但形式是否按他所说的发展，还是未知之数。说不定他只是作了一番精彩的纸上谈兵而已。

黑云压檐，凉风骤起，看来要下雨了。向珍在自己房间里坐着，思忖着自己如何才能探知金饰市场的情况，验证晋鹏的说法。就在这时，腊梅拿来一整套绸缎衣服。

“哎呀，爹爹怎么又给我送衣服……”向珍赶紧接了过来。

“不。”腊梅的眼中似有笑意，“这是少爷命人送来的。”

向珍一惊，顿时感到手中绸缎咬人。但是，又不能让腊梅看出来，只能佯装无感地打开衣服包袱。这里有一袭淡粉绣花袍子，一条雨后天晴色百褶裙儿，一件秋香色银丝绣边衫儿，一件霞影色小袄儿，上面的扣子都是用银丝裹缠着螺钿做的，还有衬裙衬裤等物。向珍翻着翻着，忽然看到了两件东西，唬得她差点把东西都扔了。

这里面还有一个绣着鸳鸯戏水、莲花并蒂的大红肚兜，还有白绸的短裤。这是贴身的内衣。无论如何，身为兄长，送妹妹内衣总有些异常，更何况他和她并没有血缘，这内衣，还有鸳鸯戏水和莲花并蒂这种疑似……有定情之意的东西？

向珍顿时感到心头一阵抽搐，就像身体被人用手飞快地摸过，几乎要把内衣扔了。但斜眼瞥见腊梅正睁着滴溜的大眼朝她看，赶紧把心悸压下去，若无其事地将衣服收了起来。

向珍对晋家银楼的销量留了心。她是小姐，不能天天出去查看，只有拜托腊梅时常帮她出去望望。腊梅会不会觉得奇怪，胡乱说嘴构陷她？不怕。向珍看到腊梅对她刚拿到手的碧玉镯儿感兴趣，二话没说就送给她了。腊梅是个聪明人，知道怎么做才会有甜头。

腊梅走了。在她房中，还有几个伺候她的小丫头，多做粗活。平时她也不想让她们近前。因为她们看起来都有些粗蠢。对于粗蠢之辈，你就算给她们好处，她们也会做出愚笨不测之事。

这些小丫头正在房里抹桌扫地，洗碗烧水，麻雀般叽叽喳喳聊个不停。向珍注意到她们的鬓边都插着新开的花朵，心头一动，忍不住也想去花园里摘几朵，却又不敢去。小姐自己跑到花园里摘花，会让人觉得不顾体面吗？她现在在晋家，真是多动一下指头都要想个半天。

就在这时，她忽然感到一股难以言喻的怅然。其实，在狄老姨家住着的时候，她似乎有个关注者。这个人从来没有现过身，但似乎一直在暗处关怀、注视着她。她还记得，在她十四岁那年，狄老姨家家中拮据，但是狄老姨好面子，不愿意去晋府要钱补贴家用，所以只有从平日的用度里抠钱。因此狄老姨家就如庵堂寺院般天天吃素，连油也少放。而向珍那时正是长身体的时候，一天到晚见不到油荤，饿得双眼发花。然而有一天，她发现自己房间的窗台上放了一个瓷碗，里面放着四个热气腾腾的肉包子。

向珍看到肉包子后，先咽了一口口水。但是怕这种送上门来的美食里有诈，比如说被下了药或是别的，就唤来家中的黑狗，让它先吃了一个。黑狗很快便吃掉了一个肉包子，舔着嘴唇，看起来没有任何问题。于是向珍这才狼吞虎咽地把剩下的已经半凉的三个肉包子吃了。在她吃肉包子的时候，隐约看到远处有个人影。在她定睛想把这个人看看清楚的时候，那个人却不见了。

这应该是有些恐怖的。但是向珍心里并没有感到害怕，反而感到一股淡淡的温暖。之后，这个人时常来给她送东西。时兴的水果、吃食、布匹，还有新摘下来的花卉。这个人甚至对她的生活观察入微，在她的鞋子穿绽的时候，会在她的窗台上，悄悄放上一双用油纸包好的新鞋子。而且这鞋子和她的旧鞋子式样、颜色一模一样，是为了防止她穿上新鞋后被狄老姨发现，遭到查问。有这么一个藏在暗处的关怀者，向珍的心里满是幸福。他给她的，不仅只有关怀，还有勇气。他让她觉得，她在这个世上还有个坚强的后盾，她不是孤身一人面对这个冷漠的人世。然而令她意外、伤心和惘然的是，在两年前——准确地说是两年零三个月前，这个关怀者，忽然再也不出现了。

向珍走到回廊的栏杆边，吸着从花园里飘来的香气。忽然，她发现在栏杆和柱子的相接处，放着一个用青竹编成的小篮。在篮子里，有各色美丽的花卉，都是新摘下来的。向珍脑中一晕，恍惚竟觉着是不是那个“暗中的关怀者”又来了。然而理智却告诉她，晋家是高门大户，关怀者是潜不进来的。

想到这个后，她陡然打了个激灵，觉得自己的脑海就像被凉水洗过，十分清明。她朝花枝之间看，结果看到了一双眼睛。这双眼睛她再熟悉不过，一看到它们就感到心里被烫到了。

是晋鹏。

向珍赶紧猛地退后几步，躲进自己的房间。在她逃进自己的房间后，隐约听到了几声嬉笑声。她冲进门里后赶紧把门拴上，还觉得不够，又找出一把收起的伞，将伞当顶门棍使，把门牢牢地顶住。之后她坐到桌边，拿起茶碗，茶碗却是空的——她可不是想喝茶，而是怕晋鹏会破门而入。如果他破门而入了，她好拿这个茶碗砸他。

还好晋鹏没有破门而入。向珍坐了一会儿，理智渐渐回归，这才意识到自己惊慌过度了——这里毕竟是高门大户，晋鹏还是这家的少爷，二号人物。他无论如何都会顾及脸面。再说，他会对她那么渴望吗？

向珍感到心头一震，不由自主地咬紧了嘴唇。她不知道。但是她能感觉到，他对她绝对有占有之意，而且还挺迫切。想到这里，她除了惊恐担忧，还有一种难以言喻的感觉——小时候欺负你、把你赶离这个家的那个人，现在却看上了你，急吼吼地想要你，这是什么感觉？

就在这时，门外“啪”的一响。是粗使的小丫头扫到了这边的回廊，扫帚疙瘩碰到了栏杆。向珍如梦方醒，赶紧把伞撤开，然后把门闩拉开，把门稍稍地往里拉一拉，搞成虚掩着的状态，然后若无其事地坐到桌边，倒了一杯茶来品。

向珍不能让丫鬟们见怪。她喝了几口茶，心里渐渐地冷静下来。没什么可紧张的。晋家是高门大户，礼数厉害，又处处是眼睛。晋鹏不敢作出什么太出格的举动。只要她小心不犯在他手里，就没有关系。相信他对她有欲望也只是一时兴起，等过段时日，他的兴趣就会转往别处了。

过了不多会儿，腊梅回来了。向珍赶紧给她倒了一杯茶——使小意儿她还是会的。腊梅受宠若惊，赶紧把茶碗接过来，站着喝完了这杯茶。

之后，她用帕子擦了擦嘴，朝四周看了看，确认无他人在侧后才低声对向珍说：“小姐，我去咱们家紫石街上的银楼看了，这两天，生意很淡，金首饰没卖出几件。卖出去的多是些银首饰，都是小户人家给孩子过周岁啊，娶媳妇啊，给老人家贺寿之类的。”

向珍心头一沉，却也莫名地有些快慰，又问腊梅：“那李家银楼的情况呢。”

“嘿嘿。”腊梅忽然咧开嘴笑了，“李家银楼那边，据说掐丝的金饰是一件都没卖出。”

嗯？向珍一惊，接着感到迷惑。这么说，晋鹏的说法没错？可是晋家自己的生意也不好啊。到底以后会怎样？

因为昨日被晋鹏吓到，向珍一连两天都是在自己房中闷坐。因为闷坐，就忍不住研究起晋家的吃穿用度起来。晋家的食物供给是按分例来的。她每日都能把菜，尤其是肉菜吃得一块不剩。这倒不是她贪吃，也不是她刻意节俭，而是每天都能刚刚巧巧吃完。她留意了一下，发现是因为两个原因。

一是碗碟的大小正好，二是碗盘里的菜肴全是鲜肥的部分，没有什么不顺口的边角料儿。她觉得这个细节值得留意，便问腊梅。

腊梅果然是乖觉人儿，懂她所问之意，回答得也十分清楚。原来，之前晋家的厨房给人供菜，都是拿大菜盆大菜盘。若是给主子和管事的们（上等奴仆）供鸡，就把整只鸡都剁碎了装盆，鸡腿、胸脯之类的好部位有，鸡爪子、鸡后背之类的边角料儿也有。供应其他肉食时候也是一股脑地都呈上去。这些人每次都是把顺口的部分吃了，边角料都剩了下来。剩下的东西有时被奴仆们吃了，有时就被扔了。而一般奴仆们的例菜中带荤的多是些荤素兼半的菜，大部分时候是蔬菜炒肉丁肉片儿。这些荤腥往往另卖。而蔬菜方面，不管是主子奴仆，用的也都是大的碗盘，菜时常有剩。

等到晋鹏能管事的时候，断然说此法不可继续。说这样每天都会造成浪费，小的浪费如果不遏制，就算金山也能被浪费掉，而且自己还意识不到。他先叫厨房的人把盛菜的碗碟换成小的，把肉食细分，把较好的部分供给主子和管事的们，把剩下的留给一般奴仆配菜。这样可以让奴仆吃得更好，但实际上省去了一份给奴仆们另卖荤腥的钱。大家的菜肴都用小碗小碟盛，自然也不会吃剩什么。晋鹏这不改革不要紧，一改革，一年就从厨房里省下不少银子。连晋云都对他竖大拇指。

向珍静静地听着，竟然有些心惊。没想到晋鹏还是这么一个精细人儿，如此懂得开源节流。这里有这么一个精细人管事，她要从这里找机会捞私房钱，恐怕不是件容易的事情。

向珍吃完饭后觉得心里闷，就登上绣楼看风景。站着这里往左看，就能看到后花园。后花园的院墙就在绣楼楼角不远处。

向珍闻到后花园里花香阵阵，忍不住朝花园里看去。结果正好看见那边站着一个人。这个人长身玉立，正朝她这边张望。而这个人，竟然又是晋鹏。

向珍心头一紧，一时间只想退后一步把窗户关上，但又怕这样显得反应过度，便僵在了那里。

只见晋鹏的脸上带着一丝难以捉摸的微笑，只显得他那张俊脸难描难画。他看着向珍，从怀里掏出一块丝帕。这块丝帕是藕色的，上面绣着梅花，帕子的边缘还用金线滚了边，亮闪闪的。向珍忽然意识到，自己今天穿着正是藕色的衣服，而她来的那天，好像穿的也是藕色的衣服……她喜欢藕色，他已经发现了？

晋鹏注意到了她脸上掠过的慌乱，邪魅地笑了笑。把丝帕碰到唇边轻吻，同时把丝帕在脸上轻轻地磨蹭，就像是在轻吻轻蹭什么人的肌肤一样。

向珍感到脖子和脸一阵麻痒，接着便感到浑身都不舒服——简直要从骨头里痒出来一样，她再也不顾自己会不会显得反应过度，“砰”地一声把窗户关上了。之后她不敢再开窗户，为了稳定心神，拿出绣了一半观音像的锦缎出来继续绣，手却不停地颤抖，不仅找不到准头，甚至连针都捻不住。

因为晋鹏做了这件事，向珍几乎不敢出绣楼了。但是本县新任知县胡大人已来上任，晋家大摆宴席，请知县及夫人前来赴宴。这和恭送程大人离任时摆的离别宴可不一样，排场一定要搞很大。这天本县名士仕女云集，向珍作为晋云的“女儿”，自然也要穿戴齐整出来会见各位女眷，自然也会和晋鹏碰面。出于她意料的是，今天晋鹏竟然目不斜视，根本就不看她。不仅好像之前的事情全没发生，还好像他之前从来没有看上过她一样。向珍先是感到轻松，然后感到迷惑，接着便是一种难以言语的羞辱之感——他这到底是什么意思？！

胡大人是个清瘦的中年人，两撇朝天眉显出官家气象，一撮鼠须却显得有些猥琐。而知县夫人却是个胖子，无论是站是坐，都如一口大钟——有人倒说这种身材旺夫运。不过知县夫人虽然胖，却是眉目分明，虽然脸若银盆，依然让人觉得她面容清秀有神。向珍仔细看她，果然发现她喜欢戴大而气派的金饰，除了一朵大红绒花外，满头黄烘烘的都是金饰，底下更是罩着金丝髻子。

向珍在心里暗笑，心想这位知县夫人真是戴得动的都戴上。她甚至怀疑知县夫人在发髻里是不是裹藏了东西，能固定所有的金饰都不往下掉。其他的仕女夫人也都在注意知县夫人的发饰，怯怯地议论着，满眼热力，想来也都是称道之意思。有人甚至出神地偷偷注视着知县夫人的发饰。向珍知道她们一定是想要记住知县夫人的首饰样式，回去按样采买或者按样打造，又不由得暗暗心惊。看来晋鹏对她们所料不差。他竟然这么懂这些贵妇人的心理，简直像能未卜先知一样。

之后晋家银楼果然顾客盈门。卖得最好的，是和知县夫人所戴首饰相近的首饰。其中有款梳背儿，和知县夫人当日戴在脑后的梳背儿十分相近，一只张开翅膀的大金蝴蝶，一双眼睛是一对红宝石，两根翘出去的须子末尾是两颗绿宝石，每片翅膀则上下排列着四颗珍珠。翅膀厚，须子粗，给人的感觉十分的豪阔华贵。这款梳背儿供不应求，买它的人几乎要把门槛踩塌了。向珍记得知县夫人所戴的蝴蝶梳背儿上，在蝴蝶的尾巴上还缀了一颗珍珠。不过能把这款和那款做得如此相近，已是很不容易的事情。难不成晋鹏也偷偷记下了知县夫人发饰的式样？不能啊，他是男人，按照男女不同席的规矩，是不能多和知县夫人接触的，连躲在知县夫人身边出现也不行。这是怎么回事儿？

向珍托腊梅打听了一下。打听到的消息让她又惊诧又好笑。原来晋鹏先问家里的丫鬟，谁会摹画。有个丫鬟父亲是画工，她会摹画。问出她来之后，便把她派到知县夫人那一桌，名义上是和其他丫鬟一起传菜送汤，端茶递酒，其实真正的任务是观察知县夫人的饰品，一有空就藏起来摹画出来。丫鬟画出的图样，自然和实物一点不差，但是晋鹏特意减少些元素——如果满街妇人戴的饰物都和知县夫人一模一样，那不就不能凸显知县夫人为一县女尊，独一无二了吗。知县夫人如果肚肠小些，难免不会对卖这些饰物的晋家有所不满。向珍听到这个的时候忍不住在心里叫好，心里的悸动却也更强了。晋鹏竟然是个这么有心机有能耐的人？

知县夫人果然成功引领了本县的首饰潮流。晋家银楼大赚特赚。而李家银楼那“曲高和寡”的掐丝首饰根本卖不出去，只有默默地把它们从柜台中撤下去，令人再造粗大沉重的金饰。但他们的工匠不如晋家的工匠手熟，做出的金饰不如晋家的美观，因此销路依然不济。经过这一系列事情，李家的银楼关门大吉。李家据说也因此大伤元气。

这下晋鹏的人望不仅在晋家和晋家的亲友圈里大涨，在县城远近的商界里也是一样，有很多人慕名而来，和他谈生意。向珍之后又在家中遇见过他几次，他对她的态度竟变得平常，一眼都不朝她多看。向珍心里暗暗纳罕，不知道是真如她之前所想，还是因为晋家是高门大户，他在有人瞩目的时候不敢造次，于是将注意力转移到了做生意上，对她的那份邪劲儿已经过了。疑惑必生忧虑，忧虑必生愤懑，向珍对他的愤恨又加了几分，格外不想再看到他。

这日县城里逢集。向珍想出去看看，腊梅现在越来越可心儿，跟她说，晋府有一座角门，十分僻静，从那里出入，几乎不会被人看见。守门的只是个傻老婆子，只要给她几个大钱，购买一壶酒，她就会对她们所做的任何事视而不见。

向珍赏了那老婆子整整一吊钱。那老婆子激动万分地收了，毫不掩饰地说，以后，在她这辈子里，不管向珍在她眼前做什么，她一律都当作看不见。向珍哭笑不得，和腊梅放心地去了市集。

市集上好热闹。卖什么的都有。向珍仔细地打量着每个摊子——每逢市集的时候，乡下的女人往往也会托人到集上售卖自己的手艺。今天有很多摊子边上都放有绣品，只可惜都不出色。有些人绣的花儿简直像一团烂线缠出来的一样。向珍十分失望，便不再注意摊子边的绣品，开始专心游玩起来。

她在专心地游玩，腊梅也在专心地游玩。既然两人的心思都在玩上面，就不知不觉地走散了。发现自己和腊梅走散后，向珍丝毫没有惊慌。反正路径她都记得，之后自己走回去就是了。腊梅也一定会自己走回去的。她不慌不忙地在街上走着，用潇洒而又闲适的目光看着街上的人和物。她现在孤身一人，反而格外感到舒适自如。

走着走着，她被一个少年吸引了目光。最先吸引她的目光的，是少年身上穿的袍子。这袍子是海蓝色的，下摆上修着很多金鱼。这些金鱼身上金色的部分是用金线修成的，都是活灵活现，随着他下摆的摆动，就像真地在水中游动一样。向珍看着他的袍子，忍不住朝他走近了几步，然后自然而然地注意到了他的侧脸。

好俊的一张侧脸啊，高挺的鼻梁，刀裁般的眉毛，如星星般闪烁的眼睛。这下向珍的注意力全被他的俊脸吸引了，不由自主地跟上了他。其实，平心而论，此人依然不如晋鹏长相俊美，但是不管晋鹏长得多么俊美，向珍都宁愿视而不见，心里也一直否认这个事实。

少年在前面穿花拂柳，转眼间便走出了很远。向珍忽然意识到她已经远离了人烟稠密之处，走到了偏僻之处——她现在身处一片竹林之中，身侧是一条小溪，再往前走就是一片繁茂的树林了。那少年还径直往树林走去。向珍知道自己不能再继续跟下去了，怅然地停住了脚步。之后忽然意识到自己的行为实在荒唐，不由得羞得双颊火烫。

她心想自己现在一定是双颊晕红，赶紧到溪边照照。果然看到自己双颊红得宛如火烧云一般，两只眼睛闪闪发光。她轻轻叹了口气，微微垂下眼帘，忽然看到水中倒影中多了一人。她本能地想要回头看，却没有动弹。她的后颈已经僵住了。出现在她背后的这个人，是晋鹏。

第二章 暂作人上人

“兄长……大人，你怎么也到这里来了？”向珍犹豫着问出了这句话。这句话听起来有些突兀。她的目的其实是提醒晋鹏他们现在的身份——即便没有血缘，旁人可是把他们当兄妹看待。

“当然是跟着你过来的啊。”晋鹏微微一笑，表情就像阴影中的花枝，不可琢磨。

“我……我只是过来，把溪水当镜子照照……”向珍强笑着，一边说话，一边悄悄朝四周张望。糟糕。这里乱竹丛生，如果她发足便逃，十有八九会被竹子绊倒。

“得了吧你。”晋鹏冷笑一声，“堂堂大家闺秀，竟然跟踪不认识的男人走到这里，成何体统？”

向珍如遭重击，脸“唰”地一下白了。晋鹏冷眼看着她，忽然上前一步，把她搂进怀里。

“兄长请自重……”向珍吓得魂飞魄散，拼命地挣扎。无奈晋鹏的力气大她太多，她的挣扎根本毫无作用。

“拉倒吧你。”晋鹏对她的反应嗤之以鼻，“你都跟踪男人了，还装什么正经？”说到这里他的语气中充满愤懑和醋意，还有浓浓的不平，“说起来，那小子长得俊吗？虽然不算丑，但是脂粉气那么重，跟女人似的。”

向珍直直地盯着他，嘴唇就像被冰冻住了一样，再也开不了口。她知道自己现在说什么都没用了。她跟踪不认识的男人走了这么一段路，虽然是无意之中情不自禁，但是已经大违礼教。晋鹏抓到了她这个把柄，就算今天在这里强暴了她，她也只能吃哑巴亏。

晋鹏看着她的眼睛，轻蔑地哼了一声："看来你什么都明白呢。"忽然邪邪地一笑，把她按到在地。

向珍知道今日十有八九是完了，脑中一片混沌，干脆不再反抗。晋鹏见她如此，眼中划过一丝怜惜，也不再着急做什么，只是用手指轻轻抚摸她玉琢般的脸颊和颈项，就像在赏玩一件无价的玉器。

向珍的脸偏向一边，面无表情，一副彻底顺服的样子。忽然她睁大眼睛，目光也跟着爆亮。

"公差大人！"她惊骇地叫道。

晋鹏一惊，本能地跳了起来——无论如何，被公差看到这种事都不好交代。向珍一骨碌从他身下爬起来，迅速地从竹丛间穿过，小兽般地逃走了。

向珍一口气跑回了晋府的角门边。腊梅早已等在那里了，正在焦急不安地踯躅。向珍一声不吭地走上前去。

"哎呀！"腊梅竟然惊叫起来，"小姐，你怎么了？"

向珍想到自己脸上一定面无人色，赶紧用手胡乱抹了抹脸颊："没事，只是被凉风吹了，我们赶紧回去！"

向珍急急地循小路回到房中，叫腊梅给她煎了碗热姜茶喝，这才冷静下来。不知道晋鹏回来会干什么。不管他干什么，她都不要怕。她跟踪了那男人一段路，可没有旁证。如果晋鹏回来就这件事向她发难，她就给他来个抵死不认，必要的时候就来个一哭二闹三上吊——这种空口无凭的争执，往往是态度强硬激烈的那方能得到别人的信任。说晋鹏非礼她？这是说不得的。时下的人，在男女之事上都倾向于把过错归于女人，都认为女人被非礼，十有八九是"苍蝇不叮无缝的蛋"。这件事她反而要守口如瓶。

做好准备后，向珍就等着晋鹏开闹。因为已经做好了豁出去和晋鹏闹一场的准备，她反而有了种有恃无恐的感觉。

然而她等了好久好久，都没有动静。她实在忍不住了，叫腊梅去打听。腊梅回来说，晋鹏早就回来了，小酌了几杯，已经睡了。向珍就想用力一脚蹬到空处，一时间感觉身体似乎都失了重。他打算就这样算了吗？还是……？

以后的几天，晋鹏对她的态度又变得平常，一眼也不多看，十分守礼的样子。向珍一开始暗暗纳罕，之后忽然想起，前一阵子他也是这样对她的，麻痹她，让她放松警惕，然后在她出门时偷偷跟踪，抓住她的把柄，竟然还想强行占有她——不，现在想来，他那样做不仅仅是为了麻痹她，说不定还有要弄她的意思，就像猫玩老鼠一样。她心里充满了对晋鹏的愤懑和羞辱之感。

不过，她的唇边悄悄爬出一丝冷笑。他在家里如此"守礼"，肯定还以为在高门大户里不能不顾体统吧。只要她呆在家里，就很安全。家里虽然有僻静的地方，但是只要高声喊救命，声音依然能响彻全家。她现在要顾及的，就是不要轻易出门到僻静的地方，以免再被他盯上。

向珍就这样开始在家中闭居。不过，晋家人多口杂，即便她足不出户，依然可以听到很多外面的事情。对商人来说，历来都是官家有人好办事。城北的粮店大亨梅老板想得到程大人的荫庇，去给胡大人送礼，其实胡大人一来，就有很多人想给他送礼。无奈胡大人禀性刚直，说自己不收任何无名之礼。大部分人听了这话后便不敢造次，但是梅老板不愿放弃。他经过打听，发现胡大人为了不拂"城中爱戴他的人"的面子，吃食之类的小礼物还是愿意收的。梅老板便想了个计策，想起本地的香鱼肉质鲜嫩，且有浓香，便买了一些香鱼红烧了，用大盆进献给胡大人——他所送的，其实绝不止是红烧鱼。他高价买来了很多珍珠。在香鱼烧好之后，把鱼目挖出，把珍珠分别嵌入鱼的眼眶之内，总共有一百颗。他自以为用这种方式送礼，能掩人耳目，保全胡大人的面子和名声，胡大人一定对他大加褒奖。

然而，令他意想不到的是，胡大人那几日肠胃不佳，不能吃鱼虾等寒凉之物，所以就把香鱼赏给下人吃了。而因为胡大人食肠不大，胡夫人又有洁癖，不愿吃外食，乡民所赠的吃食，胡大人大多都是赏给这些下人吃了。这些下人这些天吃的肚里溜圆，自然挑肥拣瘦，对香鱼只吃鱼身，把鱼头和鱼尾都给在巷子里转悠的乞丐吃了。

这些乞丐吃出了那些"鱼眼睛"，还讶异鱼眼睛怎么可以这么大这么硬。而在乞丐群里有个曾经在大户人家里当过奴仆的老乞丐，认出这是珍珠，把前事一对，立即明白发生了什么事。这件事顷刻便传遍了本城的大街小巷，人人哂笑，不仅让煤老板颜面无存，胡大人也脸上无光。胡大人一气之下，连吃食都不受了，还公开说，以后谁敢再送他任何东西，就是对他的侮辱，不管前情如何，立即重打四十大板。

向珍听了这段轶闻后，除了觉得好笑，还对这位胡大人生出了几分敬重之意，也忍不住遐想：如果日后晋鹏因为霸占她不成，构陷她——比如污蔑她有什么不才之事，她大可以到县衙去击鼓鸣冤，求这位胡大人给她主持公道。

这样想了之后，她的胆气又壮了些，又敢在晋府里到处逛了。晋府的花园里处处花香，现在是花开得最好的时候。看着那一片姹紫嫣红和一丛丛金苗般的嫩蕊，向珍渐渐觉得自己不用因为晋鹏就辜负了这般美景。于是她就慢慢地在晋府中游逛，慢慢地品着满园的嫩柳娇花。

她走着走着，忽然觉得身侧有个人影一闪。她一激灵，赶紧朝那边看去，却又不由得哑然失笑。只是一个小丫头罢了。不过，这个小丫头的姿态也有些奇怪，仔细看去，竟是一副急匆匆潜行的样子。向珍心头一动，忍不住蹑手蹑脚地跟在了她的后面。

这个小丫头穿着印红花的蓝布衣服，布质粗劣，看来是最底层的粗使丫鬟。不过，她在双鬟之上戴了几多紫色的小花，排列得极为雅致有趣，又让向珍觉得她与一般丫鬟不同。只见小丫头走到花园拐角的一棵芭蕉树下，双膝跪地，双手合十，似乎在对着芭蕉树默祷。向珍很是讶异，想再走近些，小丫头却已经站起身来。

向珍赶紧隐身于花丛之后。而那小丫头似乎也意识到有人在偷看她，向周围打量了几眼，并没有发现什么人。她抿了抿嘴唇，低下头急急地离去。等她走远了，向珍才从花丛后走出来，好奇地走到芭蕉树旁，朝树根打量。

那丫头应该不会拜树的吧。肯定是在树下埋了什么东西，她是在拜那个东西。跪拜祈祷，第一个让人联想到的就是先人的遗体。但是晋家是高门大户，是绝不会允许谁把尸体埋在自家花园里的。就算是偷偷埋，也做不到——这里可是处处有耳目的。唯一的可能，就是她在树下埋了什么意义非凡的小物件，她在对这东西跪拜祈祷。想到这里，向珍忍不住想把这东西挖出来看看，但想到自己还是不要过分管别人的事情为妙，便也离开了那里。

向珍继续在花园中闲游。刚才那小小的怪事并没有影响她的心情。然而走着走着，她又觉得眼角处有人影一闪。她这次没有朝那边看，更没有停步。因为她已经察觉到，那个人是晋鹏。

“妹妹请留步。”晋鹏却不愿让她就这么溜走。

向珍不由自主地站住了。

“到哪里去呀？”他走到她身侧，不可捉摸地笑道。

“我就是随便逛逛。”向珍微微朝他侧脸，但是却没有真正看向他的脸，脸上挂着的，是一副硬壳般的假笑。

晋鹏凝视着她，眼角爬上一丝愠怒，但依然在笑着：“果然你更会装蒜啊。”

“我装什么蒜啊？”向珍这才看向他的眼睛，但是只看了一眼目光就迅速滑开，快得根本没有看清他的神情。

“你那日不仅偷偷地溜出府，还跟踪了一个陌生男人好一段路……这是个大家闺秀会做的事情吗？”

“那您在竹丛里意图对我……也不是一个有身份有体面的人会做的事情……更不是一个兄长会做的事情！”向珍特意把“兄长”二字念得极重，然后才直视晋鹏的脸，赫然发现他并不是她所想的充满调戏之意，而是充满了醋意，甚至还有少许委屈。

向珍不由得一惊。

“妹妹息怒。”晋鹏见她愕然，反而笑开了。他在念“妹妹”这个词的时候，语音颇有花式。这个“妹妹”显然不是对手足之亲的称谓，而是男子与情人调笑时对“情妹妹”的称谓，“那天我只是一时气急，糊涂了。再说，我也不是当真想要对妹妹如何，只是跟妹妹开个玩笑。”

向珍冷笑一声——之前“他在高门大户、礼数之家中不敢对她无礼”的想法让她的胆气越来越壮：“不知我做了什么错事，让兄长如此气愤？”

“哈？”晋鹏诧然失笑，“妹妹你跟踪一个陌生男人那么一路段，甚至还一直跟到了竹林之中……我难道不该气愤？”

“哦。”向珍明知他气愤是因为吃醋，却故意给他换个解释，“看来兄长是觉得妹妹不守妇道来着。其实兄长你错怪妹妹我了。妹妹我自小，喜爱女红，尤爱刺绣。对于手艺出众的绣品，就会不由自主地盯着看。那位少年袍子上的金鱼不知是何人所绣，技法十分高超，我不由自主地看入了神，也就不由自主地跟着走了。现在想来，我所为的确荒唐轻率，并且容易惹人误会，正在暗暗反省呢。”

晋鹏舒心地笑了——从他的目光来看，他心中还有疑窦，但依然对向珍的说法感到十分开心，“那我就给妹妹提点建议。以后无需上市井之地看绣品。市井之地的绣品，全是粗劣之物，有的就算看起来光鲜，但也多是金玉其外败絮其中，根本不值一哂。如果妹妹喜欢鉴赏绣品，大可以来找我。我手里有些绣品，虽然不算是稀世奇珍，但也算是刺绣大师的传世孤品，一定可以让妹妹满意。”

向珍脸上微红，看来他对她的话是半信半疑，所以故意说有弦外之音的话来敲打她。如果她那日跟着那男子看真是“贪恋男色”，自然会领略他语中暗含之意。他显然是说，外面的男人，她不要留意。如果她要找男人，就去找他。向珍心头越来越紧，双颊也不由自主地红了。

糟了，她这个变化晋鹏看在了眼里，眼中溢出了笑意。这笑意和刚才完全不同，看了让人心慌。向珍一抿嘴，也没有向他告辞，转身就走。没想到晋鹏动作极快，一闪身便拦在了她的前面。

向珍吓坏了，双颊红得像火烧云一样，赶紧向左冲。他一闪身，拦到了左边。她朝右边冲，他又拦到了右边。向珍呆怔怔地停下了脚步，低着头偷看他，双颊红得几乎要喷火。晋鹏眯着眼睛欣赏她这羞窘惊慌的模样，从心里笑了出来。

“兄长这是做什么？”向珍努力稳住，但声音还在微微地颤抖。

“只是想跟妹妹再说几句话。”晋鹏注视着她的眼睛，悠然地说。

向珍感到心头一痛——他这神情，简直像她已经成了他的笼中之鸟。忽然间，一股怒气上冲，她站直了身子，冷笑地看着他。

晋鹏见她脸上的羞窘神态陡然没了，暗暗纳罕，接着便听她开口说话，每一个字都像是从牙缝中挤出来的，冒着丝丝的凉气。

“那妹妹也对兄长提个建议，如果兄长心中寂寞，大可以去青楼妓馆。”

晋鹏一呆。向珍这是叫他去嫖妓。而且言下之意应该是：他只配去嫖妓。他脸上的笑意陡然消失，一股怒气开始在俊秀的脸上蔓延。不过怒气只在他脸上蔓延了片刻，他接着又笑了，笑容中似乎藏有邪意：“可我就是想来找你。”说罢一把将向珍揽入怀中。

向珍吓坏了，拼命挣扎，却感到他双臂铁箍一样箍在她身上，她根本挣不开一分。

“兄长……兄长大人！”此时她真正吓得花容失色，“你这成何体统？如果被人看见，你该怎么办？！”

说来也巧，就在这时，一个粗使的丫鬟拿着给花松土的锄头走了过来。向珍赶紧把脸转向她。然而还没等她开口喊她，一件令向珍觉得难以置信的事情发生了。

丫鬟看到他们，先是呆了片刻，然后低下头，转身老鼠般地沿着墙根跑了。她的意思显然是：我什么都没看见。

“你现在明白了吧？”晋鹏高挑着眉毛，微眯着双眼，盯着她。

向珍咬着嘴唇，没有说话。她的脸色已经变得惨白，膝盖也开始颤抖。她现在才真正明白，所谓高门大户的礼教规矩，也不是谁都可以管束。晋鹏在这个家里，拥有巨大的权力，想干什么就干什么。奴仆们不管看到了什么，都不会过问，甚至还会装成没看见！

一股难以言喻的绝望袭来，她的眼中滚珠般掉下泪来。见她如此，晋鹏有些心软，叹了一口气，一只手依然揽在她的腰间，另一只手从手中掏出一块销金的帕子，给她擦眼泪。

向珍忽然在晋鹏拿帕子的手背上狠狠咬了一口。晋鹏猝不及防，揽在她腰间的手也不由自主地松了。向珍不失时机，推开他就跑。晋鹏看着她的背影，悻悻地笑了几声，同时用帕子轻轻抹了抹手背上的牙痕。

向珍逃回房中，之后连房门都不敢出了。夜里睡觉的时候，饶是周边屋中都有丫鬟睡着，还有丫鬟轮值守夜，她还是把自己房间的门窗都从里面拴着。即便如此，她还是感到心惊肉跳。

这天晚上，她不知为何格外不安，和衣坐在床上，抱着被子发怔。蜡烛渐渐燃到末尾，自己灭了。月光照在纸窗上，映得外面树影晃动，宛如屏影戏的纸幕。就在这时，一个男子的侧影映上了窗纸。

晋鹏又来了。

向珍不由自主地抱紧了被子，把下巴抵在被子上，大气都不敢出。房门拴紧了，窗户也是如此。她应该安全吧？人影消失了，向珍松了一口气。然而就在这时，她赫然看见窗边多了一个人影。

是晋鹏？他怎么进来了？

晋鹏似笑非笑地看着她，眼睛在黑暗中闪着莫名的光芒，就像一只饥饿的老虎，恨不得将她整个人都吞下去。

向珍惊恐万状地看着他，想要大声喊，却不知怎么的，根本喊不出声。

晋鹏朝她扑了过来。向珍拼命地挣扎，却无济于事。晋鹏很快就剥去了她的外衣，又把她的贴身小衣撕成了碎片，直到把她剥得一丝不挂……

“啊！”向珍一声喊叫憋在喉咙里，从床上坐了起来。诶？她刚才竟是好好地躺在床上，身上好好地盖着被子。她掀开被子朝自己身上看，发现衣服也穿得好好的。是梦？应该是梦吧。因为刚才的梦境过于真实，向珍呆了半晌后才敢确认这个事实。

虽然发现刚才那只是梦，但向珍没有感到一丝一毫的轻松。因为这是完全可能发生的事情。前几天发生的事情，让她看清了这个高门大户的本质。晋鹏可以在这个家里为所欲为，别人不仅不会过问，说不定还会帮助他。他强行占有她，只是时间上的事情。未出嫁的女孩被人坏了清白，是别指望再嫁出去了。就算能瞒天过海，嫁给不知内情的人，婚后依然会被识破，会被撵回家来的。如果她被晋鹏坏了清白，就只有跟着晋鹏了。但是，晋鹏占有她之后，未必会给她名分，说不定连妾都不会让她做，只会不尴不尬地把她养在家里。时下，富贵人家害怕女儿出嫁后受苦，就把女儿养在家里，父母死后，家中兄弟则继续养她，直到老死。这种事经常有。晋鹏完全可以利用这种先例，对外宣称怕“妹妹”出嫁后受苦（她的身份可以说是十分微妙，和晋家没有血缘，也没有真正的名分，既可以作他的妻妾，也可以作他的姐妹，就看他怎么待她），把她养在家里，囚在家里，让她一辈子当他床上的玩物。

向珍越想越怕，觉得自己往后的日子都变得一片黑暗，恨不得插翅飞离这个鬼地方……诶？向珍的眼中忽然冒出了火焰般的光芒。对啊，她还可以逃啊！她手里有她存了两个月的月钱，还有那么多的金银首饰。她可以装扮成男人，逃到外乡去，照样开绣坊，用男人的身份做生意，只会更容易，说不定可以打出另外一番天地。

向珍想着想着，嘴边满是笑意。不过这笑意是空心的。其实，虽然没有被娇养，她依然算是个娇小姐。外面的世界有多复杂危险，她也是知道的。她这么一个娇小姐，即便穿了男装，出去闯荡，前途也必将十分凶险。不过，即便前途凶险，她也要闯一下，起码比在这里等着被人侮辱强。

主意打定之后，向珍就开始悄悄地打点行装，并且制订逃跑的计划。这天她吃完晚饭，就让腊梅和小丫头们自去休息，她“身体不适”，想要早早睡下，并在向珍和腊梅他们面前装模作样地躺下了。她知道腊梅她们依然是小女孩心性，一有空玩儿就会玩得什么都忘了。果然，她躺下后，腊梅她们就去玩叶子牌去了，看她们那样子，就算有老虎从她们身边经过，她们也不会发现。

向珍便拎着包袱，踮着脚尖，从她们身边溜了过去。她把包袱用袖子罩着，走进了花园。一路上她也遇到了几个家奴，但是她表现镇定，他们也没有看出异常。她走到花园的假山旁时，就在假山洞里换了装——今天她在晋府中寻找男子衣衫，结果见到洗衣婆把一些男女衣衫晾在院子里，她就胡乱偷了一套，也不知道是谁的。换装的时候她心里怦怦直跳，害怕晋鹏会忽然冒出来。

换上衣服后，她就溜向了那个角门。糟糕，那个老婆子今天倒是尽忠职守，竟然坐在门边磕着瓜子。虽然她之前收了钱，说不管看到向珍做什么都不吭声。但是见她半夜出去，肯定还要问几声的。她咬紧牙关想了想，忽然忆起这老婆子年纪虽老，但耳目还灵，便见了一块石头，远远地撂了出去。

“啪啪啪！”石头在假山上撞了几下，弄出一连串声响。

“谁在那儿？”老婆子立即拿着瓜子去查看。

向珍立即趁机溜到门边，拨开门闩逃了出去。然后靠着越来越阴暗的天色的掩护，趁城门还没关，径直逃出了城。

等她出城的时候，城外已是一片漆黑。向珍在心里反复叫自己不要害怕，但是这样显然没用，她还是怕得从心里往外发抖。然而今天她必须夜行，尽量逃得远远的，这样明天才不会被晋家抓到，明天晋家人发现她不见了，一定会大肆寻找。晋家在本县是首富，不仅在县城，在这附近的村庄都有势力。这附近有好几个村子，整村都是他家的佃户。她起码要逃到没有他家佃农的地方。向珍就这样背着包袱，佝偻着身子，在黑夜中潜行，越走越害怕，但是又不敢停下来，停下来更害怕。

不知走了多久，向珍感到手足酸软，即便害怕，也不愿再往前走了。影影绰绰的，她看见不远处有火光。即便只是远远地看见火光，她心里也安定了许多，不由自主地朝火光靠近。

还好，不是什么歹人。是几个农民作完农活在田边窝棚里夜宿，点着篝火，吃宵夜聊天，很多家离田地远的农民，往往带着干粮，干完活便在窝棚里凑合一宿，明早再干活，几天才回一次家。

向珍不敢惊动他们，便悄悄地靠在一棵树后，准备在那里休息一会儿。那几个农民絮絮叨叨地说着家长里短的事情，忽然说起“村东老王”家女儿逃走的事情。他们说，村东老王昨天早上忽然发现自己的女儿不见了，家里少了十几吊钱，昨晚上新蒸的十几个馒头也不见了。老王查看房前屋后，发现有一串脚印——脚印细小，应该是他女儿的，一直通到村外，到乱草坡就失去了踪迹。老王赶紧发动乡邻去找，结果没有找到。

这下村里全知道这事了，你一言、我一语，立即对出来一件事儿——村里独居的那穷小子也不见了。村里那穷小子长得很不赖，但家里穷，还游手好闲，有时候还偷鸡摸狗，大家都鄙夷唾弃他。他和老王的女儿一起失踪，显然是跟这赖小子私奔了。

村民们说完了事情，又你一言我一语地评论了起来。从他们嘴里，向珍得知，这个私奔的女孩儿的娘，也不是“正经人”。她是大户人家逃出来的使女。她本来也是跟个长工私奔的，但是这个长工不是真心和她好，带她逃到这个村子后，在老王家投宿，半夜掠了她从主人家里带出来的银两和金银首饰跑了。

这使女身无分文，滞留在老王家无处可去，只有嫁给了老王。村民口口声声地说这女人不正经，生下的女儿也不正经。本来看这女孩儿长相干净，行事又利落，本以为她能找个好人家，活得“像个人样”，没想到竟也不守妇道，看来下贱女人生的种子，必然也是下贱的，无一例外。

向珍静静地在树后听着，不知不觉之间听得耳满心满。老实说，虽然晋云对她母亲向美十分尊重，二夫人的待遇一样不少，也叫府里的人和亲朋好友都对她以“二夫人”相称，但毕竟没有真正摆酒成婚，别人对她的看法是微妙的。向美身前身后的名声，可能在一定程度上就系在她的身上。如果她“争气”，嫁个好人家，勤俭持家，相夫教子，使得家道兴隆，夫贤子孝，世人称赞，那她九泉之下的母亲才能有几分光彩。她母亲名声上的“缺憾”，在众人心中也可一笔勾销。但是她如果有个行差踏错，那么她和她母亲在别人的嘴里，恐怕就成了“下贱女人生了下贱女儿，上梁不正下梁必歪了。”

而她现在就已经“行差踏错”了。她这一走，本来就会引来很多无端的猜疑。晋鹏更不可能放过她，绝对会狠狠地构陷她，让她的名声臭到底，说不定连她死去的母亲也会一并羞辱——因为他母亲的关系，他好像对向美也有仇气。就算向珍能安全地远走他乡，并在他乡安身立命，这也不能不让她揪心。这些村民们还在你一言、我一语地骂老王的妻女“母女下贱”。向珍听着，呆住，就悄悄地起身走了。

向珍顶着黑暗在野地中走着，只觉得脸上心头都烧得火滚，黑夜的凉风吹着，都不能扑灭这热度。终于，她心头的火消了。此时夜已深，她也走到了山野的深处。她深吸了一口气，看着天空。不知从什么时候起，月亮被黑云遮住了。天地间黑得就像一个墨缸。

向珍腿发软，心发慌，觉得不能再走下去了，想找个地方凑合一宿，等到明天天明再走。她东看看，西瞧瞧，发现在不远处，有个小土丘。在土丘的下面，有个土洞。向珍走到土洞边，朝里面张望。里面黑洞洞的，但是好像没什么东西。但是向珍依然怕里面藏着歹人，或者有什么毒虫狠怪，便拿了一块石头，往里面一扔。

石头滚进去了。里面没有其他动静。向珍这才摸索着进去。等她的眼睛适应黑暗后，发现这个土洞不小，在中央还有一个长方形的大石块。向珍便靠在石块后休息——这样再有人进洞来，也不会第一时间发现她。

向珍在石头后面靠着，觉得也许该升个火，至少可以吓走可能出现的野兽。无奈她没带火石等物，就算有，也没处找柴火。只好自己安慰自己，在心里说不生火也好。不升火，就没人能发现她在这里。

虽然有了落脚之处，向珍也不敢睡觉，打算就这样坐到天亮。久坐无聊，向珍便用手摸这块大石头。摸着摸着，渐渐发现这块石头上有凹凹凸凸的花纹，还似乎有字迹……啊！向珍觉得头皮一炸，差点惊呼出声。这哪是什么大石头，这分明是一个古旧的大石棺！而这里，其实是一个废弃的墓穴！

向珍一刻都没法在这里待了，想立即出去。然而她刚从棺材后探出小半个身子，就看到洞口影影绰绰来了一人。向珍想都没想就缩回了石棺后，心"怦怦"直跳。虽然看不清那人的形貌，但是那人姿态横恶，一看就不像好人。

那人走到石棺旁边坐下——他是坐在石棺的那一面，和向珍几乎是背对背。向珍闻到一股浓烈的鸡香和酒香，那人在大口啃鸡肉，大口喝酒。向珍吃过晚饭后就没再吃东西，而且因为是大小姐心性，凡事考虑不全，不仅没有带火石火绒，也没有带干粮。她肚子早就饿了，之前还能忍受得住，现在被这酒香和鸡香一勾，顿时觉得饿得难以忍受。

那人吃喝了几口后，开始数东西："一、二、三……"向珍听到有重物滚落在地，但是体积不大，估计是银两。

那人数了一会儿，又说话了："一两银子一锭，有的量足，有的差些，不过五十锭怎么着都超过四十九两。还有些个金珠首饰，今天一百两肯定是有了。哈哈，杀两个人，赚一百两，倒也不算赔了。"

一听这话向珍忍不住全身发抖，同时下死劲地按住自己的嘴巴，生怕发出一点微声——听这人的话，他应该是个杀人劫财的巨盗！

正在她惊恐的时候，那人忽然敲了敲石棺——他敲打的地方，就在她头顶不远处。向珍身体一软差点要晕倒，却听那人说："睡在棺材里的老兄，不好意思又打扰了。今天我无以为敬，只有请你喝一杯。”说着向珍便闻到一股酒气接近，估计是巨盗在棺材上倒了些酒。就在这时，向珍饥饿的肚子不争气地叫了一声。

“嗯？”巨盗一惊，“老兄？是你吗？”

向珍此时脑筋转得飞快：这盗匪也许下一刻就会意识到这里有“人”。如果他到棺后搜查，她必然无幸，她不如铤而走险，装成鬼怪，一鼓作气把他吓走。

“是啊，是我。”她捏着嗓子，把声音从喉咙最底部挤出来，声音既凄厉又古怪，“你以为给我喝杯酒，就能让我原谅你的所作所为吗？”

巨盗猛地向后跳了几步，杀人越货之人，其实最是迷信，“大……大哥，不，大姐……不，上仙……我有作过什么冒犯您的事情吗？”

巨盗一说“上仙”，正好给向珍提供了灵感。向珍继续捏着嗓子说：“我在这里静修了三百年，眼看马上就要成为鬼仙。我这修行之地，见不得任何污秽不详之物，你却带着杀人的刀进来，还把贼赃都带到这里清点，还说没有冒犯我吗？”

“原来……原来是这么回事啊……小的，小的真是罪孽深重……”巨盗噤若寒蝉，“小的……小的……小的马上就收拾东西出去……”然而他却没有立即收拾东西，而是又问道：“上仙，我到你这里来……歇脚，也有过好几次了，您怎么到现在才提醒我啊？”声音也不如刚才那样颤抖。

向珍知道他心里已经起疑，赶紧打散头发，盖在脸上，猛地从石棺后面跳出来，竭尽全力喊了一声：“快滚！”

因为她意在吓人，故意把声音弄得很怪。再加上她内心恐惧，吼出来的声音本来就不会成调。两下一搀和，使得她的吼声如山魈怪吼，又如恶狼凄嚎，连她自己听了都胆战心惊。

巨盗吓得屁滚尿流，东西也没敢收拾，飞也似地逃出了墓穴。巨盗逃走后向珍也随之瘫倒。她斜躺在石棺后，过了半晌才缓过气来。她走到棺前查看，结果发现地上放着一包银子，还有一些簪环首饰，上面都镶嵌着珍珠和宝石。她把这些东西都包了起来，拿着便走。她不是要把这些东西据为已有。她走回到城门那里。把这个包袱放在城门前，并捡了块尖石，在泥地上写了大大的“贼赃”两个字，之后便在城门边避着，等天明。

她不打算逃走了。刚才那惊心动魄的经历虽然差点吓掉她的半条命，但是也给了她勇气和自信。她刚才可是斗败了一个杀人越货的大盗。晋鹏再怎么坏，能坏过大盗吗？她要回去跟他斗，不仅要跟他斗，还要跟这整个世界斗，一定要变成人上人，给自己，也给自己九泉下的母亲争口气！

城门开了。守城的兵丁看到这个包袱，全都一头雾水。向珍趁他们不注意，悄无声息地走进了城门。她回到晋家那个角门前，发现那老婆子竟然把角门从里面栓上了——估计她查探回来，发现门没栓，以为是自己疏忽了，就把门闩上了。

向珍又好气又好笑，心想着老婆子平常糊糊涂涂，怎么今天这么谨慎，便翻墙进去——她之前从来没有做过这样的事情，此时一试，竟然得心应手。她便按照原路返回自己的闺房，在山洞里换了装。不敢把这件男装拿回房间，就把它叠了叠，塞在假山石洞里。日后就算衣服的主人发现了，估计也以为是哪个顽童恶作剧。她溜回闺房时，腊梅等人还浓睡未起——昨日她们也玩了很久。向珍蹑手蹑脚地回到床上，倒头便睡。这一觉真是又黑又甜，她睡得什么都忘了。

不知过了多久，向珍醒了。她闭着眼睛就能感觉到阳光照眼，心想现在肯定都快要中午了，赶紧睁开眼来。没想到她这一睁眼，就惊得瞪大了双眼。

晋鹏竟然坐在她的床头，似笑非笑地看着他。他俊俏的脸庞有如玉琢，表情也颇温和，但在向珍看来，他的脸上似乎包含了无穷无尽的恶意。

怎么了？向珍的心顿时乱成一团：难不成他发现她半夜出逃的事情了？如果他发现了，说不定现在就打算以这个强逼她、占有她……虽然心里乱成一团，向珍还是强作镇定，若无其事地问：“请问兄长大人，有什么事吗？”

一听这话，晋鹏立即舒开眉心笑了，眉宇中似乎有光芒要透出来，讪讪地说：“我是看妹妹这么久还没起床，怕妹妹身体不适，特来看看。”

向珍强笑了一下，心情十分复杂。看来他是不知道她半夜出逃的事情吧。但是她刚才为了表现镇定，对他说话过于温和——其实她应该义正辞严地让他出去，反倒让他觉得她愿意和他调笑。

想到最后一点后向珍心里暗叫不好，表情顿时变得僵硬。晋鹏察觉了，心里有些不悦，他本来以为这座冰山已经化了一些，没想到转眼又冻住了。他心有不甘，故意低头靠近她，脸离她的脸只有数寸，口鼻中的热气吹拂到她的脸上，又黑又长的睫毛几乎要撩拨到她心里去："妹妹你可千万要保重身体。现在天时不好，如果得了什么病，恐怕绵延难愈。"

见他如此，向珍的心先是一麻，然后就坠岩般向下急坠，生怕他会就此压到她身上，又想起那个遭他强暴的梦境，顿时吓得脸色铁青。

晋鹏没想到她会如此惊慌，嘲讽地一笑，丢下一句："你好好休息。"说罢便扬长而去。

向珍胡乱应了一声，等看着他走出门去，才稍作放心。此时腊梅才笑嘻嘻地端着铜盆进来，伺候向珍梳洗。向珍从眼角看着她，忽然明白晋鹏之所以能悄无声息地走到她的床前，一定是腊梅的原故——不仅她没有拦他，院子里的其他小丫头肯定也没有拦她。向珍怒从心边起，嘴角重重地向下一撇。看来腊梅清楚"更该讨好谁"，如果晋鹏刚才当真非礼她，说不定腊梅还会给他把门。

向珍越想越气，却也感到一种难以言喻的忧愁和无助——她在晋家，当真如一株孤木一般。她很想找些自己可以真正信任的帮手，哪怕一个也好。可现在她能到哪里找去？

向珍心中烦闷，胡乱吃了些饭食后就到院中闲游——前面已经传来消息，今天晋鹏在前面处理生意上的事情，所以她才敢到处游逛。走着走着，竟然又看到那个"看起来与别人不同"的粗使丫头到芭蕉树下祭拜。向珍留了个心，等那丫头走后，就拔下一根粗长坚硬的金头银簪儿挖土——她这样做不仅仅是因为好奇，也怕这丫头埋下了什么不好的东西，比如厌胜之物。

向珍挖了一会儿，挖出一个用油纸包着的小盒子。她小心翼翼地把油纸打开，发现里面是一个涂漆描金的小木盒子。她把盒子打开来，发现里面有一个翠生生的鱼形玉佩。这玉佩近似半圆之形，在嘴巴上有个圆孔，口里并没有连上绒线。

向珍轻轻地把玉佩放回盒子里，皱眉思忖。这样的玉佩，倒像是从那种形状近圆的双鱼玉佩上分出来的。而分玉佩，一般则让人想到“骨肉分离，夫妻分别，两人各执一块玉佩为证，日后再见面时便凭此相认”。这粗使丫头，背后还有什么故事不成？

向珍便找到厨下的李婆打听这个粗使丫头的情况——这家里的新闻旧闻李婆都知道。李婆跟她说，这丫头名叫雨点儿，是管事的用三两银子从人贩子手里买的。因为她年龄小，啥都不懂，就被放在厨下粗使，其他杂活也干干。住的地方，就是厨房边的那间小矮房，和其他粗实丫头住在一处。

向珍便遛到厨下，发现小雨点儿正在灶台前用扇子扇火。她便把小雨点儿叫出来，带到一个僻静处。这雨点儿虽然在厨下干粗活，但是衣服保持得挺干净，脸上更是没有半点灰污。虽然对向珍喊她出来感到好奇惊慌，但是小脸低垂，并没有将之如何表现出来。向珍看了后对她很是爱怜，觉得此女可用。她便用手扳着盒盖，把它打开一半，让她看那块玉佩。雨点儿的脸立即白了，惊疑不定地转动着眼珠。向珍目不转睛地看着她，觉得她并没有隐瞒什么不好的事情，只是单纯因为自己的秘密被发现而惊慌，便柔声跟她说：“你不要害怕。我只是想找你问问，这是怎么回事。”

雨点儿的脸皮舒开了，忽然跪倒在地，朝向珍拜了一拜，便把她的身世跟向珍说了。原来，她本姓江，名听雨——当初管事的买下她后，嫌她的名字拗口，就把她的名字改成雨点儿，是山西的一个盐商的女儿，她的母亲，是盐商的一位平妻——所谓平妻，就是两位妻子并列，不分大小。一年前，她父亲出外行商，不知为何音信全无。家里的另一位平妻仗着自己的娘家有势力，把江听雨和她娘从家里赶了出来。江听雨和她娘没有办法，只好自行去找她父亲，结果半路上被人贩子骗了，被分别卖了。

在被分别卖掉之前，江听雨的娘便把贴身的双鱼玉佩一分两半，把这一半给了江听雨，说日后娘儿俩若还有机会相见，就以各自手持的玉佩作为凭证。后来她娘被一个买妾的商人买走，不知所踪，她自己则被晋府的管事的买来，作粗使丫头。因为这玉佩是贵重之物，她又没有自己的房间，怕这玉佩被人偷了去，就把它埋在那棵芭蕉树下。自己每天去那里，其实是查看那里有没有被挖。下跪并且祈祷，是祈求上天保佑她们母女各自平安，早日能再相见。

江听雨说着说着，忍不住掉下泪来。不过虽然在伤心流泪，她脸上还有一番坚强之气，仿佛在说无论境况如何，她都一定会坚强地活下去，并且找到失散的母亲。向珍不由得对她又是赞赏又是爱怜，并且暗暗打定主意，如果以后有机会，她会帮助江听雨找到她的母亲。而且，她从江听雨的脸上，看出了一股忠直之气，觉得她是个可用之才，便存心把她收为麾下。准备看房里哪个小丫头好吃贪睡不干活，打发走一个，再把她收到自己房里来。向珍先从荷包里拿出几百文钱，给江听雨贴补用度，又好言好语地安慰了她几句，才离开。

向珍一边盘算如何把江听雨收进屋里，一边继续在园子里游逛，不知不觉过了好久。晋鹏一直没有出现。他没有出现惊扰她，倒让向珍觉得有些奇怪，忍不住想去看看晋鹏在干什么。

她悄悄地走到前厅，发现已经有好几位"热心"的奴仆聚在僻静处偷看。再往厅里望望，发现晋鹏正坐在太师椅上，旁若无人地品茶。而在前厅那边的院子里，一个约莫三十岁的、穿着红底金钱图案衣服的人正面如死灰地跪着。他脸色已经很不好，并且额头上已经挂满了汗珠，一看就已经跪了好久，但是不敢起来，甚至动都不敢动。

向珍好奇这是为什么，立即有个快嘴子告诉她，跪在这里的，是晋家生药铺的掌柜罗旭景的儿子罗全，这次去外地买药材，因为药价上涨，买的药材不够。据说买来的药材有些品质不好。晋鹏得知后大怒，要治罗全的罪。

向珍心里暗暗一紧。说真的，罗旭景和罗全虽然是受雇于晋家，但不是奴才。出了这么一次岔子，没必要这样跪着请罪。然而一个奴仆又告诉她，这次晋鹏是要把罗旭景父子都赶出生药铺。罗旭景父子吓坏了。本来是罗旭景带着儿子一起来请罪的，但是晋鹏硬是让罗旭景先回去，就留罗全一个在这里开涮。罗全已经在这里跪了半个时辰，晋鹏却像没看见似地，只是饮茶，一言不发。

"少爷，少爷……"罗全终于受不了了，"我知道，我采买不利，该打，该罚，但是，我一到那地方，药价就涨了，我也没办法啊……"

晋鹏又品了一口茶，声音和表情都很宁静：“我问你，这是第几次了。”

“第……第三次……”罗全的舌头开始打结，一边说一边朝晋鹏偷看，“都怪小人笨拙，步程慢……”

“事到如今你还想装傻！”晋鹏放下茶碗，终于提高了声音，语气变得像刀尖一样，“你当我不知道？你每次到地方的时候都不迟，那时候药价正好！但是你到地点之后并不买药，而是放一茬短印子（短期高利贷），等你把钱收上来之后，药价全都涨上去了！你将收来的利息中饱私囊，再用原来的钱买那些涨价的药材，表面上是没贪一分钱，实际上油水可捞得足了，药铺也被你害惨了！”

罗全呆了——他就像雷惊的蛤蟆，大张着口瞪着眼，显然完全没料到晋鹏会知道此事。围观的伙计们也是一片讶异，看来他们也都不知道这事。

向珍也挺惊诧，她惊诧倒不是因为罗全的所作所为，损公肥私者到处都有，手段也都多了去了。只是在她的认知中，主人知道奴才的所为，一般都是其他奴才传话的结果。换言之，主人要知道奴才干的坏事，得在其他奴才知道，并且议论开了之后。而这些奴才们——他们显然是打探和传播新闻的急先锋，都不知道，可见罗全此事做得非常隐秘，晋鹏是如何知道的呢？不过向珍只是惊了片刻，随即了然。肯定是晋鹏在罗全身边安插了眼线。而且估计不止是在罗全身边安插了眼线，所有的掌柜的身边估计都有眼线。

罗全见事情败露，知道晋鹏厉害，不敢再有丝毫辩解，只有叩头求饶。

晋鹏又拿起茶碗品起茶来，语速重新变得不紧不慢：“事已至此，我也不想多为难你。反正你三次采买来的药材，品质低劣，柜上是不要的。你把三次买药的钱，全按原数赔来就好。否则，我就把你们父子以窃夺东家钱财的罪名，送到官府去！”

罗全的脸立即灰了。三次采买药材的钱可不是小数目。但是，不给的话，晋鹏就要抓他们父子去见官。见官的下场谁都知道，不死也得脱层皮。他本以为晋鹏只是想把他们父子赶出药铺，这都已经使他们无法承受，没想到还有更狠的招儿。

“不用这么肉痛。”晋鹏从眼角瞥着他，用嘲讽的语气说，“我知道现下短印子的行市，你得的利，说不定比三次买药的本钱还多呢。”

罗全没有办法，只得叩头说愿意赔。他怕晋鹏“一时兴起，又想送他们见官”，立即回家拿银子。拿来的不仅有整银子，也有碎银子，还有他娘的几件首饰。晋鹏清点了，才对他们父子进行最终发落。罗旭景被免了药铺掌柜一职，被赶去干一个“手上沾不到钱，但也不轻松的”工作。晋鹏说，这还是看在他是药铺老人的份上，不想让他没了饭碗，才“从轻发落”。至于罗全，则免去一切职务，不仅不能再在晋家的任何店铺里任职，以后也不许踏入晋家的任何店铺一步。

第三章 被逼订婚

晋鹏发落完了之后，偷看的众奴仆都咬指咋舌，说晋鹏做事真是又利落，又厉害。只有一个老奴仆皱眉摇头，向珍竖起耳朵，听他轻声对身旁的一个奴仆说，“虽然晋鹏如此发落没什么不对，但是罗掌柜是晋云年轻时就提拔起来的老人儿，他这样不跟晋云说一声，就这样发落罗掌柜，似乎有些不适合。”

接着他的声音越发低细，几不可闻，但向珍还是努力听见了。他说，“晋鹏这样雷厉风行，不知道是不是特意为之。”这是什么意思？向珍明白。他的意思是，恐怕这是晋鹏故意在挑战和侵蚀晋云的权力，想要夺权了。向珍心头一沉，心想如果是那样，真是令人忧虑。不过……向珍心头有亮光一闪。这话提醒了她，晋府的大权还在晋云手中，她应该想办法让晋云把她从晋鹏魔爪的阴影下救出来，说不定一次就可以永绝后患了。

傍晚，向珍坐在绣楼的窗前，以手支腮，朝晋云住处遥望。直接去跟晋云说，晋鹏骚扰她，是不行的。晋鹏肯定不会承认，说不定还会反咬一口，说向珍勾引他不遂，就胡乱诬陷他什么的。晋鹏毕竟是晋云的亲儿子，晋云在没有真凭实据的情况下，晋云肯定还是会偏向自己的儿子。而晋家的奴仆，对她肯定也是挑眼的，对她肯定只相信坏的，不愿相信好的。要向晋云求助，必须好好地想个法子才行……

是夜。向珍穿着一领素色的斗篷，打着一盏灯笼，悄无声息地走到了竹林的一角。她看到黑暗中隐隐有个蓝色的光点一闪一灭，她就知道自己要等的人来了。

向珍刚刚把灯笼放在地上，就听见身后有人冷笑。她转头一看，脸色顿时一寒。是晋鹏。他又跟过来了。

“兄长大人好。”向珍镇定地对着晋鹏福了一福。

见她这么镇定，晋鹏更加恼火——他本来就是带着气来的。盯着她的眼睛冷笑着说：“妹妹又很镇定啊。”

“镇定？这是什么意思？”向珍一脸迷惑地看着他。

“好吧。”虽然仍在微笑，但晋鹏暗暗咬了咬牙，“那我问妹妹，今日，哦，不对，是今夜，来这里做什么？”

“我来这里赏月。”向珍说。

“到这等僻静地方赏月？”晋鹏皱眉而笑，就像听到了什么荒谬的事情一样。

“这里景色正好啊。”向珍一脸迷惑，“再说这里有何僻静之处呢？不也是在家里吗？”

“哈？”晋鹏收起了笑容，“看来你还是油嘴滑舌呢。我看妹妹怕是在这里等什么人吧？”

“兄长何出此言？”向珍一脸惊诧，“这个可不是随便说的……兄长这样说，有什么凭据吗？”

“凭据啊。”晋鹏打了个哈哈，朝墙外望了望——墙外是一片空地，是公共的地方。“也许马上就会有了呢。不，也许已经跑了。”

他说这话的时候语气中满是鄙夷。向珍知道他是什么意思。他是说，如果向珍约了男人前来见面，他到墙外后，听到里面有争执的声音，说不定会直接逃走。

向珍抿了抿嘴，没有说话。

晋鹏盯着他的脸，从鼻子里哼了一声：“我跟你说过，不要找这些……”

“你说，要找男人就来找你吗？”向珍的语气陡然变得锋利。

晋鹏猝不及防，呆了片刻后才眉毛一挑说：“这话好像有些粗俗啊。不像是妹妹这种人会说出来的话。”

向珍的唇角鄙夷地向下撇去，随即却听到他说："我的确是这个意思。"

向珍一凛，不由自主地退后了一步。

见她恐惧，晋鹏又笑了，眼中却涨满了醋意和委屈："我只是不明白，为什么妹妹对我这么讨厌。你可是一来，就对我气势汹汹啊。"

向珍又退了一步："我没有气势汹汹。倒是兄长在我来后，就对我步步紧逼。"

"步步紧逼？"晋鹏上前一步，"这话太难听了。再说我什么时候逼过妹妹啊？我只是想跟妹妹亲近亲近。"

"恕我直言。"向珍继续后退，"我们二人并无血缘，即便是亲生兄妹，也该授受不亲。我们并没有亲近的必要。"

"哦。是这样啊。"晋鹏眼珠一转，忽然低头笑了起来，"既然如此，我就不再绕弯子了。我对你倾慕之情全部出于至诚，不知为何你对我的倾慕之情如此厌恶。我今天到这里来，只是想提醒你一件事，你涉世未深，不懂看人。你看上的男人，很可能是心怀叵测、负心薄情之人。不管是谁，都趁早了断了吧。"

向珍咬了咬嘴唇说："妹妹我今天到这里来，的确只是赏月。不知为何兄长一定要说我是来作不才之事……"

晋鹏没有理睬他，自顾自地说了下去："否则，你不去了断，我就去帮你了断。我要去帮你了断，那人就没法全身而退了。另外，我也可以告诉你，你别指望嫁出晋家，你今生今世，只能是我的人……"

"混账！"晋鹏还没有说完，竹丛中便响起一声暴喝。

晋鹏一呆，接着竟见晋云从竹丛里走了出来。又过片刻，一位老家人也从竹丛里走出来，走到晋云身边。

晋鹏一头雾水，忽然瞥见向珍是一副如释重负的神情，心头顿时雪亮：他中了向珍的计了。

是的，向珍是对他使用了计策。向珍知道，自己如果贸然去说，晋云未必会相信她的话，说不定还会对她心生厌憎。所以她只有想办法让晋云亲眼见到晋鹏勒逼她。

之前那个在竹丛中闪烁的微光，其实是这位老家人，晋福的帽子上的水晶。晋福自小就伺候晋云，因为喜欢风淡云清，所以虽然年纪一大把了，也没有被升作管事什么的，依然在晋云身边当差。他和晋云的关系十分要好，两人可以说是亲如兄弟。他的话，晋云一般都会听，各个管事都嫉妒他嫉妒得要命。晋云平日里也会赏赐晋福各类好东西，他帽子上缝的水晶就是晋云赏赐的。所以向珍觉得要向晋云进言，还得通过晋福。当然了，直接找他说，也是不行的。

向珍听江听雨说，最近晋福感叹自己年纪已经不小，想要养生长生，便迷上了练气功。每日都到这个僻静之处练气功——虽然只是些粗线的养生之法，也没有走火入魔的危险，但是依然忌人打扰，所以他没告诉任何人自己晚上在那里练功，省得有人跑来扯皮啰唆。江听雨是晚上睡不着，悄悄出来玩，才发现他的。她人小，手脚又轻，晋福并没有发现她。

知道这件事后，向珍便心生一计。她打听到晋鹏屋里有个丫鬟秋菊，每日下午必到花园里透气。今日下午她便坐在那丫鬟常去的亭子旁的假山石上，拿了朵花，一边扯花瓣，一边作出有千愁万绪的样子，同时嘴里不停地默念“里园竹丛西北角”。这个模样，很让人联想到她是不是和什么人有了私情，正在经受相思之苦。而嘴里念叨着的地方正是私会之所。她听说秋菊是个有心之人，一定会有所感应。而晋鹏对她向珍有意之事，他身边的人总会知道一些。所以她料定秋菊必然会去向晋鹏禀报。而晋鹏，一旦觉得她和别的男人有情，就会失去冷静。

她从亭子边回来之后，便坐在绣楼边，一边佯装绣花，一边朝四下打量。果然，在傍晚时候，有个人影在花树后影影绰绰地活动。她知道那必是晋鹏，等天黑后便避开丫头，潜行到这里。晋福果然在这里。晋鹏果然也跟过来了。她便故意和晋鹏发生争执。

她知道晋福听到“疑似她有不才之事”的言语，必然会向晋云禀报——事实也就是如此。他这边听到，那边就去了。而这里虽然僻静，但实际上离晋云的府邸并不远。

为了确保晋云能及时赶到，向珍故意拖延时间和晋鹏的争执。结果晋云来时，正好听到晋鹏说那几句最要命的话。

晋云此时气得面庞涨血，气狠狠地盯着晋鹏。而晋鹏只在晋云刚刚出现时有些许的慌乱，此时反倒释然了，带着不可名状的神情，似笑非笑地看着晋云。

晋云气狠狠地盯着晋鹏看了半晌，才沉着嗓子说："珍儿，你先去休息。鹏儿，你跟我来！"

晋云让晋福送向珍回去休息。自己则带着晋鹏去自己的书房。

晋福默无声息地跟在向珍后面，却悄悄朝她打量。向珍注意到了，轻笑一声："看来老人家有事要问我。是想问我是否有不才之事吗？您大可放心，绝对没有。如若不信，您可以在明天天亮之后，或者现在就打着大灯笼到外墙外查看，看看墙下泥地上是否有脚印即可。"

如果向珍有约人来，哪怕之后那人逃了，只要他来过，就会在泥地上留下脚印。晋福听了后，脸皮舒开了些，但是依然没有作声。向珍明白，笑着叹了口气："小女子我身份低微，不花点心思，难以保护自己。我想老人家一定体谅我的苦衷。"

向珍所料没错。晋福已经隐约料到今晚之事是向珍使计，听向珍此话已经等同于坦白和解释，同情地叹了口气，他是能体谅向珍的苦处的。晋福把向珍送回绣楼后，又走回晋云书房窗下窃听。不为别的，只因他早已感到晋鹏的权力已经很大，害怕他顶撞晋云。如果他真这样做，他就要冲进去，为晋云说几句公道话——有些主子不便说的话，就需要奴才来说。

"你倒是说话啊？为什么要作这种禽兽之事？"晋福刚到窗下，就听到晋云对晋鹏吼道。如此听来，晋云应该已经骂了晋鹏一段时间，而晋鹏一直一言不发。

"我说爹，你也该骂够了吧？"就在这时，晋鹏说话了，语气竟然不以为然。"我做什么禽兽之事了啊？你不会真把珍儿当成你的女儿了吧。"

"她就是我的女儿！" 晋云斩钉截铁地说，喉音略紧。

"不，她不是你的女儿，你们没有一丝一毫的血缘。她妈也不是你正式摆酒娶的妾。没人当真把她看成你的女儿。她只是个被你养在府里的……女孩儿。" 晋鹏说这话的时候不紧不慢，语气也不高。

晋云没有立即说话。晋福知道，肯定是晋鹏那句 "她妈也不是你正式摆酒娶的妾”触到了他的痛处。

“我要你把她给我。”晋鹏估摸着自己占了上风，陡然说。语气不容置疑。

“不行！”晋云喝道，喉音有些闷，“她根本不愿意跟你！”

“事情成了，她自然就愿意了。”晋鹏的语气依然不以为然，语音中却似乎有了锋芒。“你扣着她不给我，难不成你要自己享用？”

“混账！”晋云幡然变色，“你怎么能这样想？！”

“不只是我这样想。”晋鹏冷冷一笑，“这府里这样怀疑的人，没有八成，也有一半。外面如此怀疑的人也有不少。闲话说多了，就会被人当成真的。你要是把她扣着不给我，可是会坏她的名节的啊。”其实外面如此怀疑的人是有。但是并没有晋鹏所说的那么多。晋鹏如此说，有点在虚张声势，但晋云一点都没看出来。

晋云眉头紧皱，眼珠急转，拳头也握紧了。

“我绝不会把珍儿嫁给你的！”他恨恨地说，“我会立即给她另觅良配！”晋鹏的嘴唇抽动了几下，似乎要抗议，最终却没，只是嘲讽地笑了笑。

第二天，晋云便说向珍身体抱恙，把她送往乡下的别墅休养。然而她最终的目的地，并不是他宣称的那个别墅，而是和别墅有一段距离的清静小院。跟着服侍她的，除了腊梅，还有一男一女两个家人。这两个家人，据说都是老成持重之人，晋云觉得他们可以信得过。晋云这样安排的目的，就是让晋鹏找不到她，让他无法再上门啰唆。

向珍也觉得晋云的安排不错。这两个家人她看过了，从面相来看的确是老成持重之人。那带着腊梅会不会有问题呢？不会。腊梅虽然是个“心思过于活络”之人，但在见风使舵上风向把得很紧。晋云怎么说还是真正的一家之主，她还是会优先效忠晋云。

晋云喊来各个出名的媒婆，为向珍寻觅佳偶。然而为向珍寻觅佳偶并不容易。还是应了那句话，向珍的身份比较特殊。她只是晋云没有名分、事实上的妾侍拖来的女儿，连个油瓶都不算，说是干女儿都牵强。因此，难有大户人家愿娶她作媳妇的。而晋云却要求对方的儿子必须才德双全，还须长得精神，所以媒婆们一番奔波后，都是一无所获。但是晋云没有放弃希望，又给媒婆们每人赏了一块银子，让她们加油为他查访。对于这事儿，向珍并不知道。但是从迟迟没有消息来看，她也猜到会是这么个结果。

对此她并不感到着急，也不担忧。她要的，只是有路可走罢了，并不只是想凭嫁人安身立命。她现在在小院里，每天只是安心绣花，一边绣花一边想着自己的那些首饰。在那次黑夜历险之后，她的心思活了不少。

她之前觉得那些首饰不可以拿出来变卖。如果被人发现首饰少了，交代不过去。现在却觉得，她可以找些和那些首饰外形肖似的仿制品，再把首饰拿出去典当换钱。她把当来的钱拿来当绣坊的本钱，等绣坊赚了钱，再把这些首饰赎回来就是了。就算首饰赎不回来，也不大会有人仔细看她的首饰和之前的有什么差别，就算看出来了，她推不知道便是了。现在看来，拿首饰换钱，是弄本钱的最快捷径。只可惜她走得急了，没有把那些首饰带出来。她寻思着那天回去，把首饰偷拿出来，但是现在还暂时不敢回去。

这天，腊梅出去闲逛时，不小心踩上了一堆牛粪，绣鞋被毁了，哭丧着脸回来。向珍立即给了她几个铜子儿，让她去买鞋。过了一会儿，她回来了，脸上喜气洋洋，一进门就让向珍看她手里的纸包儿。

向珍一看，心里微微一惊。只见这是一双红艳艳的绣鞋，式样俊俏利落，上面用彩色绣着鲜灵灵的红花和绿叶，每只鞋头上还都绣着一对栩栩如生的蝴蝶。向珍暗暗称赞：这绣工，在她看过的人当中，可排第二——第一就是她的那个师父。

向珍心头暗喜——要开绣坊，必须得有手艺高超的绣娘帮衬。没想到此时能在这里发现这么一个好手，但是并没有喜形于色，问腊梅这鞋是从哪里买的。腊梅说，在西边有条大路，每天有不少人走。她走那条大路，准备到附近小镇里去买鞋。结果刚走到一个岔口，就看到个老婆子在路边坐着，面前有张破草席，上面有绣鞋、荷包，还有几根木头刻的簪子。这对绣鞋，只要九个大钱。还剩下一个大钱，她买了根木头簪儿，说着还把头上的簪子给向珍看。

这簪子是用杂木刻成的，簪头被刻成花枝之形。虽然木质低劣，但是造型甚美。看来这刻簪子的人也是心灵手巧之人。腊梅把绣鞋给向珍看过后，立即把绣鞋穿上了，之后对着自己的双脚左看看、右看看，就像自己的双脚被镀了金似的。

向珍听说这对绣鞋才卖九个大钱，不由得哑然失笑，在心底暗想罪过罪过。她虽然不想在这荒僻之地乱跑，但实在不想和这么一个优秀的绣娘擦肩而过，便让腊梅带她去那个路口看看。不过成行之时，可不只是她和腊梅，还有那个跟来的男家人晋安——小姐要出门，他一定要跟着保护。

晋安是个四十出头的男人，长的虎背熊腰，但长得很是面善。人心也善，平常话不多，也从来不跟人打牙犯嘴。对于这样的老实人，向珍是不排斥的，同意让他跟她们一起去，还跟他说了部分实话：她见这双绣鞋的刺绣技术实在高超，她想看看是哪位同好有这么高超的技术。晋安知道向珍喜爱刺绣，这样做也很正常，所以也没有一句异议。

三人径直来到了那老太婆卖鞋的路口。那老太婆还在那里卖杂货。向珍没有贸然上去，而是站在一个僻静处观察这老婆子。有时候，卖东西的人就是做东西的人。不过，这老婆子满头白发，背也驼了，两只眼睛眯缝着，似乎也已经看不清东西，不像是绣花高手。她们刚站定一会儿，就有个人过来找老太婆买荷包，老太婆收了钱，递荷包给人家。向珍注意到老太婆的手有些颤抖，不由得暗暗摇头：手已经抖了，估计已经捻不了针，拿不了线了吧。

“老人家。”向珍走上前问，“这些绣鞋，还有荷包，都是谁做的？”

此时老婆子的摊子上只剩下了一个绣荷包。老婆子抬头看了看她，没有吭声，然后朝那个荷包看了看。

向珍意识到这老婆子的意思是她买走这个荷包她才愿意答话，不由得皱眉而笑，把这个荷包买了下来。

这个荷包上绣着“一帆风顺”的图案，绣工比绣鞋还要好一点儿，只要十个大钱。

“老人家。”向珍拿了荷包后又问道，“这些绣鞋和荷包是谁做的？你的闺女？还是你的媳妇？还是孙女、孙媳妇？”

“这些啊，都是我老婆子自己绣的！”老婆子一笑，牵起的皱纹几乎要把脸都挤爆了。

“哈？”向珍失笑，“可是您……手也抖了，眼也应该看不清了，还能绣花吗？”

“怎么不行？”那老太婆一撇嘴，“别看我老婆子这么老了，绣花可是一把好手呢！”说着就忙不迭地收摊走人了。

向珍觉得奇怪，就跟在老婆子后面看。她跟得蹑手蹑脚，隐足于树丛之间，晋安和腊梅也蹑手蹑脚、隐足于树丛之间，倒和她十分默契。

只见那老婆子夹着破席走了一段路，走到了一个农舍前。这个农舍够破旧的，墙就是用篱笆墙糊上泥做的。农舍里走出来一个少年，穿的倒是锦缎的衣服，不过看式样，应该是大户人家奴仆的衣服。

“睡得好吗？乖孙子？”一看到他，老婆子笑得满脸是花。

“睡得好。”那少年的口音依然稚气未脱。

“呐，那些绣鞋和荷包都卖出去了，这是钱。”老婆子拿出一大把钱来，塞到少年手里。

“啊呦，卖得这么快？”少年又惊又喜，“看来我下次得多弄点出来。”

“哎呀，下次可不要再拿了。”老婆子说，“从主人家里偷拿东西，总是不好的。”

“哎呀，那有什么。”少年一撇嘴说，“主人的库房里，这东西堆得跟小山似的，根本没人用，就像垃圾一样堆着。我拿它们出来，就跟从花园里薅几根野草一样，没关系的。”说着他又数了好几十文钱，递回到老婆子手里，“奶奶，这些你留着家用。”说着还不忘补充一句，“那些东西，堆在那里也是个烂。我在它们没烂之前把它们拿出来，买给想用它们的人，还是好事一件呢！”

老婆子不再言语了。

向珍在旁边听得疑心大起。一般的大户人家，囤积粮食的有，囤积绫罗绸缎的有，还真没听说过有囤积绣鞋和荷包的——那少年刚才已经说了，那些东西只是“堆着等烂”。而且这些东西的绣工还这么高超……难不成是哪个大户人家养着许多手艺高超的绣娘，每天让她们做绣鞋和荷包，等东西做好了，就把它们往库房里一丢，再不管了？

向珍越发觉得好奇，忍不住想看看这个大户人家又是怎么回事。于是，又跟在了这位少年身后。晋安和腊梅倒也都是“好奴仆”，见她跟踪这个，又跟踪那个，也没有多说话，只是一声不吭地跟着。

这少年蹦蹦跳跳地，走到了一座大庄园前。这座大庄园极为气派。院墙里树木氤氲，有挡不住的富贵之气透出来。少年走到角门边，敲了敲门，一个庄丁模样的人打开门，让他进去，之后便把门关上了。

向珍极为失落，门关上后她就啥也看不到了。就在这时，腊梅轻轻拽了拽向珍的袖口，朝那边指了指。向珍朝那边一看，顿时哑然失笑：这个庄园依山傍水而建，在庄园后面有个小山包，如果爬到那个山包上往下看，庄园的事情倒是可以看见不少。

一听说要爬到那边山包上继续看，晋安也是欢然应允。向珍这才意识到腊梅和晋安也都看得“兴趣昂然”，很想一探究竟，一时间颇有些哭笑不得。

她们很快就爬上了那个小山包。向珍眼力颇好，一下就看到了之前那个少年在扫地。扫着扫着，把扫帚一扔，又走进了一个独栋的房子。很快，他便从房子里走了出来，双手抱在腹前，像是在腹前衣服里藏了什么东西。看来又是从库房里偷东西出来了。他走着走着，朝他左前方一望。向珍也顺着这个方向望去，结果看到有座独栋的小楼，二楼窗前坐着一个穿着水红衫子的女人。虽然向珍看不清那女人看什么，但是看她曲颈弯背的姿态，像是在刺绣，而且手里似乎有个红彤彤的东西，便立即明白了——这女人就是绣这些荷包和绣鞋的女人。

因为毕竟距离较远，向珍其余也看不到什么，便带着腊梅和晋安又下了山，走回到大宅子的门前——她寻思着等那少年拿着赃物再出来时，便和他攀谈，套点话。然而他们等了一会儿，角门一开，一个女人走了出来。向珍看到她身上穿着水红衫子，立即从心眼里笑了出来：她要找的人，竟然自己出来了！

那女人约莫三十来岁年纪，皮肤白嫩，眼角虽然有些皱纹，但是十分美貌，不逊于二八佳人。她绕着庄园的院墙缓缓步行，一边走一边叹气。向珍寻思着如何跟她答话，结果看到她衫子摆上绣着流水百福的图案，绣工也是十分精美，便走上前去：“这位大姐，打扰了。”

那女人一惊，看到向珍是个清俊的女孩儿，脸色略松了松，但看到向珍身后的晋安，脸又绷紧了。

“大姐别怕。”向珍赶紧说，“这位是我家的家人。”

“不行！”那女人低下头说，“男女授受不亲……你让他转过脸去！”

向珍骇然失笑——晋安站得离她那么远，本来就授受不亲了，她竟然还不愿让他看着她，防男人真是防到顶了。

晋安哭笑不得，立即转过脸去了。

向珍又对这女人说：“这位大姐，请恕小妹贸然打扰……小妹只是看到大姐衫上的流水百福的图案，绣技十分高超，请问这是大姐您自己绣的吗？”

“是我自己绣的。”这女人听说向珍是来谈论绣工的，脸皮又舒开了。

“大姐的手艺真是高明。”向珍凝视着流水百福的图案说，“这应该真是先用盘针，再用编绣的吧。”

那女人觉得向珍是内行，对向珍的忌惮之意便又小了些。向珍便和她攀谈起来，话题从绣技，到她的生平。通过谈话，向珍得知，这个女人姓廖，名碧云，出身于书香门第，她父母只有她这一个女儿。她长到十八岁时，父母做主，把她许配给了同为书香门第的萧家为媳。萧家二老也只有一个儿子，名为萧景。小两口结婚多年，因为萧景一心想要考取功名，不怎么和她亲近，所以两人一直没有子女。三年前，萧景上京赶考，不知为何，一去不回。萧家二老思子心切，染病而亡。屋漏偏逢连夜雨，萧家的奴仆看萧家只剩下她一个没脚蟹，竟把房屋田地偷着卖了，卷款而逃，连萧家的存银都卷跑了。

廖碧云没有办法，只有向堂兄求助——廖碧云的父母已经去世，因为膝下无子，所以把家产都给了侄儿。没想到堂兄翻脸不认人，说她现在是萧家的人，有事只能去找萧家人。廖碧云没有办法，只有把身上的几件首饰当了，租了件屋子住。她一个妇道人家，没有进项，眼看就要山穷水尽了。然而就在这时，救星来了——之前她还是富家太太的时候，街坊里有个叫孙乾的孝子，家里很穷，母亲死了，没钱安葬。当时她一时好心，便给他十两银子，让他得以买口棺木安葬母亲。

孙乾后来到本城的大财主张雄（就是这个大宅子的主人）家里当差，渐渐做到了管家的位置。听说她穷得快要没饭时，就向主人央告。张雄看在孙乾的面子上，就把庄园里自家住不到的小楼拨给她居住，并且给她找了个活路——她刺绣的手艺很好，每天绣一件绣品交给孙乾，孙乾便把这个绣品买了，把钱交给她作家用。

向珍听着，偷偷皱眉而笑。孙乾可没把绣品卖掉，全都藏在一个仓库里呢。廖碧云虽然一直住在宅里，想必她谨守礼仪，不肯在宅子里多行一步路，所以一直没有发现。这听起来像是孙乾报恩，但是他应该没有那么大的能耐——动用宅子和库房都得主人说了算，而且估计每天那所谓卖绣品的钱也是主人给的。张雄又没受过廖碧云什么恩典，没必要这么花心思帮她。她且以“小人之心度君子之腹”，估摸这张雄估计是看上廖碧云了，想对她缓缓图之。张雄每天给她钱作用度，又不让她知道，也许是怕她知道了不好意思，更可能是怕她知道张雄如此帮她后想到他的意图，在宅子里待不住，要走。

想到这里，向珍莫名地想到了她自己——她也和廖碧云一样，被人盯上了。只是盯上她的人可不像张雄这么有耐心，也不像张雄这么君子。

以后她要是开了绣坊，想聘廖碧云作师傅，只要拆穿张雄的真正想法，廖碧云就会立即从张家出来了吧。向珍暗暗思忖着。她出来后，依然没啥进项，要让她去绣坊工作，她肯定欣然应允。但是人心昼夜转，天变一时辰，事情的发展难说得很。也许过不了多久，张雄就会对廖碧云攻势加紧，而廖碧云在得知张雄对她下的水磨功夫之后，也许会生气，但也可能被打动。所以她还是不要做太多“聘用廖碧云作绣坊师傅”的盘算吧。

向珍走着想着，很快便到了家。她看到留在家里的女仆金溜子站在门口等待她们，脸上的笑容有些勉强。

“怎么了？”向珍立即意识到其中有事。

“这个……其实也没什么事。”金溜子的脸立即苦了下来，“我就是……盐罐子旁边沾了泥，我把罐子拿到井边去洗，一不小心把盐罐子摺下去了……这下晚饭都没得做了都。”

“啊哟！”晋安说，“我立即去买盐！”说着便转身去了。

金镏子则请向珍回房间休息，自己则对腊梅说自己眼睛有些花，想做针线活穿不上针，请腊梅到她屋里，帮她穿个针。

向珍走进房间，掩上门，走到桌边给自己斟茶喝。就在这时，她忽然感到屋里气氛有些不对，接着便看到人影一晃。

天！晋鹏竟然从悬挂着的床帷后面走了出来！向珍赶紧丢下茶壶往门前冲，晋鹏却已经料到这一招，闪身挡在门前，向珍差点撞到他怀里。万幸她反应及时，往后退了一步，才没有被他一把揽住。

晋鹏似笑非笑地看着她，那神情，仿佛她已经成了他的爪下猎物。

向珍呆呆地看着他，心头一片平凉。她明白了，金溜子肯定被他买通了，说盐罐子掉井里了，恐怕也是说谎，目的就是把晋安支走——晋安是个忠直之人，让他留在这里，晋鹏恐怕无法为所欲为，所以才要把他支走……

晋鹏及时想到了一件事，回手把房门扣上了——这样就算向珍大声呼救，惊动了什么人来救她，也进不来。而实际上也不会有什么人来救她。

"兄长……兄长大人这是做什么？"向珍颤抖着问道——她慌乱之中还想用 "兄长大人"这个称谓来提醒晋鹏注意自己的身份，随即却想到这根本没有用。

"还叫兄长啊？真是不顺耳，算了，"说到这里晋鹏邪邪地一笑，"你很快就会叫我夫君了。"

一听这话向珍简直抖成一团：晋鹏的意思，显然是要强行占有她，之后便可以对她任意摆布。情急之下拔出头上的金簪，指向自己的喉咙。

见她如此，晋鹏只是慌了片刻，之后对她嗤之以鼻："别做没用的事。我知道你不会自杀的，你聪明得很，不会一下断送自己的！"

向珍心头就像被火烫了一下，晋鹏说这话，固然是认为她不会真的以死守贞，恐怕还有另外一层意思。那就是她要死就死，只要她不死，就还是他的人。顿时感到十分的委屈和悲愤，把金簪抵在了喉咙上，簪尖还压在了肌肤上。

晋鹏的眼角抽动了一下，之后却笑了："拉倒吧，金子软，你那簪脚有那么细，戳到肉里就会弯，根本戳不死你！"

向珍感到脑子像被火烧了一下，什么都顾不得了，又去拔头上的银簪——银簪应该硬些，然而就趁她一回手的工夫，晋鹏冲了上来，夺下她手中的簪子，扔得远远的。然后一把抱住她。

向珍拼命挣扎，却无济于事，接着便感到双脚悬空——晋鹏已经抱起了她，准备往床上放。向珍吓得魂飞魄散，之后却变得出奇的冷静。

“夫君！”她心一横对晋鹏喊道。

晋鹏眉毛一扬，吃吃地笑了起来：“终于愿意改口了啊。”

“是的。”向珍盯着他的眼睛，“不过，你必须对我明媒正娶，我才能跟你……否则，就算、就算你得到了我的身体，我也会去做自梳女……或者剪了头发做尼姑！”

她本以为晋鹏会感到为难，没想到晋鹏一个顿没打便说：“行啊。”

向珍愕然，怀疑他是不是为了糊弄她才随口答应，赶紧说：“那你在成婚之前也不能再强迫我做那种事……表示你的诚意！”

“行啊。”晋鹏哈哈一笑，放开了她。

向珍赶紧站好，手忙脚乱地整理好衣裙，偷眼看着他——她想从他的表情判断出他是否在说谎，但是因为心慌意乱，竟然什么都看不出。

晋鹏端详着她，不可置否地一笑：“你得到了我的承诺了，我也要得到你的承诺。”

“啊？”向珍一呆。

晋鹏朝桌上一瞄，然后朝桌上放着的，向珍平日用来练字的笔墨纸砚指了指：“你写下誓书给我，写明你心甘情愿嫁给我，并且非我不嫁。”

向珍哭笑不得。原来晋鹏也怕她是为了先逃过今天这一劫而欺骗他。

老实说，她还真有这个想法。这个誓书她也当真不想写，写了之后她就等于是他的人了。说得极端些，以后哪怕她有机会另嫁他人，他也能拿着这个誓书上公堂，让官老爷把她判回给他，而且官老爷还真会这样判。但是现在箭在弦上不得不发，她只有拿着纸笔，写下誓书。

晋鹏俯身看她写誓书。他的胸口靠在她的背上，脸就靠在她的脸旁。她能感到他口鼻中的热气一阵阵地撩到她的脖子上，激起一阵阵的酥麻。这酥麻甚至都传到了她的手腕上，让她几乎都要拿不动笔了。

向珍终于把誓书写完了。她刚想放下笔，冷不防听晋鹏说：“名字也写上。”

向珍这才注意到自己还没把名字写上。

"别想耍滑头哦。"晋鹏宠溺而又带点嗔怪地笑道，用手轻轻地抚摸她的头发。

向珍赶紧把名字写上——她倒不是想耍滑头，只是心情激荡忘了。

"手印也按上。"晋鹏一边说，一边用手在她脸上轻轻一捏。

向珍吓得几乎要跳起来，看来即便在成婚前他不会要她的身体，但是这种小动作是免不了了。

"印泥……我得去找印泥……"向珍一边朝旁边躲，一边说。

"不用去找。"晋鹏拿起她的口脂盒子——她的口脂是高级货，颜色极足。已经被用了一半，盒子底子上沉着深红色的胭脂油子。

"用这个也是一样。说不定比用印油还强些。"

向珍赶紧接了，她讶异晋鹏怎么这么清楚她屋里有哪些东西，但随即便了然：在她回来之前，晋鹏肯定把她屋里的所有物件都仔仔细细看过。一种难以言喻的感觉浮上心头，说不上是什么，但是让她心尖儿发颤。

"按吧。"晋鹏把口脂盒子递给她。

向珍没有办法，只好在誓书上按下手印。按完手印后，她感到整颗心都沉了下去。

晋鹏拿到了誓书后，就立即带着向珍回晋家，他真是什么都考虑到了。虽然向珍已经写下了誓书，但是如果她一时"抽风"，破釜沉舟地一走了之，这誓书等于没有。他来时坐车，回来时让向珍和他坐在同一辆车里。不仅和她肩并肩坐着，还用手揽着她的腰。向珍感到很不舒服，下意识地拧着腰，也尽量让自己的脸和他的脸离得远一些。

即便如此，她依然不能有明显的反抗。因为她已经给他写了誓书，她自己保证当他的妻子。而且，这个协议是否能被保持，还得完全看他的想法。他要是不高兴了，随时可以翻脸，让她陷入更不利的境地。

向珍现在才发现。她其实远比自己想的被动。她是写下誓书，非他不嫁了，他可没有写下字据说非她不娶。之后他可以不娶她为正妻，晾着她，自己另娶妻子，而她却不能另嫁他人。即便她能觅得良人，他完全可以凭着这份字据来破婚。更糟糕的是，凭着她这份字据，他即便强行占有她，也不背理。之后怎么处理她，却是全凭他高兴。想着想着，向珍完全是肝肠寸断，看着车窗外，路面上凹凸不平的石块在她视线中跳动，简直恨不得从车窗中跳出去，在石块上碰死了，也许反而干净。

晋鹏带着向珍回家，在晋家引发了不小的骚动。晋鹏目光朝上，完全不理睬，自己先把向珍送回闺房安顿好，自己则去和晋云"谈"。向珍看着他的背影，心乱如麻。她现在在一种十分矛盾的心境里，一方面完全不想嫁给晋鹏，一方面却又希望他能尽快和晋云谈定，把婚事定下来。当然了，如果晋云能禁住晋鹏，能把一切归零，自然最好。按理说，晋云是父亲，应该可以阻止身为儿子的晋鹏，但是她就是有种感觉，觉得晋云根本没法阻止晋鹏。

一时间，她的心里乱得几乎要碎裂，拿起针线想要绣绣花转移一下注意力，却根本不知道该把针往哪里戳，又把针线撂下了。

晋鹏来到晋云的书房，把向珍的誓书给他看。晋云看了后立即眉毛倒竖，低声喝道："这是你……强迫她写下来的吧？"

"不。"晋鹏的嘴角上扬，"是她心甘情愿写给我的。"

"不可能！"晋云捏着誓书，因为愤怒，不由自主地上下扇动着它，"肯定是你逼她……我告诉你！你别想得逞！我不答应！我还是会给她另觅良配！"

"这样啊。"晋鹏笑着咬了咬牙，"那我明天就拿着誓书，给我认识的所有人看，再让他们逢人便说这件事。"

晋云的脸立即涨成了猪肝色。以晋鹏现在的地位，县城至少一半的有头有脸的人都能被称作是他的朋友。要是这些人都知道了这件事，再向他们认识的人说这件事，那么整个县城的人都会知道"向珍非晋鹏不嫁"了。如果这样，舆论上向珍就等于已经是晋鹏的妻妾了，他再给向珍找夫婿，人家都会以为他在开玩笑。

晋云呆了一会儿，忽然把向珍的誓书撕得粉碎。

"没用的。"晋鹏嘲讽而又得意地笑了，"这誓书我有很多份。"他早就料到晋云会来这一招，所以让向珍写了好几份誓书。

晋云露出被石块噎住般的神情，跌坐在椅子上直喘粗气。

"好啦，爹。"晋鹏从眼角瞄着他，眼中依然满是得意和嘲讽，却也有种隐隐的酸涩，"不用把我想得太坏，我会好好待她的，你不用这么害怕。"

“不是我把你想得坏，而是你……”晋云咕哝了一句，声音低得几不可闻，还把话从中间截断了。

“另外。”晋鹏听到了晋云的话，却佯装没有听见，嘴边还浮起一丝不可名状的笑容，“这样你也不用费心再给我另找填房了。经过玉纹那事儿，你要想再给我找个门当户对的填房，好像也不容易吧。”

一听晋鹏提起玉纹，晋云的神情更加复杂，喉头蠕动着，似乎要说些什么，最终却什么都没说。

“别的就罢了。”再开口时晋云的声音变得很低很低，“只是，人们都知道向珍是我的女儿，现在又要变成我的媳妇，这样恐怕说不过去。”

晋鹏不屑地一撇嘴。

“没什么说不过去的。”他说，“只要给那些人一个过得去的说法不就行了吗？我明天就让那些人出去说，说你一开始就想让向珍做我的妻子，就是说当童养媳。后来你改变了主意，给我娶了玉纹，所以就想在向珍成人后，以女儿的规格另嫁他人。后来我丧偶了，你又决定把向珍嫁给我了，这不就说得过去了吗？”

晋云一凛，又盯着晋鹏看了看。这的确是能说得过去的。看来这小子已经研究好久了。他这么处心积虑地想要得到向珍，他应该还会对她留点心思，不至于对她太坏。现在事已至此，也不容他忧虑迟疑太多。他只有对着晋鹏沉重地点了点头。

晋鹏顿时从心眼里笑了出来，立即去找他口中的“那些人”。他认为一个人要成大事，就要广交朋友。而且是三教九流的朋友都要交到。君不见孟尝君也有鸡鸣狗盗的食客，而在关键时刻就是这俩食客救了他的性命。

晋鹏口中的那些人，就是些帮闲之徒，简而言之就是市井中能帮人办事的人。他叫他们就按照他的说法，把这件事传出去——一件事只要传得够广，哪怕是后来编的，人们也会以为一开始就是如此。果然，众人觉得这种说法说得过去。虽然有些人觉得晋家为父者占了向珍的母亲，为子者又占了向珍，好像有些不雅，但也没有如何放在心上。毕竟有钱有势的人家事情，他们管不着。

第四章 恶狼变君子

听说晋云最终也首肯了她和晋鹏的婚事，向珍的心一下砸到了谷底——虽然早已预料到会是这样的结果，但真正确认的时候，还是往下砸了一下。她先是感到一阵心乱如沸，之后却提醒自己什么都不要再想了。反正她的终身已经定了，再想又有什么用呢？

婚事定在三月之后。晋府里的人知道向珍是下任少奶奶后，对她才真正尊重起来。管花园的李妈第二天一大早，就上赶着把花园里新开的花捡最好的话掐了，用漆盘盛了，送到向珍屋里，谄媚地说“请小姐随便戴戴”。看着自己待遇的变化，向珍心里不知道是什么滋味。按理说，她该高兴，但是她实在高兴不起来。但是她也只能假装高兴，否则大家会觉得她还未登高就鼻孔朝天，也怕晋鹏发现了，对她翻脸。

这天晚上，向珍吃完晚饭，就早早地把门关了，上床睡觉。她之所以这样做，是怕晋鹏再来“啰唆”。虽然他答应成婚前不会逼她和他欢好，但是天知道他能不能忍住。但她上了床后，怎么都睡不着，只是拥着被子发呆。就在这时，她忽然感觉到了什么东西，朝窗户那边一看，顿时感到心头一凉。

窗户上印着一个人的侧影，从侧影来看，就是晋鹏。

他果然没能忍住啊。向珍下意识地抱紧了被子，暗暗庆幸自己上床前把门从里面扣上了。但是转而又想到他硬要进来的话，小小的门闩是拦不住他的，心不禁又悬了起来。

“兄长……有什么事吗？”向珍战战兢兢地问。

“哈。”晋鹏窃笑了一声，“你还喊我作兄长吗？不应该喊我作夫君了吗？”

向珍抿了抿嘴，她想“真要喊你夫君，还得在三个月之后”，但是觉得自己还是什么都别说为妙。

“你把门开开吧。”晋鹏说。

“我……已经睡了。”向珍不由自主地抓紧了被子。

“你不醒着吗？快点下来开门。”晋鹏似乎有些不耐烦，但是语气听起来没有生气。

“我……”向珍一咬牙，“我们还没有成婚，按照礼法……我们还是不要见面为好。”

从订婚到成婚之间，有婚约的男女不得见面，这倒是时下的习俗。不过晋鹏和她住在一个府里，再搬这习俗出来就有些扯淡了。向珍竖着耳朵听晋鹏的反应，怕他会生气。

还好晋鹏并没有生气。他只是轻轻地叹了口气，然后笑着说：“看来你还是害怕我。放心，我会信守承诺。我只是想跟你聊聊。”

“聊什么呢？”向珍对晋鹏这么有耐性感到诧异，但也因此更加怀疑忧惧。

“很多事。我想从小时候开始谈……我有些事需要告诉你。”

一提起小时候，向珍被他砸过的额角似乎又痛了起来。一股怒气升起，她提高声音冷冷地说，语气也是斩钉截铁：“都留到成婚后再谈吧。”

按理说，晋鹏应该发怒了。但他就是没发怒，只是笑叹了一声，转身走了。

向珍一口气这才松下来，几乎瘫在了被子里。等她惊悸退去之后，一股疑惑又涌上心头，让她入坠五里雾中。晋鹏怎么如此君子了？在她的印象中，他不可能是这种人啊？

第二天。向珍机械地绣着花，按照习俗，女儿家在成婚之前，得亲手为自己准备一些东西。她现在绣的是鸳鸯戏水的肚兜。她平日里绣鸟兽最是灵动，而此时这对鸳鸯却绣得十分呆板。

一绣鸳鸯，就让她想起男女之事。男女之事是怎么回事，她也知道现在的人家都有“压箱底儿”，瓷的，外表像是桃子，或者是罐子，里面装的则是瓷做的，一对正在交合的男女。当初她被迫搬离晋家的时候，向美害怕她一个女孩儿家在外面，如果不知人事，可能懵懵懂懂地受人欺负，于是早早地给她看了压箱底儿，叫她“注意别上了人家的当”。

她能和晋鹏做那种事吗？想想就觉得是不可能的。之前她光是为“大局”着想，现在才发现，这才是最大的问题……

向珍皱着眉头，扔下了针线。她不小心戳到手了，戳得还不浅。她把手指含在嘴里，一股血腥味蔓延开来。她一直想通过自己的绣工给自己开辟一条道路。也许假以时日，她当真可以凭绣工自强自立，但她三个月后就要嫁给晋鹏，她的绣工就算再出神入化，恐怕也无法助她逃出生天……

忽然，她听到一阵骚动。这骚动是从街上传来的。她的绣楼离街不近，依然可以听到骚动声，证明这骚动声可不小。她忽然感觉到了什么，飞身跑出绣楼，问从街上回来的丫鬟发生了什么，然后又飞跑回绣楼里面，无声地大笑。

刚才丫鬟带回的消息是，太后驾崩，天子下令，国丧半年。民间不得嫁娶和进行喜乐之事。本来按照祖制，民间停止嫁娶一月就可以。但是天子与太后母子情深，太后骤然驾崩，悲痛过度，破例要求国民如此守丧。

向珍笑够了，仰头看着天。天似乎在朝她微笑。她觉得自己脸上肯定还带着笑，不过这笑应该不美好。

不美好也无所谓。无论怎样，天帮她了。民间半年不得嫁娶，就代表她半年之后才需嫁给晋鹏。她还有半年的时间为自己寻找机会脱离晋家。她和晋鹏的婚约难以去除？现在看也许是难以去除。但是她相信只要她有了能自强自立的本事，也必然能想出办法体面地解除婚约！

晋鹏听说了国丧之事后，据说没有什么反应，可能他真的对她有耐性了，也可能他非常恼火愤恨着急但没有表现出来。不过向珍也不打算仔细揣摩他的心态。虽然有半年的时间，她也要抓紧时间。虽然她还没有嫁给晋鹏，但是她在晋家人心中已经是少奶奶，所以她可以任意走入晋家的任何一家买卖查看，并且可以询问生意的境况。

她为何要这样做？当然是要学作生意。开绣坊也是需要预习的。而且，光靠她那些月钱，她很难积够做生意的本钱，那些首饰，也得等到确实迫不得已的时候才可变卖。她打算看看有没有什么机会，让她管个什么差事，或者可捞钱的渠道。只可惜她还年轻识浅，这个机会，她还没有找到。

这天，她带着腊梅去查看晋家的一家酒楼，晋家做生意就如八爪鱼般，各个行业都有涉及。这家酒楼名叫迎福酒楼，倚水而建，主菜便是各色鲜鱼。掌柜余世岚见向珍来了，赶紧请向珍到楼上雅间坐着，而且虽然现在不是饭店，他也命厨下用最好的鲜鱼做菜，自己亲自端上来给向珍品尝。

这雅间向阳，通过窗户便能看到潺潺碧水和鲜花嫩柳，鱼肉也十分鲜美，在这里平常鲜鱼的确是人家第一乐事。不过向珍并没有沉迷于此。其实她刚一进来，就觉得这里气氛不对。于是便抽空叫住一个看起来忠直的伙计问情况。

迎福酒楼果然出了点问题，这家酒楼已经是做鱼的老字号了，并且做鱼的手艺也算是本地的头一号。但是最近，在附近，又有人开了一家迎江酒楼，不知怎么的，做出的鱼肉的味道就是比迎福酒楼的好，一些迎福酒楼的老客都被引到迎江酒楼去了。余世岚非常着急，虽然在人前并没如何表现，实则背后抓耳挠腮，天天逼大师傅们想辙儿让鱼肉的味道好过迎江酒楼，有些师傅都被他逼走了。

向珍听到后暗暗纳罕，随便吃了几口鱼肉后就前往迎江酒楼。老实说，迎江酒楼的装潢陈设比起迎福酒楼是远有不如，如今的人，吃饭也要看门面。迎江酒楼陈设远逊于迎福酒楼，却能招徕更多顾客，那他家的鱼肉口味一定远超迎福酒楼。向珍这样想着，便点了这家酒楼的招牌菜。

很快，跑堂的就把鱼端上来了。鱼还没有上桌，向珍就闻到了一股扑鼻的香味，而且觉得香得古怪。等到鱼肉入口的时候，向珍只觉得满口流香。这鱼肉味道的确独特，她仔细品味，觉得这鱼肉似乎胜在调味，但是她细看鱼盘里的调料，并没有什么出奇之物。

她吃了鱼后，沉思着走出酒楼，并没有离开，而是悄悄地走到了酒楼后面。腊梅一声不响地跟着她，不管向珍干什么，她都不问话也不提出异议，只是跟着。从这点看，她还真是个好跟班。

向珍的想法是，看能不能偷偷混进迎江酒楼的后厨，看看大师傅有什么秘诀。但是她衣着华贵，腊梅的衣着也是不俗，想要混进后厨几乎是不可能的事情，而且，后厨好像还戒备森严，在门口有个老伙计坐在那里摘菜，向珍只是朝那边一探头，老伙计就朝她警惕地看了一眼。向珍暗暗笑叹，看来他们也想到有人会到后厨偷师，所以也提防着呢。看来她是别想轻易看到迎江酒楼的秘密了。

就在这时，一个伙计挑着个小担儿走了出来。向珍闻到一股鱼香扑面而来，定睛一看，却发现伙计的担子里只是鱼鳞之类的垃圾。她立即觉得古怪，便悄悄地跟在伙计后面。伙计把垃圾倾倒在垃圾场后就走了。向珍用树枝拨开垃圾细看。

哈。向珍喜上眉梢。她大概知道迎江酒楼的秘诀在何处了。这些鱼鳞，都被烹饪过。而且从它们散发出的香味来看，大厨肯定还用了特别的调料的配方。他们用特殊的配方，将鱼鳞熬出汤汁来，在做鱼的时候当作特别的配料，因此迎江酒楼的鱼才会有与众不同的鲜美和醇厚的香味。至于如何破解这个秘方，方法她也已经想到了。她记得，她在跟第一个师父学刺绣的时候，她曾经跟她说过，世上之大师之道，大抵相同。一位名医哪怕只要得到别人煎药的药渣，就能知道别人所用的药方。同样的，名厨哪怕得到别人做饭的汤底，就能揣知别人做菜的秘诀。她只要把这些鱼鳞带回去，交给晋家的大厨研究，相信就能找出迎江酒楼的秘诀了。

向珍叫腊梅在这里看着，自己则去买了一个陶罐，回来把鱼鳞小心翼翼地归置进陶罐，还用帕子小心地把罐子包起来。腊梅在旁边看着，觉得她的做法真是奇怪到家了。即便如此，她依然什么都没有问，更没有提异议。果真是个好奴仆。

向珍回到了晋家。她现在都是堂堂正正地走大门了，对门口那些看门的奴仆，也都是目不斜视。虽然她有些耻于承认，但她感觉到自己成为未来少奶奶，地位有了变化后，她的心态也有了变化。而那些奴仆，即便她没有如何用正眼看他们，依然殷勤地问安。

“少爷好！”

向珍刚走入大门没两步，忽然听见身后的奴仆齐声谄媚地大声说话，秀眉不由得一蹙。看来她又被晋鹏跟踪了。她款款地回过头去，发现晋鹏的神情挺不好意思，大概他没想到自己跟踪向珍的事情会这样曝光。不过，即便带着窘迫的神情，他依然气质潇洒。只可惜向珍现在注意不到这一点。

“兄……您有什么事吗？”向珍想尽量笑得自然，但是她现在还是做不到这一点。她本来还想称呼他为兄长大人，但是想到自己现在已经不知如何称呼他，要喊他夫君，似乎有些朝前，也实在喊不出口，便只有用“您”去称呼他。

“没什么事。”晋鹏略微尴尬地一笑，“我只是进大门而已。”又觉得这样说“拙劣骗人”的迹象很明显，“我刚才在街口那边看到你了。今天风和日丽，倒也适合游玩。”说到这里，他尴尬的神情已经消失无踪，星目含笑，目光隐隐有种魅惑勾魂之感。

然而向珍对他的目光依然没有注意。她只在暗暗揣度，晋鹏应该真的只是在街口看到了她，然后跟了过来。没有发现她所做的其他事情，否则一定会问她，说不定还会戏谑胁迫她。

“是的，今日风和日丽，我便出去走了走。”向珍一面说，一面缓缓地移步。

然而晋鹏并没有轻易放她走，而是跟了过来：“那你玩得怎样？见到了什么新奇的东西没有？”

“哈？您天天都出去……还问我街上有什么新奇的东西？”向珍一边说，一边移步，而晋鹏就是紧跟不放。

“说来其实有些郁闷，我每天出去巡视各处买卖，都是急行军，匆匆忙忙地从这个商铺，到那个商铺，要说闲逛啊，其实是很少的事情。”晋鹏一边说，一边看着她的眼睛，似乎要看进她的心里。

向珍有些慌了，佯装不知地避开他的目光，继续移步：“这样啊，您还真是辛苦……要说有趣的东西，我今天看到一个半大少年，他摆了一个摊子，上面是用草编的各样草虫，都是活灵活现的。尤其那些蝈蝈，简直让人怀疑它马上就会蹦起来……” 向珍这是在信口胡诌。她进来也没有心思悠闲地逛街。她只是觉得如果不跟他闲扯些什么，她的心就会被慌乱和惊恐吞噬。

“哦，这还真是有趣啊。还有什么好玩的东西吗？”

“哦，还有一个老翁，摊子上有各式各样的泥娃娃。这些娃娃都是眉开眼笑的，身上都画着颜色艳丽的衣服……画工精细得紧，连衣服上的皱褶都清清楚楚的。”

“哦，这也挺有趣的，还有呢？”

……

晋鹏就这样追着向珍问个不停，简直像个好奇的小宝宝。向珍一边跟他信口胡扯一边移步，不知不觉间发现他们竟然已经来到了花园深处，而且左右还无人。向珍慌了——这里简直太适合他对她做点什么了，赶紧说：“您先去忙吧，我回房去了。”说罢转身就快步朝闺房的方向冲去。

没想到晋鹏大步赶了上来，抓住她的肩膀，把她扳过来正对着他，然后紧紧地把她搂在怀里。他搂得是那么紧，就像要把向珍的身体按进他的身体里一样。向珍不仅可以透过他的衣衫清楚地感受到他的身体，甚至还觉得他肌肉的纹理都嵌进了她的嫩肉里，不禁吓得想要大叫。然而她被他抱得太紧，气息都有些不畅，叫都叫不出来。向珍心想这下完蛋了，急得几乎要晕去。

然而却听到晋鹏在她耳边低声说：“我知道你对我有很深的误解和偏见。不过没关系。我会把它们都消除掉的。” 说完便放开向珍，走了。

向珍呆呆地看着他，心中充满了疑惑，她已经不是一头雾水，也不是如陷五里雾中，而是整颗心都被疑云塞满，甚至心也融化进了疑云里。在这无限的疑云里，悄悄升起一股柔丝，一道一道地缠到了她的心上：也许，他还是可以……

忽然间，向珍的心又硬了起来。刚才的一丝柔情也被一扫而空。不要动摇。她对自己说。有句话叫作“江山易改，本性难移”。还有句话叫“三岁看老”。她从小就认识他，知道他是什么样的人。长大后他依然欺负她。她绝不可以因为他的一句柔情蜜语就糊涂和动摇！

向珍想把自己找到迎江酒楼做鱼秘方的事情告诉晋家，让晋家的酒楼重新变成地方的龙头老大，她现在就是要为晋家的生意多多立功，威信有了，捞钱的机会自然会有。但是，如何告诉晋家，甚至告诉谁，她都要好好研究一下。

直接告诉酒楼的老板，好像有些罔顾体统，而且会让人觉得她在公开而且嚣张地收买人心。告诉晋云吧，说真的，她不知道晋家酒楼遇到的问题在晋云眼里算个什么事情。如果这在他眼里都不算事儿，她上赶着去说，也像是吃饱了闲得慌。而且，还有个挺重要的问题，那就是在晋云家里，她现在还按照“大门不出、二门不迈”的方式生活，他看到她这么早就插手晋家买卖的事情，不知道会怎么样看她。这些都是需要仔细考量的事情。

向珍小心翼翼地走到花园里去找晋云，发现他正站在池塘边喂鱼。另外人都是有心思才会去看水中鱼儿的生活，果然晋云手里拿着鱼食，另一只手里拿着鱼食的盒子，呆在那里半晌不动，估计鱼食都要被他捏潮了。

向珍不确定他在想什么，便走到他身边，默默地站着。晋云从沉思的状态中偶然淡出，忽然看到向珍，不由得吓了一跳。然后苦笑道：“你在这里站了有一会儿了吧？”

“没有，我只是刚刚到。”向珍赶紧说。

晋云这才把手中的鱼食丢进水塘，朝抢食的鱼儿们凝望了一会儿，轻轻地说：“我刚才看起来是不是有些呆呆痴痴的？”

向珍没有吭声，一来她只要睁着眼说瞎话会有反效果，二来她知道他马上就要倾诉衷肠，不吭声等待最好。

“你知道爹爹我刚才在想什么吗？”晋云不好意思地笑着，“不是在看鱼，而是在想吃鱼的事情……当然了，不是想吃这塘里的鱼，而是在想，我家一个酒楼的事情。”

向珍知道他一定在说迎福酒楼和迎江酒楼的事情，不由得心头暗喜。

“爹爹我啊，从小就喜欢吃鱼。所以在我能做买卖时自己做主的时候，就开了迎福酒楼，主打做鱼。”说着又朝鱼塘里扔了一把鱼食，“说起来，迎福酒楼，还是我爹让我着手做买卖的时候，我开的第一家买卖。这家酒楼掌柜的、厨子们、伙计们都很争气，把它做成了这片的头牌字号，只是……”说到这里他轻轻叹了口气，“只是最近被一家新开的，店名叫迎江的酒楼给超过了。其实吧，做生意很难一直拔头筹，这我也知道。迎福酒楼也算不上大买卖，但是迎福酒楼对我来说有些特别的意义，而且那家酒楼，离迎福酒楼还很近，长此以往，有些麻烦啊……”

向珍感到机会来了，所以不再瞻前顾后，说：“其实这件事，我也有所耳闻。”

“哦？”晋云讶异地朝她看了一眼，她看不出他的目光里是否有厌恶和猜忌。

不过，即便他没这个意思，向珍也要恰如其分地剖白一下：“我也知道，我也许有些不合规矩。我只是觉得，日后作了爹爹的儿媳，不能只坐在家里吃闲饭，而是也要知晓些买卖上的事情，辅佐……夫君做买卖，才是正确的贤妻之道。”

“哦。”晋云一副很欣慰的样子。看来他并没有像向珍想的那样，心里有那么多的弯弯绕儿。

向珍觉得有些好笑，也有些惭愧：“因为我一直存着这样的心思，所以今日出去游玩的时候，就去这两家酒楼吃了鱼。”

“那你感觉如何？”晋云问。

其实他还颇有些希望，向珍能觉得迎福酒楼的鱼更好吃。这样还能寄点希望于“是因为不同人的口味不同，迎福酒楼才暂时落败”。他心里还不服气这呢。

“的确是迎江酒楼的鱼更好吃。”向珍却老老实实地打破了他的幻想。

“哦……”晋云的脸色顿时黯淡了下来。

“不过，”向珍话锋一转，“我已经发现了迎江酒楼做鱼的秘诀。”

“啊？”晋云大感意外，脸色也亮了起来。

向珍便把她发现迎江酒楼用鱼鳞熬制辅料的事情说了一遍，然后说：“我已经把那些鱼鳞捡好的拿了回来，只要请懂行的大师傅看一看，就能知道他们的配方是什么了。”

晋云喜上眉梢，正要对向珍大夸特夸。然而就在这时，晋鹏的声音响了起来：“其实研究配方，总会有所差池。与其想办法偷方子，不如直接把用方子的人请来。”

向珍一激灵，赶紧回头，发现晋鹏从假山后转了出来。看来他早就来了，却一直在旁边窃听，等到现在才出来。

“我已经找到相熟的人，把迎江酒楼的大厨挖来了。他最多三天内就会了断在迎江酒楼的事务，到我们的迎福酒楼来。”晋鹏一边说，一边朝晋云和向珍走过来，却看也不看向珍，目光全集中在晋云脸上。

他继续说：“迎江酒楼的事情，孩儿也已经注意到了。立即派了相熟的人去打探，发现主厨和掌柜其实相处不睦。稍稍派个懂事的人，过去说说话，很容易就把他说动了。”他已经来到了向珍和晋云的面前，却一眼都不瞟向珍。向珍感到了他气场中的寒意，顿时感到心头一凉。

晋云对晋鹏很是赞赏，夸完他之后，忽然感到他和向珍之间的气氛异常，猜到他是对向珍插手生意的事情不满，赶紧打圆场：“你们都为买卖的事情这么操心，还各自想到了好办法，真是家门之幸啊。”说着又朝晋鹏使眼色，“现在珍儿已经开始预习做一个贤妻，准备以后辅佐你，你难道不高兴吗？”

晋鹏这才笑了，不过笑得有些晦涩。直到现在，他才朝向珍看了一眼。向珍感到他的目光中隐隐有些锋芒，目光也十分冷淡，心里不仅发凉，还有波涛涌起。看来晋鹏对她的目的一清二楚。说不定还会着手阻止她。以后的事情，会很难办啊！

向珍回到闺房。江听雨给她递上茶来，她已经找到由头，把江听雨从伙房调来，当她房中作丫头。晋安是男仆，不能居于二门之内 ，她也会多找由头让晋安去办差，给他酬劳，以此来笼络他。然而，要想培养自己的势力还要招兵买马，要想招兵买马，就得先弄清宅子上下人等的品性和性情。因此，她开始在宅子各处闲逛。晋家的宅子边还有几处民宅，有一件是大宅。晋家和其他家宅子都不挨着，在周围的宅子中，离晋家最近的就是那座大宅。这个大宅本来是一个退休官员的居所。

这个退休官员太太早逝，身边只有一个美艳的小妾，也没有子女，过继了一个远房侄子养老。后来官员死了，这侄子便和这位小妾勾搭成奸，本人又吃喝嫖赌，也不会搞经营，很快就把家产败光了。而这位官员的小妾，本来就是门子（妓院）里的人，见他把财产败光，就带着自己仅剩的首饰跑了，之后丫鬟仆人什么的也跑光了。这个官员侄子就一个人住在大宅子里，每天胡乱卖些家具之类的东西过活。宅子很大，却只有他一个人，所以每天宅子里都是死寂一片。然而最近，向珍却注意到那边宅子里似乎热闹了起来。稍微一问，便知是官员侄子把大宅卖出去了，这家宅子搬进来一户外乡人。

向珍觉得新鲜，便朝那边的宅子多看了几眼，忽然觉得对面宅子里一座高楼很是惹眼。这楼颇高了些，而且和宅子的院墙有些近。她立即想起了自己和腊梅他们，在山包上俯瞰张雄院子里情形的事情，便问知情人，这高楼是本来就有，还是后来盖出来的。结果那人说，这楼倒是本来就有，后来那户人家租了宅子后，又把这楼加高了一层。据说这家人当时搞得还很急，请了很多的匠人，一天之内就把楼加上了。

向珍立即警觉起来。新来的这户人家，难不成是想借这高楼，窥探晋家内部的情况？她估算了一下，站在这楼上，也许不能看见晋家内部的情形，倒是可以清楚地看见晋家门前和大门之内的一些情形。她一边想着，一边注目往那边看，忽然看到一个人走到了顶楼的窗边。

向珍一开始只是觉得此人眼熟，但是她凝神看了他几眼后，忽然一激灵，赶紧躲到一棵花树下，从树叶缝隙里朝那边看。那天她上街游玩的时候，看到了一个衣服下摆上绣着金鱼的美少年。她因为“觉得那些鱼儿绣得很好”，便出神地跟了他一段路，结果被晋鹏发现，还差点惹出大祸。现在她再看到那个少年，说不出心里是什么滋味。

他怎么会出现在这里呢？向珍是个敏感而警觉的人，立即想到他出现在这里绝不是巧合。恐怕他那天被她遇上，也不是巧合。那时他应该还没搬过来。估计他那天就是去偷看晋家的情况，归去时在无意识中被她跟踪了。向珍越想越感到心慌——也许是从小就觉得自己朝不保夕的缘故，她对身边出现的任何可疑的东西都格外敏感。她想了一想，觉得自己也许应该去调查一下这个人。当然了，以她大家闺秀，以及未来的少奶奶的身份，自然不可以堂而皇之地去对方家里问东问西，此时，看角门的那个婆子就派上用场了。

这位老妈子姓陈，夫家姓孟，所以一直被叫作孟陈氏，至于她的名字——因为她自小家贫，没有像样的名字，只有个小名儿大妞，这个名字不叫也罢。向珍找到她，给了她一些果品和一壶酒，叫她去给那边大宅看角门的老妈子寒暄寒暄，按照规矩，同行都要多亲近。对于新来的同行，本地的同行要去“意思意思”，也是人之常情。

向珍叫江听雨一起去，孟陈氏只负责寒暄，江听雨则负责套话。孟陈氏老天拔地，为人又不聪明，叫她去套话，天知道会把话题歪到哪里去。江听雨人小，不易被人猜疑，又乖觉，是最适合问话的人选。

向珍打发她们去了，自己则也出了角门，在街角处避着，准备听她们说话的时候，自己在一旁听着。

对面守角门的老妈子一看到果品和酒，立即眉花眼笑，立即从耳房里拿出一对酒碗，请孟陈氏和江听雨一起吃喝她们带来的果品和酒。

这位老妈子也是没大名儿，娘家姓古，她叫孟陈氏称呼她为古老妹便可。一般来说，只提娘家的姓，不是自小没有出嫁，便是曾经出嫁，然后被夫家休了的。

古氏一喝酒，就打开了话匣子。江听雨再在一旁巧妙地探问，很快就把这家的事情问出了很多。原来，这家人姓钟，户主名叫钟辉，父母双亡，今年才十八岁，听到这里，向珍立即想到，他应该就是那个穿绣着金鱼衣服的少年。本来住在乡下，也是位大地主。后来因为家业做大，便想到县城里发展。先是在县城里跟人合伙做生意，赚了不少钱财。如此一算，县城里倒是他主要的生财之处，所以干脆就把家也迁到县城来了。因为仓促还没有找到吉祥旺宅，便暂且寻了一个大宅租下居住。

古氏甚以自己的主家为豪，吹起主家的豪富来简直唾沫喧天，说他家主人马上就要在本县开绸缎庄，开粮食行。听到这里，向珍顿时一激灵。听她的描述，应该就是迎江酒楼？迎江酒楼是这家主人开的？这家主人就住在晋家的隔壁，现在想来，他也许是故意租住晋家旁边的房子的！他住在旁边还不算，还建了高楼，便于窥视晋家的情况？再加上他之前可能到晋家窥视过……

难道他对晋家有特别的目的？向珍正想着，忽然听到身后有细微的声响。她一回头，顿时惊得倒抽一口冷气。这家的主人钟辉，竟然已经到了她的身后，似笑非笑地盯着她看！

向珍这是第一次近距离看钟辉的脸。他长相是很俊美，简直像画出来的人，但也如晋鹏所说，脂粉气有些浓。这股脂粉气中有股阴媚的感觉，就像长在暗处的花朵。他正目不转睛地看着向珍，目光似乎要看到她心里去。

向珍是个善于随机应变之人，但是现在被他看着，感觉嘴巴竟然像被粘住一样，不知道该说什么。因为他的目光很奇怪，不仅冰冷，而且十分犀利，里面有鄙夷、敌意，但也有怜悯，并且有一种“你的事情我全都知道，而且你以后会发生什么事我也知道”的奇怪意味。向珍被他看得心头乱跳，一言不发地低头逃了。

向珍迅速转回角门里面，藏在门后朝外看。钟辉倒也没有追来，只是走了——他朝还在他家角门那里聊天的孟陈氏等人看了一眼，然后朝自家大门走去，没有让孟陈氏她们看到他。向珍站在角门边，过了好久心才不再乱跳。孟陈氏和江听雨也回来了，孟陈氏收了向珍的赏钱，自己去休息了。江听雨把自己套到的话跟向珍说了一遍，跟向珍之前听到的不离左右，到后面古氏就开始纯吹牛皮了。

向珍抿着嘴，现在这些事对她已经不重要了，钟辉看她的眼神，总在她眼前挥之不去。她觉得钟辉背后一定很有文章，她觉得她不能自己捂着这个秘密，一定要把这件事告诉晋云。怎么说？就说是孟陈氏“按照同行亲近的惯例”去跟古氏唠嗑，知道了迎江酒楼是钟辉开的，而她则是在“无意间看到钟辉家的楼过高”。晋云是明白人，听了一定会明白其中的厉害关系。

向珍急匆匆地朝晋云所在的上房走去。路边忽然闪出一人，挡在她的面前。向珍一激灵，站住了。在这宅子里，敢如此嚣张地拦住她的去路的只有一人，那就是晋鹏。

晋鹏看着她，他的眼皮微垂，从眼睛下方瞄着她。目光难以捉摸。不过向珍可以确定的一点是，他不高兴。

“兄……”向珍不知道该称呼他什么，只好对他行了个万福，然后低头准备绕开他。

然而他一闪身又挡在了她的面前，并且问道：“你要到哪里去？”

他的声音不冷不满，不满之意倒是挺清晰。

向珍依旧是低着头，偷瞄着他，小心翼翼地说：“只是有件事需要向父亲大人禀报。”

“哦，何事啊？”晋鹏的眼睛完全睁开了，目光中的不满之意更加明显。

向珍迅速思考了一下，从大局着想，把事情全部告诉晋鹏也是可以的。虽然会失去在晋云面前立功的机会，但是如果惹怒了晋鹏，她可能会惹上不少的麻烦。她迅速地打定主意，正准备开口的时候，晋鹏忽然幽幽地叹了口气：“其实你到底在营谋什么，我心里一直很明白。”

你知道我在营谋什么吗？向珍一句话到了口边，却不敢问出来。

晋鹏晦涩地笑了一下：“其实你根本没必要这样做……算了，我会慢慢地让你明白的。”

向珍抿了抿嘴，晋鹏此时的态度很是温和，带着无奈和委屈，还有少许嗔怪，但完全是善意的嗔怪。回想起他以前的所为，简直有点恍惚感。

“好了。”晋鹏又轻轻地叹了口气，这声叹息中却有笑意，“你刚才想说什么来着？”

向珍便把这件事跟晋鹏说了。凭她的记忆和预想，晋鹏听到这件事的时候，依然应该是不动声色。然而晋鹏一开始听的时候，是不动声色的，听了一小部分后脸色却迅速转变，就像晴天迅速转阴，然后变得像暴风雨来临前的天空。

向珍大惊，惊疑不定，赶紧把这件事说完。说的时候十分小心，确保自己没有遗漏，或者言辞不当之处。然而等她说完最后一个字后，晋鹏的脸色又转为常态，淡淡地说：“好了，我知道了。”

向珍不由自主地吸了口气，她明显地感到，晋鹏的态度变得冷淡了。不过，他的态度变化应该不是对她不满，而是因为某种“心事重重”？

晋鹏见她发怔，看了看她，目光颇有些不可名状：“我已经知道了。我会妥善处理的，你不要管了。”

向珍的疑惑生盛，也暂时没法从发怔的状态中脱离出来。

晋鹏见她发怔，眉头一皱，沉声道：“叫你不要再管……不许再管，听见了吗？”

向珍一凛——倒不是因为晋鹏的语气忽转严厉，而是她感觉晋鹏应该早已知道此事，而且此事对他似乎意义特别，而且意义重大。

晋鹏冷冷地瞄了她一眼。这一眼十分奇怪，看似冰冷，却似乎藏着沸热，似有愤怒，又似有忧虑，还隐隐有些委屈。

向珍这才回过神来，赶紧答应自己不会再管。

晋鹏那复杂而又犀利的目光这才隐去，再度看向她的目光依旧意味深长，除了一些不可名状的情感外，还有些许无奈和嗔怪。他知道，叫向珍不要管，向珍恐怕还是会偷偷地管吧，不过他并没有说出来就转身离去了。

的确，让向珍不管这事是很难的。之后她即便是在闺房里闲坐，也会一直想着这件事。这倒不是她真的“什么事”都要管。而是因为钟辉看她的那个眼神，让她觉得钟辉极有可能是冲着她来的。她思来想去，决定还是去钟辉家打探一下消息。

从钟辉看她的目光来看，钟辉显然认识她。所以，还是让江听雨去打探消息比较稳妥。但是钟辉看她的目光一直在她眼前灼灼发亮，使她有种难以言喻的冲动，就是想亲身一探究竟。

说办就办，她从腊梅的衣柜里，偷出了一件丫鬟的衣服，自己穿上，并且梳上丫鬟的发髻。为了遮掩自己的面容，她把刘海梳得低低的，遮住了额头，又把画画用的黄色颜料用水化开，把脸涂成赭黄色，并用眉笔把眉毛画得粗粗的，用胭脂把嘴唇涂得宽宽的，使嘴唇看起来又大又厚。末了，还用墨笔在脸上点了好些黑点，充当麻点。化好妆之后，她对着镜子一照，觉得自己都不认识自己了，然后便用团扇遮住脸，和江听雨一起去了孟陈氏守着的那个角门。现在向珍算是摸清孟陈氏的脾性了，她当真是只要有钱拿，什么都可以装作看不见。今天她就对向珍这奇怪的装束没有任何反应。

第五章 嫁给他很危险？

向珍先让江听雨“打前战”，对守钟家角门的古氏说，钟家花园里的花很香，她们隔着墙都闻到了。希望古氏能放她进去，让她采几朵花回去插瓶。和她一起来的，还有“和她一起做丫鬟”的一位姐姐，请古氏同样也对她高抬贵手。并且许诺她们只进去一小会儿，很快就会出来。

古氏吃过她们的酒食，并且还寻思下回呢，哪有不放之理。向珍和江听雨进了角门后便直奔花园，之后却没有在花园里停留，而是直奔钟辉的房间。

她不知道钟辉的房间在哪里？不要紧，钟辉作为一家之主，一定住在上房。权贵之家的宅院规格都很相似，尤其是官员住过的宅子，上房所在的相对位置都是一样的。到了钟辉的房间又要干什么？当然是要找钟辉写过的文章。

现今文人，都有作杂记之风。记时事、记风土、评世事、甚至记野史，自然也会记私事。这些杂记，对他们来说，不仅仅是日记般的存在。他们会把可以与众传阅的部分拿出来给人看，甚至会把一些部分结集出版。是他们表现和卖弄才华的重要载体。所以现今读书人，无人不记杂记。钟辉看起来像个风雅的读书人，应该也有记杂记的习惯。

杂记可以公开的部分他们与众传阅，不可公开的私藏以示子孙。但它们在主人书房里的时候，都是放在一起的。她只要找到钟辉写私事的杂记，看一看，就能知道他和晋家，尤其是和晋鹏有什么纠葛。因为要承载才华，读书人写杂记都着重简而精。运气好的话，她找到杂记后可以当场看完。即便运气不好，钟辉写了洋洋洒洒的很多，她也可以偷走再看。

果然她很快便找到了钟辉的卧房。钟辉的卧房十分雅致精简。除了几件硬木家具和一架书外，只有几幅字画挂在墙上，还有一个紫铜香炉里燃着熏香。向珍叫江听雨避在外面的墙角，她自己进屋去翻——如果偷看或者偷拿杂记的时候，被钟辉看到了，她也想好了对策。江听雨之前和古氏对话的时候，已经知道这里的管家叫钟忠。如果被钟辉发现，她就说自己是钟忠新雇来的粗使丫头，因为对宅子不熟悉，所以才误入主人的上房——大户人家的主人，一般对粗使的奴仆不熟悉，尤其是新雇的。就因为要这样说，所以江听雨必须藏起来。之前江听雨和孟陈氏和古氏套话的时候，应该是被钟辉看见了。钟辉恐怕知道他是晋家的丫鬟。

向珍在门口站着张望了一会儿，确认屋中无人后，就扑到书架前翻了起来。钟辉的衣着很是鲜艳，她本以为钟辉也会喜欢时下流行的爱写华艳辞藻的名士的书，然而他书架上的书却都是些朴实无华的书籍——从书名就可以看出，有些书向珍还看过，知道它们辞藻爽简，但是意义隽永，向珍对它们还颇为赞赏。没想到钟辉喜欢穿华艳的衣服，长相脂粉气也较浓，在看书上品味竟然如此高雅，向珍心里可谓颇为惊讶。

向珍翻着翻着，终于翻到了一个手抄本。这个手抄本封皮很是随意，封皮之上也只有用墨笔写的“辉堂笔记”四个字。估计这就是钟辉的杂记了。向珍心头一喜，正要翻开封面，忽然闻到一股别样的香味。

她心头一凛，赶紧回头，这香味不是屋里烧着的香，而是一种熏衣服的香料的香味。

啊！钟辉竟然已经无声无息地站到了她的身后。

“啊，奴婢该死！”向珍应变也是奇速，赶紧对钟辉行礼，同时随手把杂记放回书架上，“奴婢不知道这是主人的房间，看这里装潢得挺好看，就进来了……”为了更好地掩盖自己的身份，她还故意用邻省的乡下口音说话，之前邻省闹水灾，有人逃难到狄老姨家帮工。因为他们的口音比较特殊，给向珍留下了深刻的印象。所以向珍张口就来了。

“哦，是吗？”钟辉似笑非笑地说，忽然语气加重：“您还是不要装了吧，向珍小姐！或者我应该称呼你为少奶奶？”

向珍一凛，赶紧强笑着说：“您在说啥啊？”

“您不用装了。”钟辉冷笑着看着她，“你虽然改变了外貌，但是从那身形，那动作，我一看就知道是你！”

身形？动作？一听这话向珍忍不住颤抖起来。既然可以辨认出她的身形和动作，证明他一定偷偷窥视过她无数次，还狠狠研究过她。他果然一开始就是冲着她来的？

即便如此，她还是抵死不认：“您在说什么啊？奴婢完全听不懂……”

“还不认吗？”钟辉大声冷笑，“简单啊。我只要把你脸上这些乱七八糟的东西洗掉，你就不能再抵赖了吧。”说着就来捉向珍的臂膀。

“不可无理！”向珍知道不能再装傻了，从头上拔下一根铁钗——这是她早就准备好的，以备不测。铁钗坚硬，钗尾又被她磨得很锋利，必要的时候可以当匕首使用，“男女授受不亲！”

“还带了家伙啊。”钟辉从鼻子里哼了一声，“你私闯民宅，还带着武器。我要是把你送到县太爷那里，不仅你自己会身陷囹圄，整个晋家也脱不了干系。再说，你一个女孩儿家，只拿着一根钗子，又能把我怎么样？”

向珍的脸涨得血红，忽然一咬牙：“是的，我是不能把你怎么样。但是我可以这样。”说着便调转钗脚，对准自己的脖子，“你要是再碰我一下，我就刺下去？”

“什么？”钟辉轻蔑地一笑，但目光已经隐有慌张，“你是想要以自杀来恐吓我吗？我可不信你真舍得自己的一条命。再说了，你是偷偷潜入我的家里的，又是在我家中自杀……就算你真的死了，我把你用席子卷了，弄到乱葬岗一埋，根本不会有人知道。你死了也是白死。”

“那也未必。”向珍咬着牙说，同时嘴角上扬，看起来就像在狠笑，“无论如何，一条人命总不是小事。知道我在你们家的，还有我的亲近仆人，他们都在晋府，等我回来。如果我久久不归，他们一定不会干休。”

“不会干休又会怎样？”钟辉眉毛一挑，“是你变装潜入我家的，又在我家里自杀。就算真去打官司告状，你们也没有理儿。”

“那可不一定。”向珍盯着他，不知不觉之中目光已经变得十分犀利，“县大老爷，不，这世界上的任何人，都只会依照常识判断。谁会相信一个大家闺秀，会化装成丫鬟，悄悄潜入别人家？到那时，我家的人自然会说是你把我勒逼绑架，掳入家中，加以杀害，再将我的尸体变装，以混视听！你觉得县太爷，还有大众，会相信谁呢？”

钟辉僵住了，恨恨地盯着向珍。向珍则狠狠地盯着他。

房间一片死寂。

“哈哈哈！”钟辉忽然笑了起来，“真是个有勇有谋的奇女子，看来我们也许不需要为你担心。”

“为我担心？”向珍觉得钟辉的说法令人摸不着头脑，皱眉嘲笑道:“你不应该为自己担心吗？”

“我看你是误会了。”钟辉叹了一口气，后退了几步，和向珍保持了合理的距离，以示自己无恶意，“我们是盯了你好久。不过不是为了伤害你，是怕你受到伤害。”

向珍第二次从他的口中听到了“我们”这个词，敏感地感觉到其中有文章；“你刚才是说‘我们’对吧。你们还有个团伙？你们到底想做什么？这到底是怎么回事？”

钟辉迟疑了一下，但见向珍猎豹一般盯着自己，知道自己必须得说一些了：“好吧，我就告诉你。反正你迟早也会知道。我口中的我们，是指我和我的朋友周玉胜。而周玉胜，就是晋鹏已逝的前妻周玉纹的哥哥！”

嗯？向珍一凛。她倒是知道晋鹏的前妻叫周玉纹。周玉纹是本地大盐商周晟的女儿。周家除了作食盐买卖，还有其他若干买卖，也是本地一个豪富之家。她虽然知道些许周玉纹的事情，但是没就她的事情多想过，更没有打听过她的事情。

“我们担心你的安危，是因为周玉纹死得不明。”钟辉审视着她，缓缓地说，“我们不知道你知不知道这件事。也不知道你嫁给晋鹏后，会不会重蹈覆辙。”

死得不明？听到这个字后，向珍感到了无尽的怀疑和无尽的惊恐。

“我听说她是病死的……死得不明，这是怎么说的？”

钟辉看着她的眼睛，脸上闪过一丝不可名状的神情："看来你是完全不知道啊。她……应该不是病死的。有人说，她是……"说到这里重重地咽了口唾沫，"本来我有些不便言说。但是，你日后是要嫁给晋鹏的，把这件事告诉你也无妨……有人说，她的死和房中之事有关。到底是直接因此而死，还是间接因为什么事……就不知道了。"

说到这里他感到了隐隐的抽痛和羞愤，却没有表现出来。其实，周玉纹这"不可言讲"的死因之疑，可是他打听出来的。

房中……之事？向珍雷轰电掣般想到了向美给她的压箱底儿，脸如被泼血般地红了，但这红中还带着黑，钟辉看着她的脸，心中的羞愤和抽痛开始不可抑止地在脸上显现："如果她是因为这种事而死，那你日后恐怕也有危险。"

向珍不由自主地筛糠般地抖了起来。

钟辉看着她，眼中闪过一丝怜悯，但随即又把这丝怜悯藏起。朝外看了看天色："现在天色已经不早了。你还是赶紧回去吧。省得……晋鹏怀疑。"

向珍咬紧了牙关，低着头从屋里快步走出。钟辉看着她离去，脸上露出了不可名状的神情，嘴边的肌肉还在微微抽动。

向珍带上江听雨，从钟家的角门出去，返回了晋家。出钟家之前，她还不忘从钟家的花园里掐了几朵花，以圆当初对古氏撒的谎。而这些花，她一进晋家的角门，就把它们扔进墙边的草丛里去了。

向珍用扇子遮着脸，回到了自己的闺房——她在回去的时候遮脸，她已经不仅仅是想遮住自己的变装了。她甚至希望这个扇子可以把她和这个世界隔绝开来。虽然她自小就知道，这世上所有的人的话都不可尽信，但是钟辉之前说的话就是在她的耳边回荡，让她感到难以言喻的恐慌和羞辱。更要命的是，那个压箱底里的瓷男女总是在她眼前晃动，每晃动一次都会扯动她的五脏。

向珍在闺房里坐了好久，喝了好几碗凉茶才冷静下来。腊梅不知道发生了什么事，看她脸涨得通红，就一直在她身旁打扇。

"好了，没事了。"向珍冷静下来之后，才想起自己该对腊梅说些什么，"我刚才只是忽然感到心里有些上火，不要紧。你可以去休息了。"现在她还是装成什么事都不知道比较好。

“怎么了？上火了？”一个声音忽然响起，把向珍吓得一哆嗦。

是晋鹏。晋鹏怎么在这个时候来了？

“如果是上火，那我今天这糕点还真带对了呢。”晋鹏缓步走到她的面前，手里拿着一个描金的食盒，“这是百味堂新出的糕点。里面有绿豆和其他药材，可以消热去火。”说着把食盒的盖子打开，一股甘冽的香气顿时涌上向珍的鼻端。

食盒里是一盒淡绿色的糕点，全被捏成牡丹的形状，一行一行码得整整齐齐。

“阿成说这叫绿牡丹，但是我觉得，糕点是绿色的，又是清凉一类，不适宜被叫作牡丹。只可惜他坚持说牡丹富贵，招财，我就只有随他去了。虽然形状上有些欠缺，但是它的味道和功效还是很好的。”

晋鹏口里的阿成，就是百味堂的少东郑成，他俩是朋友。

向珍一直是低着头看着糕点的，觉得自己此时应该把头抬起来了，也应该说些什么。但不知为何，感觉自己的头颅似乎有千斤重，也不知道该如何对晋鹏开口。就在这时，她意识到糕点的确香得醉人，心念一动，拿起一块糕点咬了一口，然后给了晋鹏一个笑脸：“的确非常美味。”

这糕点是很美味，不过美味只在她的舌头上，并没有传达到她的脑子里。

晋鹏莞尔，见她嘴角有点糕点的碎屑，便伸手为她拂去。向珍保持着笑容，目不转睛地看着他。在他的手指触到她的嘴角的时候，笑容却不由自主地一僵。

晋鹏的脸色忽然变了。他不仅收起了笑容，目光也变得严厉，更有一种心事重重的感觉。

向珍吓了一跳，笑容也不由自主地消失了。

晋鹏的眼珠向旁一转，看到了腊梅，立即朝她挥了挥手。腊梅知道这是叫她出去的意思，便立即出去了，还把门给关上了。

听到关门的声音，向珍再也无法假装，不由自主地站了起来，并且向后退去。

晋鹏见她对自己这么恐惧，十分惊诧和不解。再看她脸上笼着火烧云般的红色，除了惊恐外还有浓浓的羞耻之意，不由得心头一凉。

“我看你还是去管了你不该管的事情，对吧？”晋鹏冷冷地说，目光就像冰冷的火焰，“有什么人对你胡说八道了，对吧？你还相信了？”

向珍呆呆地看着他，嘴唇就像被粘住一样，什么都说不出来。

“他们对你说了什么？”晋鹏的声音开始发颤，目光也开始激烈闪动，就像遭遇强风的火焰，“看来很糟糕……你为什么要相信？我在你心中，就这么不堪？”

向珍惊恐万分的看着他，忽然感到一阵胸闷——她的惊恐已经到了极限。

晋鹏见她露出快要窒息的神情才如梦初醒，赶紧把怒火强压下去。怒火被压下去之后，他激动的神情也一并隐去。激动消退后，他的神情就宛如被暴风席卷过的荒原。

“看来你对我有很多误解。”晋鹏叹了口气，“没有关系。我会把它们一一消去的。”说着，叹了一口气，这口气就像是从内心深处吹出来的冰冷的风，“其实，我只有一次有些过火。那是因为我……看到你跟踪那个家伙，还以为你对他动了念头。我嫉妒了……因为你不知道他是……”越到后面，他就越觉得自己的解释无味也无力，索性不说了。而向珍听来却不是这种感觉，她觉得他的解释意义重大，大得似乎触动了她的心底一块非常重要的部分。

既然你想要消除误会，就把有关周玉纹的一切，都跟我解释清楚吧。向珍这句话已经到了嘴边，眼前却忽然闪现压箱底里的那对瓷男女，感到心被什么东西狠狠地撞了一下，这句话就没有说出来。

“有件事，我希望你能听我的。”晋鹏已经把所有的情绪都压了下去，就像激流被厚厚的冰面遮盖。他说话的内容虽然很客气，但是语气挺严厉，“你不要再管这件事了。我不知道他们对你说了什么，但是也能猜到他们必然会说各种花言巧语，骗取你的信任。你不可以相信他们。他们现在视我为敌……他们不知道因为什么原因，把玉纹之死归咎于我的头上……”

听到这句话的时候，向珍感到心头一阵痉挛，“你真的不知道是什么原因吗？还是你在假装？”这句话已经冲到了她的舌头底下，也像火炭一样灼烫，但她就是没法说出来。

“他们会尽一切手段打击我，不排除各种卑劣的手段。”晋鹏继续说，“卑劣手段引发的后果往往是不可控制的，难说你会不会误伤。而且……”说到这里，他的声音提高，说的每一个字，都像一根冰寒的钉子，一根根钉了下去。

“他们很有可能也把你当作敌人。毕竟，不管怎么看，你都算是抵了玉纹的位置。如果他们认为玉纹之死有问题，不仅会厌恶，说不定还会迁怒于你这个继任者啊。”

向珍抿紧了嘴唇，她早就见识过人世间的冷暖和人心种种丑陋和阴暗，她知道晋鹏所说的事情，完全可能发生。

“所以，你就不要再胡乱调查，也不要再接近他们那方的任何一人。”晋鹏继续说着，忽然嘲讽地一笑，“不过，估计你也不会听我的话。我只有跟各个守门的人打个招呼，叫他们多注意你了。”

向珍没有说话，嘴唇也抿得有些发白。老实说，让她不查这件事，是不可以的。她觉得晋鹏也未必会注意到那个几乎被人遗忘的角门。不过，如果晋鹏在各个门都安插了他的眼线，却不能掌控她的行踪，必然会想到那个角门。到时候他一怒，把那个角门封了都有可能，孟陈氏也可能因此遭殃。而她以后，也将无法再神不知鬼不觉地出入晋府了。

晋鹏审视着她，觉得自己的话有了效用，苦涩而又晦涩地一笑：“那就请你这些天，在家中好好呆几天了。”说着还不忘指了指那盒糕点，“正好这盒糕点是清火的。”说到这里，他的嘴唇微微颤动了几下，像是心里有很多话要说，但是最终还是没有开口，转身离去了。

向珍看着他离去，感到心跳声震耳欲聋，震得她脑子发懵。她还是得调查这件事，不过是在家里查。老实说，一个女人嫁入深宅大院后，她身上到底发生了什么事，还是宅院中的人最清楚。因此，她准备朝晋鹏房中的人，打听当初在玉纹身上发生的事情。

找谁打听呢？正受宠的奴仆是不行的。连正当值的奴仆估计都不行。只有是在晋鹏房里工作过，后来出来的奴仆才行。她经过巧妙打听，听说有个老妈子蔡氏，之前曾经在晋鹏的房中当值，专管点心茶果之类。本来她行动利索，心思机敏，很是得力。但不知怎么的，一年前忽然糊涂起来，做事颠三倒四，不得已，从晋鹏房中出来了，现在在大茶房里管烧炉子。

听到这事后，向珍不由得怀疑。不说别的，她出来的时间点就很微妙。而且，一个聪明的人，是不会忽然糊涂的。她所谓的“忽然糊涂”背后的秘密，很难不让人浮想联翩。向珍准备找她去套套话。她当然不方便亲自去。她叫腊梅去做这件差事，虽然腊梅不是很贴心，但是她要打听的事情当中有些不便让江听雨得知。

而腊梅这人虽然总是见风使舵，但是其实效忠的人选还是固定的，就是“晋家当家的”。所以她让腊梅“调查些事情，以促进她和晋鹏日后夫妻关系和谐”，她还是会把事情办的妥帖的，而且还会保密。按照人之常情，晋鹏如果知道自己的未婚妻打听自己前妻的事情，心里肯定不痛快，他和向珍的关系不就不和谐了吗。夫妻吵架总是喜欢迁怒于搀和的外人的。她这么乖觉，肯定不会让自己惹上麻烦。

向珍叫腊梅买了一壶酒，准备了一碗烧得稀烂的红烧猪蹄，去找蔡氏喝酒“闲谈”。蔡氏现在就住在大茶房旁边的小耳房里。腊梅进去和蔡氏喝酒攀谈，向珍则避在窗户旁边偷听。很快，蔡氏便喝至半酣。腊梅想起自己的任务，开始问蔡氏晋鹏和周玉纹的事情。

蔡氏的脸上露出了促狭、神秘又有些色眯眯的笑容，压低声音说道:“要说起我们的大少爷和前面那个少奶奶啊，还真有很多蹊跷的事情呢。”

“什么事情？”腊梅虽然对此十分关心，但表面上装成不太在意的样子。

“这个啊，有些不好出口。” 蔡氏虽然嘴里说着不好出口，其实迫不及待地想把它说出来，“玉纹少奶奶刚过门的时候，两口子天天吵嘴。”

“为啥吵嘴？”

“能为啥吵嘴？当然是为了夫妻间的事情呗。”蔡氏的眼睛和被酒催红的颧骨都在闪闪发光。

“什么事情啊？”腊梅的眼睛也开始发光。

向珍在窗外也差点问出同样的话，一听这话，她心头就痉挛了起来。

“说起来也奇怪。”蔡氏又给自己倒了杯酒，一仰脖子一饮而尽，“这位少奶奶，从娘家被抬来的时候，就穿了一件自己特制的内衣内裤，把全身上下罩得严严实实。材质呢，是最结实的那种布，接缝紧紧地缝在一起，超级结实。衣服上面，还缀着很多的衣服带子，横七竖八、密密麻麻地缠在身上，要想脱掉内衣裤，就得把这些带子都解开……”

“哈？”腊梅不禁骇笑，“那穿脱起来岂不是很困难？”

“是啊，超级困难。”蔡氏继续说，“听服侍她的丫头惠云说，她不管是方便啊，还是洗浴啊，都要把衣服穿脱好久。而且穿脱衣服的时候，都要把门反扣上，也不要人伺候。自己在屋子里弄停当了，才放人进来。”

“这是为什么啊？”腊梅越听越觉得奇异。

“当然是防人呗。” 蔡氏的脸上又露出了色情和神秘的微笑，“她啊，防的不是别人，防的就是我家大少爷！”

“诶？”腊梅和窗外的向珍都是一惊。向珍更是惊得差点挤到窗框上弄出声音。

“这是为什么啊？”腊梅再也没法把关注和惊骇藏在心里了，还好她现在不管多么惊诧都是正常的。

“不知道。”蔡氏摇了摇头，“其实啊，有些女孩儿刚嫁过来的时候，是会害怕男人。这也正常。之前在家里，大门不出二门不迈的，没见过家里人之外的男人，婚前也没和自己未婚夫见过面，新婚之夜才算是跟丈夫正式见面。见了面后就直接要……有些女孩儿不愿意，闹个几天后才愿意同房。但是这个玉纹少奶奶就夸张了，新婚之夜喝了交杯酒之后，忽然拔下头上的簪子，对着大少爷，叫大少爷和侍候的人都出去，并且让大少爷之后都自己一个人睡，她是无论如何都不会跟大少爷一起睡的。”

腊梅和向珍听得张口结舌。事情越来越离奇了。

“大少爷当时觉得很奇怪，怀疑她是不是在胡乱开玩笑，便伸手去夺簪子。结果没想到玉纹少奶奶毫不留情，‘唰’地一下就刺了过来。大少爷避让不及，还被刺中了手背。大少爷呀，那脾气，当时就恼了。”蔡氏绘声绘色地说到这里，脸上又有了几分得意之色，“惠云看情况不好，赶紧出来喊我。我是上年纪的人哪，会调和，会灭火，赶紧进去说和。我就跟大少爷说，玉纹大少奶奶是大家闺秀，没见过男人，现在害怕很正常，过几天就好了。大少爷才没有发作起来。气哼哼地到外间睡了。”

“天哪……”腊梅惊讶地张大了嘴巴合不拢，呆呆地只是骇笑，“这大少奶奶怎么这样啊？”

向珍在外面听着，不由自主抿紧了嘴唇。虽然不知道到底发生了什么事，但是她已经对这位玉纹少奶奶生出了厌恶之情。

“更厉害的事情还有呢。”蔡氏继续说着，满脸都是兴高采烈之态，“她不仅是那天晚上不跟大少爷一起睡，之后一连好几个月，都是自己一个人睡。床头、枕头下面，都放着剪子、簪子，用来防身。大少爷看她这个样子，当然很生气啊。就问她到底怎么了，她也不说。大少爷很生气，就跟她吵架。然而吵也没用，大少爷就任她去了。”

向珍听着，指甲不知不觉抠进了墙缝里。虽然她知道晋鹏只可能是对周玉纹的行为感到不解才会很生气，并不是因为多渴望她，但是她的心里还是生出了一种酸胀灼热而又揪心的情绪。

“小两口这样闹，家里大人肯定会知道。老爷很快就知道了这事儿。”蔡氏脸上隐隐放着红光——她们这类人把谈论此类事情当成人生最大的快乐，而且很快就要说到她觉得最精彩的部分了，“听书房的锄药（晋云的小厮）说，老爷先是找大少爷谈。但是大少爷也不知道发生了什么事，跟他谈没用。老爷觉得问题应该全出在玉纹少奶奶身上，但是他是公爹，不方便和媳妇谈心。于是，就请了赵大奶奶来帮忙。”

一听到赵大奶奶这个名字，向珍在心里冷哼了一声。赵大奶奶就是晋鹏生母的姐姐，嫁给了赵家。虽然出生于大户人家，但是为人不如何上品。向珍小时候只见过她几次，但对她的印象十分深刻，而且对她十分反感。因为她记得赵大奶奶看着她们母女时，脸上总是带着一戳即破的假笑，底下则藏着无穷无尽的仇视和鄙夷。

“听惠云说，赵大奶奶来跟玉纹少奶奶谈，结果玉纹少奶奶只是低着头不说话。赵大奶奶把情况跟老爷说了，老爷叹息苦恼，赵大奶奶却说完全没有关系，她有办法把事情解决了。”蔡氏露出说书人抖包袱之前的神态，顿了一顿后才继续说，“一天以后，赵大奶奶又来了，拿了一包药，对老爷说，这药没有什么味道，把它和在玉纹少奶奶睡觉前喝的汤里，再让大少爷进房去，事情就圆满解决了。”

腊梅一呆，接着脸上有些发红。外面的向珍也明白了这是要做什么。赵大奶奶带来的药粉，恐怕是迷药吧。用迷药迷倒周玉纹，晋鹏就可以为所欲为了。想到这里，她心里似乎涌起了无数滚烫的污泥，心里既感到灼痛，又感到恶心。晋鹏这样做了吗？感觉他像是会这样做的人……如果他真的这样做了，她可真是一千分一万分地瞧不上他……嗯？向珍忽然想起一件更重要的事情，身体都忍不住颤抖起来。之前钟辉说，周玉纹是因为“房中之事”而死的，难道说，就是因为这件事……

“后来呢？”腊梅低声问蔡氏，脸红得已经像猴子屁股一样。

“后来的事情啊，你绝对想不到。”看她那样子，蔡氏竟然很得意，眼睛也变得贼亮，“大少爷是进房去了，不过是在玉纹少奶奶喝汤之前进去的。他把玉纹少奶奶手里的汤碗给夺了，告诉她汤里有迷药。并且跟她说，这是家里其他人安排的，他是不屑于做这种事的。并且日后如果还有谁做出类似的事情，他也一定会阻止他们。当时玉纹少奶奶就呆了，听惠云说，她直勾勾地看着大少爷，脸上还红扑扑的。当天晚上在床上，坐了一夜。等到第二天，就把那身乱七八糟的内衣脱掉了，沐浴更衣，换上正常的新衣裳。当天晚上就跟少爷好了。”

腊梅听蔡氏诉说的时候一脸惊诧，听到这里的时候忍不住“吃吃”地笑了起来。窗外的向珍却一点都笑不出来。晋鹏没有做让她看不上的事情，可是为什么她的心里依然很不舒服？她这样想着，肩膀不由自主地压到了窗户上，把窗格压得“吱呀”一响。

蔡氏本来也跟腊梅一起嬉笑，忽然听到这声音，顿时停止了嬉笑，狐疑地朝窗户看去。

“怎么了？”腊梅赶紧转移她的注意。

“你有没有听到，窗户响？”蔡氏眼睛还是朝窗户那边看。

“没有啊。”腊梅给蔡氏倒了一杯酒递过去，“来，蔡奶奶，继续喝酒。”

“唉。”蔡氏接过酒去，不再注意窗户的事情。现在对她来说，就是酒肉最重要，“看来我是糊涂了，听错了……”

“听错了没啥啊，我们人人都会听错。”腊梅赶紧又给她夹了一块猪蹄。

“是啊，没啥……”蔡氏感慨地说，接着便愤慨起来，“当初我只是有段时间，小小地犯了些糊涂。结果晋禄那老杀千刀的，就说我已经不能当差了，把我调出来。人啊。身体状况总是会有变化的，我那段时间是有些糊涂，但是糊涂得也不厉害啊，出来后，也很快便好了啊。可是我明明好了，也不让我回去，真是气死人了……”

人在喝酒的时候，如果被触动了伤心事，就会说个没完没了。蔡氏说自己那时也许只是春困的问题，每天办事有点“犯糊涂”，只不过是主子要杏子，她拿梨子，泡碧螺春的时候误放梅子干，拌西瓜的时候误撒了盐而已。

这些都是“小问题”，而那晋禄，却一点都不通融，立即把她从晋云房里调出来了。说到这里，她不仅为自己鸣冤叫屈，还对晋禄千咒万骂，连晋禄第十九代祖宗都倒了霉。腊梅听得骇笑不止。其实蔡氏作为一个管茶果的，做事出了这些纰漏，被调离是理所应当的事情。她听蔡氏没完没了地说这些没用的事情，忍不住打断她：“蔡奶奶，那玉纹少奶奶和大少爷，以后怎么样了呢？”

“以后能怎样呢？”蔡氏对腊梅打断她比较不满，给自己倒了一杯酒，然后一饮而尽，“就是更好了呗。”

“再往后呢？我听玉纹大少奶奶后来去世了。”

“是去世了啊。”

“可是玉纹大少奶奶还很年轻啊，嫁过来的时间也不长，怎么会说去世就去世了呢？”

“这个啊，并不奇怪。”蔡氏加了一块猪蹄，放到嘴里，用力咀嚼了几下，“生病了呗，这就所谓，‘天有不测风云，人有旦夕祸福’。大少奶奶染了急病，一下子躺倒了。老爷少爷都积极给她请大夫，但是世上没有能包治所有病的大夫。大少奶奶就这样去世了呗。其实她也不算多年轻。我还听人说，就是城东头的李家的大媳妇，十四岁过门，半年后就染病死了。人的寿命啊，是件说不准的事情！”

向珍在外面听着，皱紧了眉头。蔡氏的话听起来似乎另有玄机，话里有话，但也可能只是因为蔡氏是个浑人，说话不着调而已。糟糕的是，她现在心里挺乱，根本无法判断。屋里的蔡氏又开始没完没了地说她受到的“不公”了。向珍便轻轻地学了几声猫叫。这是她和腊梅约好的暗号。这代表腊梅可以撤了。

当天晚上，向珍的心里一直乱乱的。那感觉就像心里被塞满了乱麻，麻上都是刺，还热辣辣的。

夜里她也没睡着——明明灭了灯柱，窗外的月光也不明亮，她就觉得自己眼前一片亮堂堂，而脑子里也是一片亮堂堂，根本合不上眼。她就这样，脑子里既混沌又清楚，熬到下半夜才迷迷糊糊睡着。睡醒后，她脑子里只有一件事，那就是尽快开绣坊，自立……想到自立的时候，她心里忽然有些彷徨。那是因为，之前她想到自立这个词的时候，“离开晋家”这个词必然紧随其后。但是今天这个词却迟到了，这让她感到无比的惶恐和迷惑。然而接着，她竟然感觉到，今天她开绣坊的念想如此强烈，好像有其他的原因，好像是因为要逃避什么事，才一猛子扎进这个想法里的，不由得让她的惶惑大大升级……

罢了。向珍起床喝了一口凉茶，感觉着那团凉意流入肺腑，又在肺腑中流转扩散，渐渐地冷静下来。

管它是什么理由呢。开绣坊不是她一直以来的目标吗？有冲劲就去做呗。她又想起了廖碧云——要开绣坊，光靠她一个人是不够的。还需要几个女红高手帮衬，并且还需要有人帮她管理。她需要一个一个地收罗人才。廖碧云是个很适合的目标。不仅因为她是女红高手，还因为她无依无靠，在被一个想要吃掉她的人窥视着，自己却不知道。等到她发现那个收留她的张雄的真实目的后，她肯定会愤怒得从张雄家出来，到时候她彻底没有依靠，只要向珍能向她伸以援手，她一定会死死地拽着，并且死心塌地为她工作。但是，怕就怕她已经被张雄磨软了心智，对张雄以身相许了。或者发现了张雄的意图，已经被强纳为妾了。她越想越觉得不放心，准备去廖碧云那边看看。

她大模大样地从正门坐车出去，还叫上了晋旺给她驾车。她说找晋旺驾车，是因为晋旺驾车驾得好。然而真正的原因，是因为晋旺和晋鹏比较好，属于亲信边缘的那种人。她这样做，是主动处于晋鹏的耳目之下，以示自己不是去做“犯禁”的事情的。晋鹏不知道她开绣坊的计划具体如何，在他的耳目下去处理廖碧云的事情，应该不会有问题。

向珍带着腊梅，坐着车，一路驶向张雄庄园的方向，她对晋旺的说法是，她是去散心外加探望故友。车在大路上走着走着，忽然从岔路上冲上一堆人来。晋旺赶紧勒停驾车的马。向珍和腊梅也吓了一大跳。他们本来以为是截道的人，仔细一看，却发现他们都是大户人家家人打扮。

第六章

他忽然不理她了？

“喂，车上的！”为首的一个豪奴高声叫道，“干什么的？下来给我们看看！”

“不可无理！”晋旺赶紧叫道，“这是晋家的大奶奶！” 一般来说，结了婚的，大户人家的媳妇，都会被称为奶奶。而向珍虽然没过门，但是大家已经不能再称呼她为大小姐，只能朝前地称呼她为奶奶。向珍听到后心里颇为异样，但也没有其他办法。

“啊呦，这真对不住！” 一般来说，豪门大户的主子相互认识，底下的奴才也会互通声息。这位豪奴和晋旺也是认识。等他看清驾车的人是晋旺的时候，立即换上了笑脸，“我们刚才没看清！”

“没事。我知道你小子从来不把我放在眼里。”晋旺亲热地嗔怪道，“我说老张啊。你们这是干什么去啊？”

“是这样的。”老张的脸上露出了尴尬而又促狭的笑，“张大老爷家走失了一名女眷，我们正在找呢。”

张大老爷？向珍一抬眉毛。奴随主姓，当晋旺称呼那人为老张的时候，她心里就怀疑他们是不是张雄家的家人。现在一听，果然是——在这块地方不会有第二个张大老爷。走失了女眷？看他们的阵势，倒像是在搜捕什么逃走的人一样。难道廖碧云已经逃走了吗？因为有任务在身，姓张的豪奴不敢跟晋旺多说，稍微寒暄了几句后就又去寻人了。晋旺赶着车继续往前走。

车轮快速地旋转，向珍的大脑也在迅速地运转。老实说，前阵子在这块地方居住的时候，她也曾偷偷了解过这里的地理人情。

这块地方土地肥沃，很多富户的田庄都在这里。在这里居住的农民大多是佃农，有的整个村子都是某个富户的佃户。这样的农民都比较胆小怕事，如果看到逃出来的女人，不敢轻易收留，而且会及时向田主人家报告——万一是从田主人，或者是田主人家的朋友家里逃出来的，他们收留了她，或者知情不报，以后田主人追究起来，他家的田恐怕就要被收回去了。所以，目前廖碧云还没有被抓住，证明她没有向任何一户人家求助，甚至都没有去村民聚集的地方。没去村民聚集的地方，那是去了……

“阿旺啊。”向珍撩起车厢前的帘子，对晋旺说，“我们不去芳草坡了（芳草坡就在张雄的宅子左近，她一开始不方便直接说去张雄的宅子那边，只说去芳草坡，我们去水娘娘庙那边看看。”

“水娘娘庙？”晋旺感到很诧异，“那边没人管啊，只剩一座空庙，早就变成了老鼠麻雀住的地方了！”

水娘娘，是这一带的居民供奉的一位女神。她生前是人，名字已不可考，是一个农户家的女儿。因为看到几个姐姐出嫁后都过得不算幸福，所以从小便立志不嫁。然而她爹娘却不愿听她的。等她长到十八九岁的时候，有户人家觉得她不错，便遣人提亲。她爹娘爱他家聘礼丰厚，便答应了亲事。那女孩儿反抗无果，一气之下便跑到最近的河边，跳河身亡了。在她死后不久，就有村民们传说，这女孩儿时常在河中央显灵，看到她的人，有的会走运，有的会倒运，甚至会生病。

这件事也许只是谣传，但是村民们心里害怕，便称呼这个女孩儿为“水娘娘”，并且为她建起庙宇，供奉她。据说她可以给附近的村民赐福或降祸。但是后来，当地一个名士知道了，说这只是无稽的迷信，跑到水娘娘庙，在墙上写了一篇檄文，大意就是说，村民们信奉水娘娘是完全没有必要的，水娘娘是村民以讹传讹造出来的假神，如果不然，就让水娘娘降罪于他。写完檄文之后，这位名士就回家等“出事”去了，结果等了很久，他都没有出事。被他这么一闹，村民们也不再信奉水娘娘了，这座庙就变成了一座空庙，变成了山禽和走兽的居所。

一丝冷笑爬上向珍的唇边。她当然知道那里已经是个空庙了。她要去看的原因，是因为它几乎是这附近唯一无主的建筑，如果廖碧云没有到村民家隐匿，就只能到水娘娘庙藏身。但是，这件事她能想到，张家的豪奴也应该可以想到，为什么没有发现她呢？

“你要是想要游玩散心，还是芳草坡较好。那里就是个破庙，还阴森森的，一点都不好玩。”晋旺又说了一句。向珍的嘴角向下一撇。她被晋旺问得心烦，也觉得应该给晋旺一个合适的说法——他算是晋鹏的亲近奴才。她忽然想起，之前恍惚听说，晋旺是超级迷信的人，顿时计上心来。

“我啊。”向珍心头窃笑，编着故事，“当初在这里住过一阵子，有日路过水娘娘庙，看到门口有棵花树，枝干叶枯。当时我还不知道我终生归于何处，心里没有着落，便在心中暗暗祈祷，说如果我日后能有个好的归宿，就让这花树变得枝繁叶茂。现在我应该是有个好的归宿了，想去看看，那花树是否真的长得精神了。”

晋旺一听，觉得这“很有道理”，便不再啰唆，驾车去了水娘娘庙。

很快水娘娘庙便到了。向珍下得车来，不由自主地打了一个寒战。其实她之前根本没来过水娘娘庙。现在一看，果然阴森。这庙宇修得挺大，想当初也应该是雕梁画栋，气势恢宏，但此时因为无人休憩，屋宇已经破败不堪。屋顶墙壁经过风吹雨打，已经变得和泥土一色。立在屋檐下的木柱也大多已经朽烂，门扇和窗扇也支离破碎，有的干脆就不见了，只留下黑洞洞的窗户和大门。门前的石阶也没有几块完整的，裂缝中长满了杂草。最让人感觉阴森的是，按照这里的风俗，庙宇之旁必种树。当年村民们种的树倒是活得好好的，一个个都长成了参天大树，树冠边缘彼此相接，竟像一个大伞一般，把整个庙宇都遮住了。庙宇躺在一片阴暗里，看起来竟有点像另一个世界的前站。

“大奶奶，您看到那棵花树了吗？”晋旺有些害怕了，问向珍。

“哦。”向珍看到在一丛灌木之间有一棵长着花的小树还算显眼，便朝它一指，“是的。看到了。它长得很好啊。看来我日后的日子会一片吉祥呢。”

“那您看到花树了，我们就可以走了吧？”晋旺巴不得快点走。

“不忙。既然都来了，不如就进去看看吧？”向珍心里也有点害怕，但是为了寻找廖碧云，她还是得进去看。

虽然找人心切，向珍还是装成游玩的样子，慢慢地踱进庙宇。庙宇并不大，石砖的地面也已烂得一塌糊涂，上面不仅长草，还有厚厚的浮土。草和浮土都被踏乱了，上面印着横七竖八、相互交错的脚印。可见这里已经被人搜寻过。

向珍感到有些失望。看来张家的奴仆已经搜过这里了。他们没有收获，证明廖碧云根本不在这里。然而就在她准备离开的时候，忽然听到了一声异常的声音。

她猛地停住了。

腊梅和晋旺都吓了一大跳，都问她怎么了。

向珍没有说话，而是回过头，继续打量灰暗的庙堂。刚才她似乎听到了一声呼气声。像是什么人松了一口气后发出的声音，而且像是从什么狭小的空间里吹出来的。

她仔细回忆刚才声音传来的方向，觉得应该是从神案上传来的。而神案上，只有水娘娘的泥胎塑像！

她转过身来，仔细打量着水娘娘的塑像。据说当时村民塑造水娘娘的神像的时候，是在泥胎外面刷上金漆。而现在，水娘娘脸上的金漆还算完好，但是之前高耸的发髻已经不见。身上穿着衣服——应该也是之前，像塑好后，村民给她穿上的衣服（在很多地方，都有跟神像穿真衣，佩戴金银珠宝的习惯。这些也算是一种祭品）。衣服上现在也已经盖满了尘泥。除了脸，神像身上没有被衣服遮盖的部分的金漆也全都脱落，露出了泥土本色。

向珍思忖着朝神像走去。晋旺和腊梅更害怕了。

“大奶奶……您这是怎么了？”晋旺已经惊恐得想要尖叫，但是因为向珍是主子，又不敢对她高声大嗓，还得捏着嗓子，说不出的别扭和难受，“您没事吧？”

“大奶奶，您到底在找什么啊？我看那边什么都没有啊……”腊梅也吓得小声喊着她。

“没事。”向珍安抚他们道，然后走到神案前，朝神案下看了看——

神案上罩着的帷布早已朽烂，倒是那左一层右一层的蜘蛛网充当了帷布的作用。

而这些蜘蛛网上，也已经挂满了灰尘。这样的地方显然不能藏人，但向珍还是朝神案下仔细看了看。下面果然没有人。向珍皱着眉头，又绕到了神像的后面。神像是端坐在神案上的。如果是身材不高大的人，背靠着神像坐在神案上，倒也可以勉强藏住。

但是神像后也没人。

向珍迷惑了，感到额头沁出了细汗。她想都没想就用袖子抹了，忽然想到这不是大家风范——她擦汗应该用汗巾，而不是用衣服……衣服？！她忽然心头一亮，立即绕到神像正面，伸手就去揭神像的脸。

“诶？！”晋旺和腊梅齐声惊噫——在他们看来，向珍简直像中了邪一样！

神像的脸本应是塑在泥胎里的，她根本不能扳动，然而她竟然一下就把神像的脸揭了下来，露出一张惊恐万分的脸。

腊梅不禁失声尖叫，晋旺竟然双眼一翻，晕了过去——因为他迷信，在他看来，是神像成了精了。

而这张脸，就是廖碧云的。向珍看着她的脸，脑子宛如有一连串电光闪过，所有的事情，瞬间都明白了。

廖碧云真是个聪明的女人。她来这里藏身后，知道张家人肯定会来找，便把早已腐朽的水娘娘的空心泥胎打碎，把碎块弄走，仅留神像的面皮。然后在自己的身上头上抹上泥土，如果有人来了，就把神像的脸皮壳子戴在脸上，然后再端坐在神案上，乍一看去，就像是个金漆残缺、形体不全的旧泥胎一样。

张家奴仆本身对水娘娘的神像并不了解，只要觉得她像个塑像，就会罢了，根本不会仔细看她到底是不是塑像。想必她是一听到有人来，便坐在神案上假装神像，因此躲过了张家奴仆的追捕。而向珍是怎么发现她不是塑像的呢？是神案上那朽烂的帷布提醒了她。这些帷布，应该是最后一拨祭祀水娘娘的人铺上去的。即便不是最后一拨人铺设的，也会比水娘娘塑像上穿的衣服新很多——水娘娘身上的衣服，应该是在雕像塑成后就被穿上去了。帷布都已经彻底朽烂，神像上的衣服绝对没有依然完好的道理。所以唯一的可能就是，坐在那里的根本不是神像，而是在身上和衣服上糊了泥，装神像的什么人！

廖碧云一被揭露真面目后就吓瘫了。

“别怕，别怕！”向珍赶紧安抚她，“是小妹我啊！”

廖碧云呆愣愣地看着她，看了半晌才想起她是谁，但依然惊疑不定。

“姐姐别怕，小妹是来帮你的……”向珍赶紧继续安抚她。

“帮我的……你知道我发生了什么事情吗？”廖碧云依旧直着眼睛，沉着嗓子问道。

向珍呆了一呆。她不能说自己早已猜出张雄对她有不良之意。否则廖碧云一定会想：“你既然早就猜到了，为什么不提醒我？难不成你是什么别的图谋，所以才隔岸观火，等到事情出来了，才伺机而动？”如果事情发展成这样，廖碧云会连她出手相救的动机都会加以怀疑。

她脑筋急转，赶紧编了一个说法：“小妹我前阵子便搬回城里的故屋居住了，这几天有点怀念这里的景色，便坐车回来看看。在路上巧遇张家的奴仆。听他们说，张家有个客居的女眷逃走了。我怀疑是姐姐……心想姐姐大概是和张家大老爷有了什么矛盾吧……我怕姐姐被抓回去会遇到不幸之事，所以也来找姐姐……想帮点忙。”

其实他们遇到张家奴仆的时候，只听他们说是一个“女眷”逃走了，并没有说是客居的。但腊梅和晋旺对这件事并不注意，向珍加上“客居”这个词，他们根本都不会在意，更不会在来日揭她的谎。

廖碧云脸皮这才舒开，接着眼泪便像断了线的珠子一样掉了下来。

“妹妹，你真是好人……”廖碧云拉住向珍的衣袖，抽抽噎噎地把自己遇到的事情全说了。果然如向珍所料，张雄在养了廖碧云一阵子之后，就开始向廖碧云暗示，自己对她倾慕已久，希望她能跟他相好。如果她答应，她就是这座庄园的女主人，不需要回本宅和大夫人见面，而且虽然他不能娶她为平妻，但在待遇上，一定会让她和大夫人一样。这对廖碧云来说无疑晴天霹雳。她当时就想对他破口大骂，但想到自己是寄人篱下，从张家出去后又生活无着，只好强压怒火，只对他婉言相拒。

张雄却不愿推却，继续进逼。廖碧云迫不得已，只得和他翻脸，痛斥张雄心思龌龊，并且说自己无论如何都要等丈夫回来团聚，是绝不可能失身于他人的。张雄见她如此，也翻了脸，大骂她不识抬举，天天在这里白吃白喝，揣着明白装糊涂。

两人彻底翻脸之后，张雄把她关进了柴房里。说如果她继续死心眼，不识抬举，就让她饿死在里面。廖碧云依旧不愿屈服，在夜里把柴房的窗户别开，从窗户爬了出来，又从狗洞里逃出了张家宅子。她知道她逃走后张雄一定会派奴仆四处搜捕，所以才想出这样的计策，在水娘娘庙暂避。准备等到风头过了，再想办法逃往远方。

向珍听得咋舌不已。看来男人强迫女人顺从自己的时候，面目都很丑陋。和张雄相比，晋鹏简直算是君子中的君子了。她轻轻叹了口气，结果眼角瞥见晋旺吭了几声，快要醒了。他一个大小伙子，只是稍微晕了一下而已，很快就能醒。

向珍眼帘一垂，心想这下可有些不妙。按她本来的计划，是发现廖碧云之后，只对晋旺说自己是“动了恻隐之心，救了一个落难的女子”，把她和自己相识的事情一笔带过即可。然而廖碧云却以这种神怪般的方式出现，极大地引起了晋旺的注意，想要就廖碧云的事情含糊其辞，势必会引起晋旺的怀疑。晋旺如果心生疑惑，回去跟晋鹏说了，必然会引起不必要的麻烦。

她索性把廖碧云的事情也跟晋旺说了一遍，然后说廖碧云是她住在这里时结识的好朋友，她要救她。向珍是主子，她说的话，晋旺不敢不听。再说，他也没打算提出异议。晋旺这个人心眼还是不错的。再说，他和张家那奴仆也没什么过硬的交情，晋家的财势也比张家高不止一个等级，没什么可顾虑的。

向珍便把廖碧云带回城里，先找了一个客栈落脚，并给她买了几件干净衣裳换上。廖碧云把自己收拾干净后，又变得光彩照人。要按向珍的意思，就先掏吊把钱，租间房子给廖碧云住下，一般的房子房租不高，一吊钱就足以租个大半年。再给她一吊钱作家用，每天吃一般饭食的话，一吊钱也够吃好几个月。先把她安置下来，其他的事情再作打算。

向珍对她大加夸赞，正打算带她去找房子，忽然晋旺兴冲冲地来了，一进门就向她道喜。原来，他把这件事向晋鹏汇报了。晋鹏对“她做好事”的行为很是认同，说她不用再费心费力地去找房子了。在晋家东北界墙边，就有三间民居，清亮宽敞，是屋主之前借了晋家的钱，后来无钱偿还，拿来抵债的。

他说之后廖碧云不仅可以在这房子里居住，大厨房还可再准备一份饭食，给她送过去，这样她买粮买菜，烧火做饭的事情也可以省了，更加方便。听到这话的时候，向珍呆怔了好几秒。她不知道晋鹏这是随手帮她一下呢，还是察觉出了什么，难不成他察觉出廖碧云是她收罗的人才？把廖碧云放得这么近，是为了方便监视，并方便监控她的所为？可是他能查知这么多吗？他根本无法得知廖碧云是个女红高手，而且恐怕他连向珍之后的志向是开绣坊都不知道。不，也许他并没有查知她的图谋，而是本能地对她所有的行为都多加注意，严加控制？

廖碧云对晋鹏主动为她提供方便，也感到很犹疑。毕竟，她之前经历过张雄那事。因此见到晋鹏的时候，她低着头，忌惮地从眼睛上方偷看他，想看看他有没有贪恋她的美色之意。晋鹏意识到了她的想法，从鼻子里轻轻地哼了一声，眼睛一抬看往别处。廖碧云意识到自己想多了，不由得羞愧无比，再看看晋鹏那玉树临风般的模样，又不由得自惭形秽。

因为晋鹏给她提供了方便，向珍少不得去向他道谢，也打算顺便试探一下他，看他到底对她是什么态度，以及是否真地查知了什么。她去的时候，晋鹏正在看书。其实晋鹏也是个喜爱读书之人，书房收拾得也颇雅致。但她之前一直没有注意到。

晋鹏见她来了，没有离座，也没有放下书本，甚至脸也没有偏过来，只是从眼角淡淡地朝她瞥了一眼。

向珍从未见晋鹏对她如此冷淡，心中有种相当不妙的感觉，道谢的语气和说辞也有些僵硬。

“你不用谢我，救人于危难之中，是所有人都应该做的事情。”晋鹏瞥了她一眼后又继续看书，“我看你也累了，今天毕竟奔波了一天……赶紧去休息吧。”

虽然这句话是表示关怀，但向珍非常清楚这是逐客令。她抿紧了嘴，犹豫着退了出去。她心里刮起了一阵狂风。而这狂风还越刮越烈。他怎么对她这么冷淡？就好像她是一个陌生人，而且是和他完全无关的陌生人一样。既然如此，他之前对她的那一系列死缠烂打是怎么回事？他这样子，就好像那些事从未发生一样……

她虽然一头雾水，但内心深处隐隐猜到了原因——该不会是……知道她在偷偷查问周玉纹的事情吧？虽然她事情做得很是隐秘，但这世上历来难有不透风的墙，也许晋鹏已经知道了……知道她在查问周玉纹的事情就对她冷淡起来？为什么？周玉纹的事情，到底有什么隐情？想到这里后向珍怦然心惊，竟然不敢继续想下去，赶紧把注意力转到自己的“失常状态”上来。

是的，失常状态。向珍没有想到晋鹏的态度变化竟然能在她的心里掀起这么大的波澜。她自己都怀疑自己的脑子是不是忽然坏了。这大概只是因为晋鹏的态度前后反差太大，自己被惊到了吧。她这样对自己解释自己的心里波动，却知道这根本解释不通。但是，不这样解释的话，还能怎么解释呢？

算了，不管他了。还是赶紧思考如何开绣坊的事情吧。向珍异常专注地思考起这个问题来，却隐约觉得，自己这么专注，也可能是受了晋鹏的态度的推动。然而其实她现在想再多都没什么用。因为开绣坊需要资金。她现在手里就只有存的月钱，而且因为之前要打点各项事务，花费也不少，她现在手里没多少银两。她的首饰虽然很是值钱，但是那些是不可以轻易动的。而且就算要动，她也没有变现的渠道。

向珍越想越是心头烦闷，便去廖碧云那边，和她说话散闷。因为目前八字还没有一撇，向珍不好跟她谈起开绣坊之事。只东拉西扯地说些刺绣方面的事情。说着说着，廖碧云从袖子里拿出了一条丝巾，说最近她闲来无事，就在这条丝巾上绣花练手。

向珍一听说她在丝巾上绣花，已经暗暗吃了一惊，要知道丝巾偏薄，纹理又稀，在上面绣花可谓十分困难。而等她看清廖碧云绣的东西的时候，简直差点惊叫出声。只见廖碧云绣在丝巾上的都是仿名人字画的花卉山水，还有黑线绣成的千古名句。最难得的是，这些花虽然是绣上的，却十分的薄，就像织在丝巾里一样。

“姐姐这手艺……真是神乎其技啊！”

向珍看着丝巾，脸颊通红，心也是怦怦直跳。她本来以为廖碧云的手艺只是比她高一点点，然而现在看来，廖碧云也许在其他方面只比她高一点点，在这方面却是身怀绝技。

“姐姐，这些花样真是精细得紧……你是怎么绣出来的呢？用一般的线和针恐怕不行吧？”向珍喃喃地说。

廖碧云微微一笑，从针线筐里拿出一个小小的针线荷包，从上面拔下一根针来。只见它比一般的针要短小数倍，细如牛毛，向珍根本不敢用手去捻，生怕一拈就把它弄掉了。

“该用什么样的线穿这样的针呢？一般的线恐怕穿不过去孔吧？”

“用这个。”廖碧云拿起一根丝线，用手指一捻，把它捻成几股，从里面抽出一股，只和细头发丝儿一般粗细，把它穿进了针孔。

向珍在一旁看着，只觉得口干舌燥。

向珍如此兴奋，可不仅仅是为廖碧云的手艺而惊叹。而是从中看到了开绣坊的希望，甚至可以说是捷径。廖碧云可以在丝巾上绣花，就自然可以在纱上绣花，就可以制作绣屏。要知道之前能制作绣屏的，地方就只有一人。此人名叫延玉，是一个绸缎商人的女儿，自小便绣艺出众，可以在纱屏上绣各色花卉、山水、草虫、人物，形态雅致，用色淡雅，就像名家画作一般。更会用黑色丝线绣出各种高雅诗句，画龙点睛。

因为延玉的手艺与众不同，所绣之物一流传到市场上就引发轰动。各界名士争相追捧，她所绣的任何一件小物都可要价上千，而她所绣的绣屏，更是有市无价。名士们把她的绣品称为“延绣”，宛然已“自成一派”。而延玉是大户人家的女儿，不以绣艺谋生，只是消遣时光，因此市场上她的绣品非常非常少，绣屏则最为难得。这位延玉虽然手艺出众，只可惜寿命不长，十八岁那年一病而亡。因此她的绣品就成了绝品。

喜爱她的绣品的名士们捶胸叹息，一方面把延玉的绣品好好珍藏，一方面找人模仿学习延玉的手艺，希望能让这绣艺延续下去，只可惜这些人至多能做到神似而形不似，甚至会画虎不成反类犬。

晋家的当家晋云，也是延玉绣品的拥趸，当年花重金买得一个延玉的绣屏，一共四扇，只是放在书房桌上的装饰品，但他依然对绣屏十分喜爱，可以说是爱如眼珠。然而，天意弄人。有一天(那时，向珍还小，还住在晋家)，晋家的一处库房走了火。虽然起火点离晋云的书房不近，火也很快便被救下来了，然而偏偏有个火星飘进了晋云的书房，别处没落，偏偏落在了绣屏上，引燃了绣屏，单单把纱屏部分给烧了——纱屏稀薄，又易燃，虽然没有被烧干净，但上面的刺绣基本是毁了。而绣屏的架子也只是被熏黑了，没有被烧掉。晋云对此痛不欲生，一直希望能再找到类似的绣屏，或者找人能仿造一个差不离的，可惜一直没能如愿。

想到这里，向珍的嘴边掠过一丝促狭、揶揄和嘲讽的笑意。老实说，她一直怀疑绣屏不是被这个火星引着的，什么火星能飘这么远，还刚巧落到绣屏上。她怀疑这绣屏就是被晋鹏烧掉的，用火石打着，或是直接用蜡烛点。那个时候，他是家里第一号混世魔王，最喜欢捣蛋。而每个小孩在成长中都有这么一个过程，就是大人越是喜欢的东西，就越喜欢染指，甚至会搞破坏，就像那是必然要进行的挑战一样。

向珍细品廖碧云的绣品，确认她的绣艺不在延玉之下，而且格调风韵和延玉是一个路数，更重要的是，她绣的所有东西，不管是花卉草虫，还是山河人物，都和延玉的绣品说不出的神似。

向珍打算让廖碧云仿制延玉的绣屏，在晋云面前立一功。而她的打算，绝不止立一功这么简单。她还有很多长远的打算。她跟廖碧云谈起延玉的事情——延玉名扬天下是十几年前的事情，当时廖碧云也应该开始学习刺绣，多少都会听说点她的名头。如果廖碧云也是延玉的拥趸，仿制绣屏，自然会是很容易的事情。没想到廖碧云对延玉的事情一无所知。对此向珍不由得哑然失效。看来“妇女大门不出二门不迈”的风气真是害死人。

向珍回晋府后向晋云禀报，说她收留的这位姐姐绣艺超群（晋云已经知道了廖碧云的存在，家里收留了一个外人，家主总会知道的）。听说晋云想找一人仿制延玉的绣屏，便“主动请缨”。请晋云把当初他请画师为绣屏临摹的画像借给廖碧云，大凡珍品的所有者，都会请画师为珍品画像，如果珍品丢失，可以凭此图悬赏。如果珍品丢失，可以凭此图让人复制，让廖碧云照着绣。

老实说，晋云并不认为廖碧云有本事复制延玉的绣屏，只是不忍拂向珍的面子，也不忍拒绝“廖碧云的好意”，便把画像给向珍。向珍双手接过画像，并向晋云保证一定不会让他失望。就在这时，她心头忽然掠过一丝感应，斜眼一看，结果发现晋鹏正好路过晋云的书房，冷冷地朝这边瞥了一眼。

向珍心头一紧，赶紧告辞退出。而晋鹏朝晋云书房里瞥了一眼后竟没有停步，径自走开。向珍竟不由自主地跟了上去。老实说，刚才晋鹏和她的距离并不算远，一个在书房内，一个在书房外而已，但是晋鹏看她那一眼，竟有种他们之间相隔了万水千山般的感觉，而且像是他主动退出万水千山的距离一样。

晋鹏知道向珍跟在他身后，但是没有停步，径自往前走，还越走越快。向珍跟得急了，不慎踩到了路边的青苔，趔趄了一下。晋鹏听到了声音，这才停住，却没有回头，“怎么？”他冷笑着说，“现在轮到你跟踪我了吗？”

“不，不是。”晋鹏的语气也十分冰冷，向珍听得透心凉，“只是……您最近好像对我……有所不满。我想问问，我何处……触犯了您。”

“我没有对你有什么不满。”晋鹏的语气中笑意增加，但是冷气更甚，“是因为我不再跟在你后面转了，你不习惯吗？”

向珍抿紧了嘴唇，双唇都有些发白。晋鹏说的这句话，可以说是直击她的内心。是的，就是如此。

“你放心，我这样做，只是因为我们的婚约已经定下，心定了而已。”晋鹏依旧没有回头，使他看起来更加不可捉摸。说罢听了片刻，听向珍没有接话，便抬脚离开了。

向珍呆看着他离去，嘴唇抿得已经没了血色。就算是她和他婚约已定，也不应该是这样子啊。晋鹏倒像是，对她已经厌倦了，把她扔到冰窖里一样。而且，他还……没有真正和她怎么样，要说厌倦，也太早太早了吧——明明还没有到那一阶段啊！

向珍忽然如梦初醒，感到羞耻、自责、好笑和惘然。她研究晋鹏的心态做什么。她想方设法开绣坊，竭尽全力自立，不就是为了离开他吗？他对她冷淡，不是正好的事情吗。她赶紧把画像送给廖碧云才是正经。话虽这样说，她抬脚朝廖碧云居处的方向走的时候，还是感到心里划过一丝难以言喻的感觉——就像一个很钝很钝的东西，在她心头拖割过一样。

向珍不知道自己是怎么了，竭力逃避内心的感觉，却越逃避越糊涂。她不知道，世间女子，若被男子猛烈追求，即便她们对男子之所为不感欣喜，甚至四处逃跑，到处躲藏，但若男子忽然停止追求，她们都会有心理落差，甚至怅然若失。而女人对不择手段想要得到自己的男人，心里都会或多或少有些异样。被算计时固然感觉厌憎和苦恼，但如果男人忽然收手，她反会有种类似被抛弃的受伤之感。然而向珍的情况却不止于此，也更复杂。现在的她，就算全力去想，也想不明白。

廖碧云看了画像后，自信满满地说仿制绣屏对她来说是“手到擒来”的事情。向珍心里暗喜，问她一月是否可以仿好，没想到她说一日一夜她便可完工。向珍听了后骇然失笑，叫她“不用急，也不要太劳累”，而廖碧云却说她做活历来很快，当初被张雄诓骗绣荷包做绣鞋的时候，她只是用“一丁点”工夫就做好了。向珍听了后暗暗咋舌，她当真怀疑廖碧云是否是为了显本事，或是报恩心切，才打肿脸充胖子。一日一夜就能仿绣屏，十有八九难以做到。就算做成了，估计做工也不合格。但是看廖碧云充满冲劲的样子，她也不好再说什么，心里只想着，如果绣屏绣工不过关，她就让廖碧云重绣就是了。

然而，事实告诉她，她的见识其实还浅。第二天一早，廖碧云便把绣屏绣好，拿给向珍了。她的眼睛里充满红丝，笑嘻嘻地对向珍说，她是熬夜绣出来的。看来她果真是急着想报答向珍的恩德，不过并没有打肿脸充胖子。她绣屏绣得十分精美，而且细节到位，和那副旧画上画的没有差别，还绣出了画上没有的风采神韵。向珍对她大加夸赞，她每一句话都是真心的，而且觉得肚子里夸人的话似乎都不够用了。

向珍立即把绣屏拿给晋云品赏。晋云看到绣屏之后，也是啧啧称奇，接着便爱不释手。

向珍看着他，觉得时机到了，不动声色地问晋云：“父亲大人，您觉得这位廖姐姐绣技如何？”

“简直出神入化。”晋云还在目不转睛地盯着绣屏。

“是啊，如此高妙的手艺，如果不能发扬光大，就太可惜了。”向珍依旧不动声色，缓缓地说出了关键的话。

“啊？”晋云这才被吸引了注意，迷惑地笑了，“是的，这等手艺，如果被埋没了，是挺可惜。可是咱家又不是专门做延绣仿品的生意的，也不打算做啊。”

“父亲大人您误会了。”向珍嫣然一笑，“这位廖姐姐，并不是只会仿延绣。她的绣艺，其实自成风格……我的意思是，不知咱家可不可以为她开一间绣坊？”

“哦？”晋云朝她看了一眼。向珍脸上依旧一片平静，其实激动得心尖儿都颤了。这才是她最终的目的。之前她看到廖碧云的绣艺时那么激动，就是因为她从中看了开绣坊的希望。

“你这个想法倒是可以考虑。”晋云捋着胡子说，他是真正的商人，对有利可图的事情都很敏锐，而且有兴趣。

“咱家可以出钱。” 向珍看出晋云感兴趣，心头狂喜，却依旧装得一片平静，“让她出面，当个二东家。可以售卖她的绣品，也可以广收附近绣娘的绣品贩卖，更可以开馆授徒。”

“嗯，不错，不错。”晋云一边捋胡子一边点头。

“而这家绣坊的大东家，希望父亲大人能让我来担任。”向珍终于说出了自己的最终愿望。说的时候她感到一股热流流遍了她的五脏六腑，表面上却依旧不动声色。

如果她自己提出要开绣坊，晋云会觉得很突兀，也未必会答应。她的绣艺也算卓绝，晋云也是知道的，但是以晋云的角度来看，她日后是做少奶奶的，大户人家的少奶奶不必出来做生意。所以她就把廖碧云推出来作自己的代表，作名义上的负责人。这样说的话，晋云也许还能接受。

“你做东家？”晋云果然有异议，“可是你是个大家闺秀，怎么能出去做生意呢？”

“这我知道。”向珍笑得既甜美又阳光，“但是我已经定下来做晋家的媳妇，也是能管生意的人了。”

按照时下的风气，云英未嫁的姑娘家是无论如何都不能做生意的。已嫁人的妇人可以在夫家的生意中管事，而寡妇则可以完全像男人一样，在生意场上独当一面。

“话是这样说没错，但是你结了婚后，也应该在家里做生意，我们晋家不需要你辛苦做买卖啊。”晋云还是有异议。

向珍并没有着急，因为晋云是出于关爱才这么说的。劝说关爱你的人，在大部分时间里都是很容易的事情。

“要是别的买卖，我也不会插手。”向珍微微一笑，“只是这绣坊的买卖……父亲大人，其实我娘叫我自小就用心学习女红，还对我说，女孩子家，安身立命就靠它了。我听我娘的话，努力地学……我娘从不轻易夸我，直到她去世前一年，才……才说我绣花绣得好，是她见过的最好的……我真心希望，我的手艺，也能有一点点……用武之地。”说到最后眼圈红了。

听她这么说，晋云的眼圈也红了，不再提出任何反对意见，还说马上就叫帐房批银子，给她找店铺，雇伙计。

向珍擦了擦眼角溢出的泪滴，她知道一提起向美，晋云就会立即投降。虽然她达到了目的，也没有立即破涕为笑，因为她刚才也是真情流露。

“父亲大人，其实也不用立即开店。”她对晋云说。

“啊？”晋云呆了，他真被向珍弄糊涂了。

向珍说：“父亲大人，历来想要开店，最难的是创招牌。”

“是啊，人们都说，要想一年盈利，先得三年折本，就是因为要创招牌。”晋云一边说，一边用赞赏的目光看着向珍。虽然他觉得这应该是生意人都懂的事情，但是觉得向珍一个闺女家，竟然也知道，也是难能可贵的。

“用不着三年折本。”向珍胸有成竹地一笑，“女儿有个办法，可以很快便创下招牌。”

“哦？说说看。”晋云的眼睛闪闪发光。他现在对向珍的生意经越来越感兴趣了，并且预感到向珍的点子一定会让他惊喜。

“女儿这些年虽然住在乡下，但是听说县城里经常举办各类盛会。名士斗诗斗文，市井小民斗狗斗鸡，甚至还有不论贵贱，一齐参加的斗虫草的大会。”向珍斯条慢理地说，这个计划是她昨天夜里新想出来的，但是一想出来就十分完备，“既然县城的人喜欢比赛，咱家大可以牵头做一个绣品大赛。各家绣娘不必抛头露面，只需委托父兄丈夫作为代表，把绣品拿出来，请本县行家品赏。我这位廖碧云姐姐的手艺，在城里必是头牌。只要她能在大赛上拔得头筹，在开绣坊之前，就能把招牌给创出来。”

晋云捋着胡子，眼珠晶光闪亮，不停转动，眼角眉稍都是笑意。向珍这个计策可以说是妙到极致。他家要举办这么一个绣品大赛是很容易的事情，而且，他还可以叫上自己生意场上的几个亲近伙伴一齐举办大赛。抛开办绣坊的事情，光是举办大赛，就对他家和他家的生意是极大极妙的宣传，可以带来很多看不见的红利。他越想越觉得妙，立即命厨下准备酒席，并令管事的去请自己在生意场上的朋友，讨论有关绣品大赛的事情。

向珍微笑着告辞，退回自己的闺房后，忍不住拿出绸缎，在上面绣了好几朵富丽的牡丹。今天她绣得又快又好，竟然只用了平时一半的时间。她也是要参加比赛的。她的绣艺，也应得到公正的评判。就算她不能当上绣娘状元，当个探花估计也是可以的。而且，在比赛的时候，她也得注意甄选女红好手。参加此等比赛的，既会有大家闺秀，也会有平常人家，甚至贫寒人家的女儿媳妇。要想雇绣工，就得从这些需要干活挣钱的女人中选。

晋云很快就敲定了举办大赛的各项事宜，就等着黄道吉日开赛了。国丧期间不可进行喜乐集会之事，开赛之日正好是国丧结束后一日。然而就在开赛的前一天，丫头小贵忽然慌慌张张地跑来了，上气不接下气地对向珍说出事了，廖碧云只是客居，本人也说自己没资格使唤佣人，所以晋家只让小贵去时不时地探望廖碧云，在饮食起居上照顾一下她。而小贵干活和居住的地方，就和廖碧云的居所有一墙之隔。这天下午，小贵正在自己的房里纳鞋底，忽然听到廖碧云的居所那边吵闹声很大。出角门一看，发现一个衣着富贵的人带着三四个奴仆，在廖碧云的居所前打门叫门，而廖碧云则把门死死地关着，不管他们怎么闹都不开。那豪客见廖碧云不开门，就气势汹汹地说廖碧云欠他很多的房钱和饭钱，如果她不还钱，就会叫人把门砸开，把她送到衙门去。

一听说“房钱和饭钱”，向珍就知道是张雄来了。因为事出紧急，她也来不及叫上其他人，只带着腊梅和小贵，急急忙忙地来到了廖碧云居所的门前。

张雄已经等得不耐烦，叫一个豪奴撞门进去。豪奴听令，后退了几步，马上就要门上撞。

“住手！”向珍赶紧喝道，“光天化日之下，你们要强闯民宅吗？”

张雄一惊：光听声音，他还以为是哪个管家主事的太太来了，回头一看，却发现是个小姐打扮的人，而且年纪颇轻。

“你是哪家的闺女？凭什么来管我的事？”张雄本来想说“你是哪根葱”，但见向珍的穿着和气势都不凡，说话才稍微客气了一些。

“不可无理！”向珍还没开口，腊梅就抢着说：“这是我们晋家大小姐！”虽然向珍已经被定下作晋家的少奶奶，这件事也举世皆知了，但是因为还未完婚，所以还是这个称呼最为精准。

“哦？”张雄一惊，接着愤怒万分地笑了，“原来你就是那个多管闲事的晋家女人啊。听说你还要举办绣品大赛？是想让廖碧云出名？然后给你赚钱是吗？”

他之所以知道廖碧云被晋家收留，就是因为听到了绣品大赛的风声。历来有很多人参与的事情，总会有些许信息漏出来。而且廖碧云是晋家力捧的夺冠热门，有关她的事情，自然会被传出来不少。

“哼。”向珍从鼻子里哼了一声，她本来以为张雄家里财势和晋家低了不止一个档次，即便听说了廖碧云在她这里，也不敢上门来闹事，而他偏偏来了。这证明他是个不知天高地厚、不知事情轻重的浑人，而这种浑人，有时候偏偏最难对付。

“不可无理！”腊梅又朝张雄喝道。张雄竟然敢称呼向珍为晋家女人，这在她看来是大不敬。如果有人如果对仆人无理，也等于对主人无理。如果有人敢对主人无理，对仆人来说那简直就是指着脸唾骂了，所以她怒发冲冠。

“我怎么无理了？”张雄鄙夷地朝他一瞄，“是因为我称呼她为晋家女人了吗？哈哈，我倒认为这是最恰当的称呼。她是谁？你家大小姐？可她是你家老爷的女儿吗？不仅不是，以后还要做你家老爷的儿媳妇的。先是养女，或者说连养女都不算，后来又要变成儿媳妇。我虽然是个粗人，也觉得有些乱……啊呦，对了，我好像听说，你其实是他家的童养媳。这样倒是可以说得过去，不过这种说法好像是最近才有的，我之前可没有听说过呢。”话说到后半段的时候，他就用眼睛瞟着向珍，既是羞辱，也是挑衅。

大丈夫

向珍感到气直往头上冲，脸上却保持平静，冷冷地一笑："我家的事情，和你无关。"

"那我家的事情也和你无关！"张雄脸一拉，厉声说。

"你家的事情？"向珍嘲讽地一笑，"我看你是脑子糊涂了。廖碧云姐姐根本不是你家的人，她和你之间的事，根本称不上是家事！"

"怎么称不上是家事？"张雄说这话的时候眼睛眉毛一起动，竭尽全力地表现嘲讽和鄙夷，"她在我家住了那么长时间，吃我的，喝我的，用我的……"

"这和她花了多少钱没有关系。"向珍打断他，"她可曾嫁入你家？"

张雄一呆："不曾。"

"那她可有亲眷写明文书，将她卖入你家？亦或是自己写明文书，将自己卖入你家？"

张雄又是一呆："不曾。"

"那她既没有嫁给你，又没有卖身给你，你怎么能说她是你家的人呢？"

张雄噎住了，呆了一会儿才气急败坏地说："但是她在我家白吃白住了……"

"那你的意思是，只要我们帮她结了房钱和饭钱，事情就可以彻底了结了，是吗？”向珍把下巴微微抬高，倨傲地说。她知道，此时应该作出“财大气粗”的样子。

“呵呵，你觉得你家有钱是吗？”张雄被激怒了，“我告诉你，就算你家有钱，也未必给得起！”接着扯高了嗓门，“一千两银子！少一两也不行！”

“一千两银子？”向珍勃然变色，“你这不是讹人吗？”

“怎么讹人？她在我家吃的是最高级的东西，住的是最高级的房子，穿的是最高级的绫罗，一千两还未必够呢。”张雄以为自己占了上风，露出了狠毒和得意的神情。她到底有没有花费这些钱，现在已经无法考证，就凭他一张嘴说了。

然而向珍片刻脸色又转为冷静和倨傲，冷冷一笑：“我还不知道廖姐姐在你家花了这么多钱呢。不过，她到底花费了多少银子，你有账本记录吗？我估计没有吧。再说我在你家附近游玩，看到廖姐姐的时候，她衣衫朴素，头上也没有什么珍贵饰品，不像是过着锦衣玉食的生活呢。我觉得她在你家的花费，也就是几两银子的事情。再说，你还让她绣了那么多的荷包和绣鞋，那些可都好好地在你的库房里堆着呢。这些东西足以抵过那些花费，在我看来，还绰绰有余。所以说，我们一文钱也没必要给你。”

“你……”张雄没想到向珍不仅没有着慌，还这么能言善道，气得脸红脖子粗，“那些东西一文不值！你跟我耍赖是吧？那我们就去见官！”

“见官？行啊！”向珍高声笑了一声，“只是恐怕县太爷也不会觉得你有理，说不定还会打你几板子呢。”

“哈？你在胡说什么？！”

“我可没有胡说。你收留廖姐姐在你家居住，可曾得到她夫家或娘家管事之人的许可？如果没有，你可就是私自收藏妇女，这罪可不轻哦。”

时下律法对妇女管束甚严，妇女在夫家归夫家管束，在娘家归娘家管束，即便本人愿意，也不可以私自去别人家居住。当然了，这项法律在民间几乎无人遵守，廖碧云又是无依无靠之人，婆家和娘家的人都不愿管她，又属于特例。但是张雄‘擅自’收留她，的确和这项法律有抵触，如果当真见官，县老爷认真追究的话，他恐怕还真不得干净，被打板子罚钱都有可能。

张雄噎住了，脸涨成了猪肝色，不，应该说是茄子色，过了半晌后气急败坏地大吼：“行！我们就去见官！我是私自收藏妇女，你们家也好不到哪里去！我就是要把你家揪上衙门，要没脸两家一起没脸！罚钱、打板子，你家也要摊一半！”

听他这么说，他手下的那些豪奴都有些惊慌，一个受他宠爱的豪奴赶紧扯扯他的袖子，他却一甩袖子把那人甩开，一副已经豁出去的样子。

见他如此，向珍心里也当真有些慌乱。她本来以为，张雄害怕打板子、罚钱和丢脸，会不敢继续往下闹，没想到他竟然宁愿两败俱伤也要闹下去。真是个浑人。而就因为是个浑人，才格外难对付。

她抿紧嘴唇，眼珠飞快地转动，寻找平息事态的方法，而张雄却是一副喝醉了酒般的模样，直着脖子嚎叫，就是要去见官。正在闹得不可开交的时候，忽然一个针尖般的声音，扎进所有人的耳膜里，让所有人都安静了下来。

“张雄，我看你还是适可而止吧！”

是晋鹏的声音。

向珍朝声音传来的方向看去，看到晋鹏正立在街角处，身边则站着几个他的亲近家人。看他的样子，不像刚刚来到，而像是已经旁观了一会儿。向珍感到心头一阵抽搐，涌起一股说不出来的滋味：他这是在看她笑话呢？还是想看看她到底有多少能耐？她忽然想到这两者其间也许没什么差别，心头抽搐得更紧。

张雄鼓着眼睛朝他看去。晋鹏则平静地看着他。他的目光中有股无形的力量，不凌厉，但是非常有力度。张雄不由自主地停止了乱叫，撇着嘴一笑：“呦，晋家大少爷来了。”说着朝向珍一挤眼：“喂，你男人来了，或者说，你以前的哥哥来了……”他话还没落音，腮上就挨了重重的一拳。

张雄扑倒在地，感到被打的整张脸都麻麻的痛，用手一抹，半手掌的血，他的嘴角已经被打裂了。

拳打张雄的正是晋鹏，张雄的家奴们赶紧上来保护主子，而晋鹏的家人上前一步，把他们全都逼开。

“你这乳臭未干的臭小子……”张雄一骨碌爬起来，想要和晋鹏动手，结果另一边腮上又挨了一拳，又往地上倒，而晋鹏没等他着地，就抓住了他的领子，拎死狗般地拎着他。

“不准你用这么粗鄙的语言说话。”他的目光就像两把刀子，简直可以直刺到张雄的心里去。

“哈？”张雄很是害怕，却不愿就此认怂，还想跟他贫几句，毕竟他也算是县城里有头有脸的人，他想晋鹏至少不敢轻易打死他，“我说的，其实也没错……你们不就……”而他刚说到这里，晋鹏就收紧了抓着他衣领的手。张雄顿时感到气闷，剩下的话也就说不出了。

“你跟我好好地听着。”晋鹏盯着他的眼睛，目光更加的犀利和冰冷，“以后不许你再靠近我家一步。廖碧云的事情，就此了断。否则我一定整得你倾家荡产，让你抱碗要饭，死在街头！”

张雄的眼睛已经变得跟死鱼一样，彻底被吓投降了。晋鹏鄙夷地放开他，他仰面倒在地上，然后一骨碌爬起来，一声没吭地带着家奴跑了。他是个浑人，浑人就得靠狠人来治。而不讲理的狠人简直是他们的天敌。

向珍呆呆地看着这一切，虽然晋鹏可以说是蛮不讲理地耍狠，但竟十分的光彩夺目，充满英雄之气。而廖碧云藏在门缝里看着他，脸已经红得宛如熟透的苹果。

晋鹏注意到了向珍的目光，朝她斜了一眼。向珍本来心头炙热，但看到他的目光后心里就像被灌进了一瓢冰水一样凉透了。

他的目光比冰水还要冰冷。更让人心寒而且疑惑的是，他的目光里似乎什么内容都没有，就是一片澄净的冰寒。而且，他只是朝向珍瞥了一眼，一句话都没跟她说，就径自离开了。向珍呆呆地看着原地，竟然完全出了神。

“小姐，你怎么了？”腊梅见她异常，赶紧问她。

“没事。”向珍如梦方醒，抹了抹额头，自己心里也有万千疑惑：自己这是怎么了？

第二天就是绣品大赛。虽然绣绣品的都是女人，但是拿绣品来参赛的都是男人，来作评判的也都是男人，他们都是本地的名儒，好些人胡子都一大把了。他们品鉴绣品的场地是晋家的万兴酒楼。晋家把酒楼一楼的大堂全部腾出来，最上座是给这些名儒坐的，其他的座位则是两行排开，都是给这次拿绣品来参赛的有头有脸的男人们坐的。这样的人很多，座位都一直排到酒楼外的空地上去了。而一般人等只能在酒楼前的空地前站着，何止里三层外三层，把酒楼围了个水泄不通。

给廖碧云代递绣品的，是廖碧云的邻居，寒儒贾天健。因为晋家是主办者，所以不便为廖碧云代呈绣品。就让贾天健代劳。按照比赛的规矩，参赛的女子找谁代呈绣品都可以，如果家里实在没有能出面的男人，自己抛头露面也成。但是廖碧云还有几分世家女子的矜持，不愿意自己出来。

贾天健虽然是个寒儒，也只是靠开学堂为生，但是在本县可是颇为有名——他文化水平其实一流，只是自甘淡薄，又不会经营，所以到现在还是个寒儒。不过，因为他才高德重，所以本县的名儒都十分待见他，他的座位就评委们座位下首第一位。

向珍还派了江听雨去服侍他，所有的玄机，就在江听雨这个小丫头身上。向珍请晋云举办这次大赛，不仅仅是为了预先给绣坊创招牌，还为了寻找可以雇佣的技艺高超的绣娘。她本人是大家闺秀，自然不便到会场里来。而江听雨就不一样了，她只是个小丫鬟，年纪又稚，在贾天健身旁侍立，端茶倒水，一点都不扎眼。不会有人注意到她，更不会有人细究她是谁。

向珍给她派的任务，就是揣着纸张一声不响地站着听，听评委对哪个绣娘的绣品格外赞赏，就悄悄地用炭笔（现在女子画眉一般都用炭笔，也可写字用。）记下来，之后向珍再按名姓来查访她们。

虽然已经安排妥当了，但是向珍心里还是有些不安稳。老实说，她真地很想亲眼去看看本县刺绣高手绣品云集的盛况。当然了，她不便以女人的身份去，也可以装扮成男人去，但是因为晋鹏现在对她的行踪严加监控，所以她不便这样做。

想到这里她忽然有些惘然，然后自嘲地笑了。说来也古怪。其实晋鹏最近对她倒也没有如何严加管束，但是她害怕他那凛冽的目光，所以竟然不敢轻举妄动，真是有些不可理喻。然而当她发现自己不可理喻的时候，她心里陡然升起一股怒意，也升起一股逆反之意，索性就要去会场看看。她想了想，穿上了一件素色的衣服，并且戴上了一个边缘垂着纱罩的斗笠，带上腊梅，叫上晋旺以及晋鹏的亲近奴才和她一起去，主动让他监视，晋鹏应该不会再有不满了吧？

她带着晋旺和腊梅，不紧不慢地朝会场那里走。然而她刚走出晋家没多远，就看到江听雨垂头丧气地走了过来。

“怎么了？”向珍赶紧立住脚步，问她。

“小姐。”因为没有完成任务，即便不是自己的错误，江听雨还是很惭愧和自责，“我刚在贾大爷身边站了一会儿，少爷就看到我了。他说，我一个小女孩子家在这里不合适，他会另叫小厮侍候贾大爷，叫我回来……叫我回来侍候小姐……”

向珍抿唇不语，晋鹏这是什么意思？是随意为之？还是已经知道了她所有的意图，不，应该说是计划——不仅仅是开绣坊，还有绣坊开张后的各步计划……想到这里后，她感到惊慌，愤怒，这些和以前没什么不同。而奇怪的是，此次还有一种难以言喻的委屈和受伤感。

“好吧。”这种奇异的感觉刺激到了她，她反而什么都不怕了，还有一种挑衅的冲动，“你就跟着伺候我吧。”说罢便带着江听雨、晋旺和腊梅，一起朝会场走去。

万兴酒楼门口已经挤满了人，水都泼不进去。向珍来得迟了，根本没法挤进去。她举目四顾，看到左侧有一小楼，本来是一户人家的私房。那家人挺会做生意，把二楼开放，摆上桌椅和点心茶果，让迫切想看热闹的人来楼里看，再对每人收些座位费和茶果钱，弄不到座位的，也给点“站地儿钱”。

向珍便上楼去了，这位人家对座位也排了次序，并按此收钱。离窗口最近的位子，一个五十文。五十文在时下往往可抵一般人家两日的家用，所以这些位子暂时还没人租坐。向珍就数出二百文钱，把这些位子都包了。这家的户主，一个半老的妇人躬着腰，笑嘻嘻地把钱接了过去。

向珍不动声色地打量了一下她：五短身材，穿着粗布衣服，头上插着一根长满了包浆的银簪，脸黑胖黑胖的，但是一对小眼黑白分明，而且十分灵活。向珍等她退到楼梯口后，她要看门，防止什么人不付钱就混进来，便向人打听这妇人的事情。为什么要打听？因为向珍觉得她善于经营，为人又乖觉机敏，算是可用之才。等绣坊开张的时候，说不定可以雇她来帮忙经营。

别人告诉她，这妇人名叫张商氏，是个老寡妇。本来有一个儿子和一个女儿，儿子娶了个媳妇，媳妇生了二子一女。而她那女儿，因为张商氏在怀孕的时候发了一次高烧，影响到了孩子，导致这姑娘生下来后满脸都是麻点。这麻点还不是一般的麻子，按照俗语说，这属于三环套月的麻子——大麻子里套着小麻子，小麻子里套着小小麻子，小小麻子里还有个小黑痦子。长成这样，嫁人就难了。当然了，特别穷的、不看长相，只想传宗接代的人还是愿意娶她的，但是她不愿去那种穷坑受罪，她娘也舍不得，所以她就打定主意在娘家过一辈子了。

张商氏家的日子本来过得还挺红火，但是天有不测风云，有一天，她儿子陪着她儿媳回娘家，在半道上遇上匪徒，双双殒命。张商氏就守着女儿和孙子孙女过日子。儿子死了，她家没了劳动力，幸亏张商氏脑子还挺活，先把在乡下的几亩薄田租给别人种，每年收点粮食，然后再把自己的二层小楼重新规整了一下，把一楼的房子全部租给别人住，只留二楼自用。房租加上田租，还能让这一家人勉强度日。

向珍默默地听着，把这些全都记在了心里。

然而即便站到了楼上，对于评委那边的事情，向珍还真是看不真切，只能看到送绣品参赛的男丁们捧着绣品鱼贯而入，然后陆续而出。从楼上虽然也能看见他们手中的绣品，但也只能看到上面花样大概的轮廓，想要品鉴绣品的高下，几乎是不可能的事情。向珍暗暗叹息，忽然被一个绣品吸引了目光——她是只能看清花样的大致轮廓，而就是这大致轮廓，就让人觉得十分不凡。蓝色的绸缎为底，上面绣着七彩凤凰，凤凰姿态潇洒霸气，真有在九天之外遨游的百鸟之王的感觉。

向珍赶紧注目看捧着绣品的那人，只见那人身材中等，圆脸，腮下有络腮胡，左边耳朵上挂着一个金环，灿然生光，此时向珍不可以喊他，更不能叫住他问东问西，只有先记下他的长相，以后再慢慢查问他和刺绣之人的事情。

此人面相一般，没有什么特色，好在他有一个特征十分好认——他左耳上的金环硕大，足有酒杯口大小。世间父母，怕男孩子生下后难养活，便给他穿耳洞戴耳环，不过戴着这么大耳环的男人，向珍还是第一次见。大概是他小时候特别难养活。有了这个特征，她要查访起他的事情来，也许不难。

向珍正在思考，忽然听到围观的人群齐声“哦”了一声。接着议论声鼎沸。此次的刺绣状元已经被选出，正是廖碧云。向珍这才真正放下心来。虽然她认定廖碧云技压群芳，并且是晋家自己的人，夺冠十有八九，但是如果半路上杀出一个刺绣天才来，评委们也不能装瞎，硬让廖碧云夺冠。还好没有出现那种情况。

向珍长长地吁了一口气。虽然她现在心中舒畅愉快，但还是有些遗憾和愤懑。她还想趁此赛事甄选绣娘啊！但是因为晋鹏的捣乱，全泡汤了。

向珍命厨下做了很多好菜，摆在小桌上，令丫头们抬到廖碧云的居所，她自己还带了酒，向廖碧云道贺。她俩平日都不怎么喝酒，但是今天非同一般，全都喝了些，也都是几杯就醉了，脸红红的相视傻笑。

向珍尽兴而归，回房后第一件事就是让腊梅给她泡杯浓茶醒酒。腊梅给她捧上了一杯碧绿清澈的浓茶，然后表情微妙地给她递上了一张纸条。向珍接纸条时朝腊梅瞟了一眼。腊梅的表情说不出是什么，但是让她看了脸上发热。

她打开纸条一看，发现上面有几行字，字体十分清秀大气。

诶？这竟然是本次赛事里崭露头角的绣娘名单，不仅有名字，还有她们的家世情况，她们都是一般人家的女儿，愿意做活赚钱，都是她可以雇佣的。估计记录名单的人一开始就知道她所需何人，把那些大户人家的小姐都剔除了。

“这是谁送来的？”向珍疑问道。按照常理，不会有人送这样的东西给她啊？

“是大少爷送来的。”腊梅的表情更加微妙。

“啊？”向珍的心一下子乱了——就像一片本来连在树枝上的叶子，忽然被卷进了暴风之中，而且这暴风还是滚烫迷离的。他这是要帮她开绣坊吗？可是他说过，她的所有图谋他都知道，也应该知道，如果她经营绣坊获得了成功，就会想法离开他……即便如此，他还要帮她吗？

恍恍惚惚地，向珍走到了晋鹏的房前。她脑中想的是，无论如何，晋鹏帮了她，她应该谢谢他。但令她自己都觉得匪夷所思的是，她竟然是悄悄地潜入晋鹏所在的院子的。为什么要这样作？也许是想单独和他见面。不过，她只打算隔着窗子和他对话。但是，在没有旁人的情况下，他要将她一把拉入房里就糟糕了。想到这里她不禁感到一阵心悸，然后整个身体都火烫起来。就在这时，她忽然感到一阵好笑，自嘲地摸了摸自己的脸。

这种情况，以前也许会出现，但现在不会了。他忽然对她这么多冷淡，她觉得自己人生像被人换了一段。他为什么要这么做？是另一种夺取她的心的策略吗？不像。因为他对她的冷淡真是太彻底了。难道，真的是对她失去兴趣了？向珍心里剧烈地翻涌起来，说不出是什么感觉。在万万千千不可名状的感觉中，只有一种感觉是清楚的，就是强烈的好奇，这份好奇促使她“以身犯险”也要弄清发生了什么。

向珍悄悄潜到了晋鹏的卧房窗下。晋鹏还没有睡，只在桌上留了一盏孤灯，屋里的光线不亮。他自己则站在墙边桌上的一盆君子兰前，若有所思。向珍想要叫他，却不知道该如何开口，喉间下意识地吭了一声。晋鹏听到了，朝这边看了过来，立即发现了窗外的她。因为屋里光线很暗，他的眼睛蒙在阴影里，让人无法看清他在想什么。

向珍感到全身都紧张起来，她本来是想先向他道谢，然后再套问些事情，此时嘴唇却像被粘在一起一样，什么都说不出来。晋鹏朝她看了一会儿，朝她走了过来。向珍一凛，有了退后的冲动，身体却不由自主地前倾了些。

然而晋鹏却不是走向她的。而是径自走到灯边，把灯吹熄了。屋里顿时一片漆黑，并且静寂无声。向珍呆若木鸡。晋鹏这是什么意思？是毫不留情地下逐客令？还是以此为信号，让……她进屋去？向珍顿时感到身上的血液都要燃烧起来，随即却感到自己的第二种猜想十分无稽，赶紧转身冲出晋鹏所在的院子。

今天的夜风挺凉，就像一个冰凉的手，一下一下地往她脸上捂。她很快便恢复了理智，随即羞愧感便排山倒海地袭来。她这阵子是怎么了？怎么这么奇怪？应该只是因为他的态度忽变，让她不适应吧。她立即给自己递了一根救命稻草。不管这根救命稻草是否真切，她就死死地把它拽着，心里才慢慢地平复下来。

第二天，她就命晋安去查访那个戴大金耳环的人的事情。这样的事，还是派晋安去作比较好。他既然带着绣品来参赛，十有八九和比赛相关的人有些联系。再不济，在参赛过程中总会和帮忙的伙计们聊几句，也许会聊到他姓甚名谁，做什么的之类的事情。再加上他有那么显著的一个特征——酒杯口大的耳环，晋安应该很快就能定位到他。

向珍所料不差。晋安很快便找到了那个人。那人名叫杨三，是在簸箕胡同口卖豆花的，绣凤凰的是他妹子杨四姐。向珍立即命人去跟杨三接洽，给他妹子下聘书。杨三的父母早就死了，妹子只听他的。他一听说妹子加入绣坊后绣品可以卖高价，立即满口答应，说只要绣坊一开张，他就会立即让杨四姐去绣坊报到。

晋家已经给绣坊选好了坊址，是繁华地段的一处宅院——上下两层、八间房的小楼，外面再套一个院子。原本的主人是个举人，发了大财，迁到京城去了。这宅子格调文秀，布置清雅。最妙的是，紧挨着宅子后面院墙还有一大片竹林。这竹林无主，又在惹眼的地方，所以谁也不便染指侵占，因此得存。碧幽幽，凉荫荫，夏天的时候，人看了格外心情好。而绣坊的招牌，就是简简单单的晋家绣坊。晋家的名头，在本县就是个金字招牌，比什么雅词艳句都有用。

向珍按照名单，择优剔劣，选好了绣娘，因为晋鹏给她的只是一张名单，她光看名单是分不清绣娘的手艺高下的，所以她都带着家人，亲自到绣娘家里去，看看她们绣品的质量再作决断。绣娘聘齐了之后，就要聘日常的管理人员。这个不难，从晋家调几个家人去当主事的伙计，再聘几个打杂的伙计便可。至于这主事的伙计，一个是晋安——他现在算是向珍自己的人，另一个便是晋旺——她这是继续向晋鹏表示她会安分守己，“欢迎监督”，二来她发现晋旺其实是个心地不错的人，如果能被收复，以后必将十分可用。

至于最高管理层，向珍是大掌柜，总管所有事务。廖碧云是二掌柜，主要是管绣品和绣娘的事情。在日常经营上，就由张商氏负责了。临近开张的时候，向珍才去雇了张商氏当三掌柜。她故意聘得这么迟，是因为知道必然会有人质疑这件事，所以特意让他们来不及说太多闲话。然而还是有很多人感到“惊诧和疑惑”，闲话也没少说。但是向珍对此毫不在意。只要张商氏显露出能力，他们就没什么话可说了，而且她知道张商氏只要上任，即刻便能显示出能力。

在开张的前一天下午，向珍站在绣坊空空的大堂里，左看看，右看看。现在已是黄昏，大堂里的摆设也是平平无奇，向珍却觉得这里的任何一件小物都是世上最好的陈设，这夕阳更是像朝阳一样灿烂辉煌。

她终于有自己的买卖了，向珍一面想着，一面高兴地跳了起来。她以后一定要努力经营，努力捞钱，等到钱捞够了之后，她就设计把这个绣坊买下来，自立门户。即便从晋家手里买不走它，只要有钱，也可以另开绣坊，并把人才们都带走。这些人只是被聘用，又不是卖给晋家了，一定可以轻易带走的！

向珍跳着跳着，忽然从眼角发现有一个人就站在她的旁边。她吃了一惊，赶紧停止，结果发现是晋鹏站在那里看着她，不由得羞得满脸通红。

“你看起来如此开心，简直像回到了五六岁的时候。”晋鹏似笑非笑地看着她。

“哦。”向珍低下头，却从眼角偷看他，“我想着要把绣坊做大做好，不由自主地，就跳起来了……”

晋鹏的脸上掠过一丝不可名状的神情，微微一笑：“看来，绣坊开张之后，你是要天天泡在这里，经营谋算了吗？”

向珍不明白他这是什么意思，但十有八九是反对她这样做，不知道该如何应答。

晋鹏见她不说话，笑容变得更加不可捉摸：“你的帐房呢？已经找好了吗？”

“哦，绣坊刚刚开张，不会有太多账目。我自己处理就够了。”账务是一家买卖的命脉所在，向珍打算自己掌握。

“这可不合适。”晋鹏朝她的眼睛盯了一下，目光又迅速移开了，“以你的身份，不适宜事必躬亲。我已经选好了一个合适的帐房，供你遣用。”

向珍呆若木鸡。晋鹏果然没有放松对她的监管，措施也十分有力，只要把钱掌握住了，不管她怎么营谋，都翻不了什么大浪。

没关系的，她暗暗地咬了咬牙，自己对自己说。即便她一点不动账上的钱，按照晋家的规矩，自家之人当掌柜，都是有分红的。只要她把绣坊经营得够好，靠分红也可以积蓄大把钱财。而且，如果她把绣坊经营得很好，晋云一高兴，把整个绣坊赏给她都说不定。不管怎么说，晋云还是很疼她的。她这样想着，心头渐渐平复，却也感到一丝对晋云的愧疚。

晋鹏见她脸色先是发白，但后来很快转常，便知她又想到了对策，从鼻子里哼了一声，继续说："绣坊的事，也应该由下人来打理。以你的身份，你应该在家里安坐，或者是侍候父亲大人。如果一天到晚泡在绣坊里干活，就会像个下人，不仅不合体统，也会有损我们晋家的颜面。"

他最后一句话说得颇重。向珍轻轻地咬着牙，一声不吭地听着，听到最后一句的时候，心情却有些异样。晋鹏还是想要抓牢她啊，那他之前对她那么冷淡，是在做戏吗？

向珍对着晋鹏嫣然一笑，她的笑容中不仅有调侃，还有挑衅："多谢夫君提醒。我一定不在绣坊花费太多时间，但是为妻我既然揽下了这桩买卖，也不能不管不问，每天还是得来看看，确保这里的人不偷懒啊。"她这是第一次在晋鹏面前，用"夫君"称呼他，以"为妻"称呼自己。就是为了故意刺激他。然而话出口后，她却为自己如此"大胆"而感到惊诧，如果他趁势而上，对她做出一些狎昵的行为怎么办？

然而事实却证明她多虑了。晋鹏似乎被刺激到了，眉毛微微一挑，但也只是眉毛微微一挑而已。

"你知道分寸就好。"晋鹏微微一笑，笑容还是那种纯粹的冰冷，说罢便走了。向珍没想到是这个结果，感觉就像竭力一拳打到了空处。呆呆地看着他离去，感觉有种被羞辱的感觉。

绣坊第二日便开张了，绣坊既售卖成品——向珍之前去采选绣娘时，也查看了她们家存着的绣品，将优秀之物一并购入，因此即便是第一天做买卖，也有很多绣品可卖；也接受绣品订制，买家可指定绣娘，也可不指定，指定绣娘的话，就要支付更多的钱财；也开班授徒，对于一般的学徒，一个绣娘教一群。若是大户人家的小姐来学习绣工，就请她进入单独的雅间，由一个绣娘单独为她授课。

因为之前的绣品大赛，创响了牌子，开张第一天，慕名而来的客人就不少。然而他们只是慕名而来，就等于只是驻足观望，未必愿意购买绣品。此时就显出张商氏的本事了。今天的她穿了一身淡紫色的大袍和深紫色的裙子，上面绣着时新花卉。夹杂着些许白发的头发梳得油光锃亮，戴了几根金钗银簪，外加几朵绒花。脸上也施了脂粉，涂了胭脂，她本来脸盘就大，之前只因肤色黑，所以不显，但现在面色被涂白了，又加上了胭脂，只让人觉得脸盘极大。不过，正因为如此，显得她憨态可掬，既和善又富贵，就像年画中的人物一样，那些客人们见到她就欢喜。

她热情洋溢地招呼这个，招呼那个，又善于说话，句句都能说到客人们心里去，使他们下意识地觉得，即便光看这位三掌柜的面子，也要买些东西，更何况这些绣品都是精品，于是纷纷掏钱买绣品。向珍站在楼上的掌柜室里，为了避免有人说她在绣坊“抛头露面”太过，她给自己设了个掌柜室。为了不占用地方，她选了一间屋子，用木板在其中新隔出一间小屋子，门上和窗户上都挂着竹帘。此时她透过竹帘，看着这红火的场景，心头暗暗得意。这下那些质疑她决定的人就没话可说了，不知道他们现在觉得自己打脸了没。一边想，一边品赏她从杨四姐那里买来的荷包。

这荷包是用普通的材质做成的，不算珍贵，上面也只是绣了蝶扑牡丹的图案，图案也不算稀奇。向珍喜欢它，是因为这些花样气质独特，且有一种独特的风骨。她忍不住将荷包凑到鼻端，嗅了一嗅。这些花朵肯定不会有香气，她也知道的。然而令她讶异的是，她的鼻子蹭到花朵的时候，竟然真地闻到了一股香气。非常淡，淡得若有若无，但是她确定的确有。难不成杨四姐别出心裁，给自己的绣品全都熏了香吗？而这香还很是独特呢。

向珍想验证自己的想法是否正确，便把杨四姐的绣品都拿了出来，包括那副气势非凡的凤凰图。果然，每个绣品上，都有一股若有若无的香味。而且这香味很是宜人，向珍想知道，它是用哪些材料合成的。杨四姐家贫，用料必然普通。如果她有什么秘诀，能用普通的香料制成独特的熏香。若有，把它发掘出来，说不定是个新钱袋子。

向珍美滋滋地想着，准备去找杨四姐。然而就在她准备掀帘子的那一刹那，她忽然想起了一件事，迈出的那只脚猛地收了回来。她想起来了。这香味她曾经闻到过，是钟辉的衣香。她听说过，在熏衣服的香料中，有种顶高级的，只要被熏在衣服上，就可以弥久不散，至少可以持续十天。而绣品大赛是五天之前，她是四天之前找到的杨四姐——钟辉衣上的熏香很浓，这些绣品之所以能沾上衣香，估计是钟辉把它们拿在手里观看的缘故！

杨四姐竟然和钟辉有联系？难道她发现杨四姐不是偶然？难道杨四姐是钟辉安插进来的？向珍顿时感到一股寒风从脊梁后吹了过来，努力定了定神，然后去找杨四姐。

杨四姐是个长相平常的女子，眼小如豆，但是聚光，看起来就像一对星星一样亮。

“啊呦，”看到向珍来了，杨四姐立即迎上来，殷勤地行了一个万福，“掌柜的来了。”

“不用这么多礼。”向珍把她扶起来，和她携手走到她的工作台前，她正在刺绣春日百花图。

“你看这花儿绣的，一朵朵就跟真的一样。”向珍尽量让自己显得随意，不让杨四姐看到她“心里有事”。她走到百花图前，细细地品赏，忽然心念一动，装作开玩笑，把百花图拿起来，放到鼻子下面一嗅，“说不定我这一闻啊，还能闻到花的香味呢。”

她表面一副戏耍的样子，其实在集中精神分辨气味。嗯，她新绣的绣品上没有香味。看来，如果她之前拿来的绣品上的香味是钟辉的衣香，那么钟辉就是到她家里去，拿着绣品细细地……向珍的脑中立即出现了这样的画面，更让她觉得其中阴谋重重。

“我说啊。”向珍决定试探一下杨四姐，佯装无意地看着她的眼睛，“我闻到你秀的荷包，还有凤凰图上，有股与众不同的香味……是你用香料把它熏过？还是你身上香袋儿的香味沾到它们上面了？我跟你说啊，这种香闻起来真是与众不同，如果能把它大量配出来，说不定还能大赚一笔呢。”说罢她故意用袖子掩住口，嘻嘻地笑了起来，“没办法，我一想到做生意啊，就什么事都能想到做生意上面呢……你不要觉得我太贪钱了啊。”

“怎么会呢？”杨四姐不慌不忙地说，“做掌柜的就应该这样。唉，世上的人，都说我们女人不会做生意。我巴不得掌柜的多多赚钱，给天下女人争口气。”

“哦。”向珍不动声色地审视着她，“这么说，你有配方了？”

“嗨。”杨四姐依旧不慌不忙，“我哪里有什么配方啊，甚至我都没有香料。这个香味啊，是我家院子里一种无名小草的香……前些天，它们开了花，蓝艳艳的一片，我闻着它们挺香，一起兴起，就摘了些，用纱布儿包了，包在我的绣品里，想让绣品上染点香。结果那香味还真透到绣品里了，闻起来还挺不错。”

“哦。”向珍微笑着看着她的眼睛，“那这花还真好呢，我也想摘一点……诶？我上次去你家作客的时候，好像没有看见那些花儿啊？”

“您去的时候肯定没有啊。”杨四姐直视着向珍的样子，目光宁定而清澈，“那些花儿，花期已经过了，您来的时候花都已经谢了。”

“哦，那明年等花开的时候，我一定要去摘一些。”向珍继续看着她的眼睛，“对了，花落了，就要结种了。你可以把种子弄些给我吗？”

“行啊。我回去看看。”杨四姐答应得倒十分干脆。

向珍悄悄地皱了皱眉头，看杨四姐应答的样子，不像是在说谎。但是那些香味复杂醇厚，会是一种无名小花发出来的吗？而且她分明记得，这就是钟辉的衣服香气啊？她记错的可能性有多大？

向珍想着这些事情，回到了晋府。走到府门前，忽然发现天天都宁静无声的钟家里面闹哄哄的。向珍很是诧异，找街坊问了问，街坊家里的老人们天天闲着没事，就坐在大街边看闲事。听了之后觉得又惊骇又好笑：原来是那个官员的侄子——向珍现在才知道他叫秦春，忽然找回来了，说他只是租房给了钟辉，没有卖给他。钟辉不能随意改动房屋，损毁东西。现在钟辉随意改动房屋，毁损东西，他要钟辉搬出去，并且要赔钱。

向珍听了之后，皱眉而笑，朝那栋被加了一层的楼看了看。那就是典型的房屋改动吧。钟辉租这个房子是为了监视晋家，其余还有图谋，肯定不会乖乖搬出去的，估计有一场好闹。

这日吃过晚饭后，向珍坐在闺房里品茶，不由自主地又想起了杨四姐的事情。正在这时，江听雨忽然引着孟陈氏走了进来。向珍不由自主地站了起来。孟陈氏是守角门的，平常是不能进内宅的。她进了内宅，肯定有异常的事情。她看孟陈氏和江听雨的脸，果然看到她们表情古怪。

向珍的心里“咯噔”一下，赶紧屏退左右。见其他人退下之后，孟陈氏立即上前一步，脸上带着古怪的微笑，对着向珍摊开手掌。向珍一看，发现那是一个金镶翠玉的戒指，还有一个小纸条。

看到这个戒指后向珍一凛。她恍惚记得，这是她刚进晋家的时候得到的首饰，有段时间戴着它，只是因为懒，戴上去就懒得摘了。后来就不戴了，原来不是她“不戴了”，而是丢了。丢在哪里了？和这个纸条又有什么关系？

她忐忑不安地打开纸条，一看那字体，顿时感到脑中一懵。这是钟辉的笔迹？戒指掉在他那里了？啊！难不成是她上次潜入他的书房被发现，狼狈逃窜的时候，把戒指落下了？

钟辉的纸条里写的是：今日夜里一更，请到紫竹葡萄架下一会。紫竹葡萄架就在晋家院落僻静之处，墙外就是街道。

向珍暗暗咬了咬牙。她大概知道发生什么事了。方才，应该是钟辉遣人，或者是钟辉自己来到孟陈氏守着的角门前，把戒指亮给她看，暗示他和向珍有着不一般的关系，让她代他传话。没想到孟陈氏看起来又呆又懒，其实别有长处。她见孟陈氏的机会并不多，孟陈氏竟然能每次都把她的衣着饰品看个仔细，记在心里，一看到钟辉亮出戒指，立即便“心领神会”。别看孟陈氏办平常的事办得不出色，让她办歪门邪道的事情，说不定会颇有建树。

向珍凝视着纸条，脸上波澜不惊，后槽牙却已经咬得生痛。看来，她今天晚上得去紫竹葡萄架下一趟了。紫竹葡萄架在晋家之内，钟辉也算是有身份的人，而且十分谨慎，不会越墙而入，所以应该是打算和她隔着墙说话——晋家的院墙筑得也挺高，他想要越墙进来也非异事。所以，她今天夜里如果去，也不会有什么危险。然而就算有风险，她也得去。钟辉约见她，必然是有要事相商。而且，她也有重要的事情问他。

向珍仔细想了一想，看了看孟陈氏，对这张纸条没说一个字，面色淡然地把纸条随手揉成一团，放进装针线的筐箩，然后挥了挥手叫孟陈氏退出去了。

第八章 有勇有谋

孟陈氏走后，向珍从梳妆盒的底部拿出了一根铜簪，放在袖子里——这是她在狄老姨家住的时候，从一个货郎那里买的。她进了晋家后，虽然得到了很多金银首饰，但是她觉得自己不能忘本，依旧珍藏着这根簪子。现在她把这根簪子拿出来，是因为铜质坚硬，且这根簪子簪尾锋锐，关键时候可以刺人防身。并且拉过江听雨低声吩咐，说等时候到了，她去赴会，江听雨就藏在紫竹葡萄架附近，如果出现了什么不测的情况，就立即帮她叫人。

一切都安排停当后，向珍便吹熄了灯烛，自己则坐在屋中等到了一更，然后打着灯笼，带着江听雨，悄悄地往紫竹葡萄架而去。等走到离紫竹葡萄架只有三丈远的假山石边的时候，向珍叫江听雨就暂时藏在这里，自己则走到了紫竹葡萄架下。

“你来了吗？”向珍刚一站稳，就听到墙外传来钟辉的声音。向珍一凛，先定了定神，然后不慌不忙地说：“是的，来了。”

她说完这句话便停了一会儿，等钟辉开口。而钟辉没有立即开口，她便说道：“有事的话，请尽快说。孤男寡女，又都是有身份的人，这深更半夜的，即便是隔着墙说话，也不成体统。”

“哈。”钟辉在那边笑了一声，“所以你就有话尽快说吧。”

“什么意思？”

“你有很多事要问我吧。否则你就不会来了，对吗？”

诶？向珍乍一下觉得钟辉的话有些没头没脑，但略一思考后便心头雪亮。杨四姐果然是钟辉那边的人啊。肯定是今天下午杨四姐发觉她已经发现了纰漏，立即向钟辉报告。钟辉知道向珍一旦起了疑心，之后想要遮瞒就难了，更别说叫杨四姐暗中行事了。所以他索性把她约出来，自承其事——他把她约出来，就是为了承认这件事吗？不。感觉上应该不止。

“我没必要问你。”向珍冷笑着说，每一字都带着锋芒，也带着凉气，“我已经想明白了。杨四姐是你派来的吧。你特意把她安插在绣坊里，是为了让她监视我的行动，顺便再办点什么事情吧。不过有件事我不明白，你们应该是全心全意想要打击晋鹏啊？光盯着我做什么？”

“打击晋鹏？”钟辉的嗓子压低了许多，语气也变得有些晦涩，“你认为，我们是在‘打击’他？”

“是啊。”向珍接着说，“联系你上次说的话，你们该不会是要策反我，让我跟他为敌吧？我跟你们说，我只不过是个填房的人选，能不能做成填房，还要看他的意思。就算你们能让我和他为敌，他只要把我扫地出门便可，不会有什么损失。你们该不会是想对我不利吧？通过伤害我来让他难过？要是这样，你们想得就更错了。我对他来说，只是个可娶的人选，他对我并不是多么上心，就算我立即死了，他也不会多难过，之后再找一个可娶的就是了。”说到这里，向珍想起了晋鹏这些日子对她的冷淡，不由得有些自怨自艾之感，接着便无名火起。说话也更加尖刻。

“当然了，还有另外一种可能。也许你们一开始就想连我跟晋鹏一起打击，因为觉得我是周玉纹的继任者。这样你们就太没有道理了。不管周玉纹身上发生了啥事，都和我无关。再说就算你们能把我给灭了，晋鹏也不会不再娶妻，周玉纹的继任者，还是会源源不断地出现的，你们一个个灭得过来吗？”

“哼。”钟辉在墙外冷笑了一声。这声冷笑很冷很锋利，就像能穿过墙壁刺过来一样，“好一副利嘴啊。我从刚才开始就很奇怪，从你的用词来看，你似乎已经认定我们是坏人了。晋鹏给你洗脑了吗？”

“不，这件事我根本就没跟他说过。我也不会被任何人洗脑。”

“那你怎么会认为我们是坏人呢？”

“哈哈，其实我并没有认定你们是坏人。我只是觉得任何一方的话，都不可尽信。我是保持中立，所有的事情，都得由我自己查证过才能相信。”

“看来你是查证过了？”

“是啊。”

“那你没有发现可疑？”

“当然。周玉纹和晋鹏当年琴瑟和谐，只是运气不好，偶然抱恙，便病死了。”

“不是那么回事！”钟辉忽然激动起来，“你如果不是护短，就没有查清楚！你是不是随便问了什么人，就认定他们之间没问题了？你从头到尾查了吗？她得病的原因？病了多少天？以及她死时那天，发生了什么事，你都查了吗？”

向珍抿紧了嘴唇，没有说话，她的确没有查得这么细致。当腊梅准备问这些的时候，蔡氏又开始胡说八道了。而见钟辉为周玉纹之死如此激动，心里莫名其妙地起了一股厌憎之意。

钟辉连珠炮般地说完这一切后，顿了顿，又狠狠地冒出一句：“玉纹和他是绝对不可能琴瑟和谐的，那一定是做戏！”

嗯？向珍敏锐地感到他这句话里颇有玄机，略一思索，便即明了：“啊，我明白了！你喜欢周玉纹是不是？周玉纹也喜欢你！所以她过门的时候才会穿那种铁桶般的内衣，你是不愿相信周玉纹会移情别恋，所以才嫉妒愤恨，觉得她不会是心甘情愿和晋鹏好，等她死了，你不愿接受她是自然病死，想要归罪于晋鹏，所以才猜疑她是被晋鹏害死的，而周玉胜也心痛妹妹之死，很轻易就能被你说服，你让他也认为周玉纹是被晋鹏害死的，和你一起打击晋鹏对吗？”

钟辉哑然，向珍听了一会儿，见他半晌不答言，以为自己已经看穿了所有真相，对他和周玉纹的厌憎之情更强，冷笑一声便要离开。

“我是喜欢玉纹！”然而就在这时，钟辉又开口了，听起来十分激动，仿佛他的五脏六腑都在颤抖，“我和她是青梅竹马，两情相悦……但是他爹硬说她和我八字不合，把她嫁给了晋鹏……其实他是贪图晋家有钱！玉纹、玉纹她是绝对不会轻易移情别恋的！”

向珍鄙夷地一撇嘴，转身欲走，但就在这时，钟辉又说了一句话：“你可以觉得我是有所偏向，你可以不完全相信我的话，正如你所说的，别人之言不可尽信，但是事实，事实你总可以相信吧！你去查一查那个曾经在晋鹏房里当差的蔡氏！”

向珍心里一声冷哼，正想说“我早已套问过她了”，钟辉接下来的一句话却让她立即把这句话咽进肚子里。

“蔡氏之前很聪明，办事麻利，但是忽然有段时间，糊涂得像个白痴一样，就被晋鹏从房中调出来了。一个原本聪明的人，忽然就变糊涂了，你不觉得奇怪吗？而她被调出来后不久，玉纹就去世了，你不觉得巧合吗？”

向珍下意识地咬着下唇，已经咬出了深深的齿痕，却丝毫不觉得痛。这的确是很奇怪，很巧合，很值得彻查，她感到一团混沌的黑暗慢慢地朝她袭来，钻进她心底的最深处，然后再把她的心彻底搅乱……

就在这时，巡演的兵丁走了过来。钟辉飞速离开了。向珍站在葡萄架下，发呆了良久，直到感到冷风袭人，这才回过神来，沉思着回去了。她思考得如此入神，以至于走过江听雨身边的时候，竟忘了她还在那里。

第二天，向珍一去绣坊，就说她知道杨四姐“身体孱弱”，每天奔波来往于她家和绣坊之间，对她的身体不好，所以就让她回家去做活，每天会有伙计把该做的活儿的图样和要求交给她，然后再把她做好的绣品带回绣坊。在外人看来，这是令人眼热的特别待遇，还好杨四姐绣工出众，她的绣品卖出去的价钱也高，所以也没有人说什么，更没有人猜疑向珍的做法。

向珍之所以要这么做，原因略复杂。她不能让钟辉的耳目继续留在绣坊监视她的行动。但是她又不想断了和钟辉的联系。如果她和钟辉直接联络，感觉有些危险，不管怎么说，钟辉他们这样盯着她，总让人不解，而且如果被人撞见，还会被人误会有不才之事。杨四姐是她雇佣的绣娘，她和她无论以何种方式联系，都是名正言顺的。通过她和钟辉联系，既隐秘，又安全，又名正言顺。

至于她什么时候再跟钟辉联络呢？她还没有确定。甚至觉得永远不再联系最好。但是目前来看，恐怕不大可能。因为当她对周玉纹的死因存疑后，就感到心被一条黑色却又无形的蛇缠住了。不找出真相，这条蛇就不会离开。

然而想要查清真相谈何容易。向珍既然这段期间无法驱走这条蛇，就得暂时和这条蛇和睦相处，她把这条蛇安置在心灵的一角，先不去招惹它，暂且先把注意力都放在生意上。然而宛如“屋漏偏逢连夜雨”，她的生意很快也遇到了麻烦。

这天一大清早，城东粮食庄苏大掌柜的妻子，苏大奶奶怒气冲冲地来到了绣坊门前，在她身后跟着几个家人，其中一个用木棍挑着一件衫子，跟挥舞旗子一样。因为他们来得很早，向珍还没有从府中过来，张商氏、廖碧云也尚在家中。苏大掌柜在本城也算是数得着的人物，在店里驻守的伙计赶紧把这三位掌柜找了过来。

苏大掌柜虽然是个人物，但是他和他的家人平日见到晋家人还是客气有加的。但今日一见到向珍，就劈头盖脸地兴师问罪，之前廖碧云和张商氏来的时候，她理都没理她们，在她看来，她们还没资格跟她说话。

“你们这绣坊怎么回事？做出这样的事情，还想做生意吗？你叫我家女儿怎么见人？”苏大奶奶是粮食铺的老板娘，身材长得也像米袋子一样，现在脸涨得通红，看起来人就像要爆炸一样，训斥的声音也简直比敲锣还响。

要是一般的小闺女，见到这般阵仗，早就被吓迷糊了，廖碧云就已经迷糊了，但向珍却没有。向珍听苏大奶奶说话颠三倒四，赶紧叫她别急，慢慢地把事情说清楚。

“你叫我别急？我怎么能不急？”苏大奶奶的脸依旧涨得像要爆炸似的，“我跟你说，我家闺女穿了你家做的绣袍……”配合着她的说话，那家人像撑引魂幡一样把绣袍往前一撑，“之后就全身起红疙瘩。我家闺女本来小白脸儿，要多俊有多俊，现在满脸都是红疙瘩，要多难看有多难看！”

“哦。”向珍朝绣袍瞥了一眼，“苏大奶奶，恕我没有听懂。您家闺女身上长疙瘩，跟我家的绣袍有什么关系？”

“你竟然还想抵赖？”苏大奶奶把眼睛一鼓，“我家的闺女，是穿了你家的绣袍之后，身上才起疙瘩的。我家闺女，大门不出，二门不迈，家里也极干净，绝不会沾染任何脏病。唯一的可能，就是你家的绣娘身上有什么脏病，给绣袍绣花、上浆的时候，把什么脏东西过到上面去了！”

向珍眼珠一转，时下为了让衣服笔挺有型，都会给新衣服上浆。人们买来新衣服，为了保证衣服穿在身上笔挺有型，都不会先洗。而绣花就是把绸缎捧在手里，慢慢地摸着绣，手汗的确会沁入绸缎。而绣花时若发现有线头，也是拿牙咬的，唾液也可能沾染到绸缎上。而为了保证绣出的花样直绷妥帖，绣坊也不会轻易洗涤绣品。所以如果她的绣娘当中真有什么人有隐藏的疾病，的确容易通过绣袍传染给苏家小姐。

不过，现在无论如何，她都不能应下这件事，只有跟苏大奶奶争辩，一来苏家小姐所患何症还未确定，如果是花柳之病，她再糊里糊涂地应下了责任，说不定会有灭顶之灾。二来她绣坊中的绣娘没有身上起红疹的，苏家小姐的病症是否是她家绣袍引起的，还未可知。

“苏大奶奶。”向珍微笑着说，“此话差矣。您说您家小姐是因我家绣袍染病，根本就无凭无据，只是您的臆测而已。天下染病之道，千千万万，您怎可一口咬定，您家小姐就是因我家绣袍染病的呢？我家绣娘都是健康清净之人，这点我可是作保的。”

“你……你还抵赖是吗？”苏大奶奶气得用手指着向珍，手指还不停地上下颤动，“好，算我嘴笨……说不过去！那我就拉你去见官！就算你牙尖嘴利，等、等见到官老爷，看你还能牙尖嘴利到哪里去！”

向珍心头一紧，表面上却不慌不忙。眼珠一转，接着便用袖子掩住口，低声笑了起来。

苏大奶奶被她笑糊涂了，更是气不打一处来：“你笑什么？”

“我笑您啊，竟然也有糊涂的时候。”向珍这样说，倒像苏大奶奶平常很聪明一样。但是苏大奶奶平常也不聪明，向珍这样说，其实是特意抬高她，客气一下，方便说下面的话，“我也就打开窗户说亮话了。苏大奶奶您这么紧张，不就是怕小姐沾染上了什么说不得的病吗。现在不管小姐是否真的患有此病，都应该紧锁消息。如果传扬开来……您也是知道的，现在的人啊，都宁愿相信坏事，而不愿意相信好事。到时候，就算查明小姐患的不是那种病，他们也会说小姐得的是那种病。而且，不管小姐得病的原因是什么，他们也都会往那方面编排啊。”

苏大奶奶身体一抖，脸火速变黄了。

“俗话说，三人成虎。”向珍盯着她的眼睛继续说，“谣言被传得多了，在一些人眼里，就和真事没两样了。”

苏大奶奶的脸彻底黄了。

“所以说。”向珍知道自己已经拿住了她的心，微笑着用对自己人说话的语气对苏大奶奶说，“您现在最不应该做的，就是跑到我这里吵闹，幸亏您今天来得早，要是再迟一点，左邻右舍都起来了，听到这边吵闹，围过来一看，您家小姐患病的事情说不定马上就传扬出去了，谣言说不定立即就被编排出来了。”

苏大奶奶的脸更黄了，简直又开始发红。

向珍摸不清她现在脸上发红意味着什么，小心翼翼，但依然不慌不忙地说：“我觉得，您现在最应该做的，就是先紧锁消息，赶紧回家找信得过的名医，为你们家小姐看病。等医生确定了病症，查知她到底是为何染病之后，您再去找人负责也不迟。”

苏大奶奶鼓着脸看着她，目光闪烁。

向珍知道她已经被说动，需要她趁热打铁，便微微一笑，把那件绣袍拿了过来。见她如此，苏家那边的人都是一惊，自从大家怀疑苏家小姐是穿了这间绣袍患病后，所有人都不敢再沾这绣袍。而向珍用手拿这绣袍，正是“以身作保”，担保这绣袍没问题的意思。

苏大奶奶见她敢于“以身作保”，找她吵闹的劲头儿基本消失，转身带着家丁离开了。向珍听到她一边走，一边愤愤地对身边的家丁说：“说不定这病是杨玉那幺蛾子带来的，我早就觉得，这蹄子不干净……”

向珍听着，暗暗好笑。有钱人家对有钱人家的事情都是了解的。前阵子她就听些女眷唠嗑提到，苏大掌柜半年前从扬州买来一个小妾，十分宠爱。苏大奶奶成缸成缸地吃醋，天天和苏大掌柜吵闹。这位杨玉，据说是出身于妓馆的，还没破身的清倌人，十分干净，但是否真的如此，不得而知。苏大奶奶转而怀疑她，很大一部分也是私愤使然。

虽然今天的危机告一段落，但是向珍并没有因此把这件事撂一边，反而觉得自己必须加紧行动——虽然杨玉像是会携带什么脏病的人，但是她并没有听说杨玉本人身上长疙瘩。因此十有八九病源还不是杨玉。苏大奶奶带着私愤，回去找苏大掌柜和杨玉吵闹，如果闹得苏大掌柜恼羞成怒，苏大掌柜还要把责任扔回到绣坊，说不定还要见官。她得赶紧谋划下一步该如何行动。

乖觉的家人不失时机地献上粥汤，请三位掌柜都吃一点。廖碧云现在还有些糊里糊涂，捧着碗发呆。张商氏则一边吃，一边暗暗地用钦佩的目光朝向珍看——没想到向珍小小年纪，遇事竟然如此冷静，还能把事情办得如此漂亮妥帖。

向珍喝了一碗米汤，就戴上一个檐下垂着纱网的斗笠，带着腊梅和晋安出了门。如果苏家闹得天翻地覆，苏大奶奶和苏大掌柜肯定还要找绣坊的麻烦——自家人打架就是如此，不管是什么事儿，都倾向于把责任归到外人的身上。她要做的，就是赶紧请来名医，给苏家小姐治好，并能证明她的病因跟绣坊毫无关联，一切皆大欢喜。如果大夫证明苏大小姐的病真跟绣坊有关怎么办？不会的。她这是要找一个相熟的名医，让他便宜行事，如果病因对绣坊不利，就把它改了。虽然听起来有些缺德，只要能把苏大小姐的病治好，她再回绣坊铲除这病因，实际上也不会对任何人有所损害。

既然要找“相熟”的“名”医，就只有一个人选了。城南张大夫，当年到京城跟御医学过艺术，回城后自己开医馆，也算是县城数一数二的名医。他和晋家历来交好，前阵子晋云偶然风寒，张大夫来此诊疗，向珍和他有过一面之缘。当时他见向珍在晋云旁边侍立伺候，对她赞赏有加。向珍觉得找他一定可以把事情办得妥帖。

然而以向珍现在的位置，要想以最快的速度到达张大夫的家，就得经过苏家。向珍本来觉得从苏家门口经过可能有无妄之灾，忽然想到自己也许应该看看苏家现在闹得怎么样了，便还是走到了苏家门口。苏家的宅子里闹得震天响——即便是在屋外，也能听到屋里的吵骂之声。听声音，应该是苏大奶奶在和苏大掌柜相骂相打，另有一个女人声音在放声大哭，按照前因推算，此人应该是杨玉。若是一般人受了委屈，哭则哭，不会竭力哭得大声。而这杨玉，听起来却在竭尽全身之力大哭，恨不得让全县城的人都知道她“受了委屈”，看来绝不是省油的灯。估计就算苏大小姐的事能圆满解决，苏家以后也难有宁日。

向珍暗暗骇笑，准备离开，忽然感到眼睛被什么东西迷了，她用手揉了揉，觉得眼睛瘙痒。她本能地四下一看，结果发现从苏家院墙里斜伸出几条花枝，上面的花朵全是胭脂色，状类海棠，却有几层。她正巧看到左邻有一老太婆正在晒太阳，便问她这是什么花。老太婆说，这是苏大掌柜前些日子从朋友那里买来的海外奇花，连苏大掌柜自己都不知道花的名字。

海外的无名奇花？向珍下意识地走近，想闻闻它是否有香气，忽然感到有什么细末般的东西飘到了额头上，用手一抹，看看手背，顿时眉毛一挑。

苏大奶奶和苏大掌柜闹了个天翻地覆，苏大奶奶把杨玉房中所有器物全部打碎——最近苏大掌柜宠妾灭妻，把珍奇好玩之物全都搬到杨玉房中，杨玉房中的陈设倒比苏大奶奶房中的还好。苏大奶奶今天正好趁此机会，大摔大砸。她砸坏了所有的器物还不算，还把苏大掌柜的脸上挠得跟被耙子耙了一样，把杨玉的头发也硬扯下来一把。苏大掌柜气无处出，觉得这所有的事情都是因向珍绣坊的绣袍而起，一怒之下，连女儿的名声可能受损也不顾了，到衙门控告向珍，苏大掌柜本非浑人，但被老婆这样混闹之后，已无法保持理智。

衙役们立即去绣坊传向珍，结果发现向珍不在，伙计们也不知道她去哪里了。没有办法，他们只好去传晋云，晋云是晋家当家的。然而晋鹏对他们说，父亲年事已高，身体也不好，晋家的事务现在也大多由他处理，他应该代父上堂。衙役们自然答应，对有钱有势之人客气些，这对他们来说是常识。

晋鹏不慌不忙地来到县衙大堂之上，款款地跪下。知县胡大人注目朝他打量。之前他刚到本县的时候，晋家曾经设宴为他接风，但当时他对晋鹏并没有多加注意，只是知道有他这个人罢了。此时对他仔细观瞧，发现他神情不慌不忙，态度不卑不亢，即便是跪在堂下，依旧气宇轩昂，不由得心里暗暗称赞。

在晋鹏旁边跪着的便是苏家夫妇。苏大奶奶头发蓬松，钗环尽落，发髻上戳出无数发稍，看来就像是发髻刚刚爆炸过一般。左眼一个熊猫眼，右边嘴角一块乌青，苏大掌柜可没有不还手的道理，倒像是相互呼应一般。而苏大掌柜，虽然整过衣冠，但是一脸耙子耙过般的指甲印藏也藏不住，再加上他脸庞肥大，又是一副怒发冲冠的神情，看起来无比滑稽。

晋鹏觉得这对夫妇看起来就像一对活宝，心里想笑。最终忍住，但是依旧用满含笑意的目光看了他们一眼，他这是故意的。苏家夫妇意识到了，不由得气得咬牙切齿。他们都是脸巨如盆，配上那滑稽的伤痕，再配上满脸的怒气，只让人觉得更加滑稽。晋鹏更是想笑，依然忍住，侧过脸去不看他们。

“你就是晋家主事之人晋鹏？”胡大人开始问话了。

“回大人，草民正是。”

胡大人在心里暗暗称赞。他嗓音平润清凉，语气中更有清雅的书卷之气，宛如身负功名的名门高士，胡大人本以为商人都是粗鄙之辈，晋鹏却让他觉得有必要对商人这个群体进行再认识。文化人惜文化人，胡大人不由自主地对晋鹏生出了几分好感，暗暗提醒自己待会儿审案之时千万不能焦躁，不能让晋鹏这边蒙受一点冤屈。

“那我问你，苏承斌（苏大掌柜）说你家绣坊的绣袍让他家女儿罹患怪病，可有此事？”

“回大人的话。”晋鹏从容不迫地说，“苏承斌说他家小姐是因我家绣坊的绣袍而患病，此事并无凭据。”

“怎么个没有凭据？”苏大掌柜忍不住吼了出来，“我家女儿……我家女儿穿了你家的绣袍，第二天就起疹子了，如果不是因为你家绣袍染的病，还能、还能有什么？”

苏大奶奶听到这里，不由得嘴角一撇。她在心里说，你那个从妓馆弄来的脏女人也可能让人染病，但是这话此时不能出口。

晋鹏瞥见了她撇嘴角的样子，心里暗暗冷笑。他到现在还不知道发生了什么事，但是关于苏家的事情，他也听说过，再看到苏大奶奶这个表情，立即猜到了是怎么回事。心里暗暗盘算：也许之后只要巧妙利用此事，在公堂上就可以把他们驳倒。

“大人，天下染病之道千千万万，一个人染什么病，和他穿什么衣服，并无直接关系。”晋鹏虽然是在回应苏大掌柜，但是对着胡大人的。这表示他是在“回胡大人的话”，按照公堂的规矩，原被告不被知县问讯，不可擅自说话。他其实不是在回知县的话，却以此表示自己严守规矩，而对方已经藐视公堂了。

“你竟然还敢抵赖！”苏大掌柜丝毫没意识到这一点，几乎是朝他吼了起来，“你跟……你跟你那个童养媳是一样的说辞……果然是一对啊，一样会耍赖！”

晋鹏眉毛一挑，用凛冽的目光盯了他一眼。

“原告不可咆哮公堂！”胡大人重重地拍了一下惊堂木。

“请大人恕罪！”苏大掌柜赶紧给胡大人叩了一个头，“小的绝不敢咆哮公堂，可有句话小的不得不说，他虽然是晋家当家主事之人，但是那家绣坊，并不是他负责管理。负责管理的是他的童……未婚妻向氏，大人应该把她传来，三方对证，事情才能水落石出。”

“哦。”胡大人转脸问负责传人的差役，“向氏何在？”

那差役面露难色：“回大人的话，向氏目前不知所踪……”

“大人！这丫头肯定是跑了！”苏大掌柜赶紧叫道，“她逃跑，就证明她心虚！”

晋鹏冷冷地朝他一瞥，苏大掌柜的这个说辞，他已经料到了。向珍如果真的逃了，事情也的确很麻烦。现在他只有竭尽脑力，尽力周旋。

胡大人听苏大掌柜又在乱叫，又拍了一记惊堂木让他闭嘴，不过心里也承认苏大掌柜所说有理，问晋鹏：“向氏现在身在何处？”

“回大人的话。”晋鹏依旧从容不迫，“小人也不知道向氏身在何处。向氏自小生在闺门之内，从未沾染过官非之事，心中害怕，也是难免之事。虽然绣坊是由向氏负责管理，但毕竟还是我晋家的产业，所有事情，大人问我，都是一样的。”

“哦，你是说，若是查出苏家女儿患病的确是因你家绣袍而起，所有的事情你一肩承担，是吗？”

“回大人，是。”晋鹏回答时毫不犹豫。

“好。”胡大人觉得他到现在才能如此镇定从容，实属不易，心里暗暗赞叹，“那我就传唤大夫，为苏家女儿看诊，看看她到底因何染病……”

“大人，这可不行啊！”苏大掌柜又喊了起来，“晋家是开生药铺的，他家的药铺是县里头一号的……本县所有的医生都和他有勾扯，本县那些名医，更是个个都和他叫好，叫他们来看诊，他们难免偏私啊……”

“大胆！”胡大人重重地拍了一记惊堂木，“苏承斌，你要是再敢咆哮公堂，我就打你四十大板！”不过他虽然喝止苏大展柜，但心里也承认苏大掌柜的说法有理。晋家开药铺，本县的大小医生们的确不会轻易得罪他家，他们的确难免对晋家有所偏私。难不成，他要到临县寻访名医，来给苏大小姐看诊？

就在这时，一个差役来报：“禀大人，向氏到了。”

“哦？”胡大人眉毛一挑，“是你们找到她的吗？”

“回大人，是她自己来了，还带来了一位名医……”

“她带来的医生，肯定不可信！”苏大掌柜赶紧大喊。

胡大人又拍了一下惊堂木，禁止他继续乱喊，却也忘了自己要打他四十大板的“承诺”。

向珍跟着一个差役走进来，头上依然是戴着吊有纱网的斗笠，身后则跟着一个衣衫蔽旧，须发如雪，精神矍铄的老人。

大家看到这位老人后，堂上堂下顿时寂静无声。这位老人，他们都认得。他是本县的头一号名医段崖。此人是前些年云游到本县来的，医术卓绝，但是性情孤僻，不和人来往，更不轻易给人看病，即便家境贫困，也是如此。他看病，看的不是金帛，也不是脸面，而是看患者的病是否与众不同。如果他觉得患者的病“平常而无趣味”，就算病人家属再有头有脸，如何拿出大把的金钱，他都不会理睬。然而即便他性格孤僻，但因为他医术高超，又为人刚直，从不偏私，所以广受县民敬重，历来人要有偏私之举，不是因金钱，就是因为面子。他这俩都不认，就算想要偏私，也无处偏去。

胡大人念段崖年高有德，即令赐座。段崖却往地上一跪，瓮声瓮气地说：“谢大人美意。但小民身份微贱，不配在公堂上坐着，请大人收回成命。”

这下胡大人略微尴尬，堂上堂下的人也全都哭笑不得。

“你就是晋鹏未婚妻子，晋家绣坊的大掌柜向氏吗？”胡大人问向珍。

“回大人，是。”

诶？胡大人下意识地朝晋鹏看了一眼。他本来担心，向珍“长于闺门之中”，上堂会吓得魂不守舍，话都难说囫囵，没想到向珍不仅语音清亮，而且从容不迫，不卑不亢。他觉得向珍和晋鹏同属不凡之辈，倒还真是般配。

“那本县问你，本县传你到堂，你因何不到？”

“回大人的话，各位差人老爷到绣坊传民女的时候，民女身在别处，不知此事，绝非故意逃遁。”

“哦，那你那时身在何处？在做什么事情？”

“回大人的话。”向珍从怀里拿出一方锦帕，“民女正在调查苏家小姐患病的真正原因。”说着打开锦帕，里面有一层金黄色的粉末般的东西，这东西像是花粉，却又与一般花瓣不同，颗粒虽然极细小，但是个个油光闪亮，还隐隐的有朱红之光，“这是苏家所种的海外花树的花粉，苏大小姐就因它而患病，具体的事情，请段崖先生代为解说。”

到底是怎么回事，向珍已经知道了，而且要表述也并非难事。但是让段崖来说，更有公信力。

“那段崖先生，你就说这到底是怎么回事？”胡大人便转向段崖问话。

段崖说：“回大人的话，苏家所种之树，乃是海外异树，朱拓罗树。此树的花粉性烈，若遇体质不合之人，便会让此人全身长满红疹。苏家小姐身上长红疹，应是她体质与朱拓罗树不合，到花园游玩之时，沾上了花粉所致。”

之前段崖一听向珍说“海外无名树的花粉让人患病”，就很感兴趣，看了向珍接来的花粉，一时竟辨不出这是什么，翻了自家祖传的古医树，才知此树名叫朱拓罗树，花粉有此特性。为了确认苏家的树是否就是朱拓罗树，他还和向珍来到了苏家的院墙外细观花枝，就是在此地知道苏家已经去衙门提告，便赶紧赶往衙门。

“禀大人，”向珍待段崖说完，又对胡大人说，“民女之前手背上也沾到了一些朱拓罗树的花粉，之后便起红肿，只是没有苏家小姐的厉害。”说着请胡大人看她的手背。

胡大人果然看到她手背发红，捻须细思，并命差役把沾着花粉的帕子拿上来。

“大人！别听她胡编！”苏大掌柜又叫了起来，“如果花粉能让人得病，为什么我们全家都没事，就我家女儿得了病？还是她家绣坊绣袍的事！”

段崖生平最恨别人嚣张地质疑他的见解，亢声说：“刚才老朽已经说明，此花粉只会对体质与其不合之人有作用。刚才大家也已经看到了，向珍小姐的手背略有红肿，她的体质只是和花粉轻微不合，所以只略有一层红肿。而体质与花粉严重不合的人，比如你家小姐，接触到花粉后，就可能全身起红疹！”

“那也不一定！”苏大掌柜却依然在顽抗，“天知道那红肿是不是她自己挠出来的？天知道这一切是不是你向壁虚构出来的……”

就在这时，胡大人忽然低声惊呼了一声。堂上堂下顿时都静了。只见胡大人眉头紧锁，把手举到面前细看。只见他碰触过花粉的手上，也长出了很多红疹——就是一瞬间的事情。

段崖笑着说道：“大人不必担心，只要老朽为大人诊过脉息，再开一副调和之剂，这些疹子便可速消。” 接下来的事情可想而知。胡大人裁定晋家无任何责任，晋鹏和向珍无事返家。苏大掌柜因为屡次咆哮公堂，被判掌嘴十次，比起之前胡大人说的“四十大板”来，还是轻很多的。苏大掌柜捂着被打红的脸颊，请段崖为他女儿诊治。段崖把白眼翻得高高的，根本不睬他。最后还是胡大人开口，段崖 看在胡大人面上，才肯为苏家女儿看病。

胡大人退堂后，向珍便回晋家去，历来衙门升堂，附近的县民都会像赶集一样前来观看，因此她现在要在县民的注视中从人群中穿过去。她不动声色地收腰缩肚，背也挺得直直的，头却略往下底，用藏在裙底的小碎步，缓缓地走出人群，虽然她现在带着纱网，旁人看不见她的容貌，但是姿态也要显出大家风范。

晋鹏走到她身边，搀住她的胳膊。向珍一般都会尽量避免和他有亲昵的行为，但想到现在是在众人之前，他公开的身份又是他的未婚夫，便由他搀着了。奇怪的，此时和他肢体接触，她并没有感到什么不适的感觉，反而感到一种微妙的心情似隐似现：怎么，终于又来亲近她了吗？

她这样想着，不由自主地往他的脸上偷看了一眼，发现他的目光竟然看向别处，顿时一种羞辱之感陡起，接着惊疑万分，他其实也在作戏？其实并不想亲近她？

晋鹏就这样搀着她，走近了晋家二门之内，朝她绣楼的方向走去。他们走到一段无人的地段，向珍觉得自己该说些什么，然而她还没开口，晋鹏倒先说话了："你今天表现得不错啊。"

向珍心头一动，朝他的眼睛看过去，发现他眼中的神情似笑非笑，看不清是什么意思。

她不由自主地抬高了下巴，笑着说："然后呢？"她发觉自己竟然在挑衅，而且无法制止自己。之后却发现一件更"恐怖"的事情，好像这不仅是挑衅，还有挑逗。

"我本以为你真的吓得藏起来了，把烂摊子丢给我。"晋鹏的神情依旧不可捉摸，"没想到你竟然是去找解决的办法，而且找到的办法很好。不错，你很优秀。"

晋鹏这是第一次正儿八经地夸奖她，向珍感到心头一喜，之后却觉得莫名的揪心，又笑着问了一句："然后呢？"

"然后你就回闺房好好休息一下吧。"晋鹏笑了笑，向珍依旧是盯着他的眼睛，但感觉竟像看到了迷宫。说罢便放开她的手臂，竟然转身便走。

"你只想说这些话？"向珍失声说，一直压抑着情绪忽然如潮水般喷薄而出。

晋鹏眉毛一挑，转过身来，声音和语气都不可名状："怎么，难道你觉得我应该一直在你身后追着跑吗？"

向珍呆若木鸡，晋鹏没有再理她，径自走了。向珍之后竟然感到心乱如麻。她认为自己这是因为晋鹏态度的忽然转变而感到惊异、不适宜以及怀疑被耍弄，但又感觉似乎不止这些。

她本想像以前一样逃避自己的感觉，自己骗自己一下就强行把思绪转到别处，却感到这样根本不行。她心乱如麻地走着，忽然听到路边有两个丫鬟聊天。其中的一个丫鬟小蔷非常讨厌门房晋发，说他长得像猪八戒他二大爷，一边说一边鄙夷地撇着嘴。向珍哑然失笑，晋发长得只是有些富态，还不失为一个帅小伙，而小蔷那满脸鄙夷厌憎的样子却不像有一点假装，可见她是真心这样认为的。看来她因为讨厌晋发，所以在心里扭曲了他的模样。应该不止是他吧，好像所有的人，都认为自己讨厌的人丑陋，不管对方是不是真丑，都是如此……

向珍忽然想到一件至关重要的事情，自己心中的迷雾瞬间退散，她一直追寻的答案开始慢慢显现。

她好像从来没有在心中扭曲晋鹏的长相吧。即便是在回顾小时候他欺负她时，她也承认他俊秀得像个银娃娃。而在回到晋家后，即便被晋鹏用各种方式胁迫，她依然承认他是个美男子，这证明，她对晋鹏并不是彻头彻尾的讨厌，甚至可以说，对他还有好感。而这好感，是从哪里来的呢？他明明是不择手段想要得到她，对她各种逼迫的啊……

向珍深深地吸了口气，大概就是因为这个吧。他是不择手段地胁迫她，固然让她苦恼愤怒，但也让她觉得自己很受重视，她认为自己这一生中，最缺的就是重视，因此让她悄悄地对他有了好感。但是她知道这好感是绝不能有的，所以就把它藏得深深的，以至于把她自己都瞒过了。而这好感，就像药引，带出了其他的情感。晋鹏，其实是很有魅力的。即便在他不择手段地胁迫她的时候，依然很有魅力。她虽然否定这一切，但无法阻止他的魅力在她心里洒下恋慕的种子，也无法阻止它们发芽……是的，她喜欢晋鹏，所以才会无法容忍他对她冷淡！

向珍忽然被自己吓到了，简直是被吓得魂飞魄散。她怎么可以喜欢他呢？尤其现在他已经对她变得冷淡……不！不是的！她咬着牙训示自己。她不喜欢他，绝不喜欢他，她只是对他态度的忽然转变不适应而已……是的，一定是这样！她反复训示自己，渐渐又觉得，自己刚才是想错了，而且错得离谱，她的确只是对他的态度转变不适应而已，根本不喜欢他。这样想之后她才觉得心安气顺，却也觉得胸闷恍惚，竟在不知不觉之间，走到紫竹葡萄架下。她看到那葡萄后才如梦初醒：她到这里来干什么？难不成是想跟钟辉联络？如果是想跟他联络，她又想说什么？

就在这时，她注意到钟辉家里又在吵吵闹闹。听吵闹的内容，依然是屋主秦春要钟辉归还房子。向珍静静地听着，嘴边勾起一道弯钩般的微笑。她现在大概明白是怎么回事了。秦春就是个废物点心，就靠钟家的房租吃饭呢，根本不会在意钟家对自己家会有什么改建。而且，如果他真是因为钟家改建了房子，发怒要收回房子，他肯定会还要求钟家赔钱。他现在穷成这样，蚊子腿上的血都不会放过。他现在只闹着要收回房子，又不要求赔钱，只证明一件事。那就是有人撺掇他来收回房子的，而且给了他一笔不小的酬劳。

这个人，显然就是晋鹏了。不得不说，他这一招釜底抽薪之计还是很妙的，不需亲自费力驱赶钟辉，甚至自己面都不用露，就可以把钟辉赶走了。钟辉会乖乖地走吗？肯定的。钟辉如果坚持不走，秦春肯定要告他。像秦春这种破落户，根本不怕打官司。这案子从表面上看他的诉求完全合理。而且他还算是官员“遗孤”。胡大人考虑到“同气连枝”之情，肯定会照顾他些。所以要是打起了官司，钟辉是稳输的，还要闹个灰头土脸。

向珍静静地想着，之前在心底盘绕的那条蛇又开始蜿蜒而动。虽然，晋鹏赶走钟辉也是完全合理的。他们怀疑他，想要攻击他，他当然不能让敌人卧于自己的肘腋之间，但她就觉得他如此坚决和干净利落地赶走他们，倒像是周玉纹的事情真有什么内幕一样，心里揪得难受。不，应该不只是因为怀疑有内幕，而是只要发现晋鹏对周玉纹的事情上心，她就莫名地感到不舒服。

第九章

连环巧计聘神工

吵闹声越来越大，向珍依稀听到钟辉愤懑至极地大吼：“好吧！我就把房子还给你！租金也不要你退了，我明天就搬走行不行？”接着很快嘈杂声就平息了。看来秦春心满意足，就此收兵了。

晋鹏的目的达到了。他会有什么感想呢？向珍反复想着这件事，竟不由自主地又去偷窥晋鹏。晋鹏的住处那边静悄悄的，他一直在房中没出来，窗户也是半掩着，她看不到什么。她不甘心，晚饭之后又到晋鹏住处附近踯躅。这次他看见晋鹏出来了，披着斗篷，身后跟着他的亲随小厮，小厮手里拿着香案香炉贡品等物。

向珍悄悄地跟在了他的后面。只见他命小厮把香案果品设在凉亭里，然后燃起香火，立于香案之前，嘴里似乎在祝祷什么。向珍缓缓地靠近，似乎从他嘴里听到了“玉纹”两个字，不由自主地脚步一乱，踩断了一根枯枝。

晋鹏猛地朝她转过头来，眼中似有火光闪烁，看到是她，眼中的火光顿时熄了，表情也变得晦涩而不可懂。

“怎么？”向珍觉得他这副表情让她很受刺激，竟有点管不住自己的嘴，“难不成是以为某人香魂夜归，前来相见？”

“哼。”晋鹏从喉底冷笑了一声，“真有趣。我还是第一次从你嘴里听到这样的话呢。”

向珍一凛，刚才那失控的状态逝去了大半，但还有一部分在干扰她的大脑。她觉得晋鹏刚才那句话无法应答，索性跳了话题：“对不住。可能我吓到夫君了。请问夫君为何只在花园里祭祀……姐姐？而且现在也非祭祀之时节，更不是姐姐的忌日。”

晋鹏看着她的眼睛，眉毛一挑：“我今天不是祭祀，只是有话想对她说。”说着用嘲讽、却又远不止嘲讽的目光看了看她，“看来你也打听过她的事情呢。连她的忌日都知道。”

向珍感到一股热血涌上头顶，也不顾讲话的章法了：“请问夫君，玉纹姐姐之死，可有内幕？”

晋鹏脸上的肌肉抽搐了一下，可见在这一瞬间，他情绪的激烈变化，之后脸却冷得像一块沉在水底的白石：“正常病死而已。”

向珍感到心像被两只手向两个相反的方向扭结。她本想说，钟辉还是坚持周玉纹的死另有内幕，蔡氏忽然犯糊涂就和此事有关。但是她觉得自己不能轻易说这事，因此说了此事，就等于暴露了底牌。然而就在这时，她忽然意识到自己最关注的根本不是周玉纹之死有什么内幕，而是另外的什么东西。而这个东西，她对着她自己，竟然不敢说。

“哼。”然而就在这时，晋鹏却替她说了，“你恐怕不是想知道玉纹之死有没有问题吧。你想要知道的，其实是玉纹在我心里份量多重。你这是在嫉妒！”

向珍一个趔趄，险些跌倒。接着一股辛辣、炙热、混乱的情绪海啸般涌来，再次冲得她差点站不稳。

“不。我只是想弄清这件事，毕竟这件事干系非常……”向珍惨白着脸说。

“可是我感觉到你对我的态度应该十分不满啊，不，应该说是无法接受。”晋鹏冷笑着说。他的笑容很冷，但不同于他以往的冷笑，并没有锋芒，而且混沌模糊，就像一团冰雾。

“那……并不是嫉妒。”向珍的脸更加惨白，甚至觉得自己的心也惨白着，“只是你的态度突变，让我很惊诧，无法适应而已。”她告诉自己就是这么回事，却深深怀疑自己是否是嘴硬。

“随便你给自己找借口。”晋鹏眼中的冰雾开始凝结，渐渐凝成盾牌。转头对小厮说：“今日不祭了，走吧。”

“等下！”向珍再也无法保持镇定，所有的情绪喷薄而出，“这到底是怎么一回事，你就不能开诚布公地说出吗？这些事最终都要开诚布公的，不对吗？”

晋鹏一怔，目光剧烈闪动了几下，在向珍看来，就是他眼中的冰盾裂了。

“算了。”然而他眼中的冰盾很快便恢复如初，声音也像结上冰壳，“你什么都不懂……什么都不知道！” 说罢他便带着小厮走了。只留下向珍呆立在原地。

向珍呆呆地站了好久好久。

你是什么意思？到底是什么意思？

这句话一遍一遍地在她心中回荡。无法抑止。

苏家的事情圆满解决之后，绣坊一连多日都很平安。不过，生意似乎也一点点地在变淡。因为开业之前，绣坊靠绣品大赛赚了噱头，因此开业时生意火爆，之后噱头的效应减弱，生意慢慢变淡是非常正常的事情，这点向珍也明白，但是心里就是着急。没办法，她在绣坊上寄托了太多的期望。然而就在这时，一件大喜事从天而降。

这天，胡大人亲自到绣坊来，给绣坊下了一笔大单。说再过三月，便是太妃的寿辰。皇帝亲母病弱，太妃曾在皇帝幼时教养过他，所以皇帝对太妃也满是孝敬之意，所以便预备必用大手笔为她办寿辰。因此各地官员都要为太妃准备贺寿之物。太妃不喜奢侈，厌珠宝金玉，喜欢各种手工佳品，绣品犹在她喜爱之列。所以胡大人想请向珍带领绣坊中手艺高超的绣女，用高级绸缎和各色彩线，再混以金丝银线，绣出一副百鸟朝凤图来。

因为本地离京城路途不近，为保绣品运输时间充裕，胡大人需留一个半月时间给运输，留给向珍他们绣制百鸟朝凤图的时间则是一个半月，胡大人问向珍这世间可否够用，若够用，他就正式将这项差事授予向珍的绣坊。

向珍没想到会有这等喜事，一时间高兴得浑身的骨头都要跳舞。这项差事不仅酬劳不菲，而且荣耀非常。最重要的是，光是为官府办事这一项，以后就可能有无穷无尽的福利。如果百鸟朝凤图绣得好，太妃见喜，以后的好事恐怕连想都想不到。

她能遇到这种好事，恐怕事非偶然。估计是上次她上堂给胡大人留下了深刻的印象，胡大人这才得以注意到她的绣坊，才得以知道她绣坊中绣女手艺高超。看来这还真是“避过大祸有后福”啊。

向珍立即应下这份差事，送走胡大人后，又不由自主开始幻想，太妃过寿辰，那场面该有多么的锦绣辉煌。然而就在这时，向珍忽然有些诧异和迷惑，现在可以进行喜乐庆祝之事吗？之后才醒悟国丧已经过了。而且是早就过了，其实在办绣品大赛的时候，国丧就已经过了。国丧期间喜乐之事都不可以有，更别说集会比赛了。她这些日子来，一直忙于开绣坊的事情，竟然在不知不觉中把这个时间点儿忘了。

不，她忘了这事，不仅仅是因为忙，而是因为晋鹏对她的态度改变了，不仅不再对她步步紧逼，甚至还有种晾着她，避开她的意思……现在他已经可以娶她了，他会是个什么态度呢？

想到这里，向珍又觉得心被拧着，而且是被两只手，朝相反的方向拧。如果他提出要娶她，她就以要为官府办差来搪塞，先拖过这两个月。她在心里暗暗盘算。过了这两个月，离晋鹏母亲的冥诞就近了，冥诞过后不久，又是晋鹏母亲的忌日。在母亲的冥诞和忌日前后，显然是不利于娶妻的。这样她就能再拖五个月，向珍在心里盘算着，忽然感到一阵惘然：也许她这般盘算，是毫无意义的呢。

这天晚饭后，晋云忽然叫向珍去说话。向珍去了，发现晋鹏也在那里，在她来了之后，只对她看了一眼便看往别处，之后则是目不斜视。向珍心里有气，故意对他行了一礼。

晋云叫她坐下，并叫丫鬟给向珍捧上一杯茶。

“珍儿啊。”看着向珍抿了一口茶后，晋云便说，“现在国丧已经过了，该准备你们的婚事了。”

向珍一凛，正要按自己想好的说辞说，没想到晋鹏抢先开口了：“爹，我觉得现在不宜操办此事？”

“为什么？”晋云十分惊诧，他还记得晋鹏当初为了娶向珍，可是什么手段都用了。

“因为她现在身负官家重托，抽不开身啊。”晋鹏嘴上说着向珍的事情，眼睛却没有朝她看一下。

“这个不就顶多耗费俩月吗？”

“之后便是我母亲的冥诞，之后还有她的忌日。这些日子前后，不便娶亲啊。”

向珍在一旁听着，忍不住讶异地看向他。他的拖词竟然和她想的一样啊……难不成，之前是她在这边盘算，他在那边盘算，盘算如何拖延和她的婚期？

“我又没说叫你们近期就成婚。”晋云更加讶异了，盯着他的眼睛，“我是说，可以开始筹备了，这种事情，越早筹备越周全啊。” 他觉得晋鹏态度的转变实在奇怪，忍不住用眼睛偷瞟向珍。因为事出突兀，他忍不住把晋鹏往最坏之处想，心想莫不是这段时间里他凭借和她有了婚约，已经偷偷占有了她，并且把她玩够了，现在才乱找借口推迟婚期，其实是想悔婚。

向珍猜出他是什么意思，脸上一红，用目光告诉他“什么都没发生”。晋云更加迷惑，同时也感到很不好意思，不管他们算翁媳还是义父义女，这种对答都是很令人不好意思的，还好只是眼神交流，才没有那么尴尬。

“筹备的话，也不行呢。”晋鹏注意到了他们这小小的眼神交流，却假装没有看见，表情开始变得不可名状，“世上之事，天知，地知，泉下之人也知的。”

“啊？”晋云简直有些恍惚了，“你是想说？”

“是这样的。” 晋鹏斯条慢理地说，“前阵子，我一连多日梦见玉纹。梦见她离我远远地站着，一脸不高兴的样子。也许是对我重新娶妻表示不满。毕竟，她才去世一年多，不是吗？”

一听晋鹏提起周玉纹，晋云的脸上就现出凄然之色。周玉纹虽然一开始奇怪，但是和晋鹏好了之后就变成了一个极孝顺的儿媳妇。在她病死时，晋云也曾扼腕叹息。

向珍越是目不转睛地偷看晋鹏，目光几乎要在他的侧脸上擦出火花来。晋鹏感觉到了，飞快地朝她看了一眼。

向珍一凛，接着感到心在发抖。这是他编出来的，他还在向她挑衅……

他知道她在意这些事，故意刺她的吗？

晋鹏看着晋云的神情，知道他的心已经被他说动了，“所以说，如果已故之人不赞成我近日娶妻，那就应该缓一缓。不仅是为了避免已故之人伤心，对她也有好处，因为不被已故之人祝福的婚姻，是不详的。”晋鹏口中的这个她，当然是指向珍。但他虽然提到向珍，依然没有朝向珍看。

晋云觉得他说得有道理，便缓缓地点了点头。但是他依然怀疑晋鹏是有意悔婚，又说：“相信过段日子，玉纹也能想开吧。毕竟你不能终身不娶。我们家定下的婚事，是必须得举行的。”他这就是在暗示晋鹏。如果他想悔婚，是绝对不可能的。

“放心，这我知道。”晋鹏回答得十分干脆。晋云稍微放下了点心，觉得他大概真是因为周玉纹托梦所以才要延迟婚期。就算周玉纹没有托梦，他梦见周玉纹也只是因为他想起旧情，日有所思夜有所梦而已。向珍却格外的惊疑惶惑：他到底是什么意思？她越来越不懂了！

然而就是这份惶惑，激发了向珍的怒气。从第二天开始，她就一心一意只管绣制百鸟朝凤图的事情。

历来绣花都需要绣花绷子。而百鸟朝凤图很大，所以就需要用最大的绣花绷——形状就如一个扎得很紧的圆圈篱笆，有好几个桌面那么大，支在地上。向珍亲自监制百鸟朝凤图的绣制，自己也参与刺绣，即便是作了掌柜，她也希望自己的女红功夫也有展现的机会，再说要真论绣工，她在绣坊里也是数一数二的。

她把杨四姐也招来了。虽然她有特务的嫌疑，但是绣工真是一流，在绣凤凰时更有独到之处，最重要的那只大凤，最终恐怕还要由她增色。不过，正因为她有特务的嫌疑，所以她来时向珍就寸步不离地盯着她，相信她也翻不出什么大浪来。

因为身负“官家赋予的大任”，向珍可以名正言顺地“全身心投入绣工”，住在绣坊不回家。她想知道晋鹏对此如何反应，而晋鹏对此完全没有反应。向珍听了后只是冷笑，更加完全把心思扎进绣工活里。绣女们同心协力，辛勤工作了二十余天，百鸟部分已经快要绣完。

向珍稍稍地松了口气，觉得今晚可以睡一个好觉，当天晚上果然睡得很甜。然而迷迷糊糊之中，她忽然闻到了一股焦糊的味道，接着便听到张商氏惊呼，她虽然不会刺绣，但是为了给绣女们提供最好的后勤，也是住在绣坊。

向珍一骨碌从床上爬起来，淋淋漓漓地出了一身的冷汗，赶紧穿上鞋子跑去百鸟朝凤图所在的屋子看——她不确定这个焦糊味就是从那间屋子里发出来的，但是她现在只关心百鸟朝凤图的安危。而她一跑到那个屋子，全身都凉了半截。百鸟朝凤图上，赫然有一个大洞，边缘是焦糊的，显然是被烧出来的，但是火已经熄灭，看起来就像有个火星落到了锦缎上，引着了锦缎，但因绣出的百鸟中混杂着很多金丝银线，不易燃烧，所以火很快便自己熄灭了。但是绣出的鸟禽已经被烧掉了不少。而且最重要的是，百鸟朝凤图必须完整，不可分割，现在被烧了这么一块，等于已经废了。

向珍怒发如狂，立即带着伙计和晋安去杨四姐家，她现在是唯一有嫌疑的人！

杨四姐从睡梦中惊醒，吓得脸色煞白，赌咒发誓地说自己绝对没有搞破坏。

“你别说这些没用的！”向珍玉琢般的脸已经涨得通红，柔美清秀的脸上也已经有了狮吼之态，“你是唯一有嫌疑做这种事的人！我已经知道，你就是钟辉派来的眼线！钟辉一直想打击晋鹏，想打击晋家……打击绣坊，就等于打击晋家！” 说到这里，向珍简直恨死自己了。她本该让杨四姐完全无法接近百鸟朝凤图，甚至完全无法接近绣坊才对。只因她太想在太妃面前崭露头角，又觉得要崭露头角必须要借助杨四姐的才干，所以才铤而走险，没想到一失足成千古恨。

“不，没有！”见向珍如此狂怒，杨四姐脸也涨得通红，“掌柜的，我没有这样做，掌柜的，你想想看，今天大伙儿做完活儿都散了，您是看着我出去的，等我出去，你是亲自把门锁上的，您在锁门之前，还亲自把窗户都关上拴好，我就算想搞破坏，我也做不到啊！”

她这话本是有力，但向珍一下就把她的论据击垮，“即便这样，你要引着百鸟朝凤图，也是不难的！我已经想过了，你只要偷偷地把火绒引着，再用和锦缎底色相近的绸布将火绒包好，悄悄放在锦缎上。今日工作结束时天色已暗，大家又都想着回去休息，很难发现这个绸布团。等我们走后，火绒中的火慢慢将火绒烧透，然后再将外面包的绸布引着，就可以烧到百鸟朝凤图了！”这一点，她在来时的路上已经想透彻了。

“哎呦，掌柜的，不是这样的，也许别人这样做了，但是我没干啊！”杨四姐脸涨得发红，还是拼命辩解，只是说话再也不成章法。

向珍也不愿再跟她多说，逼问她钟辉现在住在哪里，然后便押着她去找钟辉兴师问罪。钟辉现在在城南另租了一座宅院住下，离绣坊不近。向珍押着杨四姐，带着家人，来到钟辉家的后门，令开门的家人立即叫钟辉出来，如果在大门嚷骂，必然会闹得人尽皆知。向珍虽然在盛怒之下，但仍知道克制，不能把事情闹得人尽皆知，也不能丢了体面。

见到钟辉之后，饶是向珍心里有万分愤怒，依然没有大吼大叫，更没有不成章法地乱说，依然语调适中，思路清晰地质问他。目光和语气中似乎都有冰刃要挺出来。钟辉静静地听她说完，沉着嗓子开了口，表情无比的淡定：“你弄错了。这件事不是我指使人做的。”

“是吗？”向珍感到怒气冲脑，又把它压了下去。“那你倒是说说，除了你，还有谁？”

钟辉看了她一眼，忽然笑了：“真没想到，你也有如此不冷静的时候。晋家的敌人很多很多。在这个世上，只要一家有钱有势，即便他家天天与人为善，也会有一大堆敌人。晋家的竞争对手不少，你那绣坊，又不是铜墙铁壁，那些绣女，更不是精忠死士，别人若想渗透进去做手脚，并非难事。而我，安插在绣坊中的杨四姐已经被你发现了，宛如秃子头顶上的虱子，一旦出事，你必然会先怀疑到她和我。如果见官，官家也会先怀疑到她和我。你这领的是官家的差事，任何一个有脑子的人，都知道民不可惹官。我要是做了这事，固然可以打击到你家，但也会得罪官家，如果被官家问罪，不仅要被重重责罚，而且后患无穷。我为何要做这种必然引火烧身的事情呢？”

他这话说得倒是有理。向珍却难以轻易相信他：“说不定你就是利用这一点……正因为别人觉得你不会做这种事，所以你才敢下手破坏呢？！”

钟辉没有说话。他盯着向珍的眼睛，眸子在黑暗中闪闪发亮，忽然又笑开了："你这样说倒也能说得通，可惜没有证据啊。"

向珍以为他要耍无赖，眼睛顿时都红了。然而她正要开口，钟辉却抢先开口了："其实，依我之见，你与其在这里硬把罪过往我身上栽，倒不如尽快想办法解决你自己的危机。就算你最后能找个人见官，让他承担罪责，但你毕竟把官家的差事办砸了。就算胡大人开明知理，不会问罪于你，但是你毕竟给他留下了不好的印象，以后在这里做生意，路就没那么平喽。"

向珍怔住了，钟辉这句话才是真正的有道理。她呆了片刻，立即转身回晋家。虽然不是很情愿，她得找晋鹏求助了。在做生意上，他的经验比她丰富，人脉也比她广阔。现在她的生意也是晋家的生意，她的祸事就是晋家的祸事，就算他不希望她能做大独立，也一定会帮忙的。她回到家里的时候，已经是早晨了。她也顾不得嫌隙，进门就奔晋鹏所住的院子而去，结果却被告知，晋鹏不久前出去了，而且叫小厮备了车，像是出远门！

向珍满怀期望，结果扑了个空，一时间简直有些天旋地转。她回到自己的闺房，喝了杯清茶，又用扇子扇风，强迫自己冷静下来。

现在将整幅图重绣是不可能了。唯一的方法，就是将被烧坏的那一段割下，再找织续高手续上颜色纹理相同的一段锦缎，必须得续得毫无痕迹，在新续上的锦缎上绣上被毁的那部分鸟禽，这样的话，也许还来得及。她立即搜肠刮肚地想本县哪里有这样的织续高手，却一时想不起来。就在此时，廖碧云也追来了晋家。她想出的补救方法和向珍的一样，并说，她倒是听说过本县有这么一个编织高手。此人叫谭明，在织续上有出神入化的手艺，只可惜已经洗手不干了。

向珍立即找人打听谭明的事情。既然他已经洗手不干，就不能直接上门去求，得找熟人走门路才行。找人查问之后，向珍得知谭明是因为早年过于苦劳，伤了身体，近年来做活一多就会眩晕，才不得不退休，心里不禁打起了鼓，这样的话，请他出山会很不容易。而听他和什么人相熟的时候，向珍不由得哑然失笑。

谭明和一个名叫徐泽的人相交甚笃，他现在住的房子，就是徐泽卖给他的，他们就隔墙而居。而这个徐泽，正是迎江酒楼的掌柜（迎江酒楼被晋家挖走大厨之后，又转聘了个大厨，主做虾，虽然生意不比迎福酒楼好，倒也能经营得下去）。而迎江酒楼，不就是钟辉开的吗？

想到这里后，向珍双颊喷红，只是咬着牙狠笑。没想到转了一圈，还是要转回钟辉这里。他是不是早知道是这样？这其中会不会有什么圈套？在等着她来钻吗？

向珍又去了钟辉那里，依然是到后面叫他。

“你还真了不起啊。”在此见到他的时候，向珍忍不住冷笑着刺他，“明知道我最终还要求你帮忙，却一声不吭，让我转一个大圈子再转回来。为什么？是耍人让你更开心？还是觉得我转了一圈回来后，求你会求得更下作？能更让你觉得高高在上？解铃还需系铃人，解铃的人却确定是你那边的人，越发让我怀疑，所有的事情都是你在作局！”

“说话别这么难听！”钟辉一副委屈和愤懑的模样，像是真被冤枉了，“我从一开始就没打算对你不利！更没有想过要耍弄你……”

“你现在就不用说这些没用的了。”向珍盯着他的眼睛，咬牙狠笑，“就如你刚才说的，我没法把百鸟朝凤图完成，官家必然见责。在大老爷责问我为什么没有完成差事的时候，我会禀报大人，是因为你动的手脚，我的差事才没有完成。这百鸟朝凤图，是胡大人预备送给太妃贺寿的，非同小可。为了这个，想必胡大人绝不会吝惜刑罚，到时候，胡大人想听什么，你就会说什么，证据口供，应有尽有。如果你不想被拿到堂上，丢脸挨打赔钱，就赶紧带我去找徐泽，让他不管用什么方法，都要说服他的老朋友谭明，帮我续织锦缎。”

钟辉听着她的话，目光渐渐转为冰冷，冷笑一声说：“好，脑筋转得够快，说话也够厉害。不过，我还是要说，你完全误解我了。我没有主动提供帮助，甚至都不提谭明的事，是因为他现在根本无法为任何人干活，我就算带你去找他，也无济于事！”

“怎么？是因为他身体不好吗？他已经休息了很久了，一次出工，并不能让他劳累多少，也不至于让他情况恶化……”

“不仅仅是因为他自己的关系！他只有一个女儿，是他五十周岁那年才得的，今年才八岁，她患了重病！因为挂心女儿的病情，所以无论是谁请他出山，他都不会愿意的！”

向珍跟钟辉去看了谭明。当着她的面，钟辉和徐泽一起请他出山救救急，但是谭明说他现在心乱如麻，无法做工。这当然也有可能是他们联合在做戏，但是向珍认为谭明所说的是实话。谭明双眸无光，神情散乱，面色晦暗，额头上满是皱纹。真正心乱的人才会如此。

看着徐泽不住口地宽慰谭明，说他女儿的病一定会好，向珍忍不住低声问钟辉："他女儿的病那么严重吗？如果真是难以治愈的怪疾，也许段崖先生可以治愈呢？"

钟辉脸上露出哭笑不得的神情："这病，段崖先生倒是可以治……但是他不愿意治。因为她得的，其实算是任性病！" 原来谭明女儿患的只是一般的肠炎，但是她从小娇生惯养，不愿长期喝苦药，各种药往往喝了一副后不愿再喝。段崖先生倒是有把良药煎成甜汁，并且下一副药就药到病除的本事，但是他生平最讨厌不懂事之顽童，再说她得的只是寻常肠炎，不是什么稀奇之病，所以段崖不愿出手，只让谭明好好管教女儿就罢了。

无奈谭明对女儿太过宠溺，以至于本末倒置，女儿一闹，他就无计可施，一切只顺着女儿的意思来，以至于形成僵局。向珍对此哭笑不得，但面对如此僵局，她也无计可施，只有闷闷地回到绣坊。现在大家都不知道该怎么办，所以都没有开工，都在等她的决定。而她就是没法下决定，感到心里又闷又苦，就像被塞满了黄莲的渣子。

俗话说，"人逢喜事精神爽"，而人遇到烦愁的事情后，人就会特别困倦。向珍回到自己那小小的掌柜室，竟不知不觉地趴在桌子上睡着了，睡了一会儿后猛然惊醒，害怕自己已经睡了很久，以至于耽误了工夫。然而还好她只睡了一小会儿。

不知不觉之间，张商氏已经来到她身边侍立，见她醒了，默默地递上一碗红枣汤，给她补心。向珍慢慢地啜饮着，忽然想起一件事来，差点呛到自己。

唯一能打动段崖的，就是把患有奇难怪症的人送去给他医治。张商氏的女儿——向珍记得她好像叫张环，那一脸三环套月的麻子，绝非一般人会长。据说是张商氏怀她的时候发烧所致，那么她其实也算是患了奇难怪症。而段崖见到奇难怪症，等于老饕见到美食，如果能把张环送给她医治，等于给他送了一份大礼，她就以此份大礼贿赂他，让他顺手医治一下谭明的女儿，想必也不会是什么难事。

于是向珍便对张商氏说，打算送张环去给段崖医治。至于自己的目的，也坦白对她说了。这话听起来不太好听，等于是要利用她的女儿为绣坊谋福利，但这是事实。丑话还是一开始都说明白比较好。否则如果张商氏之后自己发现或者悟出了真相，会更不高兴，还说不定会对她生出仇隙。令向珍意外的是，张商氏一点都没有不高兴，还是一副欣喜若狂的样子，说如果张环那张脸能被整治好了，那是天降的福分，如果能因此为绣坊解决麻烦，那更是张环的造化。

向珍哑然失笑，心想从苦汁中熬出来的人，就是不一样。

接下来向珍便找了一辆车，自己带着张商氏、张环和腊梅坐在车里，令晋安驾车，去找段崖。张环对自己的面容十分自卑，即便是坐在车里，也用黑布蒙着脸。而且是把整张脸都遮住，只留了两个小眼孔。看她这个样子，向珍的心里忽然开始打鼓。如果段崖不愿医治张环怎么办？虽然向珍认为段崖一定会对张环的病很感兴趣，但是这只是她的想法。段崖的脾气古怪，到底会不会医治张环，其实是难说的事情。如果段崖不愿意医治张环，张环该有多失望？会不会承受不了打击？如果出现这种情况，张商氏不对她向珍生出仇隙，恐怕都难吧？

段崖的家到了。段崖的家就在城郊，三间以土石为墙，以草为顶的房子。围着这三间房子的，是一圈用土石砌成的墙壁，还砌得很高。光是这墙，就等于明确地跟人说，他不喜欢轻易跟人来往。墙里的草和灌木则长了半人高——他从来不整理院子，野草灌木任其疯长，还说就是这样才是自然之态，符合万物生长之道。

向珍下了车，亲自走到门边去敲门。她拿起门环，轻轻地叩了三下，之后便静静地等待。她知道段崖的规矩，听到敲门声后不会立即开门，得过一会儿，才会“徐徐泰然”而来。如果来客等不及，一个劲地叩门环，段崖会因此生气，干脆就不开门不理人了，上次她上门找段崖之前，可是找段崖的四邻细细问过段崖的脾性的。

过了一会儿之后，向珍才听到一阵窸窸窣窣的脚步声由远及近，段崖慢慢吞吞地来开了门。他一开门，向珍他们就看到了他背后庭院中那成堆的灌木乱草，虽有自然趣味，但也有种原始蛮荒之感，而段崖给他们的感觉，竟似和这片原始蛮荒融为一体。

向珍小心翼翼、轻声轻气地对段崖说明了来意。段崖看了看他们，他的目光冷森森的，毫无感情，就像白水银般在他们脸上流了一遍，然后请他们去堂屋坐。

段崖的堂屋，就是这三间屋中稍大的一间屋子，家具都用没有油漆的粗糙原木打造，但是屋子收拾得倒较为干净。段崖用粗瓷壶和粗瓷碗给他们倒了苦丁茶，然后便叫张环把脸给他看看。向珍本以为张环会为难，没想到她“唰”地一下就把整块黑布都掀掉，还怕段崖看不清楚，还把脸往他那边伸了伸。

段崖看到张环的脸后也是一惊，然后脸色迅速转阴，简直是阴云密布，皱着眉头，一动不动地盯着张环的脸看。向珍他们不知道段崖是什么意思，全都大气都不敢出。

“啪！”段崖忽然重重地拍了一下桌子。

向珍他们全都被吓得一激灵。

“好！真好！”段崖大声说，“姑娘所患之疾，真乃世所罕见！老朽能见此顽疾，当真三生有幸！老朽必将穷尽毕生所学，医得姑娘痊愈！”

向珍他们这才松了口气，接着心头狂喜，然后却有些哭笑不得。

果如向珍所料，段崖看了张环的病，就像得了珍宝一样，立即给张环把脉，再询问病因，之后推说张环是在娘胎里招了热毒，热毒侵入了她的千肢百骸，最后从脸上冲将出来，脸上才长出了三环套月的麻子。她虽然“患处在脸”，其实全身都潜伏着毒素。他先得用药，把她全身的毒素驱除，最后再汤剂和药膏并用，去除她脸上的麻子。

段崖讲这些的时候兴致万丈。向珍知道时机到了，轻声请他“顺手”医治一下谭明的女儿。段崖欣然答应，到谭明家重新望闻问切，然后开了一个药方，并叫谭家人加上蜂蜜来煎。药煎好之后又香又甜，谭明没费劲就让他女儿喝下去了。段崖的医术果然高妙，一副药下去，就药到病除。

谭明十分开心，立即答应为向珍做活，甚至还分文不取。他做活的时候，全绣坊的人全都聚在一边，看他的手艺。只见他拿起一把剪刀，“刷”地一下，就把被烧坏的那块剪掉了。动手之快，很多人都没有看清楚。

把烧坏的部分剪下来之后，他就拿出准备好的锦缎，往百鸟图上补。他用的是编织的针法，只见他手指翻飞，大家几乎都看不清他的动作，针上闪出的白光则几乎晃成一片白影。被他续过的地方，简直是天衣无缝。

向珍看了，暗暗喜欢，却瞥见廖碧云眉头紧锁。

“怎么了？”她心知有事，赶紧把廖碧云拉到一边低声问。

“情况好像不太妙。”廖碧云的声音比她压得更低，“刚开始续补的时候，他速度是最快的，但是后来越来越慢，续补高手正常的状态，是刚动针的时候稍慢，因为还不熟，等到渐渐熟悉，速度会渐渐加快，最后趋于稳定，看来他的身体的确很不舒服，也许刚动针的时候已经有些不舒服了，之后状况可能越来越糟，不知道他能不能撑到把工作完成的时候……”

听了这话，向珍感到一股凉意从心底冉冉而起，同时心也悬了起来。她想为谭明准备参汤燕窝等滋补续力之物，又唯恐这些东西与他的体质犯冲，只好偷偷拉来跟着谭明的小厮，问他谭明平日所有的保健和滋补的药是什么。问明之后，就叫他赶紧回家，拿些过来，以备不时之需。

虽然谭明续补绸缎之时“运针如飞”，但是由于此种补法需要用细针细线密密织缝，一小块地方都需用很多针，所以过了一个时辰，谭明才续补了三分之一多一点。此时他已经脸色发黄，运针也没那么快，和平常绣工的速度已没什么两样。再过一会儿，他的额头沁出汗珠，呼吸也开始不匀。向珍赶紧叫他休息一会儿，请他用些滋补的药物，腊梅则用汗巾给他擦汗。

谭明休息了一会儿，勉力开工，绣了几针之后，忽然身体乱晃，竟然向后一仰，倒在地上，不省人事，针和线都扔到了一边。

众人赶紧将谭明扶起来，掐人中，灌温水。之后谭明虽然睁了眼，但只能睁开一半，神情也颇恍惚。看到谭明这个样子，向珍差点一口鲜血喷出来。看他这样子，是无法再做活了，而且是有段时间不能做活了。她要另找织补高手吗？她还能去哪里找？

就在这时，向珍忽然听到身边人声杂乱。她回头一看，竟见晋鹏带着一干人走了进来。晋鹏先走到谭明身边，看了看他的脸色，然后叫小厮送他去和晋家相熟的郭大夫那里医治，并叫帐房给他支八十两银子，作为酬劳和医病之费。然后便叫跟在自己身后的一个中年男人上前看那续了一半的锦缎。

这位中年男人穿着一领蜀锦长袍，身材高瘦，眉宇之间有一股清气——这清气不是人们常说的“书卷中的清矍之气”，而是那种清雅绣品中的文秀之气。一看到这个，向珍就明白了：这恐怕也是一位织补高手。

“白先生。”晋鹏问这个中年人，“你能把这些续补好吗？”

白先生看着谭明续补过的部分，赞不绝口：“刚才那位先生的手艺可谓高绝矣，在下必将竭尽全力，力争不在这位先生面前献丑。”虽然说得客气，但实际上的意思就是“我绝对不会比他差”。

“那就请先生尽快开工。”晋鹏请白先生坐下，然后才转向向珍，到现在他才对向珍说第一句话，也第一次正眼看她，“今天早上我听说了这件事，预计本地的织工难以完成此事。想起之前在邻县，和白先生有一面之缘，所以就把他请来了。”说着脸上露出一种不可名状的笑意，不知是揶揄还是夸奖，“没想到你还有点本事，竟把谭明给找来了。可惜他体力不支，不过倒也给白先生减少了些工作。”

向珍抿起了嘴唇，不知不觉间越抿越紧。原来晋鹏一大早就出去，是找织补高手去了。他这是为了帮她？还是为了晋家？这两个问题在她心中盘旋冲突，她忽然感到一阵眩晕，竟然一头栽倒在地，接着便什么都不知道了。

迷迷糊糊之中，向珍觉得有人在喂自己喝甜汤，睁开眼来，发现是腊梅正在喂她喝红枣桂圆汤。见她醒了，赶紧叫江听雨送上鸡粥和小菜。向珍这才感到腹中饿得像火烧，说起来，从今天早晨到现在，她几乎没有吃东西，之前因为心情紧张，也没觉得饿。耗心耗力，外加一天空腹，她要是不晕倒，就怪了。

向珍赶紧接过粥碗，却发现窗边有个凳子。她心头一动，伸手去摸了摸坐垫，发现垫子还是热的。

“刚才是谁坐在这里？”她问。

“是大少爷坐在这里的。”腊梅笑着说，眼中带有少许迷惑，“在小姐喝汤时走了。”

哦。向珍垂了垂眼帘，舀起鸡粥喝了起来。她能喝汤，就证明她无大碍了。看来晋鹏还是很关心她，一直守着她，确定她没事了才走。可是为什么要在她完全醒来之前走掉呢？怕她发现他还是关心她的吗？为什么不能让她发现？想到这里，向珍感到一种莫名的煎熬，那是强烈的怀疑、急切和难以言喻的愤懑混合在一起的感觉，拿着粥勺的手不由得颠了几下，抖出了些许粥汤，滴到了被头上。

内贼与谣言

向珍只是短时间内劳累过度，休息一天已无大碍。白先生早已把锦缎续上了。向珍召集绣女们加紧赶工，很快就把百鸟图样补齐。她们又奋战了几天，把最重要的那只凤凰也绣得差不多了。剩下的都是些点睛之笔。因为点睛之笔十分重要，所以向珍决定这些只由自己和廖碧云，以及她新近提拔的出色绣女于三娘完成。杨四姐虽然手艺高超，钟辉也明确表示不会让她使坏，但向珍还是觉得谨慎为妙，没有让她参与最后的绣制。

有点讽刺的是，虽然防着钟辉的人，向珍还是“采纳”了钟辉的话——钟辉说，她的那个绣坊不是什么铜墙铁壁，绣女们也不是什么精忠死士，敌对的势力很容易便能渗入绣坊之中，而且她连敌对势力有多少，敌对势力具体是谁都无法确知。所以，在绣制百鸟朝凤图的最后阶段，她把绣制地点搬到了晋家。

晋家有多重宅院，还有诸多家丁拱卫，绝对比绣坊要安全。但是因为廖碧云、于三娘都是别家女眷，而向珍的身份，又是晋鹏的未婚妻，和已婚妇人已经差不了多少，所以她们不便到她的闺房里做活。所以向珍请晋云另拨了一个空闲的小院，供她和廖碧云等人做活使用，只有丫鬟老妈子才能进来侍候，男丁一律不得进入。

终于，百鸟朝凤图完成了。在它被绣完的当晚，向珍让廖碧云和于三娘回家休息，自己则看着百鸟朝凤图，久久不能入睡。她有兴奋，有憧憬，也有历经千辛万苦，终于把百鸟朝凤图完成的感慨。只觉得心头血涌，感觉别提多精神。然而她这份精神劲儿其实是假的，实际上她十分疲倦，很快就倚在椅子上睡着了。

“咳咳咳！”不知过了多久，向珍忽然被浓烟呛醒。她睁眼一看，竟然发现身边浓烟密布。又着火了？怎么会？

她第一件事就是看百鸟朝凤图，还好百鸟朝凤图还完好，绣好之后它就被卷起来了。她现在无法顾忌百鸟朝凤图会不会被揉皱了，把它折一折，抱在怀里。再看看，发现身边正好有个水壶，因为她们怕喝多了醉茶，所以里面装的是清水。她把水壶里的水全倒在身上，抱着百鸟朝凤图就向往外冲，却发现门窗那边浓烟滚滚，火舌灼灼，火已经把门窗封住了！

“快退后！”忽然传来一声大喝。

向珍想都没想就往后退。

“砰”一个石锁直砸起来，将门扇砸倒，门扇和门框为门制，但墙为砖制，门扇一倒。门口就不再被大火遮蔽。一个人影冲进来，抱起向珍就往外冲，一直走到小院院墙之外，才把她放下地。向珍感到新鲜空气入鼻，精神顿时一振，朝小院中看去，虽然有不少家丁围着小院救火，但是她所在之屋已经被大火笼罩。她倒吸了一口凉气，再看救自己的人，不由得惊呆了。

救她的人正是晋鹏。他的袖口衣边还有火苗，家丁们正忙不迭地帮他扑灭。向珍虽然已经想到救她的人可能是晋鹏，但发现真是他的时候，还是惊诧到不敢相信。心中一股热流，似乎比火焰还热，直冲到她的脑门上，逼得她想流泪。

“你没事吧？”晋鹏问她，语气和脸色都是淡淡的。向珍有些懵，此时还这样做什么？忽然瞥见他的掌缘被烫起了一串燎泡，心头顿时一抽，伸手去托他的手，“你受伤了？要不要紧？”

“没事，郭大夫有治烫伤的特效膏药，不会留疤。”在她的手触到晋鹏的手的前一刻，他就把手缩进了衣袖里。

向珍惊得张口结舌，然后心底一股怒气直冲，托着怒气的，则是浓浓的委屈，碰都不让她碰？

“少爷……”在小院里救火的家丁抹着额头上的汗和灰尘，气喘吁吁地跑来，“这火怕是救不下来了。”接着围观的家丁丫鬟婆子七嘴八舌地一顿聒噪，基本上是说这火烧的很蹊跷，一下就烧得很大。

“让它烧吧。”晋鹏的语气和表情依旧是淡淡的，“没什么重要东西在里面吧？”这句话已是对向珍说的了。向珍赶紧把百鸟朝凤图打开来看。还好，因为用料优良，百鸟朝凤图并没有被揉皱，虽然折叠之处有些微痕迹，但只要稍加处理，就可消去。

向珍松了一口气，又把百鸟朝凤图好好地卷好，紧紧地抱着，接着，她才开始考虑起火的原因，立即觉得这件事不简单，上次百鸟朝凤图被烧了一个大洞，现在存放百鸟朝凤图的屋子又失火了，怎么会这么巧合？而且，这火起得也很不寻常啊！

“这绝不是普通的走水！（富贵人家为了避晦气，失火不叫失火，而叫走水）”她赶紧对晋鹏说。

“这就是普通的走水。”晋鹏瞥了她一眼，淡淡地说。

“这绝不是普通的走水！”向珍还没听出他是什么意思，“如果是普通的走水，比如灯烛倒了什么的，它就在一个地方，慢慢地烧起来，而且十有八九没法烧得这么大，这一下就烧得这么大，这么彻底，绝对是有人故意放火！”

“这就是普通的走水。”晋鹏没有看她，再一次淡淡地说。

向珍这次明白了，不再说话，心里却疑虑惶惑，搅起了漩涡。晋鹏也知道这绝不是普通的失火，但为什么强要说成是普通的失火呢？这其中有什么玄机？

晋鹏不仅说这是普通的走水，还令家人严守消息，不许外传。向珍知道他的用意。虽然百鸟朝凤图丝毫无损，但是为官府办事之时总是出事，如果传出去了，依然会让官家觉得让这家办事不牢靠。不仅官家会犹豫要不要再给他家活儿干，普通的客户也会犹豫要不要和他家合作。回想之前百鸟朝凤图被烧坏之时，她自己不也严令相关人等，不许对外泄露消息吗？

向珍这样想着，感到一道光线在心里慢慢延伸，但就是穿不透所有的黑暗，他说房子被烧只是普通的失火，也是这个原因吗？但是感觉不太像啊……

向珍按时把百鸟朝凤图送到了胡大人那里，胡大人对此赞不绝口，两眼放光，他仿佛看到太妃得到这份寿礼后凤颜大悦，然后他的仕途一片光明。向珍松了口气，回到晋府。她今天上午准备在闺房里休息一段时间，下午再去绣坊。然而她刚进闺房不久，就看到晋鹏走了进来。她心头一紧，赶紧上前迎接，顺便瞥了一下他的手。嗯，他的伤处贴着膏药，但是膏药附近没有红肿，伤势应该得到控制了。

晋鹏见她迎上来，没有说话，只是朝屋里一指，意思是让她退回屋里。向珍很慌，却听话地退回屋里，为什么这么听话，她自己也说不清楚。

晋鹏转身把门和窗都关上了。向珍呆立在原地，心开始狂跳，全身也热得像火烧：他想干吗？想要亲近她吗？在莫名其妙地晾了她这么久，何止是晾着，简直是把她关进了冰窖，现在又打算亲近她了吗？

晋鹏转过身来，看到她面色潮红，皱起了眉头："你怎么了？"

向珍赶紧摸脸，发现自己的脸热得烫人，知道自己的脸现在一定红得要命，不禁感到十分尴尬，同时却也感到有些恼怒：你这别是在假正经吧？

晋鹏轻轻地叹了口气，一副"闲话不说"的样子，对向珍说："这段时间，你不要去绣坊了。"

"为什么？"向珍心里莫名其妙有种一脚踏进空处的感觉。

"上次百鸟朝凤图被烧，也许是有人想破坏你的生意。"晋鹏的声音明显变沉，"但是在家里这把火，我觉得是针对你的。"

向珍一凛。

晋鹏继续说："其实我也想过，百鸟朝凤图被烧那事儿，可能是什么人，用吹火筒把火绒球吹到了锦缎上。你那绣坊房间的窗户，虽然是木板制的，但是是从里面扣上的，在外面用手一推，窗户扇之间会出现一个可供较细的吹火筒通过的间隔。如果这次他还是想烧掉你的百鸟朝凤图，那他完全可以故技重施。虽然刚才那间屋子的窗户很紧，从里面拴上之后，无法被推出窗缝，但是上面有很多糊了纸的窗格。他可以舔破窗户纸，再把吹火筒穿进来，往里面吹火绒团子。"

“如此说来……”向珍隐隐感到汗毛凛凛。

“是啊。”晋鹏的声音更沉，“这次放火的人的目标其实是你！”

向珍感到心头直颤，抿紧了嘴唇。

晋鹏审视着她，微微一笑：“没想到你还挺处乱不惊的。”不知道是调侃还是感叹。

“不处乱不惊也没有办法啊。” 向珍苦笑，忽然怀疑晋鹏这是不是想让她扑到他的怀中求庇护，脸又不由自主地红了。

“你又在想什么？”晋鹏无奈地一笑，他这一笑中虽然有嗔怪的意味，但是非恶意。

“没什么。”向珍下意识地低头，同时下意识地抹了抹脸，对自己又嗔怪又疑惑：她这到底是怎么了？

“所以，这些天，你最好都呆在闺房里不要出门。”晋鹏眼中的笑意存续了下去，“我会多拨些得力的人保护你。等到我把这些事情查清楚了再说。这些事情，你暂且不要告诉父亲大人。父亲大人是个好人，也承受不了多少坏事。如果让他知道家里出了这样的事，说不定会过度忧心。”

“好的。”向珍低低地说。不知道为什么，她脸上的红意和热度都无法消去。

“好，就先这样，我先走了。”晋鹏转身就要离开。

向珍忽然感到一股热流直冲上脑，忽然问出一句自己之前根本没想到，也绝对不敢问的话：“你对这件事殚精竭虑，是为了晋家，还是为了我呢？”话出口后她如梦方醒，简直被自己吓坏了，赶紧掩住口，但是已经来不及了。

晋鹏一激灵，在这一瞬间，他的眼神有了奇妙的变化。先是慢慢升温，然后有种说不出的光彩在眼中流动，“你说呢？”一抹笑意在他嘴边一闪即逝。

向珍呆了，一时间竟无法和他直视，不由自主地低下头来。好像好久了。好久他都没对她露出魅惑的神情了。晋鹏走了，向珍则还在那边发呆。她现在发现自己成了一个未解之谜。她到底……喜不喜欢他呢？

晋鹏慢慢地在家中巡游，晋家不是铜墙铁壁，但也不是什么人都能混进来的。所以，对向珍所在的宅院放火的人，肯定是家内的人。虽然他家有些奴才不能入二门之内，但是二门外的奴才要混进二门也并非难事。所以，家里所有人都有嫌疑。

他继续走，一边思考，一边用犀利的目光向四周看。想要把院子烧成那样，不在屋子上泼油是不行的。而且油至少得用一罐子。但是那个宅院外有家丁把守巡逻，要想拿着一大罐油，在这些家丁的眼皮底下混进院子，可以说是非常困难，难不成放火的人，是那天负责巡逻的人当中的一个？想到这里，晋鹏心中一沉。那三个家丁，分别是晋顺、晋孝和晋忠。这三人他还挺熟悉，觉得他们不像是有二心的人。不过世间之事皆有可能。

虽然把嫌疑放到了他们身上，但晋鹏觉得不可以擅下结论，他是不会像那些愚蠢的官员，认定是谁就把人一顿臭揍，揍到承认为止的。要想确定是谁，必须找到物证。他继续思考着，往库房走去。

不管怎么说，晋家的第一道门看守得还是比较严的，而且宅子里人员密集。带着一大罐油，想在进大门的时候不被盘问，十有八九不可能。就算看大门的人瞎了眼，他能带着油走进宅子，但在路上不遇到人，不被人盘问，也几乎是不可能的。所以，放火者只可能是在晋家的库房偷了油去放火。而从屋子烧得那么快来看，他用的应该是灯油。

前几天，曾经有过谣传。说灯油即将出现大短缺，所以晋家也买了好几缸灯油。后来证明这只是一些无良商贩为了卖灯油而造出的谣言，于是那几大缸灯油就放那里了。库房里不仅放着灯油，还有用不着的醋、酒等物，都不是高极品。因为这些东西不值钱，所以家里人要进去不是难事。

晋鹏缓步走进库房。库房里倒挺干净，空气倒也清新，他慢慢地走着，那缸灯油就在前方不远处，忽然看到前面地上有一簇黑点。他心头一动，俯下身一看，发现是一些蚂蚁，正在那块地上爬来爬去。他用手试着按了按那块地，库房里就是土地，发现泥土略有些粘，放到鼻子上闻了闻，还有股甜香的味道。

他立即把看库房的老家人喊来询问。那位老家人说，就在前天，装着蜜腌梅子的罐子裂了，一些蜜水流到了这块地上。

晋鹏眉头一扬，立即有了主意：这里装的蜜腌梅子已经腌了很久，而且当初放的蜜糖很多。因此渗进这泥地的蜜糖水很浓。从位置看，谁要想偷灯油，必须得踏过这片泥地。谁要是踩了被蜜糖水浸透的泥地，鞋底必然会留下些痕迹，只要验一下晋家所有人的鞋底，就可以确定放火之人。蜜糖味很淡难以寻找？不要紧。人闻不见，蚂蚁可以闻见啊！

晋鹏便把晋家所有的家丁和奴才都叫到了一个小院里。在这个院子的角落处，有个挺大的蚂蚁窝。那个管事的晋禄为人刻薄，曾想往蚂蚁窝里灌开水，把它给除了。但晋鹏说蚂蚁也是生灵，在这里也不碍事儿，就让这蚂蚁窝留着了。没想到今天这些蚂蚁，还能帮上他的忙。

晋鹏叫所有的家人挨个走到蚂蚁窝边，把鞋脱下来，把鞋底对着蚂蚁窝。看谁的鞋底上爬的蚂蚁比较多。一个鞋底上有几只蚂蚁，是正常的。大多数人都是如此。但有一个人，鞋底上爬上了几十只蚂蚁，而且蚂蚁还在鞋底上逗留，久久不愿走。晋鹏盯着这个人，露出了无比惊诧的神色。他还真没想到是他。

向珍听说晋鹏在这里寻找纵火犯，也带着腊梅来了。见晋鹏直直地盯着那个人，也明白是怎么回事了。他也万万没想到会是他，惊骇地掩住口。

这个人，竟然是晋旺！

“没想到纵火的人，竟然是你啊！”晋鹏冷笑着说。他现在的样子依然很平静，但说出的每一个字儿似乎都能掉下冰渣，“你说说吧。到底是怎么一回事。”

“少爷，你在说什么啊？” 晋旺的脸变得没有一丝血色，但依然在强笑着，“我怎么会是纵火的人呢？”

“那你谈谈，你的鞋上，为什么会沾着库房地上的蜜糖汁呢？你是跟着我的人，根本没必要去库房拿东拿西地干活啊。”晋鹏初时的惊骇已经消去，想法又转为不确定。晋旺也有可能是在其他地方踩到了甜的东西。现在其他人的鞋子还没有验过，立即断定他就是纵火犯也有些早。于是他就命晋旺站在一边，让其他人再把鞋子放到蚂蚁窝边检验。

向珍明白他是什么意思，便没有说什么，只是静静地在一边观望。

所有人的鞋子都检验完了。的确只有晋旺的鞋子吸引到了那么多蚂蚁。

晋鹏看向他，用冷到骨髓的声音问：“现在你还有什么可说的？”

晋旺的脸已经白得有些发青，但依旧勉强地笑着：“少爷，你真是冤枉我了，我也不知道，这些蚂蚁为什么都爬到我的鞋底上……少爷，失火的那天晚上，我一直跟着你啊。”当初向珍叫晋旺去绣坊当差，是叫他作“晋鹏代表”。后来向珍回晋府干活，晋旺自然也就跟了回来。向珍回晋府之后，伺候之人众多，他也就去伺候晋鹏了。

“你好像是一直在我身边办差。”晋鹏盯着他的眼睛，其实他的心里也不确定，但是他知道自己现在不可以表现出来，“不过，我可没有一直盯着你啊。”

晋旺的脸已经变成了青灰色。晋鹏光凭他这神情，确定他就是纵火犯。但是现在没有证据，而且有件事无法跳过，那晚在他的记忆里，晋旺好像没有离开他太长时间。虽然他没有一直注意晋旺，但是模糊的记忆还是有的。如果他真的没有离开他身边太久，他是如何到向珍所在的宅院放火的呢？

事情至此便形成了僵局。晋鹏在心里暗暗着急。如果不尽快解决这个问题，晋旺就会察觉到他无法定罪于他，然后抵死抵赖，事情就不好办了。

向珍也意识到了这个问题，拼命转动脑筋，寻找能远距离向她的屋子纵火的方法。

“啊！”就在这时，一直跟在晋鹏身边伺候的小厮锄药忽然想起了什么，大声说，“少爷，我记得您看书的时候，我看晋旺往屋顶上去，我就问他去做啥。他说屋顶上有响动，怕是老鼠闹得慌，就要上去看看，他上去时间也不长，大概有半刻钟吧，在他下来后不久，就看到小姐那边着火了！”

“啊！”就在这时，向珍低声惊叫了一声。

大家都齐刷刷地朝向珍看了过去。

“我明白了！”向珍的眼中似乎有火光在闪动，看着晋鹏说，“晋旺是这样纵火的，我当时所在的宅院，和你所在的宅院的直线距离并不远，晋旺只要臂力够用，就可以在你那边的屋顶上，把装着灯油的皮囊扔到我那屋子的房门前。然后他用小弓箭，或者是弹弓，把削尖了的小木桩射到皮囊上，就可以把皮囊射破，这样灯油就会流出来。然后他再把绑着烧着的火绒的木条，或者是别的什么可以引火的东西，射到我的门口，火就可以烧起来了，不管是皮囊，还是小弓箭，还是火石火绒，他身上的那件长衫宽大，都可以把它们藏在下面的！而之后整个屋子都被烧没了，这些东西，想找也找不到了！”

众人都露出一副如梦初醒的神情，唯独晋鹏的眉头还没有舒开。

晋旺本来十分紧张，听到向珍这样说，却笑了起来：“小姐，你这说的就有些不对头了。皮囊那东西，本身就挺厚挺重，还一拍就响。再装了灯油，肯定非常沉重。把它扔到您的门口，一定会有不小的响声。您当时在屋子里，听到门口有这么大的响动，肯定能注意到的吧。别说是您，周围巡逻的家丁，听到这么大的声音，也会过来看的吧。如果皮囊立即被人发现，我就不可能再有机会射破皮囊、再射火棍过来了吧。再说，皮囊被射破之后，油自然会流出来，但是十有八九会顺着您门口石砖的石缝，渗到地里去，能沾到您门槛上的，只能是一点点。我就算射了什么火棍过来，也没法点着什么大火……恐怕连火都点不起来了吧！”

向珍一时语噻，感觉宛如一脚滑入了深坑：她的推理完全错误吗？

“用皮囊是不行。”就在这时，晋鹏冷冷地开了口，“用猪尿泡就可以。猪尿泡这东西轻、薄，也有些韧性，装得住灯油，也能装不少灯油。如果把它扔到什么坚硬的地方，它会爆掉，也不会发出什么声音。你应该是用猪尿泡装了灯油，把它扔到门扇上，猪尿泡会立即爆掉，不仅门上和门槛上会浸满油，旁边的窗户上也会被溅上一些。你再用小弓箭，把可以引火的东西射过来，不管是射到门上，还是就让它掉在门槛上，就可以把火引着了！”

晋旺呆了。

“我记得你投掷东西一贯很准。”晋鹏的目光隐隐有些酸涩，但是表情和语气丝毫未受影响，“小时候，你和我一起捉弄邻家，用猪尿泡灌了墨汁，扔到他家墙上。你想扔哪里就扔哪里，百发百中。猪尿泡不管是撞到墙上，还是哪里，都不会有什么声音，然后黑汪汪的墨汁朝四边溅出来，看来你全部忘了呢。”

“少爷，我……” 晋旺的脸色已经十分灰暗，甚至可以说是凄惨，但依然强笑着，显然还想狡辩。

“你要是把装着灯油的猪尿泡藏在衣服下，衣服内侧肯定会沾上些油迹，以及猪尿泡上的液体。我记得你从昨天开始，应该没换衣服。现在只要把你的衣服扒下来，看看内侧，就能找到铁证了吧？” 晋鹏看着晋旺，目光就像刀子一样锋利。

晋旺的脸色变得像死灰一样，从神情来看是彻底放弃了：“说吧，你为什么要这样做？”晋鹏的语气本来很平静，此时却有些微妙，听起来就像厚厚的冰层下有水被烧开了。

“我。只是为大少奶奶抱不平！” 晋旺忽然爆出了这么一句话。

这下所有的人都噤住了。包括向珍。因为他们都知道，晋旺口中的那个大少奶奶，是指周玉纹。

“少爷，我是从下就伺候你，你对我也有天高地厚之恩。但是你记得吗？”晋旺惨然地笑着，眼中还渗出一层泪膜。“有一次我罹患恶疾，吃了很多副药都不好。还是大少奶奶想起了她家祖传的一道秘方，把我给救了，所以，大少奶奶对我有救命之恩。所以我实在看不过去……她！”说着便狠狠地朝向珍一指。

晋鹏脸色大变，向珍则呆若木鸡，这跟她有什么关系？

“这是我最近才发现的。” 晋旺指向向珍的手不住地颤抖，“大少奶奶是病死的没错，但是病也有因，她其实算是你害死的，对不对？她也有份，对不对？”

啊？听他这么说，向珍差点跳起来。她想大声吼问晋旺为什么要这样说，晋鹏却抢先大吼了出来：“我看你是疯了！玉纹是死于急性风寒，这全府上下都知道！郭大夫、还有李大夫，很多名医也确定了！就连玉纹他爹也认可这件事！你在胡猜乱想什么东西？我看你真是疯了！”

“虽然不是直接病因，但是间接病因也可能是你，还有她……”

“住口！我看你是疯到尽了，我得立即送你去给大夫看看了！”晋鹏吼得更响，吼声真有有雷霆之感。

“哈。”晋旺不再说了，只是惨然地笑着，“是的，也许我是疯了，但是疯子往往能发现真相。”

晋鹏见他自己也承认自己疯了，就不再和他多说。命人把他送到晋家县城外的一处宅院关起来，并派专人看管，并说自己会找合适的大夫给他治病。

向珍在一旁听着，简直有种灵魂出窍的感觉，晋旺这是在胡说什么啊？她和周玉纹素未谋面，她也是在周玉纹死后一年才来到晋家，和她完全是八竿子都打不着的两个人。晋旺竟然说周玉纹的死和她有关，怕不是真的疯了……可是她看晋鹏的神情，又似乎“过于”凝重，但这是不是她为了怀疑而怀疑有了错觉呢？天哪，这到底是怎么回事？她简直要疯掉了！

两个家人一左一右挟起晋旺就往外走。眼看着晋旺就要被挟出小院了，向珍如梦方醒，赶紧跑到晋旺身侧：“那个……烧我百鸟朝凤图的人，也是你吗？”

“就一副破刺绣，我烧它做什么？又不是烧你。”晋旺阴阳怪气地说了这话后，就再也不说了。

向珍抿着嘴站在那里，感觉一股冷风从背后吹来。还有其他敌人隐藏在暗处？会是谁？难不成她真的要把绣女们彻查一遍？怎么查？晋鹏走过她身边，朝她看了一眼。向珍心头一凛，暂时从混沌惶惑的状态中清醒过来，不过也是从一种混沌惶惑进入另一种混沌惶惑而已。晋鹏好像对她……又变得冷淡了？这绝不是她的错觉。好像晋鹏一沾到和周玉纹有关的事情，准确地说是和“周玉纹”死亡疑惑有关的事情，就会变得冷淡……这其中绝对有什么隐情！

向珍休息了一晚，第二天便赶往绣坊。绣坊照常运营，人人的神情都挺安定，也都带着努力工作时特有的笑容。向珍不动声色地凝视着他们。觉得他们那安定的样子都像是假装出来的，同时却又觉得都是真的；觉得他们谁都可疑，但又觉得他们谁都不可疑。

向珍觉得自己很沮丧，暗暗苦笑，她从来没有对自己的判断能力和直觉如此质疑过。难不成她已经彻底进入了混乱状态？她回到自己那小小的掌柜室里，喝了口茶。经过一段时间的凝神静思后，她察觉了自己的问题所在。不是她的判断能力出了问题，而是她的心思就不在这里。她其实还是想知道，为什么晋鹏一沾到和周玉纹的事情就会反应怪异，尤其是对她更冷淡，但是她又没有勇气立即去查去问，所以才到绣坊来逃避。不过现在看她这样子，应该是想逃避都没法逃避了。

向珍回到了晋家，鼓起勇气去了晋鹏的书房。晋鹏只是看了她一眼，就不再和她直视，快得就像蜻蜓点水一样。

“夫君。”向珍感到有些被刺激到了，也因此有了勇气开口，“我想就昨天……晋旺说的话，问您一些事。”

“那只是他的疯话罢了。”晋鹏依旧没有直视她。

“那真的只是疯话吗？”向珍已经感到自己再说下去，可能每句都是错的，但依然忍不住开口

“那你认为呢？”晋鹏轻轻地哼了一声，声音几不可闻，但依然没有直视她。

“我觉得……说周姐姐得病和我有关，估计是疯话吧……”因为这是向珍心头最大的疑惑，也因为她觉得这是最不可能的，所以她不假思索就说了出来。

然而就是这一下捅了马蜂窝。

“哼。”晋鹏大声冷笑，终于直视她的眼睛。

向珍打了个冷战，她觉得他的目光十分犀利冰冷但是不可名状。

“你是想说，他说玉纹被我害死的那部分不是疯话吗？”晋鹏盯着她的眼睛，“那你认为我是怎么害死玉纹的？我在你眼中是什么人？”

向珍吓住了。她想对晋鹏说“我不认为是你害死了周姐姐，我只是觉得你和她得病而亡可能有些关联，我只是想知道那是什么关联”，却发现这话不如不说。

忽然间，她感到一种难以言喻的心悸，不知道那是心慌，是害怕，还是愧疚，不敢再面对他的目光，赶紧低下头。

见她低下了头，晋鹏又冷笑了一声。这声冷笑是从他肺腑深处发出的，冷笑的时候还抽动了肩膀。它包含着很多情绪，向珍可以识别的一种情绪是嘲讽。不知道是在嘲讽他自己还是嘲讽她，亦或是其他她还不知道的人。

“你还是回去吧。”见她如此，晋鹏便把所有的情绪又收回了肺腑深处，沉着嗓子说：“正如我之前所说，你什么都不懂。”

向珍听话地准备离开，却忽然感到一股热力冲上喉头。

“是的，我是什么都不懂。因为我很多事情不知道……你为什么就无法直白地告诉我呢？”

晋鹏一怔，迅速把脸一侧，避开她的目光：“但是我想你现在也无法理解。”

“但是终归要告诉我的，对吧？在我有生之年……”这下换向珍死死地盯着晋鹏了。

晋鹏身体一颤，忽然抬脚便走，丢下一句略有些含糊的话：“等我把这一切处理完再说！”

他出去了，向珍呆站了一会儿，也出去了。晋鹏的行踪早已不可觅，她也没打算寻找他，只是怔怔地回了闺房。她感觉现在她和晋鹏，就像隔着一层幕布，对舞的两人。她一直在追踪他的动作，却无法碰触他。他也一直在追踪她的动作，却在她要主动碰他的时候立即缩回。这种感觉让她感到心里很空，很累，七上八下地哪一边都挨不着。

在这种感觉的挤压下，她终于对自己承认了自己之前无论如何都不愿承认的事情。

她还是喜欢晋鹏的，什么时候喜欢上的，不太清楚。一直在她心头大模大样地徘徊的，是她讨厌他的理由。然而其实仔细回想，在她重回晋家之后，晋鹏实际上没有做什么真正过分的事情，顶多是吓吓她。真正算得上是过分的，是他小时候对她的所作所为。

有人说，小孩子不管做了什么事，都是儿戏，都是不作数的。但是她不认为一个人小时候做的事情，真能和成年之后的他割裂开来。有时候，小时候的思想是足以伴随一生的。小时候做的事情，不能用一句儿戏，就能被归于无。

想到这里，向珍觉得心头发紧，下意识地按住了胸口。小时候他为什么要那样欺侮她呢？他就那样厌恶她吗？那为什么在她回来之后，他又变得那么喜欢她呢？

向珍放下了按住胸口的手。这件事情，也是必须要搞清楚的。不搞清楚，她根本无法放心大胆，更无法义无反顾地喜欢他。也许她这是矫情，也许她这是庸人自扰，随便。她要把一切都搞清楚，正因为她要认真地喜欢他。认真地感情，需要一切都清清楚楚的，不是吗？

向珍准备想办法接近被当成疯子囚禁起来的晋旺，套些话出来。现在看来很难。不过只要用心找机会，一定可以找到的。然而就在这时，忽然来了一个晴天霹雳般的消息——据门子里的人说，胡大人没有把向珍绣坊的百鸟朝凤图当作寿礼进献太妃，而是换上了家传的羊脂玉凤。向珍惶惑不安，心想是不是她的百鸟朝凤图出了什么问题，胡大人看到它的时候明明很满意啊。然而接下来又有消息，说胡大人之所以没把百鸟朝凤图进献上去，是因为胡夫人对这幅百鸟朝凤图也很喜爱，晚上掌灯赏看的时候，失了手把灯砸在了图上，把图给烧坏了。

胡大人气得半死，和胡夫人打了一架，还没打过胡夫人，脸都被胡夫人挠破了。他没有办法，只好把家传的一尊羊脂玉凤作了寿礼，太妃厌金玉，估计也只是厌恶华丽之气，这玉凤造型古朴，玉色素气，不至于让太妃不悦，但也不能让太妃多青睐，注定要湮没在诸多寿礼之中了。不过，这已经算是万幸，胡大人还没把百鸟朝凤图正式写入礼单，上表朝廷。否则不仅胡夫人要收惩处，胡大人也不得干净。

向珍听到这个消息后，感觉心头就像被根针扎了一下，恍惚了一阵，回到房中关上门，坐到床上，用帕子遮住口，无声地哭了好一阵。

她的梦破碎了。在此事发生之前，恐怕她自己都不知道她多么希望这幅百鸟朝凤图能让上人见喜，再给她带来无尽的金钱和荣耀，如果太妃喜欢她的百鸟朝凤图，恐怕京城的达官贵人都会慕名而来，找她订制绣品。她甚至幻想自己绣坊门口挤满车轿，门庭若市的场面。而现在，一切幻梦都化成了灰烬。

她哭了一阵，渐渐感到心里释然了。罢了，没人能一步登天。是她自己把成功想得太容易了。无论如何，只要她能一直保证自己的绣坊作出精美绝伦的绣品，总有一天能扬名立万的。而且，她现在已经不着急逃离了，想到这里，她不禁又是一阵恍惚，她现在是不急着逃离晋鹏了，而晋鹏对她，又是怎样的态度呢？

她擦干了眼泪，命腊梅打来冷水，洗了洗脸。一切刚收拾停当，晋鹏房中的丫鬟紫珊端着托盘来了，给她送了一碗党参炖燕窝。

向珍赶紧把燕窝接过来，不用紫珊说，她就知道这是晋鹏叫她送来的。看来晋鹏知道，向珍听说百鸟朝凤图被毁后一定非常伤心，伤心必然对身体有损，所以及时叫人送补品来给她滋补身体。

向珍一勺一勺地吃着燕窝，觉得燕窝很甜，温乎乎的。不知怎么的，她觉得这温度，像是晋鹏的体温。看来晋鹏还是关心她的，而且是无微不至地关心。可是，既然如此，为什么要和她那样保持距离呢？还有那么多不可解的行为和话语……因为这个，向珍又觉得这燕窝的当中，有那么一点点苦味。

吃了这碗燕窝之后，向珍格外想接近晋旺套话了，只是一时难以成行。然而就在这时，隐藏在黑暗中的敌人，又对她发起了攻击。几天之后，本县竟然出现了一则谣言。这个谣言其实本体是真实的事件，可被称之为“谣”的，是对这段真实事件的附加评价。它说，向珍的绣坊在绣制百鸟朝凤图的时候，百鸟朝凤图就莫名起过一次火。当时窗户门扇都关上了，图却着火了，就像是被鬼神点着的一样。此外，在绣制百鸟朝凤图的最后阶段，向珍把百鸟朝凤图拿回家，结果她所在的宅院都被烧了，简直如“天降大火”一样。最后胡夫人掌灯赏玩百鸟朝凤图的时候，还是把它烧坏了。一幅图，三次遭遇火伤，证明这图就和火有缘，注定要被毁于火中。

这谣言传到绣坊中的时候，向珍正在刺绣。一听到这话，立即把针戳到了指头上去了。戳出了老大一滴血珠，却似乎没觉得痛。造谣者好恶毒啊！这谣言，乍一听来只是说这幅百鸟朝凤图“秉性有异”，但会强烈地暗示所有人，从向珍绣坊出来的绣品可能不吉利，可能会招致火灾。时下的豪富之家，无人不怕祝融肆虐。如果人们会把向珍绣坊的绣品和火灾联想到一起，对她绣坊的生意，绝对会有毁灭性的打击。而最重要的是，造谣者用这种说法，让她找不到有效的方法打击谣言，历来要扑灭谣言，只有倚仗官府。而这个谣言，无形中帮胡夫人减轻了罪责，是向珍的绣品有问题，它被烧毁也是注定的，胡夫人失手烧毁它是“天命使然”。这个谣言的流传，对胡夫人是有利的。而胡大人，显然怕老婆，之前人们也许不知道，但通过这次百鸟朝凤图被烧事件，明眼人都看出来了。所以她去求胡大人扑灭谣言，绝对只会白费口舌。

“哎呀！掌柜的，您的手！”张商氏惊叫了一声，就是她将谣言给向珍听的，她见向珍听了谣言后蓦然双目发直，甚至将自己手指都戳出血了都似乎没感觉到，不由得吓坏了。

向珍这才如梦初醒，赶紧把手指放到口中吮了一吮。

一股血腥味在口腔里蔓延开来，她一个激灵冷静下来。现在不是惊慌失措的时候。必须想办法扑灭谣言，至少要尽可能地减轻谣言的影响，对了，第一次和第二次失火，她和晋鹏都是令人严守消息的。第二次失火，因为一整个宅子都被烧了，颇有火光，而且当时并不算晚，邻里众人应该可以看到。之后寻找纵火犯，折腾出的动静也不小，要想真正保密，本来就是不大容易的事情。若有个有心人，找些门路，应该还是可以打听出发生了什么事的。而那次在绣坊，百鸟朝凤图被烧了一小部分的事情则不一样，外人应该很难知道。知道这件事的人，应该就是设计烧百鸟朝凤图的人！

向珍把刺伤的手指从嘴里抽出来，用根布条缠上，忽然又想起了另一种可能。晋家深宅大院，说不定失了火也没人注意。奴仆们又非常惧怕晋鹏，说不定也没人敢跟外人说三道四。而晋旺，离开时只说他不是烧坏百鸟朝凤图的人，之前的陈述也只是让人觉得是他自己想要对她向珍不利，并不能代表他不是受人指使或者教唆。也许，他和那个设计在绣坊烧坏百鸟朝凤图的人是一伙的，就算不是受了他的指使或者教唆，但两人至少会互换信息，现在传播谣言的人，就是晋旺的同伙！

想到这里后，嫌犯是谁，已经昭然若揭。晋旺的行为已经表明，她受到的攻击应该和周玉纹有关。谁对周玉纹的死耿耿于怀？自然是钟辉和周玉胜！

向珍立即带人去了杨四姐家。她带了晋安，和绣坊雇的两个伙计，这两人是她直接雇的，和晋家没有直接的联系，完全可以算是她的人。除了他们，她还带了江听雨。她来到杨四姐家后，令杨三立即去给钟辉报信，叫他过来见她，至多只准带一个小厮。为怕杨三要什么花招，她和她的人都留神盯着杨四姐，把她扣在这里当人质。

第十一章 把他逼进墙角

钟辉来了，果然只带了一个小厮。

“你好啊，钟大少爷。”见到他的时候，向珍的怒火简直要从眼中喷出来，但还是克制着没有发作，她叫其他人等出去，和他说话的时候，简直有火星要从牙缝里迸出来。“我就不明白了，如果你们觉得周玉纹的死因有异常，直接报官，开棺验尸，或者是彻查此事就是了。虽然晋家有钱有势，你们家也不差啊。去见官的话，相信县老爷也不会刻意偏袒谁。如果县衙不行，就去府衙啊，虽然越级上告有风险，但是你们二位家大业大，也不算什么事儿吧。如果你们觉得你们这官司实在打不赢，又想让晋鹏不好过，你们就当面锣对锣鼓对鼓地跟他斗呗，就像前阵子，你开那什么，迎江酒楼，在商场上和他斗啊，为什么要紧盯着我这个无关的女流之辈下黑手呢？”

钟辉面无表情地听她连珠炮地说完这席话，叹了口气说：“我没有盯着你下黑招。”

“是吗？”向珍一声冷笑，“但是看您这副样子，应该知道所有的事情。”

“我知道的，只是你的绣坊被人传了谣言。”钟辉依然面无表情，“那些事都不是我做的。”

向珍看着他的眼睛，她觉得他可能是在玩文字游戏：“即便你没有做，那周玉胜呢？ 哈哈，你们是一伙的，虽然谁动手都一样，但是严格来说，他动手还不是等于你动手的，对吗？”

“不是！”钟辉的面部忽然抽搐了一下。向珍敏锐地捕捉到了这一点，接着疑心大起，看他这样子，倒像是已经被周玉胜排除出了决策圈子一样。

虽然已经感受到了这一点，但是向珍佯装不知，继续说：“你这样玩文字游戏，有意思吗？不管是你们当中谁动手害我，罪恶都是你们两个人的，即便是三岁孩童，也会这么认为。这罪过，你推是推不掉的……”

“不是！”钟辉猛地打断了她，“周玉胜在做什么，我完全不知道！他说我迂腐，做事又拘泥，已经不和我……商议了！”

“具体是什么时候？”向珍赶紧追问，找出这个时间点有很重要的意义。趁他现在情绪激动，尽量多问一些。

“什么时候……”钟辉似乎看到了往事，目光灼灼，但其中虚空，“我也说不清。我租了秦春那房子后，周玉胜每天都遣人来问我有什么新情况。那时我就说，先等等看，先等等看。然后渐渐地，他就不再遣人问我消息了。我感到奇怪，就派人问他，他说我有些迂腐，办事拘泥，说我和他之后就分开行事吧。他其实是希望我租下屋子后，很快便有所行动，其实是在考验我来着。然而，我让他失望了……”说到这里，他脸上又充满了愤愤不平之意，但也有深受挫折后的沮丧之感。

向珍暗暗苦笑。看来，周玉胜和钟辉之间还有些矛盾，互不信任，互不待见。本来她以为钟辉开迎江酒楼和迎福酒楼竞争是表示他和周玉胜要和晋鹏在商场上决一雌雄，但现在看来，这恐怕是钟辉个人的行为，周玉胜并不打算这么做。而且只开一家酒楼，也实在不像是正经要跟晋鹏商战的样子。他开一个酒楼，可能只是试一试水。为什么只是试水，恰恰证明他做事拘泥，犹豫不决，或者另有目的……

“你在想什么？”钟辉见她皱眉凝思，反倒问起她了。

“哈。”向珍没有说话，只是苦笑了一声。她忽然觉得，周玉胜对钟辉不待见、不信任的原因恐怕还有一个，就是他做事没有计划，任意而为。如果他是真心想和晋鹏作对，不应该只开一家酒楼，不，也许不是这样。他这种行为，只是证明他很犹豫。他在晋家旁边租屋，却迟迟没有什么像样的行动，也证明他很犹豫。他犹豫的原因，是不是他在晋鹏面前感到自卑呢？

严格来说，这只是她的臆测，但是知觉告诉她就是如此。不过，现在研究钟辉可不是当务之急。看来周玉胜在暗处一直想要打击晋家，而且是另一套做法。如果晋旺有同伙，说不定是他。从钟辉的话里推测，放火烧她百鸟朝凤图的幕后黑手，也可能是他。而且他行动的时候，连钟辉也没告诉。她得再去细细调查周玉胜一下才行……

钟辉见她不说话，竟然继续问起她了："我打听到了一些有关你的事情。"

"哦？是什么？"向珍的心思不在他身上，只是随口一答。

"你一开始不想嫁给晋鹏吧，曾经竭力想逃离，却被他依势强逼，订下了婚约。你拼命经营绣坊，也是为了逃离晋家吧。"

向珍一激灵，这感觉就像心窝被猛力击中，这件事被人调查出，并没什么稀罕。她的反应如此剧烈，是因为此事正让她柔肠百结。

"你现在还想走对吧？"钟辉说。他之前的几句话充满了肯定，这句话却是疑问的语气。

"你是什么意思？"提及这个问题后，向珍异常敏锐。

"我觉得你好像不想从晋鹏身边逃开了呢。"钟辉面无表情地看着她，但其实有无数激荡的情绪藏在深处，就像藏在厚厚的冰面下的急流，"他很有魅力吗？"

向珍抿了抿嘴，钟辉这句话在本来就不平静的心海里投下了一块巨石，掀起了滔天的巨浪，但是她脸上波澜不惊："我的事情不需要你管。"稍微停顿后说："我的心思也不是你能猜度得了的。"

"好吧。"钟辉依旧是面无表情，忽然拿出自己的钱袋，从里面掏出四个黄金元宝，放在桌上。

"这是黄金二十两，我自己带来的。金锭上没有标记，这里也没有别人，没人能证明是我给你的。"

"你这是什么意思？"向珍感觉自己被黄金的光彩刺到了眼，心里也开始慌燥起来。

"这些黄金，你可以随意拿去用，买房置地都可以。"

向珍抿紧了嘴巴，按照现在的市价，二十两黄金就是二百两银子，一亩良田八两银子，这二十两黄金就可买二十五亩良田。

“这钱我不能要。”她硬梆梆地说。

“我就放在这里，要不要随你。”钟辉竟然转身出去了。

向珍盯着那四锭黄金。黄金散发着诱人而又迷幻的光彩。对她来说，这可不只是钱，只要善用这钱，她的前途、她的人生都会有很大改观。

她慢慢地伸出手去，在快要碰到黄金的时候，忽然像被蝎子蛰了一样猛地把手缩回来。之后却还是把黄金拿到了手里，紧紧地攥着。

罢了，管他有没有什么阴谋呢。历来要成大事者，就不能怕风险。要想火中取栗，就不要怕手会被烫出燎泡。她先用这些金子置办资产，若有后患，就兵来将挡水来土掩！

她本想把这金子偷偷地袖回家，走进晋家大门的时候，却改变了主意。她走到晋鹏的书房，把金子放到了他的面前。

“这是什么？”晋鹏立即意识到这些金子来历非常。

“我刚才去质问了钟辉，问他是不是传播谣言的人。”向珍记得晋鹏不让她和钟辉接触，却故意说出来，看看晋鹏是什么反应。

晋鹏却没有反应，表情依然是淡淡的。

向珍感到心头沸热混乱，就像有锅热油要开了，但是勉力让自己的脸色也是淡淡的：“他说他不是散播谣言的人。但是不知道周玉胜会不会这么做。他说周玉胜嫌他做事拘泥，漫无计划，已经不带他玩了。”

“哦。”晋鹏不动声色地朝她看了一眼，“那这些黄金是怎么回事？”

“他说，这些黄金我可以随意拿去用。”向珍目不转睛地瞄着他。他应该知道的吧。这些黄金会成为她事业发展的助力，她的事业一旦做大，就有离开他的资本。而且，她之前也一直努力要从他身边逃走来着，他看到这些黄金，会不会很受刺激？

“那你就拿去用啊。”晋鹏竟然只是淡漠地说了一句。

向珍的感觉不亚于高楼失足，膝盖也不由自主地一软，差点一个趔趄。他毫无反应？怎么会这样？他不怕她逃走吗？还是她对他来说，真的已经无足轻重……

向珍及时制止了自己的胡思乱想。只是因为继续想下去只会让自己的心变得更乱。她现在又不能把他的心掏出来看看，光是乱想也不能让事情朝着自己希望的方向发展。这样想之后她忽然感到一股充满力量的怒意，对着晋鹏挤出冰冷的微笑，把黄金慢慢地收入袖口："那我就拿去尽情使用了。"然后款款告辞。

向珍在用金子之前，找了个金匠，把四个大金锭熔了，重新铸成二十枚一两的小金锭，虽然钟辉说这金子没有标记，她也没看出什么，但是觉得还是给它们来个彻底的改头换面比较安全。她怕金匠重铸的时候偷她的金子，不仅重铸前后都要把金子过秤，在金匠重铸的过程中，她也带着家人盯着他。

向珍用十六两金子，买了城西的二十亩良田。时下之人，拥有田地，要么是租给别人种庄稼，要么就是自己雇工种庄稼。但是向珍不打算这么做。她打算把这二十亩地全部种上桑树。本县城虽然作绸缎生意的人不少，但是没有几个像样的织造绸缎的商家。县城里更大店铺的绸缎，大多是行商从外地贩来。她不仅要自己种桑树，还要集蚕造丝，雇佣工人，开办厂房，制造绸缎来卖，剩下的四两金子，她就打算用在这些上面。也许不够，她手里已经有了些私房钱，再添补些，应该便可。

不过，虽然本地没有几个像样的织造绸缎的商家，如果她的绸缎质地不高，也是没有销路的。要想提高绸缎的质量，必须有好的桑叶供应、好的织工，最重要的是要有好的蚕种。

手机高超的织工和上好的桑叶种子都不难找到。比较难得的，是好的蚕种。桑树还没长成？以何喂蚕？找种桑之户收购桑叶便可。本地还是有些桑农的。只是因本地没有像样的织造商，这些人的桑叶长期属于供过于求的状态，大多都用于自家，养蚕生丝，做些粗陋的绸缎，也卖不上几个价钱。若有人愿意收购，对他们来说自然是求之不得的事情。

目前来说，首要的事情，最需要费神的事情，就是寻得优良的蚕种。本地的蚕种皆平庸。要想找到好的蚕种，得到外地去寻觅。对于谁家有好的蚕种，向珍现在根本没有头绪，只得慢慢寻访。

然而现在对她来说，最迫在眉睫的并不是寻找蚕种的事情。现在县城里谣言越传越广，已经影响到她的生意了。向珍知道自己必须尽快想办法掐断谣言，但是找不到办法，这谣言从一定程度上来说是给胡夫人减少责任，得不到官家的支持，怎么辟谣都没用。她在床上翻来覆去，想了半夜，忽然灵光一现。接着暗笑自己怎么这么傻。

对方是拿胡夫人将了她一军，但她也可以利用胡夫人反将对方。

身上只沾一滴污渍，好过沾上一片污渍。身上只沾一滴污渍，却又远不如片尘不沾。她就要向胡夫人，说明她应该让自己“片尘不沾身”。

当然了，她本人是无法亲身去给胡夫人洗脑的。她得找一个能在胡夫人面前说得上话的人。谁呢？就是卖花翠的徐婆子。

徐婆子也是个人精儿，县城里上层的人物家家都买她的花翠，胡夫人对她也非常青睐。她能做到这一点并不是因为她家的花翠是异宝奇珍，而是因为她嘴甜，善于见风使舵，每句话都能说到那些阔太太心里去。有时候，要往富贵之人的耳朵里吹风，就得靠这种身份低微的人精儿。这些人，多会说话还是其次，最重要的是，因为他们身份低微，富贵之人对他们没有戒心。向珍就打算把这位徐婆子请来，对胡夫人吹吹风。

因为人精识人精，徐婆子和张商氏认识，虽然不是挚友，但也是可以说得上话的关系。张商氏很快就把徐婆子请来了。徐婆子见到向珍时，先是异常恭敬地福了一福，然后眼珠一转笑了。

向珍一惊，接着也在心里笑了。徐婆子果然是个人精，分明已经知道她请她过来有事相求，而且表示只要在自己能力范围之类，就会鼎力相助。

向珍叫张商氏给她倒了一杯碧螺春，然后请张商氏出去，从腕上脱下一对金镯子给她，要想让她把事情办好，必须给她重礼。这对镯子不仅份量重，而且镶嵌了一对明珠。这是晋家给她的首饰。她之前“置办私业”之时是不敢动用它们的，但是现在“为公办事”，动用它们便是天经地义。

见了这对镯子，徐婆子的眼睛立即变得比镯子上的明珠还亮，表示自己必将尽心尽力为向珍办事。于是向珍便叫她靠过来，如此这般地跟她交代了一番。

交代完之后，徐婆子走了。因为徐婆子身负重任，向珍亲自送徐婆子出来，结果看到晋鹏房中的丫鬟紫珊在花树边一探头。向珍心头一动：难不成……晋鹏其实还是关心她的？一股难以言喻的复杂情绪涌来，向珍的心头何止五味杂陈，简直像有千味万味一直泛起一样。不过，在这片混乱情绪中，只有一种滋味是确定的。那就是她一定要凭自己的本事把这件事料理了，不辜负他的关心，也让他看到，她还是有能耐的！

第二天傍晚，徐婆子去了胡夫人府上，说她新进了几款样式新巧的花翠，想第一时间请胡夫人过目。胡夫人看过了，她才敢卖。胡夫人见她如此殷勤恭敬，对她真是感激不尽，立即叫她来自己身旁坐着，并把她带来的花翠，一样一样地看。越看越爱，当然会越看越爱了，这些花翠徐婆子就是按照她喜好挑选的。

徐婆子觉得时候差不多了，就佯装无疑地开了口："夫人啊，就在这几天，我听到有人在乱传夫人的闲话，把我气了个半死。"

一听这话，胡夫人的脸立即阴得要滴出水来。徐婆子假装没看见，义愤填膺地继续说："他们竟然说，胡大人用玉凤代替那个百鸟朝凤图当寿礼，是因为夫人失手把百鸟朝凤图烧坏了。我当时就训他们，说夫人为人精细，又是大福大贵之人，怎么可能做这种事呢？我叫他们全都不要胡说八道。"

胡夫人的脸色转好了少许，并且藏了少许羞惭的神色。她见徐婆子对她如此的"信任"和"崇敬"，对她的喜爱之情又增加了几分。

徐婆子继续假装什么都没发现，继续说："依我看啊，胡大人不把百鸟朝凤图供上去，是因为它毕竟只是一份绣品，就算手工再精细，感觉上也总像一份薄礼，和皇家的体面不合。相比起来，玉凤自然更适合了！"

胡夫人脸上羞惭的神情更重，却忽然想到了什么，眼珠开始迅速地转动。

"其实也搞不清楚这些人，干吗要就这件事情胡猜乱想，说三道四。"徐婆子知道自己的任务几尽完成，心头狂喜，却依旧佯作无意，"给太妃娘娘办寿礼，胡大人是自己掏腰包，想送哪个上去，就送哪个上去，他们管得着吗？还就此胡猜乱想起来了，真是脑子有病啊！"

其实，官家给皇家办寿礼，官员是不可能自己掏腰包的，都是动用公款。这个懂点世故的人都知道。但是对外，没有一个官员会说自己是用了公款买寿礼，都会说是自己掏腰包。

胡夫人听到这里，整张脸都亮了起来。徐婆子点醒了的话点醒了她。干吗要默认自己烧了百鸟朝凤图，显得她像个蠢蛋和败家娘们一样。对外就说，百鸟朝凤图在胡大人经过深思熟虑后，被淘汰下来了，根本没有被烧。图到哪里去了？胡大人用自己的俸禄订制的，你们管得着吗？对外她就打算让胡大人说是自掏腰包办寿礼，正好最终他是用自家的玉凤当的寿礼，对外也圆得上，这样她就可以“片尘不沾身”了。

这正是向珍所希望的。昨天她细细教会徐婆子说这番话，为恐她遗漏，还叫她反复对着她重复了几遍。徐婆子不愧是个人精，很快就学会了，一字不露，跟人复述的时候，也丝毫看不出是别人教她说的。第二天官府就出严令辟谣，谣言很快就平息了。对于非利益相关人士来说，谣言一平息，谣言在心头的影响就淡了。绣坊的生意，很快就恢复了。

向珍这才松了口气，为了嘉奖自己，让晋府的厨子给她做了一桌宴席，并备上了好酒。向珍自认不胜酒力，只命厨房给她备了惠泉酒。没想到黄酒后劲很大，她喝了一些之后，就有些晕晕乎乎了。然而脑子里虽然晕乎，但心里有种莫名的躁动。

她就这样斜靠在椅子上，一手托腮，眼神朦胧地看着门口。不知怎么回事，她想去找晋鹏。找他也没别的事情，就是想要见见他。至于见过他之后要做什么，她心里完全是一团粉色的混沌，就是想要见见。其实，她把问题解决后，是希望晋鹏能对她有些表示，然而他那边却完全没有动静。

她终于忍不住了，浑浑噩噩地走出了门。就在这时，忽然一个黑影一掠而过。向珍一惊，接着汗出如浆。感觉喝下去的酒全变成冷汗跑了出来。恢复理智之后，她回想刚才心中的躁动，觉得羞愧难耐，赶紧跑回房里。而刚才吓了她一跳的那个黑影，其实是只小小的黑猫，正躲在草丛里，好奇地看着她。

向珍开始考虑蚕种的问题。然而这天，有关蚕种的事情，竟然自动找上门了。绣女们在绣坊里，虽然已经属于出门工作，但是在绣坊里，还是处于大门不出、二门不迈的状态。因此还是感觉枯燥寂寞，如果有货郎或者卖小东小西的人经过，都会出来看。

这天，有个卖杂货的货郎经过，波浪鼓摇得咚咚响。一大半绣女暂且停下了手中的活计，出去看他有什么新奇的小东小西。货郎的担子里，无非就是些仿冒银簪的锡簪子、小绒花、瓷娃娃、蔑丝儿编的蝈蝈、泥老虎之类的廉价小玩意。绣女们也不是多稀罕买这些东西，主要是想听听他们走街串巷听来的新鲜事儿，等听够了，再随便买些东西算是“话费”。

这个货郎是扯淡高手，扯起闲事来跟说书一样好听。向珍今天也有些疲惫，便也倚在门边，只露出耳朵，听货郎闲扯。

货郎扯着扯着，忽然说到了苏大掌柜家的事情。因为苏大掌柜家和她有过龃龉，她听到的他家的事情的时候自然会格外敏感。

“我跟你们说啊，苏大掌柜，最近要买一种新的蚕种！”

蚕种？

向珍骇然失笑，心想这真是太巧了，更加凝神细听。

“那天，他家的佣人在门外喝闲酒聊天，而我正好打酒回来，还买了些下酒菜，见他们那边也是有酒有菜，也挺热闹，便加入他们了。结果听到他们说啊，最近在城西头，有个行商，叫吴四，从四川那边，带来一种顶稀罕的蚕种。据说这个蚕种啊，是从四川山里的一个古寨里弄到的。据说这个寨子与世隔绝，养着一种蚕。这种蚕吐出的丝，超级好，他们把这种蚕称为‘天蚕’，当宝贝般养着。”

“吴四是因为走山路的时候迷了路，才误打误撞地走进这个宅子里的。他见这种蚕这么好，便想向寨民们买蚕种，但是寨民们不愿给。他便偷了些蚕种，藏到手杖里，偷偷地带了出来。回来之后，他就想把这些蚕种卖给苏大掌柜。苏大掌柜很想要，但是嫌他卖得贵，暂时不愿吐口，两人就那么僵着呢。我说这吴四啊，也属于想不开，干吗只盯着苏大掌柜啊，把消息放出去，不怕没有有实力的商人，找上门来，花高价买呢。”

向珍听了后，不以为然。苏大掌柜是本县仅有的有实力的织造商，而在本省，他在织造方面虽然不能算是第一，但在织造商中，家财却最是雄厚，除了绸缎生意外，他还有很多田地和买卖，吴四回来后，直接找苏大掌柜，是很正确的选择。如果苏大掌柜不要，他再去挨个找其他织造商。这种宝贵的蚕种，不是人人都可买的东西，广放消息其实毫无意义。再说他这蚕种是偷来的，如果广放消息，被别有用心的官府中人听到了，勒索他些钱财，也是难说的事情。历来差役门子这些人都是又贪又狠，连苍蝇头上的血也不会放过。而这件事被这货郎这么一传，恐怕很快就会人尽皆知了……

诶？听到这里向珍忽然一凛。这货郎，不会是特意到她门前说这种事的吧？她仔细看货郎的脸，发现眼角上隐隐有淤青，腮边有一颗大红痣，便在心里记下了。等货郎走后，便打发一个聪明伶俐的伙计，找人打听这货郎的事情，货郎属于走街串巷的人，有很多人认识，要打听他们的事情不算难事。

伙计打听到，这个货郎名叫罗大全。之前常到苏大掌柜家卖东西。而昨天他到苏大掌柜门口摇波浪鼓的时候，货郎用的波浪鼓也被叫作‘惊闺’，声音最是响亮，苏大掌柜正好喝醉了酒，心情不好，觉得这声音很吵，出来将罗大全踢打了一顿。罗大全脸上的淤青，就是苏大掌柜踢打出来的。

向珍听了后暗自皱眉而笑。这罗大全真是个有心人。他想要报踢打之仇，却知道自己惹不过财大势大的苏大掌柜，所以就跑到向珍这里，因为上次那事儿，县城里的人几乎都知道她和苏大掌柜有龃龉，想叫向珍先下手为强，买走那些蚕种，以此达到报复苏大掌柜的目的。

向珍想到这里后，只是撇嘴冷笑。没想到小小一个货郎也有如此心思手段。她一生不喜欢当别人的刀枪，但是对那些听起来十分神奇的蚕种，又感到十分好奇，忍不住想去看看。

说去就去。她这天下午，就让张商氏打头阵，自己则戴着垂着面纱的斗笠，带着晋安和腊梅跟在后面。以她的身份，不能和吴四这种底层行商直接讨价还价。而且因她的生活圈子，她也不怎么会和这种底层行商打交道。

吴四的家到了。有些破的三间茅屋，外面竖着一圈糊着土的篱笆墙。吴四正坐在窗前喝酒，他的酒味很大，一闻就知道是那种低劣的烈酒，闻着都割鼻子，一眼便瞅见他们来了，赶紧出门迎接。

张商氏最善于和这种人打交道，几句寒暄之后，她就和吴四以“老姐老弟”相称了。吴四殷勤地请他们去屋里做，搬过几条凳子来，请他们坐。

吴四问他们来要买什么。说他这里从外地带来的好鼻烟壶，还有汉白玉的烟嘴，以及南边最时兴的刨花油。

“这些我们都不要。”张商氏笑着说，“我们想来看看你从四川带回来的好蚕种。”

“诶？”吴四露出了惊诧的神情。

向珍一直藏在面纱后不动声色地审视他，看到这里暗暗点头。吴四这样的反应才对。如果他没有显出惊讶的神情，她就要怀疑是有什么人设下陷阱，故意引他们来了，虽然罗大全的行为看似合理，但这些年的各种经历已经教会她，面对各种事情，尤其是牵涉到钱和敌人的事情都要多留点心。焉知罗大全和苏大掌柜是不是串通起来搞苦肉计？

“这个蚕种啊……”吴四缓缓地说，“的确是好蚕种呢，带回来也挺难的，所以价有点高哦！”

“价钱不用担心。”张商氏笑着说，“我们掌柜的名头，想必你也听过。只要你的蚕种够好，我们掌柜不会在意价钱。”

吴四咧着嘴，牵动着鼻翼笑了，从柜子里拿出一个葫芦，从里面倒出几个蚕种，放在手心里，给向珍他们看了一下。向珍这些天来恶补有关蚕种的知识，对蚕种已经有所了解，看出这的确是好蚕种，不过到底好到什么程度，却是一时难以确定。

“喏，是好蚕种。”吴四把蚕种倒回葫芦里，然后露出奸商要价时必有的笑容，“价钱可不便宜哦！”

张商氏回头朝向珍看了看。向珍微微把头一点。张商氏便笑着从袖子里掏出一锭一两的小金元宝，放到桌子上。吴四一见到金子，眼睛都直了，立即把金元宝拿起来，放到嘴里咬了一下，确定是真金之后，更是露出了馋涎欲滴的表情。然而就在向珍他们以为这生意即将谈成的时候，却见吴四把馋涎欲滴的神情硬压下去，把金子轻轻地放回桌面上。

“怎么？嫌少？”张商氏大为惊诧，“这可是一两黄金，合十两银子，一亩多地呢！”

吴四没有说话，还把目光垂下去了。

向珍审视着他，暗暗咬了咬牙。也不奇怪。罗大全不是说，他先是找苏大掌柜推销，还嫌苏大掌柜给的价低，不愿卖吗。苏大掌柜不是给不起价的人。吴四不把这一两黄金放在眼里，倒也正常。不过……她忽然发现一件事情很奇怪，那就是吴四刚才一看到黄金就是一副馋涎欲滴的样子，有点不像是见过大钱还拒绝过大钱的人啊？

张商氏又回头看了向珍一眼，却见向珍若有所思，似乎没听见她的话，只好自行跟吴四讲价："哎呦呦，我的老天爷，这可是一两金子啊，你那个蚕种再好，也只是蚕种而已。这已经是天价了！"

吴四依然没有说话，只是盯着地面，就像地上有万两黄金一样。

张商氏没有办法，只好又以晋家的财势来压他："我们掌柜是什么身份，想必你也明白，她愿意纡尊降贵，亲自来这里看你的蚕种，已经是……"

"吴老板。"就在这时向珍忽然开口，"你这蚕种，是什么时候带回来的？"

"啊？"吴四一激灵，"这是我一个月前从那寨子里带出来的……"

"一个月前？那你是刚刚到家？四川离这里可不近啊。"

"是啊，我三天前才到家的嘛！"吴四说，"向大掌柜，你是不是担心时间长，蚕种会死？放心，蚕种不会有事的，我一路上保存得很好。再说蚕种的生命力可长呢，再存个几个月，照样可以孵化……你不知道吗？之前还有先贤，把蚕种运过丝绸之路，送到天那头呢。到了天那头，蚕种也照样被孵化了嘛！"

普通小民不知道已知的国度之外有什么，用个"天那头"涵盖一切。

吴四一边侃侃而谈，一边偷偷地朝向珍瞄了一眼。他这个眼神中隐隐的有讪笑的意味，像是在嘲笑向珍竟然连蚕种可保存的事件都不知道，真是个外行。向珍这边的人都发现了，都感到愤怒，张商氏更是忍不住要斥责他，向珍却似乎丝毫不以为忤，只是微微一笑："只要蚕种好好的就行。"

"那，向大掌柜，你准备出多少价买我的蚕种啊？实在价。其实啊，讨价还价是件最没意思的事情，不管之前怎么斗嘴，最后不都是还要按实在价成交吗？"吴四盯着向珍。

向珍面沉似水，再加上隔了一个面纱，心思更让人难以捉摸。

"这样吧。"向珍开口了，语气和她的表情一样淡然而不可琢磨，"你这蚕种，的确是好蚕种。不过我们做生意的，钱也不是大河淌来的，出大钱的时候都要考虑清楚。我先回去考虑考虑，然后再给你答复。"说着她便告辞，带着张商氏他们走了。

在路上，张商氏困惑地看着向珍。虽然她一直知道向珍“很有心思”，但是之前从没有像今天一样，完全看不懂她，忍不住悄悄问向珍：“大掌柜，您是真打算买他的蚕种吗？”

向珍笑而不语，过了一会儿才说：“你先别慌，之后有戏。”

向珍回到了晋家，想回闺房休息休息，没想到刚进闺房，就发现晋鹏坐在屋里。她感到一阵激动，之后却又感到一股莫名的怒意，正是这怒意让她没有露出激动的神情，只是淡淡地朝晋鹏一笑：“夫君有何事？”

她的笑容很是微妙，让人一看就知道那是假笑，而且她就是让晋鹏能看出她是在假笑。

“听说你去找城西的吴四去买蚕种了？而且是因为听了货郎罗大全的话？”晋鹏一上来就质问她，不知道是因为她的假笑还是因为她的所为。

“哦？”向珍故作惊诧地朝晋鹏看了看，“我以为晋旺走了，您就不会很快便知道我这边的消息了呢……难不成，您还又拜托什么人，让他关注我这边的消息，一有风吹草动就向您汇报？”

晋鹏的脸红了红。

向珍盯着他，故意捂着嘴“吃吃”地笑了几声：“没想到夫君对我这边还这么关心呢……其实夫君，您不用这么绕弯子，什么事儿，直接问我就行了。”

晋鹏腮边的肌肉抽搐了一下，猛地打断她：“我问你是不是去吴四那里买蚕种了？不会已经买了吧？这里面有阴谋……”

“当然有阴谋了。我知道。”向珍提高声音说，“吴四、罗大全和苏大掌柜都是串通好的。他们是想用苦肉计诓我！”

“嗯？”这倒是大出晋鹏意料之外，“你已经知道了？你是怎么查到的？”

“我没有去查。”向珍的声音和语气都回归正常，不慌不忙地说，“我是从吴四的脸看出来了。吴四说蚕种是他一个月之前从四川带出来的，他三天前才到家。但是蜀道难走，出川后也照样要车马劳顿，风餐露宿。如果他真出了这么一趟远门，还是三天前才到家，那脸上必然有很重的风霜之色。但是他脸白白嫩嫩，就像从未出过远门一样，所以我认为他说去四川弄蚕种是说谎。而一件事情里，一处有假，就可能代表整件事都可能是假的。再加上这件事又和苏大掌柜有联系，他们家现在算是和我有仇了。依此推算，这件事肯定是苏大掌柜设计我，想让我出高价买那些蚕种。那些蚕种肯定不是从四川来的，虽然看起来是好蚕种，但里面肯定另有陷阱。”

晋鹏暗暗点头。向珍只是发现一个细节，就推测出了所有内幕，的确了不起。不过，虽然对她赞叹敬服，但他一点都没有表示出来。

“不过话说回来。”向珍又恢复之前那挑衅和戏谑的神情，还带了几分幽怨，“刚才的问题，你还没有回答我呢。你既然对我这边的事情这么关心，为什么要一直对我这么冷淡，甚至故意避着我呢？”

晋鹏没有说法，而是侧过脸去。看他侧脸的速度和力度，就像是被什么东西打向脸颊，迅速避开一样：“好了。既然你都知道了，我也就没什么可交待你的了。”

“你别走！”向珍见他要走，猛跨一步挡在他的面前。

晋鹏吃了一惊，猛地退了一步。

向珍被他这个动作激怒了。他这样，就像是生怕碰触到她，或者是会碰触到她，甚至生怕离她过近一样。

她盯着他的眼睛，狠笑着朝他迈进了一步。

晋鹏吃了一惊，赶紧朝后退了一步。向珍又猛地追了一步。她离他的距离已经很近，几乎要碰到他了。

晋鹏更惊，忽然厉声说：“你看你这是什么样子？”

向珍一惊，接着如梦方醒。她竟然是在对晋鹏步步进逼？顿时感到难以言喻的羞愧和惊恐，捂着脸后退了几步，感觉简直像在捂着火炭。这可是之前她做梦都不会做的事情啊！可是刚才，就有一种莫名的冲动，让她什么都忘记了。

见她“恢复了常态”，晋鹏便镇定下来：“还真是吓死人了。刚才的你简直像头母狼一样，像要把我连皮带骨头都吞下去。”

“我不是要吃你。”向珍用力地在脸上抹了几下，想把脸上的温度降下来，却是徒劳的，“我只是想要个实话……这到底是怎么一回事？”

“得到实话之后呢，你又想怎样？”晋鹏冷冷地看着她的眼睛。

向珍呆住了，接着脸烫得几乎没了感觉。看来她必须坦诚面对自己的心了。她已经不想逃走了吧。已经想顺水推舟，嫁给晋鹏了吧。最近真正搅扰得她心神混乱的，是在她嫁给晋鹏的路上出现了阻碍，而这阻碍又动摇了她想嫁给晋鹏的心，才让她极慌极怒，以至于不知所措……

就在这时，一种难以言喻的嫉妒和愤懑涌上心头，反而让她迅速镇定了下来，于是将她的惊慌和害羞硬压下去。

“之后自然是要好好跟你过日子了。”她款款地朝晋鹏一笑。

晋鹏没想到她能如此彻底而又迅速地冷静下来，简直就像变身了一样，眼眸中又出现了少许慌乱。

向珍眯起眼睛笑了。晋鹏越慌张，她就越镇定：“夫君，有句话，我觉得我应该说。过去的事情，就过去了。不管你是什么想法，它都过去了。无法被改变，也无法回来。而过去的事情，不管怎么被隐瞒，也总有被人知道的一天。然而正因为它已经无法被改变，因此也没有被隐瞒的必要。所以我觉得夫君您还是尽快把一切都坦白告诉我吧。”

“你还是在用刚才的话当挡箭牌。你根本不只是想要知道真相。你只是想在知道真相后，把相关的阻碍扫除，好好地跟我过日子，对吧。”晋鹏冷笑着说，一股冲动慢慢地在他脸上显现，越来越明显。向珍的心开始狂跳，却又辨不清他的这种冲动是什么。

“好好地过日子，才是你的目的。”晋鹏继续说，“现在你这么渴望我了吗？那你一开始那种拼命逃避的样子，是不是在故作姿态？”

向珍的心头像是被什么东西刺了一下，蓦地感到剧烈的羞辱和羞愧的感觉。然而随即便感觉晋鹏可能是故意激发她这种感觉，本能地想要抵御和反击，以至于无暇细思他这话的用意。

“过去的归过去，现在的归现在。”她又款款地朝他一笑。

晋鹏从鼻子里哼了一声：“那我小时候欺负你——用木屐砸你的事情，你还记得吗？我记得你那时可是痛得哇哇大哭啊。不想问是什么原因了吗？”

向珍猛地呆住了。经年的伤疤被揭开时是最痛的。因为这件事，她记恨了他整个童年，不止是童年，到现在，她是否还因此事对他有恨意，也依然是件难以说清的事情。对啊，他那时为什么要这样对她？这个问题暴风般从她心底席卷而起，瞬间让她真正彻底地冷静下来。然而因为冷静得过火，让她反倒有种呆痴的感觉。

“看来你终于冷静下来了啊。”晋鹏从鼻子里哼了一声，他也终于彻底冷静了下来，说罢转身就走，忽然想起了什么，又转过头来：“有件事我也要跟你说清楚。你不要再逼问我这、逼问我那了。更不要用诡计查东查西。等到我把一切处理完了，自然会把事情都告诉你，但是在那之前……”说到这里，他的语气和嗓音忽然变得湿浑沉重，“这也是没有办法的事情。因为你根本什么都不懂……什么都不知道！”感觉就像他很委屈一样。

这种感觉刺激到了还有些呆痴的向珍。她本想说“小时候明明是你欺负我，我回来后也明明是你各种逼迫我，你有什么委屈的”，这句话也如火弹般冲到了她的喉咙口，但是她什么都没说。他这种样子，不像是装出来的。有什么重大的事情她不知道？他揭开她经年的旧伤，又是为了什么？

向珍忽然有了种奇怪的感觉，晋鹏把这件事拿出来，还是为了保护他自己吧——被揭开伤疤后，她的注意力被引开，就不会再紧逼他了。难不成……这代表他已经被她逼到墙角了？向珍感到一阵悸动，竟然是又害怕又兴奋。她细品着这份心情，忽然有些诧异，说起来，今天她是十分主动了，她是这种人吗？

应该就是这种人吧，她之前做事固然是走一步想三步，一步不敢多行，一步不敢少走，但那只是她行事谨慎内敛。对于她想要的东西，她历来是坚定地争取，而且是不达目的誓不罢休，必要的时候，也敢孤注一掷。今天的她，只是“主动了些”，还没有孤注一掷呢！

第十二章 万万想不到

几天之后，向珍终于收购到了合适的蚕种，毕竟她愿意出钱，再适当地放出消息，就有人主动上门推销了。这蚕种虽然不是特别出色，但也过得去。向珍收到蚕种后就安排孵化的工作，之后便是养蚕、造丝、织绸缎……因为有了新的买卖，她雇的人又变多了，可使唤的人也更多，历来雇工的家人，也是可以动用的资源。向珍忍不住想要派个人，去查查苏大掌柜的阴谋具体如何。

于是她就和雇来的工人细细唠嗑，得知他有个亲戚，是个赤脚医生，叫李勤，成天走街串巷，卖点自制的小补品，给人看点小病什么的。这类走千家串万户的人，打听消息最是适合不过了。而且，治病还能登堂入室，能看到听到别人看不到的事情，也能打听到更深的消息。苏大掌柜当然不用这种人给他看病，但是他家里的下人们需要。他家下人的亲朋好友也会需要。而下人们和他们的亲属们往往没有多少严守消息的自觉，从他们嘴里挖信息应该不难。

向珍便把那个李勤喊来，赏赐了些银两。并且许诺，如果能打听到消息，还有重酬。李勤欢天喜地地接了赏赐，并且保证，他“无论如何”都要打探出有用的消息来向向珍汇报。

向珍刚把李勤打发走，晋云房中的老妈子惠嫂就来了，为了方便办公，向珍在桑地旁边也建起一栋屋子，作办公用。惠嫂从小便伺候晋云，算是晋家的一等奴才，她亲自来请向珍，证明事情非同小可。向珍赶紧跟惠嫂去了。

是晋云要见她，一进晋云书房的门，向珍就对着晋云亲热的一笑，这是小辈对长辈时最适宜的笑容，非常的乖顺可爱。然后规规矩矩地请了个安，然而晋云表情严肃，见她请安，只是“嗯”了一声。

向珍心里打起了鼓，晋云可从来没有对她露出过这样的神色。强笑着问晋云：“请问父亲大人找我……有什么事吗？”

晋云依然是绷着脸，审视着她的眼睛：“你这阵子，忙着做生意，很累吧。”

“也不算累……”向珍继续强笑着，心里揣摩晋云说这话到底是什么意思。

“我看你应该挺累。”晋云的话中，似乎有讽刺的意思，又似乎没有，“分明比以前瘦了。”

向珍完全不知道他是什么意思，不敢言语了。

“唉……”晋云见她害怕，又有些不忍，干脆实话实说了，“我之前，让你去做绣坊的掌柜，只因为你说你想要在做管家奶奶之前历练一下。我以为你只是稍微练练手。但是没想到，你倒像是十分认真地干起事业来了。听说你还买了几十亩地，种起桑树……这钱，听人说是晋鹏给你的？”

向珍低着头，没有说话。二十两黄金就相当于二百两银子，这在哪里都是一笔大钱。她知道使用它必然引人侧目，所以对外就说是晋鹏给他的。这钱他知情，是他让她随意用的，也算是他给的。

“你这么认真地做事业，我觉得已经出了历练的范围。”晋云看着她，恨不能看到她的心里去，“你是不是遇到了什么事情？”

向珍没有说话，依然是低着头。她没想到在这当口晋云会对她质疑并且发难，她该想到的，但是因为晋云之前对她太慈爱，她就放松了警惕。

“或者是……你另有什么打算？”晋云看向她的目光中疑惑更盛，不知不觉间，语气也变冷了。

“她是另有打算。”就在这当口，晋鹏忽然进来了。晋云一激灵，向珍的脸色则灰了，他想干什么？对晋云说她其实心怀二志，努力想逃出晋家吗？想到这里，向珍的心也灰了。这样的话，晋云一定会对她失望的，虽然他一开始怕她委屈，帮她逃离晋鹏的手掌，但在她答应做他的儿媳的时候，他内心深处肯定还是觉得她做他的儿媳更好。而且这阵子风平浪静，她也努力按照好儿媳的标准表现，如果他忽然发现她其实是在暗渡陈仓，那他岂不会对她非常失望，并且觉得她阴险不真诚呢？

晋云皱着眉头看着晋鹏：“她有什么打算？”

“她的打算，就是想挣很多很多的钱，成为一个女富豪。”

晋云的眉头皱得更紧，看向向珍的目光也更疑惑。

向珍的脸已经灰透了，现在则渐渐转青。

晋鹏从眼角瞥了向珍一眼，见她脸灰着，眼中露出一丝似笑非笑、若有若无的笑意：“她跟我说，她几乎从小就依靠我家生活，吃的、穿的、用的全是我们晋家的，她自己是分文皆无。她觉得就这样嫁到晋家来，很没有面子，她认为女人出嫁应该带着足够的嫁妆，这才体面。所以她现在努力赚钱，做买卖。她的买卖，就算是她带进晋家的嫁妆了。”

“啊？！”听到这话晋云的眉头即刻舒展，对向珍更加感爱不尽。一迭声地对向珍说她不必如此，向珍则借驴下坡，说就算晋云不介意，难保旁人不会介意，再说她也的确想体面嫁人，志向难以改变，还请晋云“见谅”。晋云见她“志不可夺”，也只有任她所为，不过还是提醒她一定不要太过劳累，向珍赶紧应诺。

向珍脸上虽然没有表现出来，其实心里喜出望外，心花怒放。她没想到晋鹏竟然会帮她，而且还找了这么一个冠冕堂皇的借口。她忍不住感激地偷瞟他，却发现他却像是在刻意躲避她的目光，不仅不和她对视，还似乎不想让她看清他的神情。不过向珍这次没有介意。就是这一次，她觉得自己触到了他的底牌。他真的喜欢她，在意她，甚至可以说是无微不至的关怀她。知道这些，她就没那么慌了。可是，既然如此，为何还要刻意冷落她？

糟糕，又迷惑了。再度感到迷惑的向珍忽然感到一股莫名的愤懑：晋鹏你不是说把一切处理好后就告诉我吗？你到底要拖到什么时候？你真有认真在处理吗？

那个李勤还真有几分本事，很快就打听到了事情的真相。昨天，苏家的几个佣人忽然上吐下泻，李勤就在门口遛着，一见有人慌慌张张地找大夫，立即毛遂自荐。他走近佣人的居所，给几个上吐下泻的佣人吃了自己自带的药丸。许诺包治包好，并且“以身作抵”，留在这里等他们症状消失，其实就是凑时间打听消息。

这几个下人生病，照顾他们的，以及和他们要好的，都会聚在这边。他们都可能成为李勤的消息源泉。

李勤在打听消息上很有一套。他知道不能上来就问谁谁谁怎么怎么样，而得先说和这个人有关的话题，再把人往这个话题上引。他是以仇视向珍者的口气说起向珍的。他对苏家的那些下人们说，没听说过有像向珍那样的，还是未嫁之身就出来做生意，太不守妇道了（当然了，这一段他是不会向向珍复述的）。他这一说，苏家的下人们就都来劲儿，七嘴八舌地说向珍的不好，有一个下人忽然说道“向珍不仅坏，还有心机，之前我家掌柜的还想治她一下的，没想到被她溜了”。

李勤立即意识到此人肯定知道些事情，便千方百计地怂恿他说。而此人经不起怂恿，同时觉得，失败的阴谋，说出来也没有关系，反正没有造成任何后果，便对李勤说，前阵子，苏大掌柜和罗大全合谋，演了一出苦肉计——如向珍所想的一样，想让向珍去大量买进吴四的蚕种。吴四给向珍看的蚕种，其实是苏大掌柜家自己产的蚕种，的确是好蚕种。但是如果向珍付了钱，吴四就会把蚕种统统先烫死，再从蚕种表面弄点伪装，让人从外表看不出蚕种已死，再把这些蚕种交给向珍。之后向珍家的工人给蚕种加温，必定无法让蚕种孵化。而这些只是整个计策的前半部分。计策的后半部分，是让和苏大掌柜合谋的一个绸缎商人，在向珍买入吴四的蚕种之后，便假装听说了向珍购入四川天蚕之种，“慕名”而来，向向珍下单订一批天蚕之丝织成的绸缎。他会出很高的价钱，并且会当场支付给向珍这边一副可观的订钱。

在苏大掌柜他们看来，向珍十有八九会中计，接下这单，她丝绸织造方面的事业刚刚开始，就算没有重酬，第一笔单十有八九也会接下来。然而蚕种已经被吴四烫死，到时候不管是向珍拿不出绸缎，还是以其他绸缎相抵，都必然违约。那时这个绸缎商人就会竭尽全力把事情闹大，还会闹到见官。闹到见官后，后果可想而知，向珍的商誉必然会受到沉重的打击。不只是她的丝绸织造生意，甚至连绣坊都会受到一些牵连，同一个老板的买卖，人们都会习惯于一体看待。

李勤套出了自己想要的信息，暗暗高兴，同时不住口地说此计甚妙。接着那下人便遗憾地说，只是没想到向珍不知道从什么地方识破了他们的阴谋，只去吴四那边去了一趟就再也没露面了。

向珍没想到等着她的是一个恶毒的连环计，暗暗庆幸的同时还有些后怕。这个连环计，估计不是苏大掌柜想出来的吧。因为他们夫妻二人，都像是浑人。是什么人给他们献计？

她又问李勤，还有没有问出其他事情。李勤仔细想了想。他说，那个下人说完这些后，还说之前苏大掌柜还用了一个计策，结果没想到被一个卖花翠的人给搅合了。就在这时，另一个下人打断了他，他就没有继续往下说了。

向珍雷轰电掣般想到之前那个谣言，立即明白那个谣言也是苏大掌柜这边叫人传出来的，能知道胡夫人是因为徐婆子的话让胡大人辟谣的人，必然在官府内有人可用，并且在关注此事。因此知道此事的，必然是当初施计害她的人。

向珍想明白这一切后，暗暗地咬紧了牙齿。她不是那种会惹是生非的人，但也不是那种胆小怕事，只能垂着双手被人打的人。既然苏大掌柜一而再再而三地攻击她，她必须得给他点颜色看看，否则他只会更凶狠更频繁地攻击她。她仔细看了看李勤，觉得他是个人精，以后说不定还有用到他之处。向珍正在盘算着，忽然想起一件事来，忍不住问他，那天他怎么会那么巧，正巧撞上苏家的下人上吐下泻。

李勤狡黠地挤了挤眼睛，说那天他们必然会上吐下泻的。那天他在苏家门口踯躅，看到苏家一个佣人买酒回来，和一个街坊聊上了天，聊得兴高采烈，把酒桶也放在地上了。李勤便趁他们不注意，在酒里放了巴豆。

听了这话后向珍不由得皱眉而笑，李勤这一手，有种“鸡鸣狗盗”的感觉。不过鸡鸣狗盗者也不是不可用的，有时反而更得用，孟尝君的际遇就是最好的例子。

向珍经过努力，桑田的各项工作都已就绪。就在这时，忽然听说巡抚桑钟国大人前来巡查。历来大官来到，本地的豪门大户都要准备迎接和招待。然而听说这位桑钟国大人清如水明如镜，不受一丝之贿。这一点，就让他广受黎民百姓关注，再加上他是青年高中状元，今年才不过二十来岁，更被百姓们当作奇人。因此他的一举一动，都被广为传述。

本来桑钟国大人近日就要来本地巡查，却在邻县染病，暂时滞留在邻县，巡抚大人本来只是偶然风寒，却一病不起。巡抚大人患病，自然是非同小可，邻县的县大老爷赶紧召集名医给他会诊。不知道是不是贵人病难医的关系，这些名医开的药方竟然没有一个能立竿见影的。本县的郭大夫经在邻县的好友举荐，也被请去给桑钟国大人看病，结果也没能有什么建树。不过在他离开邻县官邸的时候，桑钟国的病情已经平稳，邻县的县太爷认定是本县的一位名医开的药起了作用，就请这位名医留在官邸，陪侍诊治桑钟国。

郭大夫虽然没能在给桑钟国医病上有所建树，但是先于本县所有人，见到了桑钟国的金面，所以也成了大红人，本县的豪富之家争相宴请他，请他说说桑钟国的容貌。在他们看来，如此少年显贵之人，必有特异之处。郭大夫说，桑钟国面如冠玉，双眉高挑，目如朗星，这可犹可。他非同寻常之处在于，他的右手手心里有一个星星形的红色胎记，这必是代表他可以摘星摘月，所以才能蟾宫折桂。可见能中状元之人，都是天定的。

这算是一件奇事，很快便在本县的豪富之家之间传扬开来。向珍也听说了。她也觉得这是件奇事，去绣坊时也跟大家说了。大家听她说话的时候都是乐呵呵的，唯独廖碧云猛然变了脸色。

向珍注意到了，暗暗纳纳罕。注目细看她，她却把脸转到一边去了。

然而在大家散了之后，廖碧云却悄悄地跟了来。

“阿珍……”她低低地问向珍，语气有些诡秘，似乎还隐含着难以言喻的激动，“那个桑钟国大人的胎记……具体是什么样子？”

“这个啊……”向珍更是纳罕，苦笑着说，“郭大夫没有细说，应该就是一般星星的样子吧。”

廖碧云怔了怔，神情竟似有些恍惚："那……就是朱红色的吧？就是在右手手心处？"

"是……是吧。"向珍看着她，一头雾水。

"哦，哦……"廖碧云点了点头，竟然有点失神的样子，默默地走了。第二天竟然跟向珍说，她有个亲戚在邻县，听说生病了，她想去探望探望。向珍之前可从来没有听她提起她在邻县还有可以来往的亲戚，她当初不就是因为走投无路，才被张雄诓骗入府的吗？而且，联想起她昨天那失常的表现，不得不让人怀疑……向珍不由得有了一种猜想：该不会廖碧云和桑钟国大人有什么渊源？她去邻县，是想接近桑钟国大人？

然而这个想法，向珍自己都觉得很无稽，但是对廖碧云此行是干吗去，还是留了个心。她准了廖碧云的假，还安排了丫鬟小贵和一个老实可靠的伙计跟着她一起去。自从小贵上次为廖碧云报信，廖碧云和小贵之间就格外好起来，两人算是无话不谈。临行之前，向珍偷偷把小贵叫去，给了她一个银镶玛瑙戒指和一些赏钱，叫她帮忙盯着廖碧云。若有异之事，立即写信让人捎回来。

廖碧云走了，一连好几天都没有消息。不过这倒也正常，向珍也没有如何胡思乱想。就在这时，有消息传来，说桑钟国大人病愈，第二天就来本县巡查。于是，本地官吏，外加本地所有有头有脸之人，全部在城门口列队迎接，百姓则聚在一边看热闹。晋云和晋鹏也去了。向珍身为女眷，本不便去，但是她也想看看这位传说中人到底是何等贵相，便也在晋云和晋鹏出门后偷偷地跟了出来。

县城门口已经是人山人海，比赶集逢会热闹百倍。向珍看向桑钟国可能到来的方向，却不由自主地在人群中寻找晋鹏的身影。找到了。因为晋家财大势大，所以他和晋云站在比较靠前的位置。她看着他，目光竟然再也移不开了。

他清秀的侧脸就像玉琢一样，目不斜视地看着大道，应该是在想些什么。向珍又不由自主地开始揣测他在想些什么，不知不觉之间心乱如麻……

"哐"一声锣响把向珍惊醒过来。呦，桑钟国来了，八抬大轿，鸣锣开道。

"下官玉县县令胡义全，恭迎大人！"一见桑钟国停轿，胡大人带领全县官吏行礼。

桑钟国款款下轿。果然面如冠玉，目如郎星。不过他唇若涂丹，眉细而长，有些过于文秀，甚至有些女儿之态。

“大人！冤枉啊大人！”正在这时，忽然有人大声喊叫。

大家愕然转头，发现一个人浑身缟素，冲向桑钟国的轿前。

拦轿告状是评书戏曲里常见的桥段，在现实生活中却是极为少见。人群立即沸腾了，不由自主地都往前涌。向珍被挤了个趔趄，视线也被前面的人挡住，只听到前面的人乱七八糟地议论。

“是周玉胜啊！”

“他来拦轿告状？！”

周玉胜？一听到这三个字，向珍浑身的汗毛都立了起来。她拼命地踮起脚尖，想看周玉胜是什么样子，无奈眼前人挤得像铁桶一样，大部分都是比她高的男人，她怎么都看不见轿前发生了什么。

桑钟国的护卫，一见有人拦轿告状，立即把刀拔了出来。

胡大人又惊又懵，看着周玉胜怒吼：“周玉胜，你在胡搞什么，竟然惊动大人官驾……”

周玉胜他爹周奎之前惊得双目发直，听胡大人怒吼，这才如梦方醒，也对周玉胜大吼：“你小子怎么忽然冒出来……失心疯了你？你能告什么？”

“桑大人！”周玉胜根本没有理会周奎和胡大人，对着桑钟国叩头。用力不小，额头都磕出了淤青。

“小人的确有冤要诉！”

“哦？”桑钟国本次巡查，还是第一次遇到此类事件，对此很感兴趣，“如你确有冤情，那就速速道来。”

“谢大人！”周玉胜从怀中掏出状纸，双手呈上，“草民要告的是，本县首富晋云之子晋鹏杀害草民之妹周玉纹！”

一听这话人群立即一片大哗。向珍没想到周玉胜会忽然来这一手，也吃惊不小。

“臭小子，你胡扯什么？”周奎的两撇胡子差点惊掉，“玉纹明明是得病死的，你怎么还执迷……”

“爹！玉纹之死的确有疑点！”周玉胜没等他说完就打断他，“女儿也是你的骨肉！你不能只为了搞好和晋家的关系，就让玉纹含冤九泉！”

“你这臭小子……我看你是发疯了你……”周奎气得胡子都要立起来了，忍不住冲过去要打周玉胜。

“这位老先生，请你息怒。”就在这时，桑钟国说话了。他的声音并不大，却比定身符还灵，周奎立即站着不敢动了，“令公子坚持要告，想必必有其理由。您请稍安勿躁，还等我好好问一问令公子。”

说罢桑钟国便转向周玉胜问话：“你说令妹被晋鹏所杀，具体是何情况？那晋鹏身在何处？”

“就在这里！”周玉胜朝站在一边的晋鹏狠狠地一指，恨不得光用手指就把他戳死。晋鹏从他出来拦轿告状的时候就冷冷地看着他，不以为然地站在那里，既没有逃走，也没有慌乱的样子。

“我妹妹周玉纹，两年半之前嫁予他为妻。一年之后便被他害死了！”

“哦，一年之前你妹妹就被害死了，那你为何现在才来告状，莫不是……”桑钟国的目光变得犀利，朝胡大人看了过去。胡大人知道桑钟国是怀疑他贪赃枉法，压着周玉胜不让他告状，一时间气得只想晕过去：周玉胜你这臭小子，你什么时候给我递过状子，你怎么能这样害我……

“大人请恕草民之罪。” 周玉胜朝胡大人瞄了一眼。“小人当初怀疑小妹死因有异，却没有确凿凭据，如果仓促向县令大人提告，只会白白耽误大人们的工夫，所以小人一直暗中调查，终于在近日掌握了确切凭据，又闻大人今日前来巡查，所以才来拦轿告状，诸般事情，草民都已写在状纸之中，请大人细阅！”

胡大人这才松了一口气，却没有发现周玉胜斜瞥着他露出冷笑。其实，他之前有想过向之前的程大人提告，也想过向胡大人提告。他之所以没有这样做，那是因为他手里的确凭据不足。虽然一般来说，只要官老爷觉得有疑点，就可以接受状纸，但是晋家是本地首富，地位非常，如果没有板上钉钉的证据，县大老爷是不会轻易立案的，如果有什么行差踏错，后果非常。而且，就算他有拿得出手的证据，如果晋家出了大把的银子，也许依然可以压下来。但是现在可完全不一样了！

桑钟国当即就把状纸打开，细阅状纸。他看着看着，眉头越皱越紧，然后慢慢地把状纸收入袖中，命人把晋鹏和周玉胜一并带走。人群又是一片大哗，后面的人则骚动着往前挤，“告状戏”的高潮来了，谁都想到最前面看看。向珍本来已经快要挤到人群前排，人群这一乱，又把她挤到后面去了。等她拼尽全力挤出人群的时候，官家的人已经走了个精光，连晋云都不见了。她呆呆地站在原处，感觉心里空了一大块，一股难以言喻的恐慌感从这块空虚里冒出来，一下一下地从里面擂着她的胸膛。她忽然意识到现在不是恐慌的时候，赶紧抹了抹脸的汗珠，朝晋家赶去。

回到晋家的时候，听说晋云回来又走了。向珍当然知道他是去干什么去了，肯定是送银子打点去了。至少得让晋鹏被收押后先不受罪，然后再打听点消息。桑钟国虽然不受一丝之贿，但是他是在本县地界上办案，还得依靠本县的那些官吏。那些官吏还是该干吗就干吗。

晋鹏被收押后当然没有受罪，牢里的那些牢头，都是贼精的人，知道首富的儿子来了，必然很有油水，他一进门就把他当大爷似地供了起来。而晋云之后给他们的红包也让他们极为满意，许诺不管晋鹏想吃什么，想用什么，他们都可以去买。如果晋鹏在牢里觉得闷得慌，给他招几个粉头都行——这就有些恶心了。对此晋鹏自然婉拒，说吃的和用的也不劳他们购买，只求他们放个行，让晋家的人能够进来探视和送必需品给他就行了，这些牢头们自然满口答应。

向珍一听说她可以去，立即准备了很多吃食，这其中有她亲手熬的人参鸡汤，怕晋鹏在牢里睡得不舒服，还带了上等的席子和被褥，为怕里面有虫子叮咬他，还带了驱虫的香料。然而没想到，她刚一见到晋鹏的面，晋鹏就皱起眉头：“你来干什么？”

向珍立即呆在那里。

“这里又脏又潮湿，还是个是非之地，你不该来。”晋鹏嗔怪地说，还朝左边瞄了一眼。

向珍也朝左瞄了一眼，结果看到那些牢头牢子正躲在一边，痴痴迷迷地看着她，显然对她的美貌很是垂涎，他们知道她身份高贵，自然不敢造次，但是看看还是可以的。

向珍这才省悟晋鹏是在关心她，心头一热，两滴热泪砸了下来。晋鹏拿出帕子，为她拭去眼泪。向珍看到他眼中满是温柔的关切，还有种淡淡的哀伤，只觉得心中热流乱涌，眼泪如断线的珠子一样落了下来。

“你这是干什么？”晋鹏继续为她擦泪，苦笑着说，“我不是还没遇到什么事吗？”

向珍赶紧憋住眼泪，现在流泪的确很不合适，而且不吉利。

“好了。”晋鹏见她止住了眼泪，立即对她说，“你先回去找爹。”

“诶？爹马上也会来看你的……”

“不是探望的事儿，他来也是浪费时间。”晋鹏朝她靠近了点，“你叫爹，立即去我的书房，去找那个紫檀木的柜子，左边从上往下数，第二个抽屉。里面有个用蜡封上的信封。他打开看后就知道该怎么办了。你现在就回家，不要把这件事告诉其他任何人，只能告诉爹，拿东西的时候也别让旁边有人！”

“哦，好！”向珍立即省悟这是重要的东西，说不定是可以扭转局势的东西，恨不得立即飞回去报信。他刚才那一闪即逝的温柔还在她的心头荡漾，她竟有种微醺的感觉。然而就在她站起来，准备回去报信的时候，忽然想到一件事，心头一拧：只能让晋云看吗？她能不能看呢？她忽然觉得，自己纠结于这种事实在是太不懂事了，晋鹏愿意让她带消息，已经很信任她了，赶紧把这个想法抛于脑后。

向珍急急忙忙地回到晋家，把情况跟晋云说了。晋云赶紧到晋鹏的书房去。向珍跟在后面，看着他打开了信封，抽出一个小薄纸本来。她本想探头过去，看看写了什么，心中却有了种莫名复杂的情绪。犹豫着无法上前。

她目不转睛地盯着晋云的侧脸，发现他脸色一会儿明，一会儿暗，就像天空阴晴不定。过了一会儿，阴和晴似乎混搅在了一起，变成了一团混沌。他慢慢地把纸本子放进袖子里。

“请问……爹爹，晋鹏写了什么？”向珍还是忍不住问了。

“这个……他写了他查到的事情……以及如何……”晋云说到这里如梦方醒，嗫嚅道，“啊，这个……晋鹏叫我不要跟你说的……”

向珍的心里顿时一拧，这一拧似乎把她的整颗心都拧了起来，脸色也灰了。

“啊，不是……”晋云赶紧说，“他这不是不信任你，是怕你牵连进去……”

牵连？听到这话后向珍的心里猛地一抽，立即意识到此事一定非常危险。向珍，现在可不是你胡乱矫情的时候啊。她悄悄对自己说，然后勉强对晋云露出笑容：“没事，爹，我知道，只是我听你们的口气，现在这事好像有些棘手，能告诉我些许吗？”怕晋云犹豫，又赶紧补了一句，“爹您把能告诉我的告诉我就好，不能告诉我的，我也不会强求您说。”

“好吧。”晋云审视了她半天，斟酌复斟酌后才说，“其实周玉胜一直不愿接受玉纹的死，一直觉得鹏儿该负责任，所以他才一直偏信玉纹是被鹏儿害死的吧。他这一年多来，一直在偷偷调查和事情相关的所有的人和事，想找所谓的证据，鹏儿也一直在注意他，也派人盯着他的行动，把他查的那些人，还有那些事，都一一记下来了。就在前阵子，鹏儿注意到他在偷偷地和本县的那个在全省都有名的仵作联络，怀疑他是想要开棺验尸……”

“开棺验尸？”向珍一凛，“他这不是胡搞吗？周玉纹根本不是晋鹏害死的，就算是开棺验尸，他也只能查个空啊？不仅只能查个空，还让他妹妹在地下不得安宁，他的脑子真是坏掉了！”

“不，”晋云摇了摇头，“开棺验尸的话，如果他贿赂了仵作，是可以把罪名栽在鹏儿身上的！”

“那仵作敢吗？”

“恐怕敢吧，鹏儿在本子的末尾记下了一句话，说是怀疑周玉胜攀上了上面的‘有用’之人，只是暂时没查清楚……”

向珍一凛，接着脸瞬间变得没了血色。她已经大概猜到这个有用之人是谁了。周玉胜在巡按大人来时才提起控告，而且是拦轿告状，拦轿告状其实很有风险，如果大老爷心情不好，不仅不准状子，把告状的人打一顿都是非常可能的。这可以说是证明他申冤心切，也可以说是他有恃无恐……

啊！向珍感到一股冷气从心里直冲上来，几乎要颤抖，难不成，他是搭上了巡抚桑钟国身边的什么人？从桑钟国对他如此宽和来看，该不会是搭上了桑钟国本人吧？

“至于上面是谁，我现在仔细想想，也知道是谁了。”晋云为人敦厚，但是不笨。即便反应慢些，只要给他时间，他还是可以把一切都想明白的，“历来人要办事，都是先找同乡同窗同袍，各类亲近之人，我打听到了，桑钟国的师爷，张慕古，之前是本县之人，所以周玉胜搭上的，十有八九就是他！如果搭上的是他，我们这边就要大费周章了……”

虽然的确是要大费周章，但向珍还是暗暗松了口气。毕竟周玉胜搭上师爷比搭上桑钟国还是好很多，向珍在心里哭笑。周玉胜和钟辉果然不是一个路数。钟辉对晋家这边的打击可以说是漫无目的、路数全无，就像一只愤怒的蠢猫一样，东挠一爪，西抓一把。周玉胜却是一点多余的事情都不多干，一出手就是狠到底的招数。

而钟辉那边就像个乱晃的幌子，吸引了他们的注意力……诶？向珍忽然又想到了一个问题。钟辉说他和周玉胜早已各自行事，会是实话吗？如果周玉胜是把钟辉当作幌子使，那他们还是有可能暗中串通的。不说别的，如果这个幌子不受控制，晃错了怎么办？

在推出周玉胜可能搭上谁之后，晋云立即去筹谋用计，四处打点。这是晋云这类人才能做，才懂如何做的事情，向珍自然不会随便置喙。在晋云看来，张慕古为周玉胜办事，无非是银子的事情，他只要花点银钱，就应该可以挽回。但是向珍觉得，周玉胜可能也料到晋家会思谋打点，肯定有应付这一招的后招。可能张慕古和周玉胜有特殊的交情，就算晋家也给他送银子，也不会改变立场，更可能张慕古被周玉胜抓到了什么把柄，无论如何都必须为周玉胜办事。

向珍的眉头越皱越紧，心想现在也许应该先调查一下，周玉胜和张慕古到底有什么特殊的关系，但是仓促之间，又到哪边调查去？

就在这时，腊梅忽然来报，说廖碧云回来了。听到这个消息后，向珍不知道心里是什么滋味，之前她渺无音讯，现在忽然回来了，而且还是在这多事之秋。

向珍赶紧整一整衣衫发髻，去见她。见到廖碧云的时候，只见廖碧云满脸喜气。一见她这样，向珍不由得有些疑惑和不悦：她知道晋家出事了吗？

应该是不知道吧，廖碧云不是那种幸灾乐祸的人，也没有幸灾乐祸的理由。然而令向珍没想到的是，廖碧云冲口就说："我知道，晋鹏少爷摊上了官司……"

向珍顿时懵了。然而廖碧云又说了一句让她更加意想不到的话："放心，我已经听说，周玉胜那家伙可能只是无理取闹，我一定会让种国秉公办理，一定不会让晋鹏少爷蒙冤的！"

啥，啥？向珍听后简直有点恍惚。她担保？她凭什么？还用"种国"这么亲热的称呼称呼巡抚大人？

向珍立即意识到廖碧云的话中有无限玄机，强笑着说："姐姐，对不起……妹妹不明白。"

"我知道你肯定不会明白的。"廖碧云"扑哧"一笑，同时双颊晕红，"钟国……他是我的夫君啊！"

诶？听了这句话，向珍非但没有明白过来，反而更加疑惑了。她分明记得廖碧云那赶考不归的丈夫叫萧景啊？怎么又变成桑钟国了？

廖碧云知道她一定有无数疑问，便让向珍让她进入内室，羞涩而又幸福地把来龙去脉跟向珍讲了一遍。原来，萧景当年进京赶考的时候，在赶考的途中遇到了强盗，不仅盘缠和马匹被抢，跟去的书童被杀，他也被盗匪推到了山崖下，昏迷不醒。幸好当时有个叫桑旺的人从山里砍柴回来，经过山崖下，看到萧景躺在山崖下，奄奄一息，就把萧景扶到主人家里，桑旺是当地一个名叫桑善海的大财主家的奴仆。桑善海名如其人，特别乐于行善。又见萧景形貌不凡，赶紧请名医来给萧景救治。

萧景昏迷了三天后终于醒来，但是因为摔下山崖时撞到了脑子，以前的事情完全不记得了，包括自己的名字。桑善海见他无依无靠外加无处可去，便留他住了下来。时间一长，萧景和桑善海一家有了感情。桑善海父母早前有个儿子，名叫桑钟国，十七岁的时候得病死了。若是活着，就和萧景一样大。于是桑善海夫妇便认萧景作了儿子，因为他连自己的名字都记不得，于是便让他沿袭了自己儿子的名字，也叫桑钟国。

萧景，不，从此时应该叫桑钟国了，在桑家养了多日后，已能重新读书，三年后又逢赶考之期，上京赶考，便蟾宫折桂，得中状元。之后因为金殿应答深得皇上赏识，于是就破格直任巡抚，在全国巡查（要按往例，即便是新科状元，也必须被历练几年，才能身居要职）。而廖碧云是怎么知道桑钟国可能就是当年的萧景的呢？就是因为桑钟国掌中的胎记。

之前廖碧云和萧景在一起时，没事就赏看萧金掌中的胎记。廖碧云觉得这胎记贵不可言，而且普天之下绝对找不出第二个。之前廖碧云听郭大夫说巡抚大人手中有朱红星型的胎记，虽然觉得不大可能，但就是有种强烈的感觉，觉得这个桑钟国就可能是萧景，便冒险去邻县，装作送鱼的渔妇，混进县衙，偷看桑钟国。这不可犹可，一看她竟发现这桑钟国和她记忆中的萧景长得一模一样，就算是亲生兄弟，也不可能长得如此相似。

她全身的血液都涌上头顶，不顾一切地扑到窗前，朝里面低声呼唤。说来也巧，这些天桑钟国已经可以下床走动，并且可以自己照顾自己，嫌那些总是围绕在榻前的人很烦，把他们都打发走了，自己在房中真正“静”养，此时房中就他一人。他看到廖碧云的时候先是一愣，然后立即把她叫进屋来。

原来直到看见廖碧云的前一刻，桑钟国都没记起来自己之前是谁。在看到廖碧云的那一刻，忽然把所有的事情都想起来了。他跟廖碧云说了这些年在他身上发生了什么事。他说自己是用桑钟国的身份高中状元的，以后还得继续用桑钟国的身份。否则在圣上面前可能说不清楚，而且木秀于林，风必摧之，朝中不知有多少嫉妒他的人，如果趁机参他个欺君之罪，这就麻烦了。所以，暂时不能向外公布，她就是他的娘子。但是请她跟在他的身边，等到有机会，再“明媒正娶”她一次。到时候给她批凤冠霞帔，上表请封诰命，都是一样的。

廖碧云说完这些后，依然沉浸在幸福和羞涩中，用手绢掩着嘴儿，久久地无声地笑。向珍听了她的奇遇后，却是暗暗地骇笑。她感觉这件事情实在太离奇了，比评书里的还离奇。别的倒还罢了，要中上状元，没有半辈子的苦读是不行的。但是桑钟国，或者说是萧景失忆后读书三年就考上了状元，光靠读这三年的书就中状元，怎么想都很难。难不成，他忘了自己的生平和名字，之前读的书却还都记得？

不过，虽然这点有点令人想不通，向珍却没空纠结这些。虽然廖碧云保证桑钟国一定不会让晋鹏蒙冤，但是向珍估摸着，桑钟国能做的顶多是“尽量让晋家有辩解的机会”，不偏不倚地断案而已。想让他对晋家有所偏私，不管情况如何，都判晋鹏无罪，也是不可能的。

正如桑钟国自己所说，他年纪轻轻就担任要职，朝中不知道有多少人盯着他，他如果有丝毫行差踏错，说不定就会丢官罢职。所以他无论如何，都不会对晋家明显偏私。决不可掉以轻心，该如何准备打官司，还如何准备打官司。在公堂上堂堂正正地跟周玉胜斗。只有堂堂正正地把周玉胜斗败了，才能真正解救晋鹏。

桑钟国没有急着升堂问案。向珍猜度这是给晋家准备的时间，廖碧云在悄悄地发挥作用。然而，他们有了准备的时间，周玉胜那边准备官司的时间也更充分。两方都在悄悄地准备，却又戮力隐瞒消息，不让对方知道自己在做什么，就像两拨人在黑暗中隔着黑布对舞。终于，桑钟国升堂的日子到了。

第十三章 公堂对决

升堂的那天，晋鹏气定神闲地来了，这些天每天晋家都会派人给他送吃的。他就通过食盒收发消息，了解情况并指示外面的人该如何做。因为这些天在牢里天天好吃好喝，牢子们伺候得也周到，因此他脸倒是白里透红，气色很好。与他相反，周玉胜倒是脸色发白，似乎比以前瘦了些，两只眼睛下都有一片淤黑，估计是觉得终于可以将让晋鹏“偿命”，激动过度，又或者是嫌升堂过迟，等得烧心，所以反倒憔悴了。

因为这件事牵连到本县两大富户，还联系到夫妇相杀这种事情，所以十里八乡都轰动了，围观的民众把县衙围得水泄不通。晋云带着族中男子站在一边，周奎也带着族中男子站在另一边，虽然他不同意周玉胜和晋家打官司，但现在官司已经开打了，他还是得带人到现场为儿子撑腰的。

向珍则带着面纱，带着腊梅和江听雨，隐藏在人群里。她看着这人山人海，作为旁观者，都觉得压力巨大，额头和后背暗暗冒汗，简直不敢想象晋鹏在堂上会是何感受，对于市井中人来说，只要一个人被人告上公堂，他们就会在心里假定他有罪，在被判处无罪之前，都是千夫所指。现在晋鹏心里压力该有多大，她简直不敢想象。然而她看他的背影，倒是十分镇定，一副胸有成竹的样子。

也许会没事吧，向珍暗暗思忖。该准备的他们都准备了，只是不知道周玉胜那边会出什么歪招儿……

“晋鹏，周玉胜告你毒杀其妹周玉纹，可有此事？”桑钟国开始问案了。

“绝无此事。”晋鹏淡淡地说。

一听晋鹏否认，周玉胜几乎要蹦起来。但是他想到现在只有桑钟国能问话，自己和晋鹏吵嘴就是咆哮公堂，只有硬憋着。

“周玉胜状纸中说，你为了毒杀周玉纹，先是每晚在周玉纹的汤水里放慢性毒药，之后又嫌慢性毒药药效太慢，所以才下剧毒之物将她害死，可有此事？”

“绝无此事。”晋鹏的神情依旧是淡淡的。

周玉胜更加着急，朝师爷张慕古望了一眼。说来奇怪，他明明在状纸中写明，晋鹏毒杀周玉纹，是为了迎娶新欢，不知为何，桑钟国对这点只字不提。对晋鹏问话也是和颜悦色的，问案之官和颜悦色和声色俱厉，效果是大大不同的。问案的官儿如果声色俱厉，犯人受到震吓，很快便会招供。而官儿如果和颜悦色，犯人往往敢和官儿周旋很久。难不成张慕古没有跟桑钟国进言？而且在这个时候，张慕古不该介入问话，暗示或引导桑钟国疾言厉色了吗？

张慕古此时就如老僧入定，一副目不视、耳不闻的样子，他知道周玉胜在看他，但是就装成看不见。没办法，现在晋家有和桑钟国更亲近的人撑腰呢！

“但是据苦主周家所言，可是有证人在列呢。”桑钟国的语气依旧温和，在传证人的时候语气才有了威势，“来啊，传晋家奴仆蔡氏！”

向珍抿了抿嘴，嘴边浮起一丝冷笑。钟辉之前也说过，蔡氏和周玉纹之死的隐秘“有关”。之前向珍找蔡氏套话，没套出什么来，又感觉她不像是知道什么内情的人，再加上之后事多且杂，就暂时没有找她再问什么话。蔡氏非常会装。周家既然让她作证人，应该一早就联系她了吧。但是她硬装成什么事都没有，直到两天前，才说自己身体不好，去亲戚家养病，就是出来等着给周家作证人的啊！“启禀大人。”蔡氏跪在堂下时，眼珠子滴溜乱转，口齿也很清楚，“老身曾在晋鹏少爷房里当差过，正好是周玉纹夫人在晋家的那几年。老身也顾不得人笑话了，那时候，老身嘴馋，看着晋鹏少爷每晚都给周玉纹夫人准备一碗甜汁……那汁水据说是用鲜花的汁水和蜂蜜腌制成的，甜香四溢，我闻了后实在嘴馋，每次啊，便忍不住偷尝一些。而我尝了之后，不知道怎么回事，就变得像个糊涂蛋了，每天晕晕乎乎的，做事老是犯错。可惜我当时没悟出那汤水有问题，每天还是偷尝，后来错误实在太多，就被从晋鹏少爷房中调出来了。现在看来，我那可不是中了毒吗？”

“可以了。”桑钟国手一挥，及时阻止蔡氏说臆测之事情，又问晋鹏，“你可有如蔡氏所说，每碗都给周玉纹喝这种汤水吗？这种汤水是什么做的？可是毒药？”

“回大人。”晋鹏不慌不忙地说，“草民的确每晚都给周玉纹喝一种汤水。这种汤水不是毒药。其实是我请本县名医郭大夫调制的一种安神汤药，为了便于入口，才加入蜜糖和花汁。”

桑钟国点了点头，立即命人传郭大夫。郭大夫早就在一旁候着了，此时立即上堂作证，说当年晋鹏的确找他配过宁神汤药，连掩盖苦味的蜜糖花汁也是他配的，连药方都拿出来了。

桑钟国又点点头，转而问周玉胜：“周玉胜，晋鹏说那只是宁神用的汤药，并不是毒药，且有人证物证，你有什么话说？”

“回大人。”周玉胜朝晋鹏瞥了一眼，然后说话时，牙齿间简直火星直冒，“我不认为那只是宁神的汤药，郭大夫出来作证，也并不能证明什么。郭大人只是为他配了药而已，天知道他在给我妹妹喝之前，有没有另外加过什么东西？再说如果那只是宁神的汤药，为什么蔡氏每次只尝一小口，之后一天就糊里糊涂？”

桑钟国思忖了一下，又问郭大夫：“你这汤汁真地如此厉害，让人只尝一口，隔天就会昏昏沉沉吗？若是如此，你配药力如此大的药汁给周玉纹喝，不怕周玉纹喝了之后会有什么危险吗？”

向珍抿了抿嘴。桑钟国果然是“毫无偏私”，对晋家这边没有疾言厉色，但对于晋家不利之处也不敷衍带过。对周家那边没有刻意弹压，也让他们畅所欲言。似乎一切都是看哪边“有理”。因此这个官司最后到底会如何，还是个未知之数。虽然她坚信晋鹏没有做出害死妻子的事情，但是就怕晋家辩不过周家。

“启禀大人。”郭大夫的表情严肃，缓缓地说，“小人给周玉纹所配之汤药，并非给一般人所用。当时周玉纹的精神过于焦虑，一般的宁神汤药对她已经几乎不起作用。”

“过于焦虑？”桑钟国眉毛一挑，“是因为什么？”

“据小人所知，是因为急切求子而不得。”郭大夫说着，朝晋鹏看了一眼，“其他的小人就不知道了。”他不仅医术高超，在为人处事上段数也高，到可能惹麻烦的时候，就一句话也不愿多说了。

桑钟国眉头微微一蹙，眼珠飞快一转，然后又问晋鹏：“那时你和周玉纹成婚已经多久？”

“约莫一年。”

“仅有一年，没有怀上孩子也不算不正常，周玉纹为何如此焦虑？”

“大人！这分明是他们串通起来胡说八道！”周玉胜终于忍不住了，大喊了一声。

桑钟国朝周玉胜看了一眼，周玉胜赶紧闭上嘴低下头。

向珍一声惊噫差点没忍住，刚才桑钟国的目光十分犀利，就像一柄宝剑一样。没想到桑钟国外表如此文秀，该有官威时官威还是十足。

“原告，不可咆哮公堂。”桑钟国一心要显得“不偏不倚，毫无偏私”，他刚才对晋鹏很温和，对周玉胜也不便严厉。

“请大人恕罪，还请大人允许小人再说一句话。”周玉胜给桑钟国叩了一个头，“正如大人所说，我妹妹结婚一年后没有怀上孩子，不算不正常，她不至于焦虑到需要服重药，晋鹏和郭大夫的话无法让人信服！”

桑钟国未置可否，只是问晋鹏：“周玉纹如此焦虑，实属不正常。其中是否有隐情？”

晋鹏吸了一口气，这是他上堂后第一次露出犹豫的神情，然后缓缓地说：“此事关系到一件陈年旧事，错综复杂，而且可能影响亡者声誉，在公堂上实不便说。”

“哦？”桑钟国眉头微微一皱，又问周玉胜，“周玉胜，晋鹏说此事说出来可能有损你妹妹的清誉，你意下如何？”

周玉胜咬了咬牙，看向晋鹏，眼睛里涨满了血丝。他知道，如果不是疑点巨大，官府轻易不愿意开棺验尸。因此他必须让桑钟国觉得本案疑点重大。他不清楚晋鹏到底要说什么，但绝不能就此退缩。无论他说什么，都要抠紧他的话跟他辩。

“草民以为，在这件事上晋鹏难以自圆其说，必须把一切说个清清楚楚！”

晋鹏愤恨而又鄙夷地朝周玉胜盯了一眼，然后缓缓地说：“这事要从周玉纹嫁到我家开始说起。周玉纹刚刚嫁到我家之时，不愿承担为妻之义务。”他说这话时面无表情，就像脸上戴着一个坚硬厚实的面具，“不仅穿着一件上面缝满衣带的衣服……”

“缝满衣带的衣服？”桑钟国也觉得骇异和好奇。

“是的。”

“那是……什么样的？”桑钟国继续问，因为这个涉及床帷之事，他问的时候其实很不好意思，但是觉得公堂问案，就得把所有的事情都问清楚。而围观百姓的眼睛，也比之前更亮了。

“难以描述。不过，她穿上这衣服的时候，会将全身上下缠满衣带，就像裹粽子似的，更像是穿了一身布条交织成的盔甲。”晋鹏回答得很有艺术，也不想在这个问题上过多耽搁，“床头还放着锋利的剪子和簪子，用以自卫。因为草民便不再进入她的房间，当时我觉得这上面必有隐情，后来一问，果然如此。”

他就这样把所有人的注意力引到了“隐情”上。虽然也有些尴尬，但比刚才那问题强。

“那有何隐情？”桑钟国又问。

“一日，经我细问，周玉纹坦白，她在过门之前，曾经和与她青梅竹马的钟辉私定终身。不过二人发乎情止乎礼，没有任何越轨之事。”

围观的百姓爆发了一阵低声的骚动。周奎和向珍都是惊噫了一声，心里五味杂陈：到这个时候，晋鹏还在维护周玉纹的声誉啊！周奎的心里是感慨、有点惭愧也有些后悔。而向珍则是感慨和感动，一股妒意和伤感却也悄悄袭来。

桑钟国立即传钟辉。钟辉也早在一旁候着，脸色晦涩，神情飘忽，他见晋鹏此时还在维护周玉纹的声誉，心里一团混乱，机械地回答桑钟国，说他和周玉纹的确私定终身，但也绝对没有任何越轨之事，便不再说话。

周玉胜暗暗咬了咬嘴唇，本来他担心，晋鹏会说周玉纹和钟辉不清不楚，诬指她不守妇道，时下之人都有个共识，那就是不守妇道者死了也是活该，所以之后即便他力证晋鹏有毒杀周玉纹的嫌疑，桑钟国和公众也不会再细究实情，依旧以“周玉纹只是自然病死”来结案。所以他交代钟辉，如果晋鹏说他和周玉纹有私情，他就要抵死不认。没想到晋鹏竟然维护周玉纹的清誉，这一招就不用使了。

他没想到晋鹏竟然会这样做，心里也有些动摇。不过这动摇只有一瞬，接着他心里又像磐石一样坚定。无论如何，晋鹏必须为周玉纹的死负责！

“那既然周玉纹和钟辉一往情深，她为什么又急于和你生子呢？”桑钟国皱着眉头问晋鹏。

晋鹏开口之前，先冷冷地朝钟辉斜了一眼，然后说：“一开始她虽然不愿承担为妻之责，但因她终身已定，其实无可抗拒，便渐渐认命。后来她和我日久生情，便想和我好好度日。”

其实周玉纹一直抗拒到他丢掉迷药那一天。那件事说出来实在不好意思，他便把这件事隐去，并且让人觉得周玉纹其实恪守礼法，也不是水性杨花之辈，她是因为“终身已定”，才慢慢转念的。

钟辉静静地听着，腮边的肌肉在无声地痉挛。周玉纹其实就是移情别恋，和什么终身已定没有关系，他已经打听出来了。其实仔细想来，估计周玉纹在晋鹏丢掉迷药那天之前，就对晋鹏有了些感情，否则一下就转念。好像听说，在他一开始和周玉纹吵架无果后，他就不再逼她了，对她只是以礼相待。也许就在那段时日里，他让周玉纹觉得他很有魅力吧……不管怎么说，钟辉感到自己在晋鹏面前是完全败了。晋鹏这样说，让他觉得自己的尊严也得到了维护，却也更感挫败。

向珍也感觉到了晋鹏言中深意，注意力则放在晋鹏对周玉纹又有维护之上，心中的妒意又打起了旋儿。

“哦。”桑钟国点了点头，“这般说来，就一切都说得通了。”接着语气忽变，有种像是探问的语气问晋鹏：“周玉纹，的确没有不守妇道之事吗？”

周玉胜暗叫不好，向珍则是精神一振，两人都发现，桑钟国的态度向晋鹏倾斜了。周玉胜只是慌乱于“桑钟国对晋鹏有了好感”，向珍却想到了一连串含义很深之事。桑钟国为了让民众觉得他无所偏私，才“无所偏私”的。他现在态度向晋鹏倾斜，是因为他态度可以倾斜。历来审判，除了审案，还要审德。晋鹏刚才已经树立起了一副德高宽厚的样子。只要公众的态度向他倾斜，桑钟国即便对他偏袒，公众不仅不会骂桑钟国，说不定还会为他喝彩，说他帮助好人呢。桑钟国那是为官之人，一定已经感受到了公众态度的变化，啊！难不成，晋鹏维护周玉纹，其实是为了打赢官司的大战略？

想到这里，向珍心里舒服不少。虽然觉得自己这样想有失偏颇，也有些无聊，但还是告诉自己“就这样想就是了。”

周玉胜赶紧向张慕古使眼色。然而张慕古依旧假装看不见他。周玉胜没有办法，只好自己舍命大喊：“大人！你不要被他迷惑，他给我妹妹喝的汤药，绝对有问题！蔡氏在喝了汤药之后，身上其实有出现中毒的症状！”

“哦？”桑钟国眼珠一转，他本该判周玉胜一个咆哮公堂之罪，但是他没有。审案就是审德啊！先让周玉胜好好表演，等到公众足够讨厌他的时候，他再痛打他几十板，那时候百姓说不定会齐喊“老爷圣明”呢。

“蔡氏，你真的有过中毒的症状吗？”他又问蔡氏。

“老爷，有啊。”蔡氏先是握住喉咙作痛苦状，然后又在胸前上下扒拉几下，“那时候老身时不时会有喉咙发干的感觉，胸口有时也会像火烧一样痛呢。”

“大人，此事疑点很大，必须开棺验尸，才能验出我妹妹是不是中毒而亡啊！”周玉胜赶紧抢过话头，朝桑钟国猛力叩头。

“大人！这蔡氏的证言有假！”见周玉胜如此，晋鹏也不再恪守规则，没等桑钟国问他便抢过话头，“这蔡氏，之前收了晋家五十两银子，才为他作此伪证。银子就埋在她表姐杜黄氏的后院里！”

听到这里，向珍嘴边露出了一丝狠笑。之前钟辉说蔡氏可能是个重要人物，她可一直记在心里呢！见蔡氏早不回亲戚家休养，晚不回亲戚家休养，偏偏这个时候回去，她就留了心。那日蔡氏一出门，她就派人跟在蔡氏后面，发现她走进亲戚家后院后，就偷偷摸摸地拿出一包鼓鼓囊囊的东西，埋进了后院里。那人一直等到蔡氏出去了，就把土扒开，发现那是满满的一包银子。那人也是乖觉，又把土盖上，回去告诉了晋鹏，就等升堂的时候揭发。

桑钟国立即命人去杜黄氏家搜查。很快差役们就回来了，为首的差役捧着一个泥迹斑斑的蓝色包袱皮，里面有一堆碎银子。关于这捧银子，蔡氏大声喊冤，说这是她多年来积攒的，她说自己把攒的钱借给人吃利息，收回本金后又把本金和利息加在一起放出去，一次次地滚，才有了这么多。她这次回家养病，怕不带在身边被人偷了，也怕亲戚家不安全，所以才把它们埋入土中。

她谎话倒是编得头头是到。光看那堆碎银子，也无法确定这是从哪个地方来的。然而晋鹏却说："大人，世间人家，往往会自铸银锭，并在银锭上留下标记。这些银块像是成块的银锭被砸开的，只要把这些银块拼起来，也许可以拼出一块带标迹的银子。"

桑钟国马上就命人拼银块，果然，拼出了一块带有周家标记的银子。虽然其他银块因为被砸得太碎已经无法复原，但是只拼出一块来，也足以说明很多事情。然而蔡氏此时倒是"有勇有谋"，一口咬定自己曾向周家的一个伙计放贷，也许是他把一块银子砸碎了，一次次还给她的。

虽然这一听就是谎话，围观的百姓也觉得如此。但是如果真有个周家伙计出来"认账"，还真要撕扯很久。于是桑钟国当机立断，立即宣布蔡氏的证言全不足为信，先将她收押，至于她有没有作伪证，容后再审。

周玉胜看情况越来越糟，朝桑钟国猛叩了几个头，磕得额头见血："大人觉得蔡氏证言不可信，草民不敢有异议，但是大人，晋鹏当时的确已有喜新厌旧之意，盼着迎娶新欢，他有毒杀我妹妹的动机啊！小人的状纸里，已经细细写明了！"

桑钟国的表情迅速变化了这一下，这变化非常快，也非常隐晦，就像只有光影在他脸上扫过一样："这点你的确有在状纸中写明。但是因为并无确凿证据，本官存疑啊！”

周玉胜咬了咬牙，牵动了满脸的肌肉，连额头上的创口都被拉扯，血一道道地顺着脸颊流了下来。他知道他看起来，像是准备不足就来这里耍赖告状来了。因为他之前活动了很久，准备了很久，调查了很久，但是晋鹏这边防挡得厉害，他只找到了两个可以出来作证的证人，另一个证人比蔡氏重要得多。而就在升堂前不久，那个证人忽然被晋家转移，他又联系不上他了。不过，即便如此，之前他也认为自己可以打赢这场官司。只要蔡氏提出疑点，张慕古推波助澜，促成桑钟国决定开棺验尸，再让仵作尽力施为一下，这官司便可赢了，然而没想到今天的一切发展都不如他所愿，逼得他如困兽一般……

是啊，困兽。周玉胜的心里忽然安定了。反正就这样了，即便是混赖，也要把这官司打下去，“大人！他盼着迎娶新欢，是千真万确的事情！”他又朝桑钟国叩了一个头，沙哑着嗓子大声说：“这个新欢现已与他订亲，就是晋家绣坊的掌柜向珍！”

晋鹏脸上一僵，围观的百姓们一阵骚动。向珍戴着垂着面纱的斗笠，隐身于人群之中，此时忽然如芒在背，糟了。周玉胜误打误撞，还真找到了把官司拖下去的方法。市井中人对男女情事最感兴趣，而她又是县城中唯一以未嫁之身广作买卖的生意人，围观的百姓一定对她和晋鹏、周玉纹之间到底有什么事情非常感兴趣。然而百姓一感兴趣，为官者就要把事情辨明，否则也会被人猜疑和编排。按照桑钟国一定要表现得“清如水明如镜”的脾性，一定会在这件事上细问！

在这关键的时刻，晋鹏低头窃笑了几声，刚才那一瞬间他的面孔僵硬如瞬间石化，此时却神情自若。

“晋鹏，为何发笑？”桑钟国立即问他。

“我笑周玉胜一派胡言！”晋鹏瞥了周玉胜一眼，眼中满是冰冷的嘲笑，“我父一开始是想将向珍许我为妻，但是后来改变主意，为我另觅良配，我才与周玉纹结为连理。后来周玉纹不幸病逝，家父重新考虑让我与向珍结为夫妻，将之接回……这已经是周玉纹逝世之后一年的事情，怎么能说向珍是我的新欢呢？”他这话真真假假，但是条理通顺，再加上他的态度也很有说服力，围观的百姓们多数点头称是。

“这跟他爹的想法没有关系，他爹一开始是不打算让他娶向珍的，是他自己想着她！” 周玉胜又大声抗辩！

向珍一激灵，她竟然被这句话击中了。虽然她知道这可能是周玉胜为了把嫌疑加在晋鹏头上，胡扯硬赖而已，但竟莫名觉得受用。

晋鹏没有应声，只是冷声嘲笑，以表周玉胜说话无稽。向珍如梦方醒，暗笑自己真会胡思乱想。晋鹏这样会不会只是策略呢？是不是策略都一样吧。他是绝不可能在那个时候就想着她的。

桑钟国眯着眼睛看了晋鹏一眼，又问周玉胜：“你说的这些话，可有凭据？”

周玉胜的脸涨得像猪肝一样：“本有人证，但是人证已经被晋家转移，难以寻觅。”

不少百姓发出了嘘声，心想周玉胜这不就是空口说白话吗。

就在这时，周家的一个奴仆，急急地从人丛中挤到周奎身边，对着周奎耳语了几声。周奎的脸顿时又红又凉，又与一个差役耳语了几句。这个差役听了后脸色一变，赶紧对桑钟国禀报：“禀大人，周家说，证人已经找到了！”

桑钟国皱了皱眉头，眉间挤出了一道深沟：“传！”

只见晋旺满身泥土，踉踉跄跄地走进来跪下，然后狠狠地朝晋鹏横了一眼。晋家所有的人的脸都灰了，向珍和晋云尤甚。之前他们发现，周家找到了晋旺被囚之处，并买通了看守晋旺之人，与晋旺私通款曲，怀疑周家要拉晋旺出来作证，便把晋旺转移到对晋家忠心耿耿的一位农户家里，把他藏在菜窖里，没想到最终还是被晋家找到了。

然而饶是晋家之人都慌了，晋鹏却是镇定自若。

桑钟国立即叫晋旺说出证言。晋旺跪在地上，眼斜着，恨恨地用目光剐着晋鹏：“大人，小人是晋鹏的贴身小斯，从七岁时就伺候他，和他算是一起长大，据小人所知，晋鹏和大少奶奶周玉纹本来琴瑟和谐，但是成婚满一年之后不久，晋鹏就开始疏远大少奶奶。大少奶奶问他为什么，他说心里自有钟情之人，便是向珍！”

向珍一凛，雷轰电掣般想起当初晋旺也说周玉纹是因她而死，心里顿时乱得翻江倒海：晋旺是和周玉胜一样，也是臆测？还是？

“大少奶奶很是惊慌害怕，因为她已视晋鹏为终身之靠，害怕遭到遗弃，所以想要早早生下孩子，以巩固地位，天天缠着晋鹏，晋鹏嫌她烦，就让郭大夫配药给她喝，让她每日夜晚酣睡，白天也懒得动弹，大少奶奶怀疑自己是生了病，晋鹏就花言巧语骗她说她只是暂时身体亏虚，没有精力，多喝点药汁补补便好！而之后不久，大少奶奶便死了，她的确患病，但是青春年少，怎么会这么快就病死呢？绝对是被晋鹏毒死的！”

围观的百姓爆发了一阵骚动，眼睛都亮了，案情到底如何，已经不是他们最在意的事情。他们现在是看热闹不嫌事大。

向珍呆呆地听着，脸涨得通红。她是姑娘之身，品了一会儿，才明白晋旺这话什么意思。他应该是说，周玉纹是想尽快生子，所以天天缠着晋鹏亲热，晋鹏嫌烦，所以才给她催眠药汁。向珍忍不住偷偷啐了一口，不是啐周玉纹，钟辉说周玉纹死于房中之事，原来是这么回事啊！害她胡猜乱想了那么一通。

晋鹏对晋旺的说法嗤之以鼻：“大人，晋旺完全是在胡说八道。不说别的，晋旺是男仆，就算是我的贴身小厮，也不可与内室妇人过多接近。如此私密之事，他如何可以得知？”

这一招很是厉害。桑钟国面露不快，他现在是发自内心的，对周家越来越讨厌，问晋旺可有辩解之言。晋旺的脸涨得几乎要冒血：“这是小人听大少奶奶的贴身丫鬟，惠云亲口所说！”

桑钟国又传惠云前来，惠云自然是说“全无此事”。桑钟国面露不悦，拿起惊堂木，马上就要拍它结案。周玉胜见状，又是叩头见血，他的额头上已被磕得凹凹凸凸都是创口，大喊冤枉，说惠云是晋家之婢，必然会为晋家隐匿事实。他妹妹之死有莫大的冤情，求桑钟国开棺验尸，只要开棺验尸，所有事情便可大白于天下。

周玉胜一边磕头，一边恶狼般盯着张慕古。张慕古见这小子跟疯狗似的，害怕他接下来会发狂，把他收了他三百两银子的事情当堂说出来，只好对桑钟国进言：“大人，虽然原告证人证言都不十分有利，但仔细看来，此案还是有些疑点，依学生之见，为保万全，还是开棺验尸比较妥当。”

围观的百姓也是此想，他们眼巴巴地看着桑钟国，想法都在脸上写着——如此空前绝后的热闹，岂能不看全套？

既然百姓想继续看，桑钟国便答应开棺验尸。本县有个在全省都挺出名的仵作，名叫马会山。据说此人即便对着十年以上的白骨，也能验出准确的死因。桑钟国问谁能验尸，胡大人首推马会山。听到马会山的名字的时候，周玉胜的嘴边露出一丝笑容，但很快嘴角便又下撇。

马会山，算是他的杀手锏。之前，他送了他一千两银子，请他无论如何都要尽力：如果周玉纹是被毒死的，请务必验明并确实她的死因。如果周玉纹不是被毒死的，也请马会山加点“料”儿，让她的骸骨现出被毒死的迹象。反正在他看来，晋鹏对周玉纹之死负有不可推卸的责任，无论如何他都该偿命。

马会山收他的银子的时候，把胸口拍得“噔噔”响，说自己一定会尽力。但是，看之前的情况，他们这边的活动，晋家多以查知，那马会山的事情，他们是不是也知道了呢？会不会从中作梗？

桑钟国带着各级官吏和差役，本案原告被告，以及所有牵涉其内之人，到了坟地，把周玉纹的坟掘开了。马会山对着各位大人行礼，来到棺前，他走过周玉胜身边的时候，朝周玉胜飞快地瞥了一眼。周玉胜看到他眼中似乎有笑意，便放下了心。

马会山亲手将棺材起开，朝棺内看了一眼，忽然大叫一声，吐出一口鲜血，倒在地上。跟随马会山来的，还有他的弟子们，一见如此，齐声大叫：“师父中了恶了！”

所谓中恶，是仵作圈的行话。是指仵作若面对“邪气极大”的尸骸，会被邪气侵入内腑，吐血倒地，轻则卧床三天，重则重病一月。

周玉胜惊得膝盖一软，差点前扑倒地，晋家诸人也都瞠目结舌。他们两家都看出，马会山应该是假晕。

其实晋家之前也打听到周家会让马会山帮忙，便给他送了一千五百两银子，请他“便宜行事”。马会山当时也把胸脯拍得“噔噔”响，表示绝对会尽力。没想到他今天竟然咬破舌尖，往地下一躺，假装中恶，来个两边都不得罪，也不触犯王法。

周玉胜固然茫然失措，晋家诸人也是皱眉不语。马会山倒了，桑钟国必然临时指派一个仵作为周玉纹验尸。周玉胜固然没有机会做手脚，晋家也没有时间跟他打招呼。如果他验尸，有什么“行差踏错”怎么办？

在晋家诸人中，最着急的莫过于晋云和向珍。向珍用手抚着胸口，感觉心脏都要从胸腔中跳出来了。她暗暗祈祷上苍，希望新仵作验尸的时候，千万千万不要验出什么来，就在这时，她忽然一激灵：她只是祈求仵作什么都不要验出来吗？如果周玉纹的死因有异，她也希望仵作什么都验不出吗？

不，不会的。向珍忽然感到自己十分可耻。周玉纹的死因是不会有异常的。她相信晋鹏。虽然他一开始给她的印象并不美好，直到现在也像个谜，但是她相信他。说不出理由，但是她就是相信他！想到这里，她忍不住看向晋鹏，却发现晋鹏面无表情，目光似乎在看着遥远的远方，又似乎在看着其他时空。

桑钟国看了看躺在地上，两眼翻白的马会山，马会山戏做得真足，他躺在地上已经有一会儿了，任凭他的徒弟给他掐人中、揉胸口，都是一动不动，略微思忖了一下，便问胡大人本县是否还有优秀的仵作，为了树立自己“秉公执法”的形象，他让胡大人选派仵作，真真是一点嫌疑都不愿沾。

胡大人便推举了本县一个老仵作前来验尸。这位老仵作头发胡子都白了，但是精神矍铄。他先验周玉纹骸骨的喉部和腹部，细看之后说：“禀诸位大人，若死者生前吃过毒药，尸骸的喉部和腹部骨头会发黑，而这位死者喉部和腹部的骨头颜色正常。”接着再细看周玉纹全身的骨骸，又说：“禀诸位大人，死者全身骨骸都无发黑之像，应当不是服毒而亡。”

周玉胜顿时像泄了气的皮球一样往下瘫，晋家诸人则松了一口气。然而桑钟国却注意到老仵作说完这句话后凝思不语，立即问道：“仵作，你是否还有什么话没说？”

老仵作转过身来，正对着桑钟国，双手交叠，行了一礼：“禀大人，因为死者尸骸只剩骨头，只验这些，恐怕不准。若死者吃了毒性隐秘的毒药，此等验看是看不出来的。小人须将她的骸骨用药水蒸过，之后再验看她的骨骸，如果她的骨骸依旧洁白，才能完全证明她不是中毒而亡。”

周玉胜感到泄掉的一口气又涌了回来，晋家诸人刚放下的心则又提到了嗓子眼儿。

桑钟国准了老仵作的提议。老仵作便从衙门取来一口大锅，盛上水，在水里撒上药面，把尸骨放在笼屉之上，再在锅底架上柴火，蒸起骨头来。

在仵作蒸骨的过程中，周玉胜和晋家诸人都死死地看着大锅，都在心底暗暗祈祷，不过祈祷的是相反的内容。

时辰终于到了，仵作将锅打开，而锅里笼屉上的骨头通体洁白，没有一丝发黑的颜色。

所有人都安静了，接着一片喧哗。晋家诸人欢呼雀跃，周家诸人捶胸顿足，百姓们则一片鼓噪。晋鹏此时才像打破面具般露出一丝苦笑，激动的程度却比其他人小得多。

桑钟国当即宣布晋鹏无罪，周奎面孔紫涨，当场便打了周玉胜两个嘴巴，周玉胜则行尸走肉般任他打，这次不仅没有打赢官司，还把周家女儿的私密之事在大庭广众之下抖搂个遍，大失周家的颜面。之后周奎在这里呆不住，天天觉得人人都在嘲笑他家议论他家，索性举家迁走，只留亲近伙计在这里照看迁不走的买卖，这是后话。

桑钟国处理完这个案子就走了，把晋旺和蔡氏的事情留给胡大人处理，真是一点烂摊子也不愿沾。因为这个案子非比寻常，是巡抚大人亲自处理过的，胡大人对后续事务也非常谨慎。蔡氏有作伪证的嫌疑，而且有旁证，但是旁证又不足，而且此事牵涉到周家，如果真要认真审案，也够麻烦。胡大人正感烦恼，忽有人来报，说蔡氏在牢里被吓死了，有个懂法而又多嘴的犯人对她说，作伪证，得银四十两以上就会被判处死刑。蔡氏虽然在公堂上装得很硬气，其实心里依然被吓坏了，一听说自己已够被判死刑，吓得一口气上不来，腿一蹬就去了。

蔡氏死了，倒是给胡大人去了一个心腹大患。接下来便是处理晋旺的事。晋旺倒很是硬气，过堂几次都没有承认自己作伪证。然而胡大人在询问晋家人的时候，倒是问出了他在晋家放火的事情。因为放火造成的损失不大，又无人员伤亡，按律判了他充军，这个问题也解决了，胡大人觉得，只要能给晋旺判个罪，而且判得够重，晋家就不会再追究了。他是按照律条上线，把晋旺远发边塞，这辈子算是回不来了，之后晋家果然就没有再说什么。

一直误会他了？

向珍听到这些事后，心里也算定了。在她看来，对于再小的害虫，都不可以掉以轻心。现在这俩害虫都绝对无法再危害她或者晋鹏了。至于她和晋鹏，成婚之路上又有了个小小的阻碍。那就是“发冢见尸”，在时下被认为是很不吉利的——周玉纹嫁到周家，死了也算是周家人。虽然是被官府开棺验尸，但是也是被打开棺材，曝光了尸骸。一户人家如果遭遇了“发冢见尸”的事情，至少本年是不能进行嫁娶之事的，害怕不吉之气会染上嫁娶之人的婚姻，导致他们婚后不谐。于是她和晋鹏的婚事，又得明年再办了。

虽然婚期又被推迟，但向珍没有觉得怎么样。她现在心里很宁定，从来都没有这么宁定过。她算是嫁定晋鹏了。在晋鹏遭遇这场官司没有脱险之前，她的心都像被烈火焚烧，沸油烹煎一样，没有一刻能安稳和舒畅。她有多喜欢他，这才算真正明了。当然，晋鹏对她的态度，现在依然是个谜，和之前比，好像也没有什么改观。不过不要紧，她已经明确自己的心意了。世上万物皆无常，俱需靠人为。

这天，向珍静心打扮了一下。她怕显艳丽，又怕显素气，便穿了一件淡水红色的绸衫，这绸衫只在袖口和裙摆处绣有几朵鲜花，花型和位置都颇具雅趣，绸衫下面的裙子也是水红色，颜色比衫子稍微重一些。在首饰方面，她挑了又挑，挑了一朵珠花簪在鬓边，又在发髻上缀了几个镶着紫玉的金钿。在脸上薄施了脂粉，对着镜子左照右照，照了半天才敢去晋鹏房里。

虽然在牢里没有受罪，但是打官司毕竟伤元气，晋鹏这几天都在房里闭门休养。见她来了，只是侧脸朝她看了一眼，打了个招呼，又把脸转了回去，态度依然是冷冷淡淡的。但是在向珍看来，他这不像是冷淡，倒更像是忸怩害羞。而且他眼睛虽然没有在看她，心却在看。

向珍在晋鹏身边静静地站了一会儿。她本来准备了一些话，比如“廖碧云随桑钟国走后她很想她，想请晋鹏帮她分析一下，廖碧云跟着桑钟国前程如何”，但此时却一点没有兴趣说这话。她盯着他的侧颜，缓缓而又坚定地把自己真正想问的事情问了出来：“夫君，晋旺和周玉胜都说，周姐姐当时心情焦虑，是因为你心里装着我……这是真的吗？”

晋鹏没有答话，许久许久。向珍觉得自己的心慢慢地朝洼地里滑下去，感到无比的沮丧和自嘲，苦笑着说：“看来果然不是啊。”

“你认为不是？”就在这时，晋鹏忽然开口了。

向珍呆住了，晋鹏站起来，走到她的面前，盯着她的眼睛：“你认为不可能吗？”

向珍心里一片迷乱，晋鹏站得是那么近，她可以感到他呼出的暖气拂到她的脸颊上，近得可以随时吻上她。而他的目光，似乎可以看进她的心里，但这目光是什么内容，她却看不明白。

晋鹏盯着她看了一会儿，不知为何好像失望了。他轻轻地叹了一口气，低低地说：“算了”。

向珍却不许他就这么走开，一把抓住他的胳膊。晋鹏目光一闪，忽然一把将她搂了过来。向珍一怔，没有挣扎，顺服地依偎在他怀里。只是感到非常的害羞，把脸深深地埋在他的胸前。

晋鹏用不可名状的目光看着她，笑了一声：“这还真是有种恍如隔世的感觉呢。一开始我要抱你的时候，你总是拼命挣扎，现在却主动让我抱你了。”他这话中没有丝毫嘲讽之意思，那声笑也是苦笑。

向珍心乱如麻，把脸埋得更深了。

“好吧。看来是说的时候了……不说也不是办法。”晋鹏从怀里掏出一根红绳编成的手链，递到向珍的面前。这是一根纯用红丝绳编成的手链，上面用丝绳编出了四个囍子，已经有些褪色。向珍乍一下只觉得这条手链有些眼熟，仔细一想，忽如遭雷击般呆住了。

在住在狄老姨家的时候，曾经有个神秘人关怀她，经常给她送吃的东西，还有各种必需品，但总是不让向珍知道他是谁。当时向珍想答谢他，无奈手里没有什么值钱的东西，便自己用红丝绳编成一条手绳，寄祝愿吉祥之意，放在窗台上。第二天早上检查窗台，发现手绳已经不见了，不知道是到了关怀者手里，还是被顽童或者松鼠拖走了，晋鹏手里竟然有这根手绳？难道他就是那个关怀者？

晋鹏看着她张口结舌的样子，微微一笑："我记得第一次我给了你几个肉包子，之后还有桂花糕、牡丹饼、烧卖、烤鸭……还有鞋子、手巾，有时还会直接给你铜钱，用荷叶包着。"

向珍呆瞪着双眼，她感觉就像看到白天出月亮，最不可能发生的事情竟然发生了，失声问："这么说……是你一直在暗处帮助我？你为什么要这样做？你小时候不是一直很讨厌我吗？"

那个关怀者的行动，就是从他们的"小时候"开始的。

"因为我喜欢你呀。"晋鹏淡淡地说，眼角眉梢似笑非笑。

"啊？"向珍的感觉不亚于被一股温暖的飓风迎面吹中，身体虽然没倒，但心可被吹得翻了几个跟斗，"你喜欢我？可是……"她下意识地摸了摸被木屐砸过的地方，"可是你小时候为什么要那样欺负我？"忽然想起了一个别人说过很多次，在她看来很蠢很可笑的说法，"该不是像有些人说的那样，小男孩对自己喜欢的女孩儿，总会一个劲儿地欺负，因为他们分不清自己是想欺负她还是喜欢她……"

"不是那回事。"晋鹏拂然道，不过他这份不悦可不是对着向珍的，还有几份忸怩之态，"这个，还真有点不好意思。"

他脸上的红意越来越盛，似乎颇不愿说，但见向珍盯着他，简直恨不得从眼睛中伸出手来掏出真相，只好扭捏地说："那还是因为我年龄小，我母亲去世的时候，伺候她的丫头婆子，都对你们母女切齿痛恨，说是你们害死了我母亲，我知道，你没有错。但是，我的乳娘，她骂得比较刻毒，那已经算是恶毒的揣测了，说我爹负心薄情，简直没人性，还说看你也是个美人胚子，长起来后说不定比你母亲还要美，说不定我爹等你长大了，也会把你纳入房中。”

向珍听得满脸通红，因为羞愤，更因为是明白了晋鹏的意思。

晋鹏继续说，神情也越来越扭捏：“我当时虽然不知道那具体是什么意思，但是知道如果你也被我爹纳入房中的话，我以后就没法和你成亲了。我当时也不知道成亲具体是怎么回事儿，但是也有个差不多的概念……”

他越解释越觉得窘迫，向珍也是越听越是羞得满脸通红。还好晋鹏及时把话题转了一下：“她是我的乳母，每天都是她在照顾我的饮食起居，我妈只是生了我，养我的却是她，因此我非常相信她的话。我当时觉得很恐慌，心想要想阻止我爹日后把你纳入房中，就得把你从这座宅院里赶出去，不让你和我爹住在一起，你就没有危险了。”

向珍听了只有苦笑，这的确是小孩儿会想出来的办法，也是对小孩儿来说，能想出来的最“聪明”的办法。

“那个时候我就做出一副和你水火不容的样子。”晋鹏说着，语气中满是愧疚和心痛，“那时真是委屈你了，我还记得，当时我不知轻重，把一个老重的木屐扔到了你的额头上。把你都砸流血了，你一定很痛吧。”说着轻轻拂开她的头发，看着当年被击中的地方，心痛而又庆幸地说，“还好没有留疤。”

向珍没有想到他竟然也牢牢记着这件事，心里不由得暖流激荡，脑中甚至也有些发晕。然而就在这时，一股难以言喻的疑惑涌了上来，被浓浓的妒意挟裹，瞬间涨满了她的整个心田。

“你……后来为什么不来了？”她声音不大，却是从内心的最深处发出来的。

晋鹏怔了一怔。

“是因为……周姐姐吗？”向珍推算时间，他停止援助她的那个时间点，正好在他迎娶周玉纹前不久。她不知道，这句话她不该问。之后很长一段时间，她都会后悔自己问出了这句话。

晋鹏的脸色顿时发灰了。接着笑了一声，笑声苦得就像从喉咙里拧出来的苦汁："那是因为你啊。"

"我？"向珍呆住了。

"你还记得，有段时间，你频繁去拜齐天大圣庙吧。"晋鹏看着她，目光和语气变得有些不可名状。

"啊……"经他一说，向珍才想起来，脸顿时青了。她大概明白晋鹏为什么不再来了。那时，她母亲刚去世不久，说起来，她回家奔丧的时候晋鹏外出经商，不在。而在那个时间段，关怀者又没有出现。母亲去世让她的精神状态陷入底谷，每天都很恐慌，恐慌的内容就是"母亲死了，没人能再保护她了，她迟早要回到晋家去，晋鹏那个'魔鬼'会不会加害她"，如果晋鹏真要"为母报仇"，把她当成报仇的对象，的确可能对她下毒手。以他的身份地位，想把她的命运弄得很悲惨，是很容易的事情。而她和晋云没有血缘关系，对晋云来说，自然是儿子更亲，听他的话、任凭他处置她，或者是被他蒙蔽，在不知情的情况下当帮凶，也是非常可能的事情。因此她的担忧，其实也不是没有道理。

因为恐慌得受不了，她那时天天到庙里祭拜，那时她经常去听评书。与其说是祭拜，倒不如说是去倾诉衷肠，每次一放下祭品，她就滔滔不绝地对神像诉说自己的恐惧，因为恐惧的对象是晋鹏，对他也少不得有些责骂之词，而祈祷的中心就是，千万别让她落到晋鹏手里受折磨。

向珍回想着，脸上青一阵、红一阵。晋鹏知道她已经全部想起来了，缓缓地说："那时候，我有偷偷跟你去齐天大圣庙。老实说，在你眼中我是那么一个坏人，还真让我受打击。之后我想怎样才能解除误会，但是因为我当时还小，竟然觉得今生解决误会都难了，唉，还是因为我当时太小，我一时赌气，就不再去看你了。说来也巧，之后不久，我爹就来找我，叫我娶玉纹。我当时正在赌着气呢，加上想起你说的那些话，又是心灰意冷，便答应娶周玉纹了。"

向珍感到一块石头压上了心头，不由自主地大气都不敢出。

晋鹏的语气也变得沉重，并且带上了些许伤痛和愧疚："老实说，我当时还很不成熟，不知道成亲真正的意义和分量。等到周玉纹过门的时候才如梦方醒，觉得自己既然娶了她，就要对她负责任。然而令我意外的是，周玉纹过门之后竟然不愿亲近我，这倒是给我省了事儿。”说到这里，他意味深长地看了向珍一眼。他知道向珍找蔡氏打听过当时的事情，也知道之后的事情她都知道了。

向珍的脸羞得发紫，都不敢看他了，但之后还是忍不住偷看他。不过羞也好怕也好，她还是“不客气”地依偎在他的怀里，一点都没有后退的意思。晋鹏的手也依然揽在她的腰间。

“本来我是打算就这样和周玉纹相安无事的。没想到我家那些老婆子胡乱着急，连下迷药的招儿都使上了。我当着她的面把迷药丢掉了，她竟然因此喜欢上了我。她既然喜欢上了我，我就想，反正已经成亲了，我还是应该尽到做丈夫的责任，毕竟她是无辜的。而且如果不和她好，天知道我家那群老货又会做出什么荒唐事来。”

听到这一段的时候，向珍虽然知道一切等于是她咎由自取，但是感到一份难以言喻的妒意，下意识地捏紧了拳头。

晋鹏轻轻叹了口气，继续说：“但是和她好了一段时间后，我还是发现这非我所愿。我……我还是想着你。然后，周玉纹也发现了。你也知道了，她是放弃了原本青梅竹马的恋人和我好的，因此心理特殊。害怕被我离弃，或是失宠，就拼命想要通过生子巩固地位。而我那时偏偏不想亲近她，她便焦虑成疾，心疾表面看不出，但是最伤身体。我怕她心绪失常，就叫郭大夫配安魂汤给她喝，结果引出了误会，后来她忽然得急病死了，大概也是因为被之前的心疾掏空了元气，所以才会骤然而逝……”

向珍一声不吭地听着，心里说不出是什么滋味。听说晋鹏如此爱她，她是异常欣喜的。但是也觉得，她对周玉纹的死，的确负有一定责任，心里感到无比的愧疚。她不敢再看晋鹏，却觉得他的目光笼罩着她，感到头皮一阵阵发紧。她明白晋鹏之前为什么忽然冷落她了。是因为发觉她找蔡氏打听周玉纹的事情了吧。不仅让他回忆起了这段往事，还让他发觉她怀疑他是坏人，当初他是多么心痛，多么委屈，简直令人无法想象……

“这个，过去的事情就不说了。”向珍感到莫名的心虚，感到一切似乎正往岔道上滑去，赶紧换了个话题：“你既然一直都在照顾我，为什么不直接告诉我呢？另外，为什么你再次见到我的时候，表现得像个坏人呢？”

她本是想开个玩笑，缓和一下气氛，话出口后却意识到自己这话可能不合时宜，脸上的笑容顿时僵了。

她这话果然不合时宜。晋鹏的脸色更沉郁了。向珍十分惊慌，十分后悔，心里却忽然涌过一阵冲动，接着心里便莫名地变得安定了。她应该不是普通的“说错话”吧。这个问题的答案，也是她心里翻来倒去，一直想知道的。虽然不该现在说，晋鹏最觉得刺心的，就是她把他当作坏人。但是已经问出来了，就将错就错吧。

她注视着晋鹏，静静地等待着答案。

晋鹏倒没有让她等多久。他淡淡地苦涩地一笑：“那是因为，我在你面前当惯坏人了啊，实在无法仓促转换形象。不只是在你面前。在我那群佣人们面前，还有我爹面前……”说到这里，他顿了一顿。其实在向美生前，在她面前，他也是个坏孩子。这点他不想提。

“这是因为，没娘的孩子，总会有些不安全感。另外，我的乳娘也告诉我，我娘早早地死了，我又是这家的嫡长子，难免不会有人打坏主意，想点子让什么人夺走我的位置。我得厉害一点，震吓住别人，才能生存。”

向珍惘然无语，又把头低下来，靠在他的胸前。他的这个乳母，真是个会搅合的人。不过她的话也不无道理。幸亏在她回来之前，晋鹏的乳母已经仙逝了，否则肯定还要给她出很多难题。

“不过。”晋鹏看着她，忽然感到有些委屈，这委屈是从内心的最深处浮出来的，十分复杂，“我记得我也没对你真正做什么坏事啊！”

向珍正伏在他的怀里，一听这话全身一僵。仔细想想，他的确没对她做什么真正过分的事情，失控也是因为怀疑她轻浮。其实是她把他妖魔化了，糟糕，又提到了刺他心的事情了。

就在这时，紫珊打着呵欠进来了，一抬眼瞥见晋鹏和向珍靠在一起，吓得掉头就跑了。晋鹏下意识地放开向珍，向珍也赶紧退后一步。看着紫珊落荒而逃的样子，向珍感到脸上热得像火烧，却也莫名轻松了。因为紫珊刚才是把她从更窘迫难堪的走向中救了出来。

“好了。今天天色已晚，你应该也已经累了。”紫珊的忽然出现，对晋鹏似乎也有些影响。他对向珍说，“你先回去休息吧。”在说完话之前，就把目光移开了。

向珍赶紧答应，低头走出来。走出门后，却觉得心里空落落，腿竟是无比的沉重，一步也不想走。她赶紧藏到一棵树后，靠在树上，呆了一会儿，眼泪忽然夺眶而出。

不对啊。今天她和晋鹏本来应该互诉衷情，然后冰释所有前嫌和误会，欣喜若狂，然后情更深，意更浓，再上一层境界。然而，现在的感觉却非常奇怪的。好像从她说起周玉纹的事情，气氛就不对了。她和晋鹏之前，就像被一层很薄、透明但又十分坚固的墙给隔上了。晋鹏是因为还对周玉纹有愧疚吗，所以仓促无法毫无负担地缠绵吗？好像不止这些。但是其他的原因是什么，她又说不清楚。她万万没想到，周玉纹和她素未谋面，而且已经死了这么久，竟然还能影响到她的爱情！

这件事让向珍心乱如麻，也颇感沮丧和无力。在呆愣了几天之后，她觉得她不可逃避。于是，她置办了酒果，请晋鹏到花园的亭子那边赏月谈心。那边很幽静，风景也好。为怕有蚊虫叮咬，她还到药店配好了驱赶蚊虫的草药，装在银制的香球儿里，在亭子里各处都挂上了。

老天作美，今天的月色很好。晋鹏顿时来了。他穿着一身白色的长衫，被月光映照着，周身似乎被笼罩在银光里。向珍第一次发现，晋鹏竟然这么俊美，就像是从天宫中出来的一样。

向珍感到一股热流涌上心头，这股热流还是芬芳的，但也是令人害臊的，忍不住低下头去。晋鹏见她这样忽然心有所感，轻笑了一声："说起来，那天晚上的月亮也是这么美呢。"

"哪天晚上？"向珍羞红着脸问。

"就是那天晚上啊。"晋鹏说，"你设圈套，让我到僻静去抓你，你却暗渡陈仓，设计让我爹知道我……强逼你。"

向珍的心头立即凉了，顿时低头不敢再看他。过了一会儿，她小心翼翼地抬头偷看他，结果发现他似笑非笑地看着她，虽然目光她看不懂，但是很温和，不像是生气的样子，这才稍稍放下了点心。

之后，他们便落座，喝果酒，吃点心，聊天，谈笑。晋鹏没有再提任何敏感和不快的事情，气氛很融洽。但是向珍总是觉得不对劲。该谈的，没有谈。该交心的，没法交心。她感到自己和晋鹏之间那堵透明的墙更厚了。

晋鹏看出了她的心思，把酒杯轻轻放下。酒杯的底部碰到石桌上，发出清脆的微声，向珍却听得身体一晃。

“这样是不行的。”他轻轻地叹了口气，用意味深长的目光看着向珍，“你有真正想说的话吧。想说什么就直接说，想问什么就直接问，这样还好些。”

向珍抿了抿嘴，感到一股冲动涌向喉头，梗在心头的话终于得以出口：“其实，我仔细回想了，我去庙里的时候，责……责备你的那些话，其实并不是都在责备你。我其实是对未来的生活很害怕，对这个世界很害怕，因为害怕产生怨恨，因为……因为没有具体的对象，所以把这些怨恨全都错放到你身上了！”

向珍一口气说完这句话，长长地吁了一口气，心里颇有清淤除腐，豁然开朗的轻松感觉。这不是为了安慰晋鹏所说的话，这是她从记忆中找出来的真正的真相。其实，恨晋鹏，即便是之前恨过，对现在的她来说都是负担。发现其实不是这么回事后，她自己也解脱了不少。

然而晋鹏只是微微一笑，没有多少释然的样子。他在向珍讶异的目光中看向月亮，带着遥望过去的神情说：“但是，我还是你最大的恐惧对象。所以你才会把所有的恐惧都放到我身上。而且，如果没有我的话，你也不会有那么大的恐惧。我是你所有恐惧的触发者，对吧？”

向珍哑然。她本以为说完那些话就可以有突破性的进展，至少能除去大半的阴霾，没想到一切都还在原点上。她本想再说些什么，却发现自己根本无话可说，而且也不宜再说什么。也许晋鹏在这件事上对她有所责怪，但更多的是责怪他自己。自责往往是最难开解的。

向珍没有办法，只好硬着头皮，说下一件事。既然要说开，就都说开了吧。反正不说也不会更好。

“你……因为周姐姐的事情……是不是有些怪我？”

晋鹏的眼角和眉头都跳动了一下，深深地苦笑了一下：“我并没有怪你。我只是觉得如果我没有娶她，或者说，完全没有她这段事，应该会更好些……我倒有些怪我自己。”

“不！”向珍心头一颤，失声说，“这些不能怪你！”

“也不能怪你。”晋鹏凝视着她，缓缓地说道，他可比向珍淡然多了。

向珍一呆，抿了抿嘴，感觉有千言万语要说，脑中却一团混沌，根本不知道该说什么。

“那该怪谁呢？”晋鹏又看向月亮，脸上微微地带有惘然的嘲笑和苦笑，“应该是说造化弄人吧。”

向珍抿着嘴没有说话，她现在感觉自己的嘴唇像被牢牢地粘上了。

“算了，不说这些了。”晋鹏忽然莞尔一笑，刚才的神情一抹而尽。

向珍也赶紧赔笑了一下。笑容历来有神奇的力量，两人这样相对一笑，刚才的气氛立即被驱淡了。

“这些都是今天下午刚腌的吧？”晋鹏用筷子夹起一块蜜饯。

向珍赶紧点头。这是她从本县最好的果子铺新订来的，今天下午刚腌好。

“再不吃就有些发蔫了，来。”晋鹏把蜜饯递了过来。

向珍赶紧把蜜饯含入口中，一股醇厚的鲜甜味在口腔中满溢开来，让她的心定了许多。她咀嚼着蜜饯，朝晋鹏露出微笑。晋鹏也微笑以对。向珍感觉口腔中的甜蜜沁入心底，接着蔓延到全身，发自内心地笑了起来。也许不像她想的那么糟糕。晋鹏只是暂时有些疑虑而已，并且也在积极消化这些疑虑。也许她只要静静地等一段时间，他就能心无芥蒂、心无挂碍地和她缠绵了。

不过，不久后向珍就怀疑自己是不是过于乐观了。晋鹏对她的态度依旧是不冷不热的。她的心开始滑向恐慌：如果晋鹏细品疑虑后，反而走向了和她期望相反的方向怎么办？然而她仔细一想，时间其实只过去了几天而已。她似乎又有些太性急了。然而饶是她暗地里急得抓耳挠腮，也不好意思表现出来。

这天晚上，晋云喊向珍和晋鹏一起吃饭。在饭桌上，向珍一眼都不敢朝晋鹏多看，心里的那双眼睛却一直盯着晋鹏看。晋鹏一口一口地喝着汤。向珍以前从没有发现，他喝汤的样子也这么好看，不住地偷瞄她。

“哎，珍儿？”晋云不明就里，“你怎么不喝汤啊？快喝，这汤凉了就不好喝了！”

“啊，是，是……”向珍赶紧舀起一勺汤就往嘴里送，因为动作急了点，差点把汤汁漏到衣服上。

就在这时，晋鹏放下了汤勺。

向珍一激灵，害怕他是对她见怪，脸顿时羞红了。

然而晋鹏并没有看向她，而是斜睨着窗户，一副侧耳细听的样子。

“怎么了？”向珍有些好奇，羞赧便暂时退去。

“我好像听到外面有很轻的脚步声……刚才好像还看到有人影飞舞。”

诶？向珍一激灵，她也听过不少评书，知道这往往代表着强盗来了，而且是能飞檐走壁的强盗！

晋云一呆，然后竟然哈哈大笑起来。

向珍被他笑愣了。

“你呀，最近是不是又看那些奇侠小说了？”晋云用筷子指着晋鹏，呵呵笑着说。

晋鹏没有答话，还是聚精会神地听着外面的动静。

“我跟你说啊。你别看鹏儿这个样子，”晋云对着一脸不解的向珍说，“他小时候，也有一段时间对奇侠故事十分痴迷，还想过到深山里，找世外高人拜师学武呢。我当然不能让他到深山里去了，不过觉得男孩子学点武术强身健体也是好的，于是就找了个武师教他，他一开始迷得很，天天抡那个石锁。后来他又长大了些，觉得生在商贾之家，做生意才是正道，又开始专注学习经营之道了，我就把那个武师打发回家了。”

向珍心头一荡，眼前又出现她被困在着火的屋中时，砸破门飞进来的那个石锁。那个石锁是一直放在院中的。当时晋鹏用石锁砸开门的时候，她也没有过多注意这一点，之后想想却暗暗纳罕：这石锁可不轻。晋鹏是一个娇生惯养的公子哥儿，怎么会有那么大的力气。今天才知道，原来他是练过功夫的，顿时觉得他比以往还要光芒四射，不禁对他加倍仰慕。

晋鹏听他们谈笑他的事情，却是充耳不闻，忽然间拎起了凳子。晋云和向珍正讶异他要做什么，忽然门扇大开，几个全身黑衣，并用黑布蒙脸的黑衣人冲了进来，用刀指住他们。向珍一声惊呼闷在喉咙里：竟然真有强盗？

晋云惊得呆若木鸡。

晋鹏虽然拎了一个凳子在手，但是见黑衣人们全部拿着钢刀，咬了咬牙，只有把凳子放下。

黑衣人把他们都捆了起来。然后带到大厅里，大厅里已经有了一些晋家的下人。都已经被捆了起来，被其他黑衣人用钢刀逼着，一声都不敢吭，用充满期望却也非常绝望的目光看着主子们。黑衣人叫向珍他们靠前坐下。之后又有几个黑衣人从外面进来，押着几个被捆着的晋家的下人。

向珍的身体在不由自主地发颤，呼吸也开始紊乱。看来这些强盗，是要把晋家的所有人都聚集到厅堂里。这些强盗，光她看到的，就有十余人……这么多强盗，夜晚奇袭晋家，还将晋家所有的人全部捆起来，难不成要在劫财之后，把他们全部灭口吗？

转眼间，晋家的人就全被逮来了。强盗们也聚齐了，向珍在心里暗暗计数，发现有二十一人。

领头的那个人身材魁梧，声音粗而有力。他走到晋云面前，装出一副斯文气象："晋老爷，不要太过惊慌。我们这些道上混的人，图的是什么，遵守什么规矩，晋老爷想必清楚得很。我们只想向晋老爷借点浮财，粮食不要，房产也不要，田产更不要。这点浮财对晋老爷来说，根本不算什么，这边舍出去，那边就能赚回来，还请晋老爷千万不要吝啬呀。"

晋云是个忠厚好人，胆子也不大，早已吓得唯唯诺诺。不过，即便很害怕，他脑子还是可以用的。他偷瞄着强盗头子，作出一副肉痛心痛的样子："在我的卧房后面，有一个暗库……库房的门便是我的书架。暗库里有三千两银子，目前我家里的现钱，就是这么多。"

"在我家的米仓里面，也有一个暗库。"晋鹏接口说，"是建在地下的，入口就在最大的米缸下面。里面有一万两银子，还有三千两散碎黄金。"

晋云又惊又怒，暗暗朝着晋鹏直瞪眼，他本想尽力保下些财物，晋鹏却把另一个库房也供出来了，他这是受惊过度，傻了不成？看来年轻人还是不行。不过还好，他没有傻彻底，没有把第三个暗库供出来，那里装的才是大钱。

听到有三千两金子后，强盗头子点点头：“银子太多，也太重，我们带不走。就把金子带走就好。你看，晋老爷，我们也不是过分贪得无厌之辈，哈哈。”

强盗头子立即派四个人去暗库里拿金子。说明他们要把金子抬来厅堂这边，大家一起“扯包袱皮装”，不能让他们直接运走，难保他们不会拿了金子就直接走了。他们也不能一起到仓库里去分金子，因为必须留人在这里看着晋家的人，他们山寨的规矩就是，所有的东西，都要让所有兄弟过过眼，分的时候更要一起分。否则怕有兄弟怀疑自己分得少，与其他人心生嫌隙。

那四个人把一箱子黄金抬了进来，三千两黄金有一百多斤（十六两一斤）。箱子上面挂着锁，他们怎么知道里面是黄金的？他们把箱子掀开一条缝，就能看到里面金光灿灿了，只是不好伸手进去拿。强盗头子拔刀削掉锁，把箱子打开，顿时一片金光耀眼。里面是慢慢的一箱子散碎黄金。盗匪们便把厅堂里的帷幔扯下来撕开，充做包袱皮包金子，他们不能抬着箱子撤，那样太不方便。

因为黄金多，又散碎，得一把一把抓，强盗头子叫其他所有的强盗都去包金子，自己看着晋家的人们。

向珍看着那些金子一把一把地被强盗抓出来，也感到很心痛，但也在心里安慰自己，如果能用这些金子买到一家平安，也算值得了。然而这时，她忽然看到一个异常之处，顿时全身的毛孔都收紧了。强盗头子的刀虽然挂在腰间，晋家诸人都被绑着，他也不需要随时拿着刀指着他们，但是他时不时会用指尖碰一碰刀柄。这是下意识的行为，证明他很想拔刀，或者是准备拔刀。在得了钱之后还打算拔刀，难不成是还打算杀死他们全家灭口吗？

想到这里向珍汗出如浆，第一个反应就是看向晋鹏，而晋鹏正凝视着强盗们包金子，不知道在想什么。然而现在就算他能看到她的眼色，并且能懂得她的意思，也是没有办法的吧。向珍抿紧嘴唇，目不转睛地看着强盗头子，脑筋飞速地运转。现在旁人都不会有办法救大家的，她只有自己拼力思考，看看能不能想出什么办法来……

诶？向珍忽然想起一件事来。这个强盗头子是蒙着脸的，却总给她一种似曾相识的感觉……啊！对了，他的声音，她好像在哪里听过。向珍咬紧牙关，拼命地回忆，忽然感到脑中一亮，啊！想起来了！

想当初，她被晋鹏逼得“在晋家呆不住”了，晚上离家出走，夜深了不能继续赶路，便藏在一个废弃的墓穴里。半夜里来了一个巨盗，特别迷信，因为机缘巧合把她当成了鬼怪，她便将错就错，假装鬼怪吓走了巨盗。因为当时高度紧张，所以巨盗的声音便印在了她的脑子里。而这个强盗头子的声音，至少和那个巨盗，有八九分相似！难不成，之后他盗匪的买卖也作大了，招兵买马，不再当独行侠，当起了头目了？

向珍咬了咬牙。其实世上声音相似之人非常多。即便声音很像，他也未必就是那个巨盗。但是现在情况紧急，只有赌一赌。他不是迷信吗？那就装神弄鬼震吓他！

主意打定后，她便直着眼睛盯着他，用目光把惊骇和恐惧演绎到了极致。强盗头子注意到了，沉声低喝：“你在看什么？”

向珍故意打了一个寒战，没有说话，看向强盗头子的目光更加恐惧和惊骇。

“你看什么？”强盗头子更加诧异，也感到有些害怕。

“大……大王……”向珍直着眼睛，表情就像个女巫，“你有没有感到肩膀发沉？”

“你说什么？！”强盗头子一头雾水，但也更加害怕。

他这次的声音稍大了些，引起了几个强盗的注意，但他们见事情没什么异常，只是头目在和晋家的女人对话，便只朝他们看了几眼，之后又专注地抓金子包金子。

“大王……”向珍的神情更加魔怔，“其实，我看到您的肩膀上趴着一个……透明的女人，她还在跟我说话……您听见她的声音了没？”

“她说什么？”强盗头目身体有些发颤，但是竭力忍住，不让自己的身体抖起来。

向珍心头暗喜，脸上则继续是那副魔怔的神情：“她说……她是在一个坟墓里遇到您的，之后就在您的肩膀上趴着了。她说，在那之后，就一直看着您做的所有事情，对您很不满，说如果您再继续做让她不满的事情，她就掐死您，她的手正在您的喉咙边上……”

强盗头子再也忍不住了，肩膀剧烈地颤抖了几下。

向珍大喜，正要“添柴加火”，忽然看到人影一晃。

晋鹏站了起来，手脚已经脱缚，并用匕首架到了强盗头子的脖子上！

向珍万万没想到会有这种发展，差点惊呼出声。其他强盗也注意到了，都停下了，惊疑不定地看着这边。晋家诸人更是吓傻了，全呆怔怔地看着晋鹏和强盗头子。

大厅里霎时间一片静寂。

“哈，哈哈！”强盗头子大声冷笑，晋鹏这一下，倒把他从恐惧中解救了出来，“我明白了，原来你是跟这小丫头唱双簧，伺机逮我啊！没想到商人家的公子哥儿，还能有如此智量，了不起，了不起啊！”

晋鹏没有理她，向珍则暗自苦笑：这还真不是双簧。

盗匪头子继续冷笑：“小子，别以为你制住了我，就万事大吉了。我告诉你，我这帮兄弟，可都是亡命之徒，到了手的财不会不要，也绝不会受人胁迫。他们很有可能会不顾我的死活，直接上来拿刀砍了你。再说，你现在手里只有我一个人，他们手里却有你全家。如果你伤了我，他们会把你全家都剁成肉酱！”

剩下的强盗们被提醒了，纷纷拔出刀对准晋家人。

晋鹏对强盗头子的话只是轻蔑地一笑。

“当啷！”一个强盗手中的刀忽然掉在了地上，接着人也像喝醉酒一样，晕倒在地。其他强盗大惊，准备过去看视，却也一个个不由自主地晕倒在地。转眼间，厅里的强盗。除了强盗头子外，全都倒地，无一得免。

强盗头子的表情就像被迫吞下了一整个鸡蛋。

“这就是我供出这箱黄金的原因。”晋鹏轻蔑地狠笑着，“我是故意把这箱黄金弄这么碎的。这箱黄金，我用烈度纯度极高的迷药泡过。而且为了不让迷药失效，每隔一段时间，我就会用迷药泡它们一次。”说到这里他朝晋云瞥了一眼，这些话其实主要是在对晋云解释，“我知道你们这些强盗，得到黄金后是不会抬着箱子跑的，因为那样太累赘，必然要把黄金用手抓出来分开装。这样迷药就会从你们手上的皮肤侵入，很快便会起效。现在你那些弟兄，全被迷药迷倒了，睡个一天一夜都醒不来！”

强盗头子呆如木鸡，但稍过一瞬便哈哈大笑：“好！了不起！难得你有这等智谋，做这等准备。接下来你大概就要送我见官了吧。哈哈，像我这样的人，被送到官府后肯定有死无生，还要多受欺辱，我，宁死不辱！”说完便将嘴巴猛力一闭，接着一道道的鲜血从嘴里流出，身体也瘫软下去。

他竟然咬舌自尽了！

晋鹏一惊，便放开了他的身体。强盗头子倒在地上，抽搐了几下，手朝怀里作了个伸的动作，不知是他已经脱力，还是想起了什么，手并没有伸到怀里就摔落在身旁，两眼一翻便断了气。

晋鹏轻轻叹了口气，然后用匕首把捆在晋家人身上的绳索统统割断。然后所有人都忙了起来，有的人忙着拿绳索把晕倒的强盗捆上，有的人忙着把被强盗抓出来的黄金再放回箱子里去，听了晋鹏的话后，他们都是用布包着手做的，有的人则忙着去报官。

因为大家都忙乱着，没什么人注意向珍。从脱险开始，向珍就在盯着强盗头子的尸体发怔。对她这种大小姐来说，死人自然是可怕的。但是经过刚才那惊险的事儿，强盗头子的尸体反倒不怎么可怕了，活着的他要可怕得多。向珍久久地看着他的尸体出神，只是因为刚才紧张惊恐过度，暂时无法从刚才的状态中出离而已。

然而看着看着，向珍回忆起，在强盗头子咽气前，曾经有个把手伸向怀中的动作，不禁好奇之心大气，脑中一迷糊，就把手伸进他怀中的衣服掏摸。

诶？有个竹筒，被用布包裹着的木塞塞着。向珍的好奇之心如火之炽，把木塞打开，发现里面是一卷厚纸，还有一个碧玉雕成的蟾。向珍打开纸卷，发现上面画了很多弯弯曲曲的曲线，有些曲线竟隐隐有高山大河之状。再仔细看看，发现曲线之间还写着小字，有不少她认识，就是本县的一些生僻的地名。

第十五章 妙言驱杀手

向珍听过不少有关盗匪的评书，知道这种东西恐怕是盗匪藏宝的藏宝图，而那玉蟾，恐怕是寻得宝藏的关键之物。想到这些后向珍心头一股冲动涌起，竟把玉蟾和藏宝图都收进了袖筒之中，只把那竹筒照原样塞上，放回强盗头子的怀中。

须臾间差役们便来起尸。看到他们后向珍才如梦方醒，接着暗暗苦笑：她刚才藏起藏宝图和玉蟾只是一时冲动，现在看来大大不妥。但是现在公差已经来了，她再交出来，很多事情就说不清楚了。没办法，她只有继续把这些东西藏着了。好在这些东西强盗头子贴身而藏，应该是非常重要和机密的。强盗之间也是不可完全信任的，说不定其他强盗都不知道有这东西。就算其他强盗知道有这东西，也不一定会向官府招供，评书里强盗的惯例就是，进了官府，能少一语就少一语，反正是个死，多说反而会堕了自己死后的声名。

胡大人听说本县竟然发生了这么一起大案，二十多个强盗在县城繁华富庶之中心袭击本县的首富，在时下可是了不得的事情，连夜升堂问案。与向珍所料不差，这些强盗全都一声不吭。本来劫掠富户未遂问不得死罪，但是胡大人觉得这些人应该不是初犯，便把他们所有随身之物，比如刀剑暗器，和本县未破的案件的案卷细细比对，又把本县被盗匪劫掠过、伤害过和家里有人被盗匪杀害的百姓召集来，细看这些罪犯是否与发生在他们身上之案件有关。结果对出这些盗匪无一不犯过杀人劫掠之罪，咬舌自尽的强盗头子黑鹰身上至少有十二条人命债。于是胡大人把所有的强盗都判了斩首之刑，已死的黑鹰，因为最大恶极，死了也要被枭首示众。

一切都结束后，晋家人才算松了口气，回去围着晋鹏问事儿。晋云要问的事情最多，晋鹏是怎么想到要用迷药泡金子的方式“防盗制盗”的，以及他是什么时候开始搞这事儿的，他竟然完全不知道。

晋鹏回答他的问题的时候，有些不好意思，也有些骄傲：“这还是我看那些奇侠小说想起来的……我仔细看那些奇侠小说里的人物，说是英雄好汉，但其实都是强盗。说是杀富济贫行侠义，也只是劫掠富户而已，而且劫掠的时候也不会将富户加以区分。我仔细想想，觉得我家应该也是这些所谓英雄好汉劫掠的目标，所以就想办法防盗制盗了。这个用迷药泡金子的方法，书里倒没有，是我自己想出来的。”

“哦……”晋云捻着胡子点点头，忽然想起一件事来，赶紧又问，“那你是怎么把身上的绳索解开的呢？那些强盗的绳子很粗，结也打得结实怪异啊！”

“这个啊。”晋鹏举起右手，让大家看他食指上戴着的银镶碧玉戒指，“这不是银子，这是钢。”然后用左手食指和中指把碧玉轻扭了三下，碧玉之下“嗖”地挺出一片尖溜溜、两面都锋锐的刀片。

“这是我找工匠打的。”晋鹏看着目瞪口呆的晋家人，“在做了那箱‘防盗黄金’后，我又设想，如果我被强盗抓住了该怎么办。当时我就想啊，如果被强盗制住了，肯定会被绑住。于是我找个工匠打了个这样的戒指，如果被绑住了，就可以用这个机关，用刀片把绳子割断逃走。”说到这里，他露出一丝百感交集的笑意，“本来我好久没戴了，只是最近……周玉胜给我找的那事儿，让我觉得凡事还是多防备点好。所以我就又把这戒指戴上了，同时也把小时候用来玩的匕首带在了身上……没想到今天都派上了用场。”听到这里后晋家人咋舌赞叹，几乎要把晋鹏当成“神人”了，晋云更是对晋鹏夸爱不尽。

向珍一直在人从外站着，尴尬地笑着，她想要挤进去和晋鹏答话，却又不好意思去（好像不仅是不好意思，上次赏月之后，她感到自己和晋鹏之间的隔阂更深更宽了），而且也不知道挤出去后能对他说什么。而看着他被围在中央，又有一种莫名的落寞之感，忍不住自怜自伤。

“珍儿，”冷不防晋云回头问她，“你之前是真地看到强盗头子，那个黑鹰的肩膀上有鬼吗？！”

“啊？”向珍如梦方醒，脸红了，“没有……我只是觉着，像这种刀头上舔血的人，应该很迷信……我只是想要吓唬他，说他的肩膀上抗着这个鬼，并且这个鬼还说，如果他继续干伤天害理的事，就弄死他……”说到这里，她心中生出一股忐忑，偷看着晋鹏，怕他觉得她这做法太蠢太幼稚，“好让他放弃继续做坏事。”

“嗨。”知道真相后晋云哭笑不得，“那你装得可真像啊。我看你那样子，还以为你真地见到他肩膀上扛着鬼呢！不过你干吗要这样冒险啊，就算你不知道晋鹏有后招儿，你也不该这样冒险啊……如果那强盗不吃这一套，又觉得你说话讨厌，一刀把你砍了怎么办？那强盗虽然穷凶极恶，但有一句话说得对，那就是浮财只是浮财，转眼就能回来的东西，拿命去搏不值得啊……”

“我不是为了浮财啊。”向珍苦笑，“我是为了救我们大家的命……爹爹，你可能没有发觉，这个叫黑鹰的家伙，在拿到我家的财后，还下意识地摸刀柄，这是代表他拿了钱财后，还想杀人灭口啊！”

说这话的时候，她用眼睛的余光扫见晋鹏的眉头微微一挑，接着微微点了点头。啊，他肯定是没想到向珍也能注意到黑鹰有杀人的企图，他肯定也注意到黑影的企图了，所以才会冒险起来制服黑鹰，对她嘉许呢，顿时感到既开心又骄傲。晋云竟没意识到黑影劫财之后还有杀意，立即后怕得脸色煞白。其他人等想想也觉得很害怕，越发感谢崇拜向珍和晋鹏，心服口服地认他们为当家的。

如此被大家爱戴和崇拜，向珍并没有如何开心，甚至都没有如何在意。她在意的是，晋鹏对她的态度，还是有点不可捉摸。就像他们之间，隔了一层织得很厚的白纱，她只能模模糊糊地看见他的影儿。

在这种心情的驱使下，她第二天又去了晋鹏房中，本来准备了一肚子闲话可供东拉西扯，然而她见到晋鹏后，竟变成了没嘴的葫芦，只会讪讪地笑着。

“你来有什么事吗？”晋鹏似笑非笑地看着她。

“这……”情急之下向珍还是找到了一个话题，“我是想跟你谈谈黑鹰的事情，你可真了不起啊。在他们出现之前，就发现他们来了。”

“我啊，只是凑巧。”晋鹏笑了笑，若有所思地说，“当时我是偶然看到窗外有个人影闪过去，才注意到不对，之后仔细听，发觉有轻微的脚步声。”说到这里他的表情变得不可名状，“说起来，当时你算计我，让我以为你要私会，到那个僻静处去逮你。没想到你早就在那里准备好了陷阱，让晋福无意中当听众，当证人，向我爹证明我强逼你……”

“啊？”向珍没想到他又提起那尴尬事来，莫名尴尬却也莫名疑惑。她苦笑着想要说些什么，晋鹏忽然站起来，一把将她抱了起来，放到床上。

“你……”向珍吓了一大跳，“干什么？”

晋鹏没有回答，也不容她再说话，低头吻住她的唇，须臾间就褪去她所有的衣衫。即便有婚约，婚前这样做也是不可以的。即便是身份没有尴尬之处的、一般人家的女儿也会这样想。但是向珍此时竟然什么顾忌都没有。

就像一朵新开的花朵，竭力敞开花瓣，迎接初访的蝴蝶。接着一股暖风吹过，蝴蝶和花朵都消失了，化作一股香风，流转天地，接着大地春回，万物滋生。

等到一切恍惚都退去后，向珍才发现自己已经迈过了女人人生中至关重要的一道门槛。然而她却没有要“大惊小怪”的冲动。相反，她觉得心里特别踏实，甚至特别幸福。

她伏在晋鹏的胸前，目不转睛地看着他。而他之前面目潮红地盯着帷帐的顶端，此时才朝她看过来，忽然坏坏一笑：“你可真是的，这样盯着我，不害臊啊？”“啊？”听他这么说，向珍本能地把脸一埋，之后却忽然意识到了晋鹏这话没有道理，都到这时候了，还害什么臊啊，之后却意识到了问题真正之所在，吃吃地笑了起来：“是你觉得害臊吧？”

竟然真是如此。晋鹏脸陡然红了很多，把脸藏向一边。见他见此，向珍反倒大胆和“放肆”起来，坏笑着伸手绕在他的脖子上：“我还真是意外，之前一直对我不冷不热的，忽然之间这么热情，难不成你之前都是装的？”

这本是一句调笑的话，晋鹏听后脸色却忽然郑重起来，伸手搂紧了向珍："其实，我之前一直有点犹豫和迷茫，但是遇到黑鹰那档子事儿的时候，我吓坏了。当时我心想，如果就这样被杀了，那一切就都结束了。我和你甚至都还没开始，就要……在那一瞬间，我就觉得，不管是什么包袱，都该丢了！"

向珍没想到晋鹏看起来那么冷静，心里竟然也是害怕的。而晋鹏刚才说的那番话，说的很平实，也没有文采，甚至都有些语无伦次，但是在她听来，竟是这世上最动听的情话。她感到心头像有温暖的怒潮涌过，温柔但斩钉截铁地说："其实就算是死了，也没有关系，死了我们也会在一起的。

"这个……"晋鹏皱眉而笑，"我还是觉得活着好……"说到这里，忽然觉得什么都说不下去了，只是低头搂紧向珍，把滚烫的嘴唇紧紧捂在她的唇上。

自从那天之后，向珍发现自己的生活起了质的变化。她和晋鹏虽然因为没有正式拜堂成亲，不能公开你恩我爱，但是私下里天天都如蜜里调油般厮守在一起。每天要么是晋鹏来见她，要么就是她去见晋鹏，一天都没有落下，不知为何，只要一睁开眼睛，她就想去见他，相信晋鹏对她也是一样。

之前她并不如何在意穿着打扮，而现在却无比地在意，虽然没有用奢侈华丽的衣饰和浓艳的脂粉，但是每天衣服和首饰她都会精心搭配，也会细细地修饰自己的脸，不让自己见他的时候有一丝一毫的瑕疵。像晋家这样的大户人家，自然不需要她下厨，但是她几乎每天都会去厨房，自己做点好吃的，在吃饭的时候带过去和晋鹏一起吃。荷包扇套之类的小物件，她不知道给晋鹏做了多少。晋鹏没有要求她做这些东西，她也没有必要做这么多，但是她就是想做，每天脑子里都会出花样，做完一个后，脑中又会出更好的花样，又会止不住地想再做，总而言之，就是想给他最好的。她还想着，等到时间够用的时候，她亲手给他做几件衣服，在上面绣上顶好的图样，让城里其他所有的达官贵人，在他面前都黯然失色，自惭形秽。

她对晋鹏这么好，晋鹏自然会加倍地对她好。她想要什么东西，她还没开口，晋鹏就会弄来给她。说的每一句话，都让她甜到心里去。向珍觉得，这真是她一生中最快乐的时光。时间似乎过得很快，又似乎过得很慢，每一分每一秒都让她心里满满当当的都是幸福和快乐。

不过即便如此快乐，她也不是没有顾虑的。她一直在想黑鹰的异常举动，按理说，黑鹰已经拿到了晋家的财物，他们所有人又都蒙着脸，根本没有被人识破身份。在这种情况下，他完全没有必要杀人灭口。而看他的一些举动，倒像他一开始就预备杀人灭口似的……难不成，劫财只是幌子，其实他们是受人所雇，来杀害晋家全家，再作出劫财的假象？

一想到这里向珍就觉得心头发颤，然后在脑中迅速排查有嫌疑的人。说真的，虽然和晋家有嫌隙、和她个人有嫌隙的人不少，但都只是些商场上的人，没有人有门路，也没有人有胆量去雇佣强盗来杀人，且不论如果这些强盗日后被抓，他们雇他们做的事情会立即败露，光说这交易，能不能完成都难说，甚至还可能祸害自身。

盗亦有道，只是评书小说里的说法，或者是强盗们自我标榜的美名。真实的强盗们坏事做绝，对“非道上的人”根本不讲信誉。一般的富户要是雇强盗做事，强盗很可能拿了钱就远走高飞，根本不去费力办事。再严重些，如果强盗看到雇主家里油水多，不想舍近求远，直接把雇主家给抢了，也是很有可能的事情。所以，敢雇佣强盗来杀人的人，只有能彻底压服强盗的人。这样的人会是谁呢？他们家又是什么时候，得罪过这样的人呢？

这些事一直沉甸甸地压在向珍的心里，随着时间的流逝，还越变越重。她知道晋鹏肯定意识到了这个问题，想跟他讨论，但是又不愿破坏气氛，现在这甜蜜幸福的气氛，真是太难得了。

这天，她和晋鹏坐在花园里赏花，她依偎在晋鹏的怀里。轻轻地玩着他垂在肩头的一缕长发。她把他的头发轻轻地绕在手指上，一圈又一圈。别看晋鹏是个男人，头发是柔顺黑亮，一点都不输给那些每天都用高级头油的女人们。一个丫鬟从那边的园子里采了些果子，挎着篮子过来，一不小心撞见了他们，自己倒害羞地低了头，匆匆忙忙地逃跑了。

要是以往，向珍肯定会非常的惊慌窘迫，此时倒十分泰然，觉得她现在和晋鹏这样是天经地义的，那丫鬟这样逃走反而是大惊小怪。晋鹏也意识到了她的变化，想起她之前一见他就退避三舍的样子，感觉简直恍若隔世。心里也是欣喜感慨，但是没有说出口。

他看着向珍依偎在他的怀里，满脸都是安定和满足，仿佛他的怀抱就是全世界一样，不禁心头一动，想起另外一件事来："说起来，最近有件事我挺苦恼。"

诶？向珍心头一股热血涌上：难不成他要说黑鹰的事情？

晋鹏见她陡然变得紧张，很是讶异，赶紧笑笑："我昨天，到郑成家里去做客，结果听到，他叫她夫人宝贝儿。"

"哈？"向珍没想到晋鹏要说的竟是这件事，不禁又是讶异又是好笑，也十分好奇他说这件事干吗。

晋鹏凝视着她的脸，用手在她脸上轻抚，就像在抚摸一尊无价的玉器："我只是觉得，恩爱夫妻，应该互给对方一个昵称，一个只有夫妻间能叫的、别人谁都不能叫的昵称……"

向珍听后心头大动：夫妻间专用的，独一无二的昵称吗？

"当然了，宝贝儿这个词不行。太俗了，也太常见了。"晋鹏继续说，眉头微微皱起，看来他把这件事看得很重，并且已经耗了不少心力，"我也不能叫你珍儿，如果我喊你这个，听起来就像我是你爹或者是兄长一样。如果叫你阿珍，又有那么一种疏远的感觉，我想啊，想啊，就是想不出一个合适的昵称。"

向珍静静地听着，心里很感动，她一开始觉得只是淡淡地感动，之后却感觉身子骨儿都化了。她也开始卖力思考，想给晋鹏取一个独一无二的昵称，然而也是想了很久，都没有想出合适的。

她疲惫而又尴尬地对晋鹏一笑，低低地说："这事儿还真……我也想不出什么好的昵称给你。"

晋鹏眉头一蹙，然后微微一笑。两人之后都没有再说话，只是静静地赏花。

"其实吧，我觉得我们也不是一定要给对方取昵称。"

沉寂了一会儿，晋鹏忽然开口，语气温柔而充满感慨。

"我也觉得是这样。"向珍应道。他们无法给对方取昵称，都是因为觉得对方太重要，不知道该用什么样的昵称来界定对方。但是既然如此重要，有没有一个昵称，又有什么区别呢？

日子缓缓的流逝着，留下深深的痕迹。对于向珍来说，时间每过去一刻，她心头的幸福就增加一点，越积越多，如大海，如高山。然而正因为她心中有这么多的幸福，所以她格外的患得患失，黑鹰那事儿，总是在她的心头挥散不去。她很多次偷偷地在灯下研究那个藏宝图，发现这藏宝图应该只有半幅，要想找到宝藏，必须得找到全幅宝图才可。然而从藏宝图边缘的小字来看，这笔宝藏十分巨大，要是折算成银钱，至少得有五万两银子。向珍不是贪得无厌之人，但是想到有这么多钱，还是不禁耳红心热，并在心里暗暗期盼，期望有朝一日，机缘巧合之下，她能够找到藏宝图的下半幅。

那个玉蟾，好像和宝藏没什么关联。玉蟾底部刻的有字，写的是“母赠小念儿”，应该是一个做娘的送给儿子的纪念品。从黑鹰把此物和藏宝图藏在一起来看，十有八九他就是那个念儿。虽然觉得此物没什么用处，但是向珍没有把它丢弃。因为这毕竟是强盗的东西，如果被人捡到，又查知是从她那里丢出来的，说不定还会有不测之事。

日子一天天过去，没有发生什么异常之事。向珍的警惕和忐忑之心慢慢地淡了。她又准备到十里八乡里去看一看，看看有没有女红新秀。这些日子虽然她连遭惊险之事，又因自己的爱情而忙碌，但是生意并没有一丝一毫地落后。

向珍是个聪明人，知道一个优秀的掌柜没必要所有的事情都亲力亲为，只要能培养出优秀并且信得过的帮手，把工作适度地分给他们，一样可以生意亨通。她早就培养出优秀并且信得过的管理人才，绣坊的生意继续良好发展，桑田和丝绸织造的生意也步入了正规。向珍渐渐地只要处理总务之事就好，但是，寻找优秀绣女的事情却是例外。在她看来，刺绣手艺是她的生意之基，所以这样的事情她必须自己做。廖碧云离开了，对她的生意来说的确是一个不小的损失，她得尽快再找到一个优秀的绣女，填廖碧云的坑儿。

她寻找绣女的第一站，就是市集。这里其实最易寻得民间藏珠的绣品的地方。可惜她这次并没有什么收获。她累了，和腊梅一起在树荫下休息。一个挎着篮子卖杂货的女人带着儿子，也在树荫下休息。因见她们衣饰华贵，不敢靠近，只敢远远地坐着。

这对母子衣服蔽旧，上面有不少补丁，可见他们生活困苦。母亲坐下后就发怔，神情姿态如朽木一般。那儿子倒是还未失去童趣，在地上用手指戳泥巴玩耍。

这孩子玩耍的样子让向珍想起了自己小时候——因为小时候身如浮萍，向珍小时候就心事重重，很少能像这样无忧无虑地玩耍。看着看着，向珍忽然注意到，在这孩子衣服上的一块补丁的边上绣着一朵花儿。这肯定是因为这里的布烂得太厉害，怎么补都不好看，索性绣一朵花儿遮丑。向珍这是知道的。她注意的是，这朵花儿的刺绣手艺十分高潮，竟还有几分廖碧云的感觉？

“小弟弟。”向珍忍不住招手叫那孩子过来，“你衣服上这朵花是谁绣的？” 为了确保这孩子顺利答话，向珍还拿出了自己预备在路上吃的果子，塞了一个到那孩子手里。

“这是那个庙里的阿姨给我绣的。”那孩子接了果子，欢然应道。

“庙里的阿姨？”向珍正待细问。

那孩子的妈妈却一把将孩子拉了过去，笑着对向珍说：“这是小妇人我绣的。”

在这一瞬间，向珍只想翻白眼：这妇人撒谎的本事也太差了。

妇人低头叫那孩子把果子还给向珍，无奈那孩子从未吃过这样高级的果子，紧紧攥着不愿放手。那妇人没有办法，只好从篮子里捡了一团线，递给向珍作为补偿，然后带着孩子急急地走了。

向珍拿着线团，哭笑不得。这妇人这幅模样，倒像是那“庙里的阿姨”是什么提不得的人一样。她感到很好奇，便和腊梅小心翼翼地跟在这对母子后面。还好市集上人多，她们跟在后面，那对母子也没有知觉。那对母子出了城，进了一个村庄，走进了一间周围围着篱笆墙的小草屋。接着那妇人就搬了个板凳，坐在门口捻线，也顾不上管那小孩的行动。

向珍和腊梅便静静地在一旁等着，等那孩子走远了，便走过去，把最好的果子给他吃，细声细语地问他，这朵花到底是谁绣的。

“这花啊，就是庙里的阿姨绣的。”那孩子倒丝毫没有要保守秘密的自觉，“那阿姨就在土地庙里，脸上身上都是土，每天只能采野果喝泉水。有天我路过，看她可怜，便把我身上带着的半个饼子给她吃了，她为了感谢我，就给我补了衣服，还在上面绣了朵花。”

藏在庙中？身上脸上都是土？向珍立即明白了。这样的女人，恐怕是从夫家逃出来的女人，从大户人家逃出来的侍婢，甚至可能是官府追缉的逃犯。这孩子的母亲应该也这样怀疑，所以才不愿让人知道这花是那人绣的。而且看她那紧张的模样，估计都不会再让这孩子去找那个女人了吧。

向珍想起她发现廖碧云的时候，廖碧云也是藏在破庙里，心里说不出是什么滋味。当然了，她是不会雇佣是非之人去绣坊工作的，就算她手艺再高也不行。不过，因为此人手艺很好，又有廖碧云的风范，她还是对她起了好奇之心，想偷偷地去看看，能看到她就看，看不到就拉倒。

向珍问那孩子，这女人现在在什么地方。那孩子果然说他妈妈不让他再去那地方。但是经不起向珍好哄歹哄，再加上他自己并不觉得那女人是坏人，以及受不了向珍的糖果诱惑，便答应带向珍她们去看那个女人。

这孩子真心不坏。在去庙里的路上，还把向珍给她的糖果分了点出来，说要拿给那个女人吃。向珍在感慨孩童总是心善的同时，同时也隐隐感觉到，那个女人应该不是坏人。

转眼间，那个土地庙就到了。这个土地庙也是老早就废弃了的，庙宇倒不小，但是破到登峰造极，屋里的蜘蛛网简直像帷帐似的。向珍叫这个孩子在门口喊那个女人，自己和腊梅则藏在树后观察。

“阿姨……阿姨……”那孩子对着那边轻声呼唤。

一个蓬头垢面的女人从庙里出来了。那孩子把糖果递给她，她狼吞虎咽地吃了几个，忽然意识到这样贫穷的孩子不能有这么贵的糖果，警惕而又惊慌地抬起头来。腊梅赶紧把头一缩，向珍却怔怔地从树后走了出来。

她已经认出来了。这个女人，就是廖碧云！她怎么会在这里？她不是跟桑钟国去过好日子去了吗？

廖碧云也看到了向珍，猛地站起来，低声惊呼了一声，想要逃走，却站在那里没动。向珍感到她有万千秘密要对她吐露，便朝腊梅看了一眼。腊梅颇是乖觉，带了那孩子到别处玩去了。

“廖姐姐……你这是怎么回事？”等腊梅带着那孩子走远了，向珍赶紧问廖碧云。

廖碧云还未开口，就泪流满面，抽泣了半天后才说：“没想到……没想到萧景……萧景是这么一个衣冠禽兽！”听廖碧云这么一说，向珍已是大吃一惊，待细细听完前因后果后，更是惊得目瞪口呆。

原来萧景说自己被强盗打伤后失忆，认一对儿子早死的财主夫妇为父母，并承袭了他们早逝的儿子的名字，赶考中状元的事情，全是虚假的。在这整个故事中，只有他被强盗打伤、被人救到桑氏夫妇家的事情是真的，失忆的事情则是假的。他被救到桑氏夫妇家中时记忆清楚，只是因为养伤，错过了考期，没脸回家，所以才在桑氏财主家里寄居了下来。

而桑氏财主的儿子桑钟国在他到桑家的时候并没有死，也在读书应考，准备下期应考，而巧合的是，桑钟国的长相和萧景有几分相似，身高体态也差不多。桑氏财主痛惜读书人，好言安慰萧景，并让萧景留居家中，和桑钟国一起读书待考。不久之后，桑氏夫妇不幸染病，双双毙命。家里就剩他和桑钟国。而桑钟国也挺善良，继续留他居住。

在留居期间，萧景本托一个行商给廖碧云带过一封信。而说来也蹊跷，那人把带信的事情忘了。转了一年半载回来后，又把信带了回来，也亏这人忘记给廖碧云带信，让廖碧云不知道萧景的境况，否则日后廖碧云见到萧景的时候，说不定一见就会被灭口。

萧景见信没被带到廖碧云手里，虽然有些失落，但是考试之期已近，他便想干脆等考到功名后再回乡跟廖碧云团聚。之后他便和桑钟国一起赶考，一应吃用，都由善良的桑钟国花钱。因为怕车马劳顿影响发挥，所以他们早早到了京城。又怕客店人杂和不清净，他和桑钟国以及随行的书童单租了一个小院居住。大考之后，皇榜公布。恰巧那日桑钟国略染风寒，在院中休息，书童留在院中服侍，萧景去看皇榜。结果发现自己名落孙山，桑钟国却高中头名状元。

萧景又气又恨，凶心陡起，回到小院之后，竟然先用衣带把小童勒死，然后又把熟睡中的桑钟国用枕头闷死。他把他们二人的尸体埋进小院里，然后冒桑钟国的名字，领了状元的功名，考场又无人知道桑钟国真实的样子，谁是谁非全凭自己说。而且萧景和桑钟国相貌又有几分相似，便蒙混过去了。蒙混过关之后，萧景先用桑钟国盘缠中剩余的银钱买下小院，并让小院空置，这样不会有人入住，就不会有人发现尸体。而桑钟国剩下的盘缠依然很多，他均收入囊中，供自己花用。

现在桑家只有管家主事。萧景便命官差带信回去，让他谨守家财，管理家务，“待主回归”。所以桑家余下人等依然被蒙在鼓里。桑钟国的打算是，要么等到十年八年后再回家，人十年八年改变可以很大，他又和桑钟国相貌有些相似，到时候他冒着桑钟国的名儿回去，如果有人发现他“相貌有异”，他也可以以“长变了”来搪塞。或者干脆就想个办法，把桑家余下的、以及与桑家亲近之人一并除去，永绝后患。这个计划还未想好，所以还未实施。

这些事情本来他对廖碧云守口如瓶。但有一次，他们夫妇二人对饮，桑钟国一时高兴，喝多了，夸口说他在这世上所向无敌，就算是天要阻挡他，他照样也可以逆天改命。廖碧云很奇怪，便问怎么个逆天改命法，他一时得意忘形，就把自己的所作所为全都说了，之后呼呼睡去。而廖碧云听他做过的这些伤天害理之事之后，吓得魂飞魄散，硬是坐在床边，一夜没有睡着。第二天萧景一醒，她就忙着问萧景，昨天他喝醉酒后说的事情是不是真的。

萧景酒醒后知道自己失言了，便对廖碧云说，不管他昨天酒后说了什么，都是胡说八道。而廖碧云这些年也看够了人心险恶，所以察觉萧景是在说谎。而之后见萧景看她的时候神情不再平常，竟觉得他似乎暗藏杀气。终于有一天睡前，萧景亲自给她端了一碗参汤，甜言蜜语地让她尽快喝。廖碧云觉得这参汤里应该有毛病，便放到唇边，抿着嘴只用嘴唇碰了碰参汤，假装喝了一口。萧景却不肯罢休，定要看着她喝完。

正在这紧迫危难之际，师爷忽然有公务来报，萧景便回头和师爷说话。廖碧云就趁此机会，把参汤泼进盆景里，然后把碗端在嘴边，作了一个喝空了的动作。萧景这才心满意足，离开办公，之后廖碧云看那盆景，竟发现叶子迅速蔫了下去。

廖碧云感到五内俱焚，又是伤心又是害怕，赶紧从府邸后门逃走。因为廖碧云无处可去，又神思混乱，雇了辆车，随口对车夫说回本县。等到到本县边界的时候，才忽然省悟她不可以回绣坊。因为萧景如果执意要杀她灭口，肯定会回绣坊找她，如果发现她在绣坊，必然会害了绣坊的人和向珍全家。然而她又只熟悉本县的风土人情，不敢逃往别处，只敢在本县山里找地方躲藏。

她找到这个土地庙，藏在了里面，身上没有多少钱，也不敢出去买东西吃，只好就近摘野果、采草根，胡乱填肚子。那一天，那个孩子玩耍路过，坐在树下吃饼子。廖碧云饿得实在受不了了，便冒险出来跟他讨饼子吃。那孩子倒心好，把饼子给了她。她为了报答他，便拿出她随身带着的针线，对于她这种刺绣熟手来说，无论何时，身上都会带着针线。给那孩子补上了衣服上的一块破损，没想到竟因此泄露了行踪。

向珍呆怔怔地听着廖碧云说话，不由自主地握紧了拳头，手心里全是冷汗。她如此受惊，并不仅是因为廖碧云的遭遇。她想明白了，黑鹰那怪异的举动，黑鹰一开始就是被人雇来杀死晋家全家的，弄些钱财一来是捞些额外的油水，二来是为了让人误以为他们只是劫财杀人！而雇他的人，就是桑钟国——不，现在应该说是萧景了。历来敢于雇佣巨盗者，必是势力可以完全压服巨盗，但又有事只能让深处黑暗之人去办的人。

看来萧景不仅打算灭廖碧云的口，发现她逃走后，必然还会派人追杀，还打算灭晋家全家的口，双管齐下。啊！被派来灭晋家之口的黑鹰一伙已经全军覆灭，那追杀廖碧云的那一路人呢？在哪里？

向珍咬紧了嘴唇。在这一瞬间，她的感觉如身处暴风之中。廖碧云可以被她发现，也可以被杀手发现。前来杀她的人，说不定就在路上，而黑鹰一伙全军覆灭的消息，必然很快会传到萧景的耳朵里，他一定还会另想方法灭除晋家！她该怎么办？赶紧回去，叫晋家举家逃亡？不可，一来晋家家大业大，不能说走就走。第二，普天之下莫非王土，萧景又官居巡抚，无论他们怎么逃，恐怕也逃不出萧景的手掌心。

向珍目不转睛地看着廖碧云，目光几乎要在她脸上擦出火花。廖碧云又讶异又惊慌，问她怎么了，向珍却没有回答，转身招呼腊梅，让她先把那孩子送下山，回他自己家，她则拉着廖碧云的胳膊，往山后去。

“你干什么？”廖碧云一惊。

“你藏在这里不行！得换个地方！”

她要把廖碧云好好藏好。倒不仅仅是为了保护她。也是为自己，为晋家保存一个活命的筹码。对于萧景来说，最需要被灭口的人，是廖碧云，晋家只是附带。如果只有晋家知道廖碧云的行踪，却可以不告诉萧景，萧景一时就不能灭晋家的口，当然了，晋家如何“可以”不开口，是个需要绞尽脑汁去想的问题，如果不想办法牵制住萧景，他完全可以找个由头，把晋家合家大小都抓起来，以问其他案件的名义严刑拷问。好在晋家刚遭遇过黑鹰那事儿，是十里八乡关注的焦点。而之前因为判案的事情，晋家又和“巡抚桑钟国”有所联系。萧景行事谨慎，为了不引人注目和怀疑，一定不会仓促再对晋家下手。她还有些思考对策的时间……

向珍把廖碧云拉到山后，叫她脱掉沾满土的外衣，把手脸和头发上的泥土洗干净，并把自己的披风给她裹了，这样她看起来好歹像个人，之后又雇了一辆车，往大青山而去。假设廖碧云之前所处土地庙的事情已经被其他人知道，那之前那座山她都不能呆了。向珍之所以要去大青山，是因为之前她去大青山游玩，发现在一处石崖脚下，立石后面有个山洞，十分隐蔽。廖碧云藏在那里，应该比较安全。她准备把廖碧云先在那边藏一阵，再作打算。因为在做危险隐秘之事，向珍就格外要做出镇定的样子。每每遇见山民樵夫，她的态度都格外显得放松和平常。暂时忘了部分路径，也十分镇定地向一个樵夫问了路。

很快，她们就来到了那个石洞前。这个石洞比向珍之前造访时还要隐秘，洞前的立石上爬满了青苔。且洞前还新长出了些矮树和灌木，将石洞洞口和立石之间的缝隙完美遮蔽。向珍带着廖碧云转入石洞之中。因为此洞是生于石中，因此干燥清洁，只是略冷。

“这里应该能当个落脚地。”向珍对廖碧云说，“等会儿我给你送来油灯、被褥，还有必需品，如果可以的话，想办法造个门。”她话音刚落，忽然听见洞口长草“哗啦”一响。

向珍暗叫不好，赶紧回过头去，果见两个黑布蒙面的人冲进洞中，手中都握着把雪亮的钢刀。廖碧云惊呼一声，接着站立不稳，几乎要晕过去。而向珍已经经历过不少险境，比她镇定得多，虽然也十分惊怕。但还是能冷静地观察和思考。她见这二人只是用黑布蒙面，身上穿着的都是平常衣服（一人身穿褐衣，一人身穿蓝衣），怀疑他们是一路跟踪他们而来，到洞前才临时把脸蒙上的。如此说来，他们来的路上，应该被人看到过长相，这点可以利用吗？

“请问二位大王是否想要钱财？”向珍对他们说，“我们身上并未带多少钱财，但都可以奉送大王，金银首饰之类的，大王们也尽可以拿去。”向珍这样说，是想试探他们是否只是过路的山贼，他们未必就是萧景派来的杀手。

这两人打量着她们，他们鼻梁以下都蒙着黑布，两对眼睛精光四射。

“小娘子，对不住。”穿褐色衣服的人瓮声瓮气地说，“我们二人对二位全无仇怨，只是忠人之事！”说着举刀便要朝向珍头上砍下去。

就在这千钧一发的时刻，向珍喊道：“且慢！二位可是官差？”

“啊！”褐衣人大惊，举刀的手也不由自主地放了下去。

蓝衣人也是异常惊诧。

向珍看着他们，默默地抿起了嘴唇。看来她所料没错，这两人就是官差。她之所以可以判断出这些，是因为他们不贪钱财，不贪女色（他们看她们的时候，神情很正），举止和言行也全无匪气。再联系萧景现在为官，他可能是因为觉得匪类办事不牢，迫不得已把官差派出来当杀手。

向珍咬了咬嘴唇，眼睛像火星一样闪闪发光。既然他们是官差，她们说不定还有一线生机，就看她是否可以说服他们了。

“看来二位大人果是官差。”向珍看着他们的眼睛，尽量用平和的语气说，“来杀我们，必是奉了上官之命。但二位可知，上官为何要杀我们吗？”说罢不等这二位官差回答，她便以最快的速度把萧景冒人功名，杀人灭口的事情说了一遍。这二位官差就算是捂住耳朵，也来不及了。

听了向珍的话后，二位官差都是脸上变色。他们并不是因为知道萧景让他们来做不法之事（私自杀人就是不法之事了）。他们惊怕的是，他们知道了萧景如此可怕的秘密。历来知道上官不为人知之事就等于背上了一个催命符。

向珍知道自己的话已初步有效，审视着他们说：“二位官差，官场上的一些规则，想必你们也很清楚。这件事事关重大，那位大人必将把所有相关之人除去。你们杀了我们之后回去，等待你们的，必然是杀人灭口啊！”

“哼！”这次褐衣之人没有说话，蓝衣之人冷哼了一声，“你别想吓唬我们，大人又不知道，你们把所有的事情都告诉我们了！”

“即便你们什么都不知道，那位大人也未必会放过你们，毕竟他指示你们私自杀人，光是这件事，传扬出去，对他来说也是莫大的麻烦。再说，他又无法确定，在你杀我们之前，我们会不会多口，把事情透漏给你们吗？”向珍盯着他的眼睛说，每一个字似乎都能迸出火星。

这下蓝衣之人也有些踌躇。褐衣人低低地咳嗽了一声，似乎有话要说。而蓝衣人似乎已经猜到他要说什么，急急地说：“你想说什么？是说我们杀了人后不回去？还是不杀人直接逃？你别忘了，我的一家老小可都在大人的手里捏着呢！你一个人无牵无挂，怎么样都可以，但是我怎么办？我不能弃我一家大小于不顾吧？”

“为了你一家大小的安全，你才更要立即离开！”向珍见他们有所动摇，赶紧趁热打铁，“你难道没有想过，那位大人要掩盖如此重大的秘密，自然会宁可错杀一千，不可放过一个。他肯定会怀疑你是否把你的任务跟你家人说了，在灭了你的口之后，肯定下一步就是把你全家老小一并灭口！而如果你现在逃走，那位大人投鼠忌器，只要你不把这件事泄漏出去，就不会轻易动你家老小一根汗毛！”

蓝衣人是久在公门之中修行的，什么不晓得，一点便透。而褐衣人，一早就存了不杀人就走的心思。

向珍怕他们仍有疑惑，又添风添火：“那位大人现在是让你们做不法之事，你们不做而走，不仅保全自己清白无过，还是在对国家尽忠，日后若是老天有眼，恶贼招诛，你们不仅可以官复原职，还可以得到嘉奖！”

蓝衣人和褐衣人前后一想，觉得一丝一毫都不错。他们对视了几眼，便已经商议停当。褐衣人对着向珍深深一揖：“小娘子，请恕我们二人冒犯之罪。今日之事，请当作没有发生。”说罢便和蓝衣人一起离去。

廖碧云没想到向珍连此等危机都能化为无形，对她既感激，又崇拜，赞不绝口。向珍却紧抿双唇，根本无暇和她答话。她又把廖碧云带离此山，在一家村子的故衣店里给她买了一套男人的衣服让她换上。之后再把她带到一个全寺和尚都安分守己、为人称道的寺院，给了点钱，让廖碧云女扮男装在那里当香客。

一般人应该不会想到，一个寄居在和尚庙里的单身男客其实是女人吧。向珍这样想着。其实她依然不觉得这样很稳妥，但目前这是相对较好的方法。安置好廖碧云后，她怔怔地回了家，即便是走在平坦的大道上，也觉得脚下凹凸不平，似乎有什么无形的东西不停地绊脚。

她虽然把萧景杀害廖碧云的行动也挫败了，但相信萧景很快又会有第二波行动、第三波行动……这什么时候是个头啊？难道真要召集晋家的人，一起逃走吗？可是怎么逃呢？难道彻底舍弃这么大的家业，合家逃到山里当野人吗？

向珍回到家里，刚进门不久就遇到了晋鹏。晋鹏见她脸色不佳，关切地问她怎么了。在这一瞬间，千言万语一起涌上向珍的喉头，甚至让向珍觉得不坦诚以告就会憋死，然而最后向珍却什么都没有说，只是说自己有些累，借口要早点休息，便钻进自己床上的帷帐里去了。

然而坐进帷帐之后，向珍也无法入睡，甚至都无法躺下来，只是抱着膝盖发呆。江听雨是个有心的人儿，知道情况不对，便悄悄地钻入帷帐，轻轻地问向珍出了什么事。

向珍看着她的脸，她的脸白得就像冬阳下未染细沙的白雪，一双眼睛清澈得就像秋天的泉水，一时激动，就把所有的事情都跟她说了。为什么说呢？她是那么的年幼，又是那么的忠诚。只是跟江听雨说，只能暂缓她心头的压力，其他没什么用罢了。

然而江听雨抿着嘴听完后，竟然捧起向珍的手，一字一顿地说："小姐，你不用担心。这些年你对我这么好，我一定会报答。这件事，我会帮你尽数了结，不会让你和晋家所有人受一丝一毫的伤害。"

哈？听了这话后，向珍哑然失笑。江听雨这是在宽慰她吗？可是这话也说得太大了吧。也不像是这孩子的作风啊。估计也是因为这件事太过重大，受惊失常了吧。

向珍只把江听雨的话当成一句胡话，并没有放在心上。但是对她倾吐衷肠后舒服了很多，倒在床上沉沉地睡去了。然而她第二天醒来后，竟然发现江听雨不见了，里里外外都没有人。等了一阵子后，也不见她回来。

向珍的感觉顿时如坠五里雾中，也陷入了极大的恐慌中，这孩子，该不会真是去“了结”这件事了吧？可是她一个孩子，能做什么呢？诶？她不会是被萧景的人抓去了吧？可是抓走她又能做什么呢？

向珍心绪不宁地等了三天，大户人家走失一个婢女，只要主人不报，根本没什么人注意。只有向珍一个人惊恐等待。到第三天傍晚，向珍终于撑不住了，觉得自己不能再这样瞒下去了，必须要把事情告诉晋鹏。然而她刚刚迈出闺房的大门，就看见晋鹏走了进来，一见到她就抱住她的肩膀：“你怎么了？脸色怎么这么差？”

向珍不知道自己现在的脸色如何。但见晋鹏关切的样子，猜到自己现在的脸色肯定比死人还难看。她看着晋鹏的关切的目光，看他的样子，光看到她脸色很差，就已经十分惊慌和心痛了，吐露一切的冲动又一次涌到了喉咙口，却再次梗在那里，吐都吐不出。就在这时，腊梅惊慌地跑了进来，冲口就说：“少爷，小姐，来了好多官差，好多官差啊！”

官差？一听这话，向珍几乎要魂飞天外。怎么？难道萧景敢公然派人上门抓人？

“官差？”晋鹏不明就里，还在讶异地问，“是县里的官差吗？”

“不是，不是啊！”腊梅拼命地摇头，几乎连耳坠子都要摇飞了，“县里的那些人，我们都认得……这些人不是。而且那些、那些制服，我都没见过啊！”腊梅一面说，一面可怜兮兮却又悄带怨恨地看着向珍。

她真真是个有心人。她其实一直在不动声色地偷听偷看，已经大概知道发生了什么事。

晋鹏更加讶异，看向向珍，发现向珍脸色更加糟糕，简直比死人还要难看，不禁如坠五里雾中。然而讶异也好，怀疑也好，现在官差上门，晋家主事之人必须去迎接。

第十六章 春种一粒粟，秋收万颗子

晋鹏立即前往厅堂。晋云已经在那里了。向珍是女眷，本不应出来，但是她心头悚惧，也一并跟了出来。

只见两行差人鱼贯而入，分立厅堂两边，穿的果然是大家都不认得的衙差制服，足足有三十来人。接着，一个穿着十分考究、师爷打扮、面孔青矍的中年人走了进来，手里牵着一个小女孩。他牵着她走路的时候背脊微躬，神情恭敬，可见这个小女孩比他身份还要高得多。这位小女孩身穿绫罗，耳坠明珠，头上闪闪发光，戴着大家都不认识的宝石。然而等大家看清这位小女孩的脸的时候，所有的人都目瞪口呆，怀疑自己是不是在作梦。

这个小女孩，竟然是江听雨？

在所有人当中，向珍是最震惊的那个，她呆呆地看着江听雨，几乎要晕过去。江听雨对她只是调皮地笑笑："小姐，别担心，是我。"

接下来江听雨说的话，让所有人惊上加惊，那感觉无异于亲眼看到石中长花，水中燃火。原来江听雨根本不是她一开始对向珍所说的，是被弃的盐商之女。她其实是当朝宰相，江承均的女儿。她母亲不是平妻，而是江承均的唯一正房。江承均因为命运乖舛，多年无出，妻子更是在他中年之时死去。他又续娶江听雨之母为妻，五十岁之后才得了江听雨这一个女儿。

数年之前，江承均被奸臣所害，削职流放。因为被流放之地离京城极远，又是穷山恶水，所以江承均未带她们母女同行。但是江承均走后，江听雨的母亲思念丈夫，便带了婢女和女儿一起去找江承均，却在路上被贩子骗了。母亲、女儿和婢女被卖予三个不同的人家。

而三月之前，奸臣因为行事不谨，贪赃枉法之事被当今圣上发觉。圣上震怒，将奸臣下狱。他一倒台，他所办的冤假错案全部浮上水面，圣上查出江承均有冤，立即让他官复原职。江承均复职后，立即派出师爷，寻访妻子、女儿以及婢女的下落。师爷寻访数月，终于与江听雨联系上。几天前江听雨偷偷离开晋家，就是去与师爷见面。她小时候的模样师爷本就记得，再加上她有那半块玉佩作为信物，师爷立即确认她就是小姐，准备不日便带她去见江宰相。她今日回晋家来，是道谢外加告别的。

晋家大小没想到江听雨竟然是宰相的女儿，一时间手脚都不知道该往哪里放。想到他们把江听雨当一般婢女一般呼来喝去，更是后怕得不得了。那些和江听雨有过龃龉的人，更是怕得都要活不了了。

向珍还是呆怔怔地看着江听雨。江听雨的身份突变，对她来说又有一层意义。江听雨朝她意味深长地笑笑，挽了她的手，跟她去房里说私房话儿。晋家诸人恨不得全去偷听，但是因为江听雨身份高贵，谁都不敢去。

在帷帐之中，江听雨跟向珍说了不可在厅堂上说的话：原来那日江听雨已经打算离开晋家，钻进帷帐其实是想与向珍告别的。但见向珍心事重重，便问向珍出了什么事。得知真相后，她估摸着自己父亲的官位足以压倒巡抚，便向向珍许诺她一定可以帮向珍了结此事。而她跟师爷见面后，便把这件事跟师爷说了。师爷已经修书一封，派人骑快马送给江承均。江承均必将彻查此事，并不让萧景动晋家一根寒毛。

向珍没想到事情竟会如此演变，心里不知是什么滋味，脑中混混沌沌，久久都不敢完全相信这是真的。然而这就是真的。江听雨在晋家停留了半日便准备启程去见父亲。向珍忽然想起一事，赶紧把绣坊里所有出挑的绣品，全送给江听雨作礼物。江听雨不愿收，无奈向珍苦求她带上，只有收下了。

晋家的下人们看在眼里，俱感叹向珍“目光独到”“深谋远虑”，对于这样大官的女儿，哪有不送礼的。而以江听雨的身份，一般的珍珠宝贝肯定都不放在眼里，只有绣品这种看工夫看手艺的东西，她才会觉得有趣。向珍听了之后，之后暗暗讪笑。她送江听雨礼物，可不只是送人情。穿戴的风尚历来是由显贵之人引领。而江听雨的父亲归为宰相，乃是一人之下，万人之上。这些绣品，江听雨不管是自用，还是送人，都必将吸引达官显贵们的注意。如果能引得京城的贵人们喜欢并追捧她绣坊的绣品，那她的绣坊并将大发特发，说不定还能把绣坊开到京城去呢。

江听雨走了，向珍送走江听雨，感到满心的欢喜和安定。虽然将来如何，尚未确定，但她感觉，已经不会再有什么大碍。她回到闺房之中，沐浴、洗头、更衣，忽然想去见晋鹏，便精心打扮了一下，欢欢喜喜地去见他。

晋鹏看到她这焕然一新的模样，眼睛一亮，然而目光很快就沉郁了下去，意味深长地说："看来今天你是真的高兴了。"

"诶？"向珍立即发觉晋鹏话里有话，莫名的心慌起来。

"这几天，发生过一件很大的事，对吧。"晋鹏看着她的眼睛，目光似乎可以直射进她的心底，"就在今天，这件事才了结。你那难看得吓人的脸色，就是因为它……"说到这里，他再也忍耐不住，一把抱住向珍的肩膀，目光也变得炽烈和急切起来，"到底是什么事？告诉我！快告诉我！"

向珍呆呆地看着他，感到心头和嘴唇都像被什么东西粘着。她引来那么大一个祸事，即便现在有了解决的办法，但是她依然开不了口。但是，她实在无法抵御晋鹏的目光，低下头就把整件事都说了。

晋鹏静静地听着，眉头慢慢地皱起，又慢慢地松开，最后脸色变得十分沉郁和复杂，就像厚厚的迷雾，令人捉摸不透。

"你有没有生气？"向珍感到莫名的心虚和心慌，"你有没有怪我？"

晋鹏没有直接回答她的话，而是轻轻地叹了一口气："你为什么不把这件事告诉我呢？"

"这……"向珍觉得自己现在说话就是从喉咙里挤出苦汁，"我不是不信任你……只是，我招来了这么大一个祸事……我实在是……说不出口啊！"

晋鹏苦涩地一笑，笑容比她的语气还要苦："这我明白，你也有你的难处……但是，不管是什么情况，遇到了危险，应该第一时间告诉最亲的人，不是吗？"

向珍哑然。

“看来，”晋鹏没有直视她，目光虚空着苦笑，“我们之间还是有隔阂，挺深……当然了，我也没资格说这些话，之前的很多事情，我都不是瞒着你吗？”说到这里说不下去了，一把将向珍拥入怀中。

晋鹏没有冷落向珍，反而格外和她恩爱缠绵。向珍一方面感到心头大石放下，无尽欢心，一方面却又提醒自己，也许这不是好现象。他们心中的确还有隔阂。今天他们才真正发现，而且对如何消除这隔阂，都是束手无措。向珍回想起自己看过的那些才子佳人的爱情故事，觉得极讽刺又揪心。故事里的人，总是极容易便相爱，极容易便白头到老。向珍总以为故事里的事会比现实要复杂，现在才发现自己错了。真正的爱情要比故事里的爱情复杂得多。当然了，故事里的才子佳人往往会经历举世难逢的惊险离乱，他们是难以遇到那些事情的。然而，真正重大的阻碍不是来自于外部世界，而是来自他们的内心。向珍现在才懂得了。

以后一连几天，都没有发生过什么事情，但向珍也没有听到什么好消息。晋鹏没有把这件事告诉其他人，如果告诉了，不说别的，晋云就得第一个吓死担心死。毕竟事情还没有被确认了结，因为这个，向珍也开始心慌了。当然了，她知道自己的心慌是没必要的，但是就是忍不住。其实也不奇怪。人在经历过重大的惊险之事后，就算之后完全平安无事，也会害怕心慌，并对未来产生莫名的恐惧和不确定感。这是人人都会有的后遗症。除了这个，向珍还在为感情苦恼，心慌不加倍，都已经算是很不错了。

因为上次的强盗惊魂，晋云花重金聘来了一个武师看家护院。这个武师姓江名彪，五十多岁，身边带着一个七岁的小童。据说江彪十多年前便名震江湖，只是时运不济，未能开帮立派，也没有存下什么钱，只得还给人看家护院。这经历使他听起来像是个江湖骗子。但是大家不认为他是江湖骗子。因为他当真武艺高强，平地上房、空手劈砖不在话下，一条棍武起来后大家只能看到一团黑雾，当真是针扎不进，水泼不进。

向珍对此类人物也感兴趣，在他来后，经常找他说话。江彪已经五十多岁了，按时下的情况，他这年龄，足以做向珍的祖父，外形是个干瘪老头子，为人又极正派，向珍和他说话，既不用太顾忌男女之防，也不用担心别人会说闲话。

向珍这日又去找他，不为别的，就问他有什么方法，能助她稳定心神，她听说，学武有成之人，在稳定心神上很有一套。向珍走到他所在的小院门口，发现门是半掩着的。她朝门里一看，看见江彪正端坐在凳子上，眼睛竟然是被黑布蒙着的。

向珍忍不住惊噫了一声。

江彪听见了，赶紧把蒙眼的黑布取下，与她见礼。

“江师傅，你这是做什么？”向珍十分好奇。

“啊，这是我稳定心神的一种方式。”

这句话正好说到向珍的心坎上，她赶紧问：“稳定心神？具体是怎么做的？说说看？”

“这个啊。”江彪慈祥地笑了笑，“这是我师父交给我的，我师父说过，人生在世，要拒六贼，眼耳鼻舌身意。六贼之中，眼为最大。恐惧的事情、复杂的骗局，大多都是通过我们的眼睛来影响我们。所以他教我们，时不时把眼睛蒙起来，平心静气，渐渐地就可以用心来感知世界的真相，可以平定心神，遇事也可以不骄不躁，不恐惧也不糊涂。”

向珍认真地听着，回到闺房后就试。她找来一条干净的汗巾，把眼睛蒙上。哎呦。刚蒙上眼睛那一会儿，即便知道自己身处闺房之中，还是有点心慌害怕呢。但是这阵心慌害怕过去之后，心情真地渐渐安定了。

向珍很是开心，深深地吁了一口气。然而就在这时，她忽然被人从背后抱住了。

“啊！”她低声惊呼了一声。

“别怕，是我。”

向珍听出这是晋鹏的声音，这才安心，抬手要把汗巾解开，晋鹏却抓住她的手，按下去，说了一句令她似懂非懂的话：“就蒙着眼睛吧……只有现在，我才觉得，你会真正地……完全地……依赖我……”说着他便轻吻她的脸颊和脖子，一边给她宽衣解带，一边抚摸她。

向珍满心迷惑，但是很快便感到全身酥软，便垂着手任他摆布。

晋鹏和向珍还未成婚，便过起了夫妻般的日子，唯一不同的是还没有真正搬到一起，这件事晋家合家上下都已经知道了。对此他们都是装聋作哑，反正他们已经有了婚约，向珍的品性能力他们也都看到了，绝对配作晋家的少奶奶。只有一些老成持重的人觉得有些不妥，但也没有怎么议论。对此向珍都知道。老实说，之前的她最在意别人的看法和议论，而此时她却觉得没什么大不了的，连清风过耳都算不上。为什么会有这么大的变化，她也不是很懂，大概是因为她已经“心如磐石，不可转也”，再加上感到自己少奶奶的位置固若金汤了。

不过，即便觉得自己少奶奶的位置固若金汤，但是向珍还是心有不安。晋鹏没有冷落她，甚至对她比之前还要热络，但是他越是这样，她心里越不安。因为她从他的行为中品出了一丝恐慌之感。怕什么？他是怕他们之间会出现感情裂痕，才竭力这样做的。然而他这样反而凸显了问题的存在。他真的很在意那隔阂啊。一想到这里向珍就觉得心里翻江倒海的慌。当然了，就算她和晋鹏之间出现了感情裂痕，她也不用担心失去自己的少奶奶之位。要成为一个家族的少奶奶，不仅要得到夫君的宠爱，还要得到整个家族的认同。有时候后者更为重要。她已经得到真个家族的认同了，而且晋鹏相信也不会离弃她。不过，即便是她和晋鹏之间有一丝一毫的感情裂缝，她也是受不了的。

然而就在这时传来消息，巡抚大人桑钟国巡查途中感染恶疾，暴病而亡。又过不久，江宰相的亲随暮色之中亲来送信，送上江听雨写给向珍的书信。原来江宰相得到消息后，便进行密访，查找萧景冒充桑钟国的各项犯罪证据。萧景得到消息，知道宰相已经得知并过问此事，自认已经无法逃脱法网，便服毒身亡。既然他已经服毒身亡，江宰相便打算将这件事秘而不宣。一来在立案之前犯人已死，二来这样也可为朝廷避免一场丑闻风波。无论如何，萧景已死，对晋家、对廖碧云已经没有危害，向珍尽可以放心。

向珍得到这封书信，这才真正放下心来。她先拿着书信给晋鹏看，给他报平安，然后给廖碧云报信。廖碧云得到信息后大哭一场，也不愿再涉足俗世，在一个庵堂里落发为尼。她感念向珍对她的照顾和保护，在出家后又请向珍到庵堂里住了两日，在这两日里，把自己的刺绣秘法倾囊传授。对于一般学徒，要想学会一种刺绣技法，一两年都未必能学会。但是对于刺绣高手，只要授予她点睛之笔，她就能完全掌握这项刺绣技法。向珍已是高手，一点便透，至此便将廖碧云的本事全部收入囊中。

向珍也曾劝过廖碧云，说现在红尘厉害，处处都不能免俗，佛寺庵堂也不是世外之地，她在庵堂出家其实毫无意义，还不如就在绣坊闲居。然而廖碧云却铁了心要出家。向珍没有办法，只好多给庵堂施舍点钱，让尼姑们多多照顾廖碧云罢了。

萧景的事情是了了，但是向珍并未能就此感到安稳。因为之前曾给她立下大功的赤脚医生李勤来报，说他近日给客栈的伙计看病的时候，客栈的伙计无意中对他说起，昨天有个外乡人跟他打听，被黑鹰抢劫的人家“具体是哪一家”。伙计只是聊闲话，他却觉得其中有文章，立即来向向珍报告。

向珍立即想起了自己藏起来的藏宝图和玉蟾，便问李勤这外乡人现在何处，长的是什么样子，是何打扮。李勤说客栈伙计说，此人来客栈只是打尖，没有住店，现在已经不在客栈，而他的相貌，按照伙计的模糊记忆和拙嘴笨腮，只能说清他是“穿着蜀锦长袍、面如冠玉，十分的俊美”。

向珍想象了一下，脑中并没有形成大概的形象，心里却莫名地忐忑起来，就像心里有锅水煮开了。虽然有可能这个外乡人不是什么可疑之人，只是听说这里发明了著名的抢案，有点好奇而已，但向珍就是觉得，这人可能和黑鹰有关。他来是做什么？他和那藏宝图和玉蟾有关吗？还是要给黑鹰报仇？

应该不会是想来给黑鹰报仇吧。昨天客栈伙计已经告诉了他被黑鹰抢劫并把黑鹰送到衙门的人家是晋家，如果他是要为黑鹰报仇的，昨天夜里就已经上门杀人了。向珍这样想着，渐渐地感到心头压上了一座大山。玉蟾和藏宝图的事情，她该告诉晋鹏吧。可是她还张不了口啊。上次萧景的事情，她并没有过错，也是迫不得已才隐藏事实，但是这玉蟾和藏宝图是她当时出于好奇，之后出于贪念藏匿起来的，现在可能又招来了祸患，她怎么有脸说得出口？

向珍心慌意乱，又去找江彪，如果那人上门来报仇或者窥探，就只能倚仗江彪了，然而面对江彪，她也无法坦诚以告，只能说听说最近不太平，请江彪“多加小心”。没想到这一说，倒引起了江彪的话头。

他对向珍说，听他在衙门里的朋友说，历来学武之人，天生就会相互吸引，他来这里不久，就和衙门里的几个班头交上了朋友，衙门里昨天出了一件奇事。就在半夜时分，看守证据库的衙役，看到一个白色的人影晃进证据库。他们赶紧进去看，结果什么人都没看到，也没发现丢什么东西，但一个老衙役发现一个装证据的木盒稍微挪了些位置。

听到这里，向珍心里那锅水又煮开了。证据库除了存放各类凶案的案卷外，还有各个凶案的证物。所有案件的相关物品，以及凶犯被捕时的随身物品都会被存放在里面。老衙役虽然没有说是被挪动的是哪个盒子，不管怎么说，对衙门外的人总不能倾囊相告，但十有八九就是黑鹰案的证据盒。那人，就是冲着那个藏宝图和玉蟾来的！而且此人武功高强，进入证据库的时候衙役们只能看到他的人影儿。

向珍越想越是感到背后凉飕飕。不过，也许那人只认为是衙门的人偷走了玉蟾和藏宝图，光是玉蟾，就值不少银子。而那藏宝图，懂行的人也都会知道那个值钱。毕竟，谁会想到被强盗吓得魂飞魄散的苦主会偷强盗身上的东西呢？向珍这样想着，之后却发觉自己可能是一厢情愿，虽然这听起来有些不合常理，但若按排除法，就只能怀疑是苦主的家人藏起了东西。

事到如今，本应不再期期艾艾。向珍本想对江彪竹筒倒豆子，全部坦承以告，但想到晋鹏，到口边的话又滑了回去，对江彪坦诚以告，对他却藏着掖着，他要是知道了，那该怎么想？再说就算对江彪说实话，好像事情也不会有什么不同。她就对县城里来了这么一个武艺高强的盗匪，大富之家是排第一位的危险，请江彪一定要多加小心。江彪果然尽职尽责，从今天起便夜里不睡，彻夜巡逻。向珍稍微安心了一点。

然而第二天早上，向珍早上醒来，竟然看到自己床上插了一朵梅花。现在是不可能有梅花的，向珍残存的睡意顿时全跑了。她仔细看那梅花，竟然发现这花是用彩绢和银丝做成的。这枝上的梅花，一朵是开放的，一朵是闭合的花骨朵。每片花瓣都薄如蝉翼，边缘还用丝线滚边，做得十分精巧。

向珍呆呆地看了梅花一会儿，想起之前看过的怪盗评书的情节，慢慢地把梅花摘了下来，如果这是什么江湖高手所留，那上面一定暗含什么信息。她慢慢把花骨朵打开，结果发现里面有一个纸团。她打开纸团，发现上面写着几个蝇头小楷，字体极娟秀：“非你之物不可留，速还于吾。”

向珍捧着这个纸条，血都凉了。看来这个高手就是冲着那玉蟾和藏宝图来的，而且他武艺要比江彪高得多，他进入晋家，在窗上留下这朵梅花，江彪完全没有发现！

不过虽然满心悚惧，但向珍已是经过很多大风大浪之人，很快便冷静了下来。她细看这张纸条，忽然觉得，此人也许对她和晋家没有多少恶意——还是那句话，如果他要给黑鹰报仇，昨日早就入室，一剑砍死她，然后再在屋里翻箱倒柜了。即便是怕自己找不到玉蟾和藏宝图，留她活口，那也会先把晋家其他人杀几个，今日她起床不早，晋家其他人应该早已起床，如果有人被杀，丫鬟仆人早已发现，并且叫嚷开了。想到这里后，即便觉得家里应该无人被伤害，她还是担心晋鹏会出什么事，把腊梅叫来，打发她“悄悄”去看少爷在干吗。

腊梅立即去了，向珍的要求很怪异，但是她没有问为什么，也戮力按要求完成任务。这是她最大的优点。

腊梅转瞬即回，说少爷好好地在吃早饭。向珍心头的一块石头落地，此时才得以继续思考。他对晋家和她无甚恶意，不仅可以从他没有伤人看出来，也可以从他留信息的方式看出来。如果他对晋家有恶意，怀有怒意，他绝不会用绢制梅花这种东西当容器留信……

向珍忽然有了一个大胆的猜想，心都颤了：她想起之前在评书里听过的，怪侠一枝梅的故事。怪侠一枝梅是个传说中的劫富济贫的侠盗。他偷窃之时从不让人发现，只在走后在门上留下一朵梅花，以示自己来过。这梅花据说都是他从特定的地方，自己亲手所采。也就是说，必是他自己经手的。现在这个怪盗留下的绢制梅花，难不成也是他亲手所制？而男人应该不会有兴趣作这种脂粉气十足的精细手工的，难不成这个怪盗是女人？是的！肯定是！不说别的，纸条上的字迹如此娟秀，男人很难写出来！

发现怪盗是女人后，向珍立即心安了一些。女人和女人，总会有些共同语言。而且这绢制梅花上的针线也不赖，对方也应该是个刺绣高手。刺绣高手和刺绣高手之间，就应该更有共同语言了，向珍决定向她展示一下刺绣技巧，解释一下当日发生的事情，并且把玉蟾和半块藏宝图还给她。

若对方真是个刺绣高手，见到她有高超的刺绣手艺，必会有爱才、甚至崇敬之念，也就更容易接受她的解释，更有可能谅解她。

向珍找出廖碧云留下的那根牛毛细针，学她一样把丝线捻开了，在那个花骨朵的内侧花瓣上刺绣起来（这个花骨朵花瓣分两层），她是用金黄的细丝，在花瓣内侧绣上蝇头小楷，这细丝又黄又亮，十分醒目，向珍又把字绣得十分清楚，即便是普通人，也可以看得清。而那怪盗既武艺高强，又是刺绣高手，眼力必佳，更能看清。

她简要说明当时黑鹰一伙不但要劫财还要杀人，她和晋家所做一切都是不得已而为之，并且说明自己留下藏宝图和玉蟾只因好奇。绣完之后，她将花骨朵再合上，等天黑了，婢女们都歇下之后，把梅花插在窗棂上，并把玉蟾压在藏宝图上，把二物一并放在窗台上。之后她便躺在床上装睡，却悄悄地透过帷帐的缝隙，死死地盯着窗台。还好今日月明无云，月光把一切都照得清清楚楚。

到了夜半时候，向珍只觉得眼皮发沉，不由自主地闭了一下眼。而她再把眼睛睁大的时候，赫然发现梅花、藏宝图和玉蟾都不见了。她知道怪盗已来，全身的血都涌上了头顶。然而就在这时，她忽然看到窗外似乎有什么东西一晃，那梅花又插在了窗棂上，窗台上也多了块物事。

向珍脑中一晕，暂时无法判断发生了什么。在帷帐里藏了一会儿后，惊悸之心稍减，慢慢地从帷帐中出现，看那枝梅花。只见那绢制的花骨朵中又多了一张纸条，上面还是秀丽的蝇头小楷：

家兄为非作歹，早该被诛。玉蟾乃母予之念物，吾需索回。

向珍再看窗台上的物事时，发现那是两块叠在一起的藏宝图……啊！应该说是被割成两半的藏宝图的两个部分！这样藏宝图就完整了！

向珍看着完整的藏宝图，几乎热血沸腾。她现在大概明白了。这位女怪盗，应该是黑鹰的妹妹，是个行侠仗义的侠客，武艺也远比黑鹰为高。估计早已看不惯黑鹰的为非作歹，和黑鹰分道扬镳了，他们兄妹二人武功一个高，一个低，为人行事又如此不同，应该分拜二师，甚至可能属于两个门派。

黑鹰估计是记恨妹妹离弃他，或者是想有朝一日胁迫妹妹和他合作，所以藏起了母亲给妹妹的纪念物，那枚玉蟾，这么说来，黑鹰可真够下作的。被官府砍头，也是恶贯满盈。至于这板块藏宝图为什么会在女侠客手里，则不得而知。很可能这是他们共同的战利品，也可能是因为黑鹰藏起了她的玉蟾，所以她便抢走半块藏宝图作为报复。

在黑鹰被砍头后，他妹妹听说他的死讯，觉得他早该被诛杀，但他藏起的玉蟾可不得不取回来，所以才回来找寻。见向珍愿意归还，就把另外版块藏宝图留给她，作为谢礼。

向珍拿着藏宝图，觉得它隐隐发烫，女侠客这等于是送了她几万两银子，还真够慷慨的。不过，那女侠客如此武艺高强，世上应该没有什么东西是她拿不到的，这几万两银子，对她来说也许不算什么。既然有了藏宝图，她就可以着手去寻宝了，天下宝藏，人人都可得之。而且她从小听的评书中，寻宝的主题也有不少，她对寻宝之事十分神往。再说她现在可独力调动的人手已有不少，此时不寻，更待何时？

第二天，向珍先去丝绸织造厂，再去桑田，调动了亲信工人和靠得住的工人几十人，向珍选为自己按次办事的人，会选像李勤那样的狡诈人精儿，但是选为自己长期做工的人的时候，则多是忠诚老实之人。按着藏宝图的指示，去了西边的刺骨山。

刺骨山，一听这名字，就是个鸟不拉屎的偏僻地方。它离县城很远，准确地说离本县有人烟的地方都很远，被几个荒山围着，属于荒山中的荒山。被向珍召集来的帮手们都讶异向珍喊他们去山里做什么，为了不在事前走漏消息，引发不必要的麻烦，向珍事先没有告诉他们去干什么，只是说去山里“找好东西”。这样固然可以保密，但听起来也更怪。再加上向珍带着他们往山里走的时候一脸神秘，还躲躲闪闪地看着什么东西，其实就是藏宝图，走的路线也曲折诡异，有些迷信的人甚至怀疑向珍是不是中了邪了。

向珍按照地图的指示，很快便找到了藏宝之地。之前因为藏宝图画得一目了然，所以她找到藏宝地并不困难，但找到这里之后，她却犯起了难：藏宝图在这里画了一个圆圈，并说宝藏就在这里，可是这里除了一个土堆外什么都没有。向珍想过也许把这个土堆挖开就能看到宝藏，但是她拿锹往土堆里一插，却震得手痛，这个土堆，其实是个巨大的半圆石块，上面只积了一层浮土。看它的体积，最轻也是重逾千斤。难不成宝藏就在这石块下？向珍不至于愣到直接想办法移石块，试着把锹往石块下插了插。

石块下似乎也满是硬石坚土，根本插不动。向珍闹着头犯难，又看那藏宝图。那藏宝图写的打开宝藏的方法是“左转三圈，右转三圈”。她便苦笑着围着石块左转三圈，右转三圈。这种行为可谓怪得可以，帮手们忍不住议论纷纷，怀疑她中邪的人更加怀疑她中邪了。

听到他们的议论后，向珍微微有些尴尬，也有些着急。咬着嘴唇冥想。忽然想到了另一种可能，赶紧用锹把石块上的浮土都刮去。浮土刮去之后，向珍看出这是一整块青石，而且不像是自然形成，而是被石匠打磨成这样的。

帮手们全都屏声静气地看着向珍，看看她到底想干什么。

向珍忽然心念一动，把手按在石块上，细细地摸索。诶？她在靠近石块顶上的部位，摸到一道裂纹。她顺着裂纹细细地摸，发现它正好绕石顶一圈。向珍心头一亮，立即抱住圆圆的石顶，发现可以转动，便抱着它，左转了三圈，右转了三圈。只听轰然一声大响，向珍感到石块猛地向左移去，及时放脱双手才没有跌倒。

帮手们惊得全都“啊”的一声，接着又全都鸦雀无声。

岩石赫然移开了五尺远，地下出现了一个大洞。洞口乍现后立即有风灌入，可见洞里一定长期密不透风。

向珍没敢贸然进去，害怕里面含有什么污浊毒气。她在一旁等着，估摸洞中浊污之气散尽之后，才点燃了火把往洞里照。洞里黑洞洞的，一道石阶衍生而下。向珍心里有些发怵，想让跟来的哪个身强体壮的工人先下去，但想到如果底下真有价值几万两银子的宝藏，这个工人看了，即便不会因财生二心，也难免大惊小怪，事后走漏消息。

她咬了咬牙，叫帮工们都在洞边守着，如果她下洞之后呼叫再下去，然后微微颤抖着拿着火把拾级而下。她刚踏上第一级阶梯，感觉就像进入了另一个世界，但还是勉强宽慰自己：这底下是不会有什么怪兽的，因为这洞里这么憋气，要一直在这里，早就憋死了。但是即便没有怪兽，妖魔鬼怪说不定也会有的吧……一想到这里她顿时浑身发颤，忍不住暗骂自己干嘛要自己吓自己，只有把各种想象和猜测的冲动都推到一边，横了心地往下走。

这石阶不长，很快便到了底。脚踩到底的那一刻，她的心立即提到了嗓子眼。她拿火把朝前照，发现这是一个石室，里面摆了四个大箱子。她心头一阵狂喜，同时却也感到难以言喻的害怕，屏住呼吸，走到一个箱子边，轻轻地一掀。

呀！箱子里满满的都是金元宝！

向珍立即觉得眼睛都像被镀上了一层金儿。她把其他几个箱子都打开看了看，发现每个箱子里都满满地装着金元宝。她清楚地听见自己的心"怦怦"直跳，在这石室内简直震耳欲聋。即便如此，她依然提醒自己要冷静，拿起一个元宝，凑近火把，仔细观看。

唔。这元宝上没有官家的印记，形状也不像官制。也没有任何私家的印记。应该不是赃物。至少无法被查出是赃物。向珍把元宝轻轻地放回箱子里，然后找出这四个箱子上的锁鼻儿，掏出自己带来的小锁，她不知道会有几个箱子，一共带来了五个锁，这些锁都是精钢打制，十分结实，把这些箱子全都锁上，这才喊人下来。

大家一个接一个地下来了，看到这几个箱子，十分好奇。向珍没有告诉他们这些是什么，只让他们把它们搬上去，这样会让他们怀疑，但也比直接告诉他们，这里面是金子强。等帮手们把箱子都搬出来后，她又抱住原石的顶部，左转三下，右转三下，石头便又回到了原处，盖住了洞口。向珍还怕惹眼，又叫帮工用铁锹铲了些浮土，把石头盖了一层才罢休。

向珍叫帮手们把箱子搬回晋府，一路上尽量少说话。自己走在队尾，一边走一边眼观六路、耳听八方，虽然外人不会知道他们搬的是金子，但是她心里不安，总怕会被人看见，更怕别人看了起疑。

然而怕什么有什么，向珍忽然看到左边山林里似乎有人影一晃。她赶紧叫队伍停下来，朝那边张望。

"掌柜，怎么了？"一个工人问道。

向珍没有说话，只是让一个身强体壮又机敏的工人去那边看，看看有没有人，以及有没有人活动过的痕迹。工人们都知道向珍家里最近遭遇过强盗，遭遇过强盗的人都会有些神经过敏，倒也没有怎么见怪。工人回来了，说那里什么都没有，也没有脚印之类的东西，向珍估计是看错了。即便如此，向珍依然是不放心。但她也不能就在这里站着疑乎，还得让队列继续走。

她让他们从侧门把这四个箱子抬进了晋府，抬进自己小院里的一间空房里。之后，她赏了每个帮手一两银子，一两银子可是重赏，够现在一般人家过几个月的，叫他们不要把这件事告诉别人。

第十七章 情之甘苦

帮手们领了钱后欣然离去。向珍坐在空房里，看着这几个箱子，喝了杯茶定了定神，之后便请晋鹏来看这些箱子，上次有事，是他问起，她才期期艾艾地告诉他。今天她要主动告诉他。

晋鹏来的时候是满脸堆笑的。看到箱子后有些惊诧，但是脸上的笑意并没有消失。但是听向珍说了事情经过之后，脸上的笑容慢慢地消失了。

“你为什么不告诉我呢？”他沉着嗓子问。

“今天我不就告诉你了吗？”向珍暗暗发觉不好，僵笑着说。

“我是问，你为什么不一开始就告诉我？”晋鹏的声音更沉，而且没有看着她的眼睛。

向珍噎住了，这件事是因为她好奇引发的，但外人会觉得她是因为贪念而招来这件事，而她事实上也有那么一点点贪念。虽然有惊无险，甚至最后收获颇丰，但是细思极恐：如果这位女侠客不是位侠女，而是像黑鹰那样的恶盗，后果将不堪设想。正因如此，她对晋鹏根本开不了口，即便现在说，也需要很大的勇气。

晋鹏的问话让她十分羞惭，同时也感到莫名的委屈，眼泪猛然夺眶而出：“你这是怪我吗？我是一念之差才……”

“不，我没有怪你。”晋鹏赶紧给她擦干眼泪。

向珍见他如此温柔，心里稍定了些，忽然想起一个可为自己辩解的理由：“其实，如果真有人想为黑鹰报仇，我拿不拿那些东西，他，或者他们都会来找我们的……如果来者不想为黑鹰报仇，只是想要回藏宝图，我把藏宝图还给他们，也就没什么大问题了，然而天降福泽，这女侠为人竟出奇的好……”说到这里她忽然想起一件事，赶紧顿住，虽然她说的都是实情，但是这样直接说，好像有些厚颜无耻了些。

“你误会了。”晋鹏终于直视她的眼睛，轻轻地叹了口气。

向珍觉得他的目光非常温柔，但也满含遗憾，其他还有很多很多东西，她看不懂。

“我，知道你有你的难处。”晋鹏用复杂的目光把她罩住，“也知道你努力保全全家，但是这件事很惊险啊，为什么你不在一开始就告诉我，让我帮你分担呢？为什么你一有难处，就要对我保密呢？”

最后一句话就像一柄大锤一样锤在了向珍的心上。向珍哑口无言。

“我们之间还是有隔阂。不是你的错……”晋鹏的声音转低，渐渐变得几不可闻。最后，他说不下去了，低下了头。

见他如此，向珍感到一股热血涌上脑门，胸口憋得几乎要炸裂，腹中似乎有千言万语，却根本不知道该说什么。

过了一会儿，晋鹏又抬起了头，目光让向珍更加看不懂：“还有……你，就这么稀罕钱财吗？”

“不……”向珍赶紧说，“这些都不是赃物，我检查过了……而且，天下宝藏，人人都可得之，不是吗？”

“我不是这个意思。”晋鹏深深地叹了口气，听起来就像内心深处破裂漏风，“我是说，不管是拿藏宝图，还是去找宝藏，都很有风险啊，你就这么稀罕钱吗？”

向珍呆若木鸡。她觉得晋鹏这像是在指斥她爱财如命，但感觉又不像。看着她呆木的样子，晋鹏虽有其他话要说，但是感觉说不下去了，便转身一言不发地走了。

第二天，向珍便张罗着办了个粥棚，给城中的贫苦百姓施粥，打算先施个三天。办粥铺全是用她自己的钱。向珍想用这个向晋鹏表示，她不是爱财如命的。当然了，晋鹏也可能是别的意思，她这一下可能挥到空处。不过即便这样也不要紧，至少能为她积点阴德。

为了防止施粥的工人盛粥的时候不公平，她在粥棚里隔出了个小房间，在前面挂上帘子，坐在里面监督工人们的行动，从早到晚。饿了就吃粥棚里的粥和小菜儿，反正她现在也没什么胃口，吃这些绰绰有余。

天已经黑透了，粥锅也快见底了。向珍悄悄地打了个哈欠，准备回去。然而就在这时，她看到粥棚外出现了一个身影，打了一半的哈欠差点卡着：晋鹏来了。

晋鹏进来时面带微笑，笑容看起来很温暖。他给她带了他命厨下精心熬制的燕窝鸡粥。喝着热腾腾的鲜美鸡粥，向珍感到无比的舒坦，心里的一些郁结也渐渐化开。晋鹏一直目不转睛地观察着她，等她把鸡粥吃完，才缓缓地说："你开这粥棚，是想证明，你不是贪吝钱财之辈，是吧？其实我那天，不是想说你贪财……我只是觉得你很看重钱财。"

向珍听了心里又紧张又混乱，同时也有些好笑：这不还是说她贪财吗？

晋鹏知道自己很难说清楚，小心斟酌着措辞："一个人看重钱财，并不是坏事。只是有些人看重钱财，是因为有难处……你……有什么难处吗？"

向珍心头一热，晋鹏这句话正好问到了点子上，一滴眼泪滴进了粥碗里。

"我，我就是穷怕了……"向珍忘我地开始了倾诉，"穷怕了你明白吗？我从小就身如浮萍，虽然每天都有饭吃，但总觉得下顿饭就可能没有了……但是，如果有钱，我就能掌控我自己的生活了，所以我一有机会，就拼命地赚钱。"说到这里，她忽然发现有些不对。晋鹏的目光虽然满是同情和理解，但也有种痛心疾首的感觉。

她停止了倾诉，惊骇而又讶异地看着晋鹏。

晋鹏低下了头，缓缓地说，语音的边缘似乎有些破碎："虽然你身如浮萍是事实，但是，让你觉得朝不保夕的人，还是我，对吧？"

向珍如遭雷击般呆住了，的确如此，但是她不该让话题发展成这样，这不又归到他们的隔阂上去了吗？

“你……不用那样。”晋鹏看着她的脸色，声音就像从心头挤出的苦汁，“我不怪你，一点都不怪你，只是怪我自己。”

他的确只在责怪自己。他怪自己造成了他和向珍之间的隔阂，又无法容忍隔阂的存在。但面对如何消除隔阂，又不知道该怎么办。他是被自己困住了。

他的想法，向珍现在是能了解了。但是她也不知道该怎么办。

向珍把钟辉约出来，把当初他借给她的金子还给他，不管怎么样，不能白拿他的金子，更何况他还可能居心叵测。她很谨慎，并没有用她从宝藏中得来的金子还他，而是用自己做生意赚来的金子，因此都是些散碎的金块。

因为怕钟辉居心叵测，所以向珍是约他在茶楼见面的，还带了些亲近家人。而钟辉却是单身赴约。他看见向珍带了一大群人来，露出一丝不可名状的微笑，故意拿起那些碎金块，左看右看：“我给你的，可是一个个完整的、形状俊得很的金元宝啊。你就拿这些碎金子打发我？”

“没办法呢。”向珍正襟危坐，气沉丹田，“我生意刚刚起步，没有多少钱。再说，不管是整是碎，都是金子。你这样说，该不是想要利息吧？如果是想要利息，我倒也可以再给你一些。”

“放心，我不要利息。”钟辉看向向珍，目光内敛，却似乎含着股锋芒，“我只是觉得这些太不齐整。你啊，其实可以从你从山里搬出来的箱子里，拿些金元宝给我嘛！”

向珍一凛，第一个反应是佯装不知：“山里搬来的箱子？我不知道你在说什么。”

“不用装蒜。”钟辉的目光更锋锐，“我都看见了。”

向珍心头一凉，第一个反应就是让随行的家人先退出包间，跟来的人当中，有些还不知道箱子的事情。然而卡在开口之前，她脑中旋风般把最近的事情都过了一遍：她拿到藏宝图后就密藏了起来，连她身边的人都不知道。去寻宝的途中，她也是用袖子盖住头脸，在袖子下偷偷看藏宝图，而且看图之时都和身边之人保持距离，估计都没人看见她在看什么。等她找到箱子后，更是箱子都没让开，就叫帮手们把箱子抬回她房里了，期间更是没向他们透露一点内情。之后她叫晋鹏来说明真相，身边也无旁人。因此此事的内情，是无论如何都不会泄露出去的。

据这些判断，钟辉应该只是远远地看到她带着一堆人去寻宝，那天她看到的一闪即逝的人影就是他，判断出她搬出来的是金子银子，以此来诈她震吓她，她如果让不知内情的家人出去，反倒显得钟辉说的是正确的。

“这个啊。”向珍故意做出一副恍然大悟的样子，“原来你说的是这事儿啊，小事儿啊。你不说我都忘记了。那是因为，我们晋家，在山里修了个仓库。虽然那仓库很结实，但是我们想啊，不管仓库多结实，都是在山里，家里的钱放在山里，总是让人不安心的。所以我就带着人，把钱运回来了。”

“是吗？”钟辉眼睛微眯，瞄着她说，“需要你去运钱？”

“我为什么不能运钱？”向珍脸上一丝儿慌张都没有，“我虽然没和晋鹏成婚，但也算是晋家的管家太太。由我来运钱，有什么不可以呢？”

“哼。”钟辉的眼睛眯得更细，因此眼睛聚光，目光显得更加锋锐和难以捉摸，“那真是晋家的宝库吗？”

“当然是了。”向珍的脸上依旧不见一丝慌乱，“有什么凭据证明那不是吗？”

向珍这样说，一半是奚落他，一半是试探他。结果她看到钟辉脸色一暗，顿时从心底笑了出来：看来他手里没有任何凭据啊，有的只是猜测。

“如果没有其他的事情的话，我就告辞了。”

既然如此，向珍就不想和他多啰唆：“家里还有些事，需要我去忙呢。”说到最后，故意用揶揄的语气说：“如果你改变了主意，想找我要利息的话，还可以找人捎信给我。不过要算利息，也只能按市价，要的过多，也是不行的。”

钟辉的脸上一红，看不出是生气还是羞惭。向珍在心底笑了一声，然后转身准备离开。就在这时，钟辉说了句耐人寻味，却又令人琢磨的话：“了不起，原来能让晋鹏倾心的女人是这样的。可恨，可恨……不过也正好，正好啊！”

向珍讶异地瞥了他一眼，心头压上了少许重量。看来她还得用心提防他。不过周家的官司已经完败，他没有任何能对付晋家的杀招了。虽然需要提防他，但也应该不需要太过担心。

即便如此，向珍还是担心钟辉会出什么歪招，做出什么不成体统之事。这天，她正在绣坊里闲坐，忽然看见绣女张小花在门口踯躅。她似乎有什么心事，更像是有什么话要说，在门口畏畏缩缩地踱来踱去不走，时不时地还往里面探头。向珍立即叫她进来。

张小花进来的时候满脸涨得通红，似乎有满腹的为难，但在向珍开口问她之前，她就牙一咬，喷火般说：“掌柜，我跟你说过杨四姐的事情吗！”

杨四姐？向珍的眉头微微一蹙。在周家和晋家打起官司的时候，她就把绣坊和杨四姐的业务关系断了。她现在来提杨四姐的事情，有什么玄机？

“掌柜你还记得，百鸟朝凤图第一次着火时的事情吗？当时姐妹们都很累，都头昏眼花，也无暇去看别人的事情……但是我看见了，我就在杨四姐的旁边，看到她拿一个和锦缎颜色很近的团子，悄悄地放在了锦缎上。而第二天上工，百鸟朝凤图就被烧坏了。我估摸着火的中心，应该就是她放团子的地方，这火就是她放的！”

嗯？向珍的感觉，就像她坐着的这块地方猛地塌了下去。竟然真是杨四姐放的火？而且放火的方法，和她当日所料无差！而她当日和钟辉对质，钟辉竟然以“他不会作嫌疑明显”之事给辩过去了，其实也是一种高妙之法，利用了人心理的漏洞。如果百鸟朝凤图第一次被烧是他指使人干的，那之后针对她绣坊的那些谣言，也应该是他派人传播的……想到这里，向珍不由得又糊涂又愤懑。他恨的人不是晋鹏吗，为什么总是针对她呢？

向珍这样想着，忽然生出些许疑惑。这已经是很久很久之前的事情了，为什么张小花现在才来报告？这其中是不是有什么问题。于是她便细细盘问张小花。张小花一开始还说，她当时其实也没有如何留意，只是最近忽然想起来了。而向珍说，如果她当时没有留意，肯定不会往脑子里记。如果当时她没有记住，怎么会忽然想起来呢？

张小花哑口无言，之后只好红着脸说，其实图被烧坏的第二天，她就找到了杨四姐，问图被烧跟那个团子有没有关系。杨四姐叫她不要说出去，并给了她一块碎银子。张小花便没有说，之后“如果缺了什么，就会请杨四姐帮衬”。然而等杨四姐被向珍彻底解雇之后，她就不愿再“帮衬”她了。前阵子她手头缺钱，又去找杨四姐帮忙，但是杨四姐坚决不给钱。她一时恼火，便来向向珍告密。

向珍听了后，不由得又好气又好笑，在心底啐了一口。不过，也因此更加迷惑了。看来这些事都是钟辉做的没错。他为什么要针对她啊？

他就是针对她。前后不过几日，那个打探消息一流的赤脚医生李勤来报，说看来他就是针对她。没过几日，李勤又来报，说他前日给苏官家的小孩治痔疮，和他套词，知道那个“蚕种连环计”是从哪里来的了。那个连环计，还真不是苏家夫妇那对脑子能想出来的，是一个好友献给他们的。而这位好友，就是钟辉！钟辉之前本来和苏家没什么交情，顶多是见面点点头的关系，但那一阵子，不知怎么的对他们热络起来了。看来，就是想叫他们作杀人之刀！

听到这里向珍感到心头一阵抽搐，心里似乎明白，却又似乎不明白。以前，她一直疑惑，他和晋鹏有夺爱之恨，为什么对他发出的攻击十分散漫随意。本以为是因为他做事犹豫，拖泥带水，不成规律，现在却发现，可能他一开始针对的就不是晋鹏，而是她。他针对她做什么？难不成是因为晋鹏抢走了周玉纹的心，所以他迁怒于晋鹏所爱的女人，要将她毁掉？

向珍决定，要把钟辉料理了。当然了，不是江湖巨盗中的“料理”，不是要害他性命，而是要打击他、制住他，让他不敢再滋扰她。这件事，她又不打算告诉晋鹏。当然了，这件事复杂而又敏感，日后如果让晋鹏知道了，他们之间的隔阂势必会进一步加大。但是，她现在一想到他们之间的隔阂，就感到无能为力而且十分乏力，本能地想要逃避。而且此事又牵扯到了周玉纹的事情，晋鹏知道后，至少会有一种心乱，而他一心乱，恐怕又会对他的心意、对他们之间的关系有不测之影响。所以这件事，她又决定自己处理。

要想让钟辉停止对她的滋扰，最有效的办法，就是抓住他的把柄，让他不敢再轻举妄动。向珍发动了她所有的耳目，去调查钟辉的所有事情。

经过打听，向珍得知，钟辉本是住在乡下的，这她一开始就知道，不过不知道他在乡下具体有多少产业。据查，他家里有五十顷良田，和一百亩林地，地产的确不少。但是，依现今的世道，不做买卖，光靠几个地租，是很难发大财的。而且就算要做买卖，如果不把箱底子都翻出来，也不能一下做大买卖。而钟辉却在一年前，蓦然做起了大买卖，在县城里一次开了好几家大店铺。而据熟悉他的人说，在他开始做买卖，和买卖开始盈利之间，并没有发现他家的吃穿用度有明显的下降，如果他是倾了家底儿做生意，那段时间他肯定要缩吃减穿。所以，最大的可能，是那段时间，他得了什么外财横财。而历来外财横财多有猫腻。向珍估摸着，如果可以调查一下他这外财的来历，说不定就可以抓住他的把柄。

俗话说，“拔出萝卜带出泥”，那些人把当初钟辉和周玉纹是怎么相恋的，也给向珍打听来了。原来，周家在发迹之前，也住在乡下。他家是一边靠田产过日子，一边细水长流地做买卖，等到买卖做的不错了，才把买卖做到县城里来的。而周家和钟家的田庄，正好紧挨着，虽然大户人家的子女不会随意在一起玩，但是因为在乡下，而且人总要出门活动，钟辉和周玉纹还是朝逢暮见的，还是混熟了。他俩算是一起长大的，恋情应该是自小而生的，不过没有听说他俩有什么越轨的举动。

听到这些后，向珍并没有如何留意，她的关注点不在这里。然而过了片刻，她回忆这段话时，忽然感到一股凉意，接着心里竟然打了个冷战。这是什么？不详的预感吗？

向珍又发动耳目，去打听钟辉一年前是否得了横财，以及财从何来。然而过了好一段时间，都没人打听出个所以然来。然而就在她快要不耐烦的时候，李勤又立了一功。他这天下午，悄悄地过来，说他从一个买药的那里得知，钟辉可能偷偷地在卖“违禁药草”。

一听这个，向珍立即精神百倍。李勤这个朋友，名叫刁三，是个买各种不登大雅之堂的药的，媚药什么的，还是能摆得上台面的，至于其他的，就不用讲了。不过，就是这种人，往往信息最是灵通。上午他坐在自家门前喝闲酒，李勤买了些肉，拎了瓶酒，不动声色地加入喝酒，然后再不动声色地套问他的话。他之所以要去找刁三套话，是因为听说他的老婆的表哥和钟辉家里一个管田庄的大奴才是姻亲。这种人，十里八乡的，认识的不认识的，八卦他都要知道。和自家相关的事情，心里肯定像明镜一样。

刁三果然没让他失望。喝了半壶烈酒后就醉了，然后再被李勤几句话一套，就说钟辉发大财，是因为他在一个隐秘的地点种“阿依罗”，并且把它烘焙好了，再制成粉儿卖给人。阿依罗，是几年前一个胡商带来的草药。表面上和一般烟草不同，但是如果把它们焙干，研磨成粉，放进烟斗里，能让吸烟的人感到难以言喻的兴奋。据吸过的人来说，吸它可以体味人间至乐。但是正因为“太乐”了，吸过之后精神错乱，胡作非为者有之，甚至有人吸过之后永久疯癫的，最严重的有吸过之后就猝死的。

因为这药草如此恐怖，官府立即逮捕胡商并斩首，追回他已经售卖到民间的成品阿依罗粉，并严禁民间再种植阿依罗。但是因为这种植物能让人“体味人间至乐”，所以还是有很大的市场需求。而自古要禁绝一种东西，历来就很难，依然有些阿依罗的种子流落在民间，既然有钱可赚，就自然有人偷偷种植，不过种得的量很少。既然总量稀少，在黑市上就价格高昂。如果钟辉是一年前开始种植阿依罗牟利的话，他的确可以在不动用家底的情况下，短时间内积得巨款。

想到钟辉可能通过种植这种东西，做伤天害理的买卖谋财的时候，向珍的心情颇有些复杂：一方面她对钟辉感到鄙夷和愤恨，为他感到遗憾，同时也十分窃喜，心想如果能抓到他做这种生意的证据，就足以挟制他，让他不敢再滋扰她了。仅仅让他不敢再滋扰她，也是不够的吧。向珍暗想。还得让他停止做这种伤天害理的买卖才成。当然了，如果直接向官府检举，就可以一劳永逸。但是向珍不想一下就将事情做绝。向珍对钟辉还是有些怜悯，心想只要能制得他改过自新，便可以了。

李勤经过一番打探，又来报告，说钟辉在城南，设有一秘密的田庄，怀疑他就在那里种植并加工阿依罗。向珍便亲自带着一些人去偷看，李勤只是把地点跟向珍详细交代了，他本人并没有随行。对此向珍也理解。细作是只能藏在暗处的。而且危险的事情，比如冲锋陷阵，是不能做的。

向珍穿了素衣，带着挂着面纱的斗笠，带着六个得力的、穿着同样低调的家人，悄无声息地摸到钟辉的田庄边。这个田庄并不大，几间屋子，篱笆的围墙，里面一块一块的田，种着像烟草般的东西。向珍不由得皱起了眉头。阿依罗看起来是和一般烟草无异的。而且这些烟草还没长成。更重要的是，如果她是钟辉，她一定会把普通烟草和阿依罗混种，以此混淆视听。光从田里拔几根作物，估计无法作为有用的证据。

向珍犹豫着拔了几根作物，皱着眉头朝那几间屋子看了看。那里会是加工阿依罗的作坊吗？如果能在里面找到被加工过的草粉，就一定是阿依罗的粉末了吧。拿那些才能算作证据。向珍便带着家人走到那几间屋子前。这几间屋子都是连在一起的，只有一间屋子上有门。门上挂了一把铜锁。晋安搬起一块石头，把锁砸开，要是平日，撬门砸锁之事他是绝对不干的。但是现在向珍叫他干他就干。把门弄开后，向珍带着家人一拥而入。第一间屋子里有窠臼闸刀等物，一看就是加工药材的工具，但是这间屋里，并没有药草。这间屋子还连着一间屋子。向珍他们走进去，发现里面有炉灶和烘培的用具，但是灶中无火，用具中也无药渣。向珍他们再往里进，里面还有一层屋子，屋子里有个药柜，里面放着好些瓷瓶。

向珍大喜，立即去拿瓷瓶。然而她没有注意到，这几间屋子，全是关着窗户的，而在他们进来之后，就有人悄悄地把大门关上，从外面拴上。最里间的屋子窗纸上，也被人戳出了一个小洞，然后一根闷香伸了进来……

向珍拿了几个瓷瓶，忽然感到头晕眼花，她忽然想起这可能是中了闷香，她之前只在评书故事里看过闷香，并不知闷香的味道是什么样的，更不知道中了闷香是什么感觉，现在头晕，才忽然省悟。她回头看跟她来的人们，果然都慢慢歪倒。她咬紧牙关，朝门口走去，奈何走了两步就晕倒在地。

不知过了多久，向珍悠悠地醒来，发现自己躺一张罗床之上，丝绸挂着璎珞的床帐，柔软的枕头、被褥都熏了香，闻起来香气扑鼻。向珍讶异地想要坐起来，竟感觉手脚都被绑住了，坐起了一半后又倒了下去。她赶紧看自己的手腕和脚踝，都是被红绫绑住的，一层一层，和被用绳子绑住一样难以挣脱。被绑住已经够让她惊慌了，发现是被用红绫绑住的时候，更让她心惊胆战，不知道是不是她敏感，她觉得红绫好像有种艳情和色情的意味。

就在这时，门开了。钟辉走了进来，看着她似笑非笑。向珍不由自主地把身体往床里缩去。她觉得，钟辉的目光似乎可以刺到她的衣服里。虽然觉得有些没有理由，但是她明显感觉到，钟辉似乎想要非礼她。想到这里她简直心乱如沸，然而接着却又想到钟辉越是有这样的心思，她绝不能表现得慌乱，惊恐慌乱的女人在歹人看起来不仅易于下手，甚至更有下手的趣味。于是她竭力藏起恐惧，泰然地坐在那里。

然而钟辉已经看出她是在假装镇定，佯作无意地往她身旁一坐。

向珍不由自主地往旁边一缩。

钟辉从心眼里笑了出来："你这样坐着有没有什么不舒服啊？口渴不渴？要不要喝口茶？"

向珍看出他有种猫玩耗子般的心思，顿时怒了："你这到底是什么意思？"

"哈？"钟辉故作惊诧地笑了，"你带人偷偷潜入我的田庄，还砸坏我屋门上的锁，闯入我的屋子里面，还问我是什么意思？"

向珍一句"我们是发现了你在做伤天害理的买卖"已经涌到了口边，忽然明白了，接着又是愤怒又是懊恼："啊，我明白了……你根本没在那边种阿依罗，你是设下陷阱，故意引我过来的，对吗？"

"哈哈，不错，还算聪明。"钟辉看向她的目光开始变得火辣，"是的。我听说你那边的人倾巢而出，到处打听我的事情，就知道我做的事情，你已经都知道了。"

向珍心头一紧：那些事果然都是他做的。接着暗骂自己真是笨蛋，她不该让这么多人一起去打听的，无论何时，不管是什么样的事情，很多人一起行动，都会引发过多的注意。她应该找少许稳重低调的人，不露行迹地打听事情，比如李勤，她不想起李勤犹可，一想起李勤，心头就像被人掐了一下。说起来，今天正是李勤直接导致她进了陷阱。是李勤办事失误？还是他早就被钟辉买通了，故意引她来这陷阱的呢？

想到这里向珍心里又是一阵痉挛般的慌乱，之后却又平静了，这时她是真正平静了。现在她已经落入了这种境地，慌不慌都一样了。

“好了，既然你都承认了，我就直接问你了。”向珍沉着嗓子问钟辉，“你为什么要一直针对我？你恨的人不是晋鹏吗？你是觉得我好欺负？还是想通过我打击晋鹏？你不觉得你的做法很下作吗？要是你不做这等事，我还会可怜你是个时运不济的痴情汉。而你做了这么多阴险恶毒的事情之后，我只觉得你是个下流无耻之徒！”

最后那两句，是向珍的真心话，因为心情激荡，不假思索便说了出来。之后却省悟这些话可能激怒钟辉，赶紧住口，却怕已来不及。

然而钟辉不以为忤，不可名状地一笑：“我那不能算是针对你。也不能算是在‘害’你。我只是在测试你而已。”

“测试？”向珍呆了。

钟辉盯着她的眼睛，目光渐渐升温。其中的情绪似乎是喜爱，似乎是渴望，却也有一种难以说清的、奇怪的、危险的东西。

“我只是想通过测试，看看你有多少才干，也顺便测一测你的人品，想真正地看清你，了解你……周玉纹是真真正正变心了，死因也没什么问题。我一开始就知道。我只是奇怪，为什么晋鹏这么有魅力呢？也感到不忿，所以就想知道，晋鹏喜欢的女人，从外貌到本质，都是什么样子的……”

向珍吸了口冷气，猛地朝床里缩去。她现在明白了。钟辉是恨晋鹏，所以才要针对她。他恨晋鹏夺走了他的女人，所以要抢占他的女人……如此说来，他一开始对她各种明示暗示周玉纹的死因有问题，甚至说周玉纹是死于房中之事，都是想要离间她和晋鹏，甚至算是一种变相的调戏。

钟辉知道她窥破了他的意思，邪邪地一笑。她往床里缩，他就往里。但是只靠近，还没有靠到她的身体上。他像是故意和她保持距离的，但是只保持这么一点，其实是另一种调戏。

“不要这个样子。”钟辉笑着，用目光罩住她，眼睛里更似乎伸出了两只手出来，“你没有这么怕我。其实，你对我也有特别的感觉的，对不对？”

“你胡说八道什么？”向珍后背已经靠到了墙上。

“我可没有胡说八道。”钟辉嘲讽地一笑，又朝她靠近了些，“我记得，我们第一次遇见的时候，你悄悄地在我身后，跟了好长一段路，对吧？其实我是知道的。只是当时我还不知道你是谁。”

向珍呆住了，接着脸红得似要喷血，十分惊慌窘迫。这件事她当然记得。虽然她对自己的解释是，钟辉衣服上的金鱼绣得很好，她只是单纯被高妙的刺绣吸引了，但是其实她很清楚，她当时是被钟辉的形貌吸引了。她当时心情异常，被一个美少年吸引是很正常的事情，而且也只是片刻地被吸引，谈不上对他有意思，但是当着别人，可是说不清楚的事情。面对钟辉，更是万般都说不清楚。

“另外，我今天设下的这陷阱，可不是单单针对你的。”钟辉看着她羞窘的样子，十分受用，“我也想过，可能是晋鹏来，可能是晋鹏和你一起来，也可能谁都不来……你们很可能会直接向官府检举，到时候，我就会说你们诬告良人，哈哈，我这里种的，可都是普通的烟叶哦。”

向珍紧紧地抿着嘴唇，脸开始发白发青。

“但是，你自己来了。说起来也很有趣，按照常理，你不大可能自己来。但是我心里就是有种感觉，你一定会自己来的。因为你对我的事情会特别对待。然后你果然自己来了。”

向珍的脸已白得几乎没有血色。这件事更是万般说不清楚。

钟辉笑得更邪，目光几乎可以在向珍的脸上燃起火星：“其实，你也喜欢我，对吧？”说着便朝向珍的颊边吻去。

“不行！”向珍赶紧拼命把脖子往后仰，“你要是敢对我无礼，我就咬舌自尽！”

“哎呀，又来了。”钟辉不以为然地笑笑，“你们女人就是不愿意诚实一点，还总是喜欢拿自杀来威胁人……”

“我不是在开玩笑！”向珍咬着牙说。

“哼。”钟辉看出向珍真有自杀的狠劲，非常不悦，冷冷地笑了一声，“你要自杀，也可以。我会把你尸体衣服全都剥掉，弃于闹市，并在上面贴张纸条，说明你是谁，并说你是因为与人通奸被人撞见，羞愤之下才咬舌自尽的！”

“你……”向珍没想到钟辉竟会有如此毒辣的后招，一时之间几乎晕去。如果她真的咬舌自尽，钟辉如此处理她的尸体，明眼人固然会发现有问题，但是由于那些看热闹不嫌事大、凡事都喜欢往坏处想的愚民来说，他们更愿意相信并更愿意传播所谓的“因通奸自杀论”。而且，就算世间都是明眼之人，能看清她的冤情，她也无法容忍尸身受到这种羞辱。

钟辉看着她的眼睛，知道她已无死志，又笑了，他的笑容中满是温柔和安抚之意，仿佛向珍是他的知心爱侣。

“不要怕。”他的声音比他的目光还要温柔，“我会对你很好的，比任何人都要好。”说着就低头要亲吻向珍的嘴唇。

向珍赶紧把脸别向一边。钟辉并没有就此停住，而是把嘴唇狠狠地按到了她的脖子上，然后把她抱住，伸手便去扯她的衣带。向珍伸手竭力推拒，无奈她没有钟辉力大，手脚又被绑住，完全使不上力。

就在这危机的时刻，一个家丁摸样的人忽然冲进来：“少爷，快走！”

钟辉一凛，立即放开了向珍，也没问家丁发生了什么事，立即迅速跟着家丁离开。向珍虽然惊魂未定，但依然可以猜出他是和家丁约好了，一有不可抗拒的紧急事态就以“快走”为号，听到这个词他就会立即走。外面传来一阵喧闹，似乎有人打架斗殴。接着一个人闪进来。向珍本能地往床里一缩，等她看清来人是谁的时候，感觉确如看到天下降下救命的神仙。

来的人！正是晋鹏！晋鹏一见她在这里，立即冲过来抱住她。之后才省悟她的手脚还被绑着，赶紧给她解缚，然后把她紧紧地搂在怀里，用颤抖的声音问她：“你没事吧？”

向珍一生之中，还没听过他的声音抖成这个样子。

“我没事，什么事都没有，他没得手，放心……”说完这句话后，向珍就瘫软如泥，软软地只能倚在他怀里。

原来，被向珍怀疑是叛徒的李勤，还当真不是叛徒。恰恰相反，他是向珍的救星。这天他跟向珍说了路径之后，回想了一下，忽然觉得很不对劲。他便不顾危险，跑到田庄那边查看，发现田庄屋子里向珍的家人横七竖八地躺了一地，唯独不见向珍，便知道出事了，赶紧去向晋鹏报告。

之前官司虽然打赢了，但是晋鹏并没有掉以轻心。周家都迁走了，钟辉却连县城都没出，一定还有什么打算。所以他一直对钟辉保持警觉，并且一直派人注意他的动向，他并没有像向珍那样发动过多的人去监视钟辉，而是叫一个机灵而又信得过的帮闲之辈，在“暗中时刻注意”钟辉。而就在前几天，他才向晋鹏报告，说钟辉找了一处无主的宅院，打扫干净，不知道想干什么。而今天李勤来向晋鹏报告，说向珍出了事，晋鹏立即想到向珍可能是被钟辉掳到那个宅院去了，便立即带着家丁，前来救人。

晋鹏带来许多家丁，钟辉的家丁没他带来的人多，一看到他们来了，就招呼钟辉逃走。钟辉自己先逃，留下几个家丁断后。这些人自然被晋鹏带来的家丁揍得很惨。但他们光想着救人，岔了一念，那就是忘记逮个人下来留作人证，揍过钟辉的家丁后就任由他们逃了。而晋鹏刚进来时，脑子里也只有寻找向珍，等他想起此事，大呼扣个人下来时已经无人可扣，一说来今日也算倒运，江彪恰好告假，今日他若前来，肯定知道要扣个人下来作人证。

人证没有，这里又是无主的荒宅，虽然有些遗留的物品，但不容易被证明是钟辉府上之物，要打官司，挺难。但是晋鹏不打算打官司，虽然向珍没有受到侮辱，但这件事如果张扬出去，说不定会对她的名节有不良影响。

晋鹏带来了一辆车，和向珍坐车回去。在车上，他也是紧紧地把向珍搂在怀里。向珍依偎在他怀里，感到他的手臂在微微地颤抖，知道他一定愤怒无比，不由得心头发怵。

“你很生气吗？”她鼓起勇气问晋鹏。

“是的。”晋鹏咬着牙说，“我一定让钟辉再无立足之地，我一定让他家破人亡！”

“不是……”向珍的声音变小了，也开始颤抖，“我是问你生我的气吗？”

“我为什么要生你的气？”

“这次，我又没有事前告诉你，还惹出了这么大的乱子。”

晋鹏呆了呆，忽然把向珍搂紧，他用的力气如此之大，几乎让向珍窒息。

“我是生气。”他颤抖着声音说，“但是是生我自己的气而已。我们之间的隔阂，是我自己造成的。我不该逃避，更不该怨天尤人，我应该努力消除我们之间的隔阂，而不是苛责于你，今天的祸事，其实是我招来的，对不起！对不起！我会改的！”他说完这些话后，才意识到自己抱向珍抱得太紧，赶紧把她松开，“对不起，我刚才太用力了。”

向珍没有答话，只是灿然一笑，眼中却含着星星点点的泪花。

之后他和向珍相处得很好。向珍不知道他是否已经摆脱了心里那些负担，但是很满意这种状态。她希望这种状态能一直持续下去，只要能保持这种状态，他有没有摆脱那些负担，都没有关系。她是绝不会对他的内心状态刨根问底，更不会考验他什么。

然而她不考验他，命运的考验却来了。这考验实际上是好事，而且是向珍一直期盼的事情。向珍送给江听雨的那些绣品，在京城大受追捧。达官贵人们对它们十分喜爱，络绎不绝地遣人携带重金到向珍的绣坊，购买或订制绣品。向珍敏锐地感到，她不能再困守在这个县城里了，应该去京城里开绣坊。

这本是千载难逢的良机，向珍此时却十分犹豫。她和晋鹏的婚期将近，这个其实问题不大，开绣坊也不争在这一时，她可以和晋鹏完婚后再去。真正的问题是，晋家的其他产业，暂时是无法开到京城去的，而她要想做好生意，不亲自去京城压阵是绝对不可以的。新嫁娘是不可以离开丈夫去外地做生意的，带晋鹏一起去京城？人人都说夫唱妇随，从没说过妇唱夫随这一说，如果她对晋鹏提出，要他和她一起去京城做生意，会不会让他觉得受到羞辱？

经过万千思考，向珍还是对晋鹏说了。说的时候十分忐忑不安，听到自己的心跳得震耳欲聋。

“行啊。”晋鹏竟然不假思索便答应了，就像这是天经地义的事情一样。

“啊？”向珍有点不敢相信自己的耳朵，小心翼翼地问道：“你不会觉得……丢面子吗？”

“有什么可丢面子的？”晋鹏揶揄地笑了笑，就像向珍在说笑话，“我一点都没觉得。你是怕别人说什么吗？不会的。因为你的绣坊的招牌还是晋家绣坊。在外人看来还是我家的产业做到京城去了，有什么可说的？当然了，我也会努力不输给贤妻，寻找机会，把我主管的产业也发展到京城去。”

说到最后一句话的时候，他揶揄的语气消失了，取而代之的是情深意重的语气。向珍再也忍不住了，两行热泪夺眶而出。忽然间，她想起了自己来时的那条路。在那条路上花香浓郁，惹人沉醉。她当时竟然以为那是通向悲惨命运的路，而它其实是通向无限幸福的路！

图书在版编目（CIP）数据

岁岁与君好 / 追月逐花著. -- 南京 : 江苏凤凰文艺出版社, 2019.5
ISBN 978-7-5594-3491-3

Ⅰ. ①岁… Ⅱ. ①追… Ⅲ. ①长篇小说－中国－当代
Ⅳ. ① I247.5

中国版本图书馆 CIP 数据核字 (2019) 第 059134 号

岁岁与君好

追月逐花 著

责任编辑	丁小卉
文字统筹	木　于
封面设计	梦幻鱼
责任印制	刘　巍
出版发行	江苏凤凰文艺出版社
	南京市中央路 165 号，邮编：210009
网　　址	http://www.jswenyi.com
印　　刷	长沙鸿发印务实业有限公司
开　　本	880×1230 毫米 1/32
印　　张	9
字　　数	258 千字
版　　次	2019 年 5 月第 1 版 2019 年 5 月第 1 次印刷
书　　号	ISBN 978-7-5594-3491-3
定　　价	36.80 元

江苏凤凰文艺版图书凡印刷、装订错误可随时向承印厂调换